부활 1

세계문학전집
106

Лев Толстой : Воскресение

부활 1

레프 톨스토이 장편소설

박형규 옮김

문학동네

일러두기

1. 1935~1964년 모스크바 예술문학출판사에서 발간한 톨스토이 저작집 전90권 중 32권을 번역 대본으로 삼았다(Л. Н. Толстой, *Воскресение*, Лолное обрание сочинений: В 90-х т. Т. 32. М.: Худож. лит., 1936).
2. 원주 표시가 없는 주석은 모두 옮긴이주다.
3. 외래어 표기는 국립국어원 외래어표기법에 준했으나, 일부는 현지 발음이나 관용에 따랐다.
4. 러시아어 외 외국어는 이탤릭체로, 강조 부분은 고딕체로 처리했다.
5. 성서의 인용은 한국천주교주교회의 『성경』에 따랐다.

차례 ▐

주요 등장인물

러시아의 인명은 이름과 부칭父稱과 성으로 구성되며, 다양한 애칭과 별칭이 있고 친한 사이에는 이름이나 애칭으로 부르고, 격식을 갖출 때는 이름과 부칭을 같이 부른다.

카튜샤(예카테리나 미하일로브나 마슬로바, 카탸, 카튜하, 류보피, 륩카, 류바샤) … 사생아. 공작가의 하녀이자 양딸로 자람.

네흘류도프 공작(드미트리 이바노비치 네흘류도프, 미탸, 미티카, 미텐카) … 러시아 최상류층 귀족. 근위대 중위.

옐레나 이바노브나 네흘류도바(옐렌) … 그의 어머니.

마리야 이바노브나 네흘류도바(마샤) … 그의 미혼인 큰고모.

소피야 이바노브나 네흘류도바(소냐) … 그의 미혼인 작은고모.

이그나티 니키포로비치 라고진스키 … 그의 매형.

나탈리야 이바노브나 라고진스카야(나타샤) … 그의 손위 누이.

이반 미하일로비치 차르스키 백작 … 그의 이모부. 전직 장관.

예카테리나 이바노브나 차르스카야 … 그의 이모.

아그라페나 페트로브나 … 집안 하녀.

마트료나 파블로브나 … 집안 하녀.

코르차긴 공작 … 전직 장군. 지방 귀족회장.

소피야 바실리예브나 코르차기나 … 그의 아내.

마리야 코르차기나(미탸, 미시) … 그의 딸. 네흘류도프와 혼담이 오감.

나바토프 … 농민 출신 정치범.

노보드보로프 … 학자 출신 정치범.

류보피 그라베츠 … 여대생 정치범.

마르켈 콘드라티예프 … 직공 출신 정치범. 노보드보로프의 추종자.

마리야 바실리예브나 … 귀족회장의 아내. 네흘류도프와 내연 관계.

마리야 파블로브나 셰티니나 … 여성 정치범.

미하일 이바노비치 마슬렌니코프(미카) … 네흘류도프의 옛친구. 도의 부지사.

베라 예프레모브나 보고두홉스카야 … 교사 출신 정치범.

블라디미르 이바노비치 시몬손 … 귀족 출신 정치범.

셀레닌 … 원로원 검사. 네흘류도프의 친구.

아나톨리 페트로비치 파나린 … 변호사.

아나톨리 크릴초프 … 지주 출신 정치범.

에밀리야 키릴로브나 란체바 … 여성 정치범.

페도시야 비류코바(페니치카) … 농민의 아내. 카튜샤와 친한 죄수.

표트르 게라시모비치 … 김나지움 교사. 배심원.

제1부

「마태복음」 18:21~22 그때에 베드로가 예수님께 다가와, "주님, 제 형제가 저에게 죄를 지으면 몇 번이나 용서해주어야 합니까? 일곱 번까지 해야 합니까?" 하고 물었다. 예수님께서 그에게 대답하셨다. "내가 너에게 말한다. 일곱 번이 아니라 일흔일곱 번까지라도 용서해야 한다."

「마태복음」 7:3 너는 어찌하여 형제의 눈 속에 있는 티는 보면서, 네 눈 속에 있는 들보는 깨닫지 못하느냐?

「요한복음」 8:7 "너희 가운데 죄 없는 자가 먼저 저 여자에게 돌을 던져라."

「누가복음」 6:40 제자는 스승보다 높지 않다. 그러나 누구든지 다 배우고 나면 스승처럼 될 것이다.

1

수십만 인간이 비좁은 곳에 모여 밀치락달치락 비비적거리며 살면서 그 땅을 아무리 못 쓰게 만들었어도, 그 땅에 아무것도 자라지 못하도록 돌을 깔아버렸어도, 막 싹이 난 풀을 깡그리 뽑아버렸어도, 석탄과 석유를 마구 태웠어도, 나무를 베어내고 길짐승과 날짐승을 모조리 몰아냈어도 도시에서도 봄은 봄이었다. 햇볕이 따사로웠고, 말끔히 긁어버린 곳만 아니면 가로숫길 잔디밭에서도, 포석 틈새에서도 푸릇푸릇하게 풀이 돋아났고, 자작나무며 미루나무며 귀룽나무가 끈끈하고 향긋한 어린잎을 틔웠고, 피나무가 막 터진 잎눈을 한껏 부풀렸다. 까마귀와 참새와 비둘기가 봄을 맞아 기쁜 듯 벌써 둥지 칠 채비를 하느라 여념이 없었고, 파리떼가 양지바른 벽 쪽에서 윙윙거렸다. 꽃나무들도, 새들도, 벌레들도, 어린아이들도 희희낙락했다. 그러나 사람들은, 다 큰 어른들은 자기 자신과 타인들을 속이고 괴롭히는 짓을 멈추지 않았다. 사람들이 보기에 이 봄날의 아침 살아 있는 모든 것의 행복을 위해 주어진, 신의 세계의 이 아름다움은, 평화와 화합과 사랑으로 이끄는 이 아름다움은 신성하지도 중요하지도 않았다. 그들에게는 서로를 지배하기 위해 그들이 꾸며낸 것만이 신성하고 중요했다.

도道 교도소 사무실에서도 신성하고 중요한 것은 모든 짐승과 사람에게 주어진 봄의 기쁨과 감동이 아니라, 전날 밤 표제에 도장이 찍히고 일련번호에 따라 접수된 서류, 즉 4월 28일, 오늘 오전 아홉시 현재까지 구금중인 미결수 셋, 즉 여자 죄수 두 명과 남자 죄수 한 명을 출두시키라는 서류였다. 그중 주범으로 지목받는 여자 죄수 한 명은 따로 호송해야 했다. 4월 28일 오전 여덟시, 지시에 따라 컴컴하고 악취가 풍기는 여성 사동 복도에 간수장이 들어왔다. 그 뒤를 따라, 소매에 금몰이 달린 재킷을 입고 테두리가 파란 허리띠를 맨 여자가 구불거리고 센 머리칼에 지쳐 보이는 얼굴로 들어왔다. 여자 간수였다.

"마슬로바를 불러내시려고요?" 간수장과 함께 복도 쪽으로 열리는 감방 문으로 다가가면서 그녀가 물었다.

간수장이 찰카당하고 쇳소리를 내면서 자물쇠를 열어 감방 문을 활짝 열자 안에서는 복도에서보다 더한 악취가 풍겼고, 그가 큰 소리로 외쳤다.

"마슬로바, 출정出廷이다!" 그는 문을 다시 조금 닫고 그녀가 나오기를 기다렸다.

교도소 마당에도 바람이 도시로 실어온 싱둥하고 상쾌한 들판의 공

기가 있었다. 그러나 복도에는 배설물, 타르, 부패물 따위의 악취, 사
람을 맥 빠지게 하는 티푸스 같은 공기가 꽉 들어차 새로 들어온 사람
들 모두를 금세 우울과 슬픔에 빠뜨렸다. 여자 간수는 이 고약한 공기
에 익숙한데도 마당에서 막 들어오자 다시금 그런 기분을 느꼈다. 복
도로 들어서자 그녀는 갑자기 피로를 느꼈고, 드러눕고만 싶었다.

감방 안에서 법석이는 소리가 들렸다. 여자 죄수들의 목소리와 맨발
로 걸어다니는 소리였다.

"이봐, 뭐하고 있나, 서두르란 말이야, 마슬로바." 간수장이 감방 문에
대고 외쳤다.

이 분쯤 지나자 흰색 재킷과 스커트 위에 죄수용 할라트*를 걸친 가
슴이 풍만하고 키가 별로 크지 않은 젊은 여자가 성큼성큼 걸어나오더
니 잽싸게 몸을 돌려 간수 옆에 섰다. 리넨 스타킹에 죄수용 단화를 신
고 있었고, 머리에 두른 흰색 머릿수건 아래 곱슬곱슬한 검은 머리칼
이 일부러 빼놓은 듯 고리 모양으로 삐져나와 있었다. 얼굴빛은 오랫동
안 갇혀 지낸 사람이 그렇듯 움에 넣어둔 감자 싹이 생각날 정도로 유
난히 하얬다. 작고 통통한 손도, 죄수복의 커다란 깃 밑으로 드러난 통
통한 목덜미도 비슷한 느낌을 주었다. 창백하고 까칠한 얼굴에서 유난
히 인상적인 것은 새까맣게 반짝이고 살짝 부은 듯하지만 놀라울 정도
로 생기가 넘치는 두 눈이었는데, 한쪽은 약간 사시였다. 그녀는 풍만
한 가슴을 내민 채 몸을 꼿꼿이 세웠다. 복도로 나온 그녀가 고개를 약
간 젖히고 간수의 눈을 똑바로 바라보며 자신에게 무엇을 요구하든 전

---

* 가운과 비슷한 헐렁하고 긴 상의로, 이하 죄수용 할라트는 죄수복으로 통일함.

부 다 이행할 준비가 됐다는 듯이 제자리에 섰다. 간수가 감방 문을 닫으려 하는데, 머릿수건을 쓰지 않아 하얗게 센 머리칼을 드러낸 노파의 주름 가득하고 창백하고 엄격한 얼굴이 문틈으로 쑥 나왔다. 노파가 마슬로바에게 뭐라고 말을 건넸다. 그러나 간수가 노파의 머리 쪽으로 거칠게 문을 밀어붙이자 그녀의 머리가 사라졌다. 감방 안에서 웃어대는 여자의 목소리가 들렸다. 마슬로바도 빙긋 웃으며 문에 달린 작은 격자 쇠창살문을 돌아다보았다. 노파가 안쪽에서 작은 창문에 찰싹 달라붙어 걸걸한 목소리로 말했다.

"무엇보다 중요한 건 쓸데없는 소릴 하지 않는 거야, 한쪽으로 밀어붙여."

"그래요, 그런다 해도 이보다 나빠지진 않겠죠." 마슬로바가 고개를 끄덕이며 말했다.

"당연히 한쪽이어야지, 다른 쪽이 있을 턱 있나." 스스로 재치 있는 말을 했다는 듯 간수장이 상급자다운 자신감을 보이며 말했다. "자, 따라와!"

작은 창문으로 보였던 노파의 눈이 사라졌고 마슬로바는 종종걸음으로 간수장을 뒤따라 복도 한가운데로 갔다. 그들은 석조 계단을 내려가 여성 사동보다 더 악취가 심하고 떠들썩한 남성 사동 옆을 지나갔고, 여기저기 감방 문 통풍구를 통해 남자 죄수들이 눈으로 그들을 배웅했다. 이윽고 사무실 앞에 서 있던 총을 든 두 호송병이 그 안으로 들어갔다. 앉아 있던 서기가 한 병사에게 담배 연기가 밴 서류를 건네고 여자 죄수를 가리키며 말했다. "자, 받아." 벌건 낯빛에 얼굴이 몹시 얽은, 니즈니노브고로드 농민 출신 병사는 외투 소맷부리 뒤에 서류를 끼우고 히죽거리면서, 광대뼈가 튀어나온 추바시인* 동료에게 여자 죄수를 눈짓으로 가리켰다. 두 병사는 여자 죄수를 데리고 계단을 내려가 출구 쪽으로 갔다.

출구는 쪽문만 열려 있었고, 여자 죄수를 호송하는 병사들은 쪽문 문턱을 넘어 마당으로 나와 구내에서 빠져나가더니 포장된 거리 한가운데로 걸어갔다.

삯마차꾼, 구멍가게 주인, 식모, 노동자, 관리 들이 걸음을 멈추고 호기심 가득한 눈으로 여자 죄수를 바라보았다. 일부는 고개를 저으며 이렇게 생각했다. '우리와는 달리, 네 악한 행실의 대가지.' 아이들은 두려운 듯 여자 죄수를 쳐다보았는데, 병사들이 뒤따르고 있으니 그녀가 더 이상 아무 짓도 못 할 거라는 생각에 마음을 놓았다. 숯을 팔다가 선술집에 앉아 차를 마시던 농부는 여자 죄수에게 다가가 성호를 긋고 1코페이카를 주었다. 여자 죄수는 얼굴을 붉히며 고개를 떨어뜨리고는 뭐라고 조용히 빠르게 말했다.

그녀는 자신에게 집중되는 시선을 느끼면서도 고개를 돌리지 않고 곁눈질로 그들을 보았는데, 자신을 향한 관심이 싫지 않았고 감방 공기와 다른 깨끗한 봄날의 공기도 기분좋았다. 그러나 오랫동안 걷지 않은 데다 딱딱한 죄수용 단화를 신은 발로 돌을 디디기는 무척 괴로워 발밑을 보면서 되도록 가볍게 발을 옮겨 디디려고 애썼다. 밀가루 가게 앞을 지나갈 때, 사람을 무서워하지 않는 비둘기 몇 마리가 앞에서 뒤뚱거리는 바람에 하마터면 암청색 비둘기 한 마리를 밟을 뻔했다. 비둘

---

* 볼가강 유역에 사는 투르크계 민족.

기가 푸드덕푸드덕 날개로 바람을 일으키고 그녀의 귓가를 스치며 날아올랐다. 여자 죄수는 자기도 모르게 생긋 미소 지었으나 이내 자신의 처지를 떠올리고는 깊은 한숨을 내쉬었다.

2

여자 죄수 마슬로바의 내력은 지극히 평범했다. 마슬로바는 남편 없는 하녀의 딸로 태어났고, 두 자매가 지주로 있는 마을에서 가축을 돌보는 어머니와 살았다. 그녀의 어머니는 남편도 없이 해마다 아이를 낳았는데, 시골 마을에서는 원치 않은 아이가 태어나면 일하는 데 방해만 될 뿐이라 세례만 받게 하고 젖을 주지 않아 아이가 이내 굶어죽는 일이 다반사였다.

그렇게 다섯 아이가 죽었다. 다섯 모두 세례를 받았으나 젖을 먹지 못해 굶어죽고 말았다. 떠돌이 집시 남자와의 사이에서 태어난 여섯째 여자아이 역시 똑같은 운명에 놓여 있었는데, 그즈음 어느 날 나이든 여지주 한 사람이 크림에서 젖소냄새가 난다고 가축지기를 나무라려고 축사에 들렀다. 뜻밖에도 축사에는 산모와 귀엽고 건강한 갓난아이가 누워 있었다. 마님은 크림에 대해, 또 산모를 축사에 들인 것에 대해 잔소리를 늘어놓고 떠나려다가 문득 갓난아이를 보고는 가엾어하며 대모가 되어주겠다고 자청했다. 마님이 갓난 여자아이에게 세례를 받게 하고 그뒤로도 대녀를 가엾게 여기면서 때때로 아이 어머니에게 우유와 돈을 준 덕분에 여자아이는 살아남았다. 나이든 마님들은 이 아이를 '스파숀나야*'라고 불렀다.

아이가 세 살 때 아이의 어머니는 병을 앓다가 죽었다. 가축지기인 할머니가 손녀딸 양육을 부담스러워하자, 나이든 마님들이 아이를 맡았다. 검은 눈의 아이는 유달리 발랄하고 귀여운 소녀로 자랐고 나이든 마님들은 소녀에게 위안을 얻었다.

나이든 마님들 중 동생 소피야 이바노브나는 여자아이에게 세례를 받게 한 착한 사람이었고, 언니인 마리야 이바노브나는 조금 엄격했다. 소피야 이바노브나는 여자아이에게 좋은 옷을 입히고, 읽고 쓰기를 가르쳐서 양딸로 삼으려 했다. 언니 마리야 이바노브나는 여자아이를 일꾼이나 좋은 하녀로 만들어야 한다고 했던 터라 잔소리가 심했고, 기분이 언짢을 때는 벌도 주고 심지어 매질까지 했다. 이리하여 두 영향 사이에서 자라난 여자아이는 반은 하녀, 반은 양딸이 되었다. 그래서 그녀는 낮춰 부르는 카티카도, 사랑스럽게 부르는 카텐카도 아닌 그 중간인 카튜샤로 불렸다. 그녀는 바느질을 했고 방을 치웠고 분필가루로 성상화를 닦았고 커피를 볶고 빻아 끓여냈으며, 자질구레한 빨래를 했고 이따금 마님들 옆에 앉아 책을 읽어주기도 했다.

이따금 혼담이 오가도 그녀는 시집을 가려 하지 않았는데, 지주 집에서 누리는 달콤한 생활에 젖어버린 터라 혼담을 청한 사람들, 몸을 쓰며 일하는 사람들과 사는 게 힘들 것 같았기 때문이다.

그녀는 열여섯 살이 될 때까지 그렇게 살았다. 카튜샤가 막 열여섯 살이 되었을 때, 마님들의 조카이자 부유하고 젊은 대학생 공작이 이곳

---

* '구원받은 여자'라는 뜻.

영지를 방문했다. 그녀는 자신에게도 그에게도 사랑을 말할 용기조차 없으면서 그를 사모하게 되었다. 이 년이 흐른 어느 날, 조카는 출정하는 길에 고모들 집에 들러 나흘 동안 머무르다가 출발하기 전날 밤 카튜샤를 유혹했고, 마지막날 그녀 손에 100루블 지폐 한 장을 쥐여주고는 홀쩍 떠나버렸다. 그가 떠난 지 다섯 달이 지난 뒤에야 그녀는 자신이 임신했음을 알았다.

그때부터 그녀는 모든 것이 싫어졌고, 오로지 자신을 기다리는 수치에서 벗어날 방법만 궁리하느라 마님들의 시중에 소홀해졌을 뿐만 아니라, 그동안 억눌렀던 감정을 자신도 모르게 갑자기 폭발시키곤 했다. 훗날 뉘우칠 정도로 그녀는 마님들에게 거친 말을 내뱉으며 집에서 내보내달라고 우겨댔다.

마님들은 못마땅해하다가 결국 그녀를 내보냈다. 그녀는 곧장 어느 군郡 경찰서장 집 하녀로 들어갔으나 석 달밖에 살지 못했다. 쉰 살 먹은 늙은 경찰서장이 추근거렸기 때문인데, 한번은 그가 너무 발막하게 굴어서 발끈한 그녀가 맹추니 늙다리니 하고 욕을 퍼붓고 그의 가슴팍을 느닷없이 떠밀어 자빠뜨렸다. 거칠다는 이유로 그녀는 내쫓겼다. 갈 곳도 없고 해산일도 가까워진 그녀는 마을에서 술을 파는 과부 산파의 집에서 살게 되었다. 해산은 쉬웠다. 그러나 마을에서 병든 여자의 아기를 받아주고 온 산파가 카튜샤에게 산욕열을 옮기는 바람에 남자아이는 곧바로 고아원으로 보내졌고, 갓난아이를 고아원에 데려간 노파는 아이가 그곳에 가자마자 죽어버렸다고 전했다.

카튜샤가 산파한테 몸을 의탁했을 때 수중에 있던 돈은 127루블이었는데, 27루블은 일해서 모았고, 나머지 100루블은 그녀를 유혹했던 남자가 준 것이었다. 그러나 산파의 집에서 나올 때 남은 건 6루블뿐이었다. 그녀는 아낄 줄 모르고 거리낌없이 자신에게 돈을 썼고, 부탁하면 아무에게나 빌려주었다. 두 달 치 생활비, 즉 밥값과 찻값으로 산파에게 40루블을 주었고, 갓난아이를 고아원에 보내는 데 25루블을 썼고, 산파가 암소를 산다고 해서 40루블을 빌려주었고, 20루블 정도는 옷이나 이런저런 선물을 사느라 써버리는 바람에 건강을 회복했을 때는 무일푼이 되어 당장 일자리를 찾아야 했다. 마침 산림감독원 집에 일자리가 났다. 그런데 유부남이던 감독원 역시 군 경찰서장과 마찬가지로 첫날부터 카튜샤에게 추근거리기 시작했다. 카튜샤는 몸서리쳐질 정도로 이 사내가 싫어 피하려고 애썼다. 하지만 그는 그녀보다 경험이 많고 교활함도 한 수 위인데다, 무엇보다도 마음만 먹으면 그녀를 어디로든 심부름 보낼 수 있는 주인이었기 때문에 기회를 노려 그녀를 손에 넣고 말았다. 이를 눈치챈 그의 아내가 남편이 카튜샤와 단둘이 한방에 있을 때 덮쳤고, 카튜샤에게 달려들어 두들겨팼다. 카튜샤도 참지 않고 맞붙어 치고 때리고 싸워 결국에는 봉급도 받지 못하고 쫓겨났다. 카튜샤는 하는 수 없이 시내에 있는 이모 집에 머물렀다. 이모의 남편은 제본공으로 그래도 전에는 여유 있는 생활을 했지만, 고객을 다 잃어버린 지금은 손에 잡히는 대로 아무거나 팔아 술을 퍼마시며 살았다.

이모는 조그마한 세탁소를 차려 아이들과 생계를 이으며 폐인이 된 남편을 보살폈다. 이모는 마슬로바에게 세탁부가 되라고 권했다. 그러나 이모 집에서 지내는 세탁부들이 고생스럽게 생활하는 것을 본 마슬로바는 대답을 미루면서 직업소개소에 가 하녀 일자리를 알아봤다. 얼마 후, 김나지움에 다니는 아들 둘이 있는 어느 부인의 집에 하녀로 들어가게 되었다. 그러나 일주일쯤 지나서부터 콧수염이 거뭇거뭇한 김나지움 6학년생 큰아들이 공부는 팽개치고 추근거리기 시작하자 그녀는 한시도 맘을 놓을 수가 없었다. 부인은 모든 것을 마슬로바 탓으로 돌리더니 해고해버렸다. 새 일자리를 영 구하지 못하던 차에 마슬로바는 직업소개소에 갔다가 통통한 손에 보석반지 여러 개와 팔찌를 낀 부인을 만났다. 부인은 일자리를 찾는 마슬로바의 처지를 알자 집주소를 알려주며 한번 찾아오라고 했다. 마슬로바는 부인을 찾아갔다. 부인은 그녀를 살갑게 맞이하고는 피로시키*와 달콤한 술을 대접했고 자기 하녀에게 쪽지를 들려 어디론가 보냈다. 저녁이 되자 희끗희끗한 머리털을 길게 늘어뜨리고 흰 턱수염을 기른 키 큰 남자가 방에 들어왔다. 이 노인은 대번에 마슬로바 옆에 앉더니 눈을 번뜩이고 히죽히죽 웃으며 그녀를 찬찬히 훑어보기도 하고 농담을 건네기도 했다. 부인은 그를 옆방으로 불렀고, 마슬로바는 "시골에서 올라온 싱둥한 아이예요"라고 그녀가 하는 말을 들었다. 마침내 부인은 마슬로바를 부르더니, 노인은 작가이고 큰 부자인데 네가 마음에 들면 뭐든 아끼지 않고 줄 거라고 했다. 작가는 그녀를 마음에 들어했고, 앞으로 자주 만나자고 하며 마슬로바에게 25루블을 주었다. 이모에게 밀린 밥값을 갚고, 새 옷과 모자와 리본을 사고 나니 돈은 금세 사라졌다. 며칠 뒤 작가가 그녀를 데리러 사람을 보내왔다. 그녀는 그에게 갔다. 그는 그녀에게 또 25루블을 주며 방을 얻어 이사하라고 권했다.

---

* 만두처럼 채소, 고기 등의 속을 넣어 구운 빵.

작가가 얻어준 셋집에 살면서 마슬로바는 같은 건물에 살던 성격이 쾌활한 점원을 좋아하게 되었다. 그녀는 작가에게 사실대로 털어놓고 다른 작은 셋집으로 옮겼다. 그러나 결혼까지 약속한 점원이 말도 없이 그녀를 버리고 니즈니로 떠나버렸고, 마슬로바는 외톨이가 되었다. 그녀는 그 셋집에서 혼자 지내려고 했지만 허용되지 않았다. 파출소장은 그녀에게 노란 감찰鑑札*을 발급받고 주기적으로 검진을 받아야 한다고 했다. 그래서 그녀는 이모 집으로 돌아왔다. 유행하는 옷차림에 망토를 걸치고 모자까지 쓴 마슬로바를 본 이모는 기꺼이 그녀를 받아주었고, 그녀가 수준 높은 생활을 하게 된 줄 알고 그때부터는 감히 세탁부가 되라고 권하지 못했다. 당시 마슬로바에게 세탁부가 되느냐 마느냐는 안중에도 없었다. 가느다란 팔에 얼굴빛이 창백한 세탁부들이, 그중에는 결핵에 걸린 사람도 몇 있었는데, 여름이고 겨울이고 창문을 열어젖혀도 항상 30도나 되는 비누 섞인 김이 꽉 찬 곳에서 빨래나 다리미질을 하며 징역살이 같은 생활을 하는 것을 보며 그녀는 연민을 느꼈고 자기도 그렇게 살 뻔했다고 생각하면 등골이 오싹했다.

마슬로바가 보호자 하나 없이 특히 어렵게 지내던 바로 그때, 유곽에 여자를 알선해주는 여자 뚜쟁이가 찾아왔다.

이미 오래전부터 담배를 피워왔던 마슬로바는 점원과 좋아지내다가 버림받은 후로 차츰 술을 배우게 되었다. 그녀가 술에 빠진 것은 술이 맛있기도 했지만 이제껏 겪어온 숱한 괴로움을 잊게 해주고, 또 한편으로는 술이 아니라면 얻을 수 없는 발막함과 자신감을 주었기 때문이다.

---

* 매춘부 증표.

술을 마시지 않을 때면 항상 우울하고 스스로가 부끄러웠다.

뚜쟁이 여자는 마슬로바의 이모에게 음식을 대접하고 마슬로바에게 맘껏 술을 마시게 해주더니 도시에서 가장 좋은 유곽에서 일해보라고 권하며 그 일의 이점과 장점을 잔뜩 늘어놓았다. 마슬로바는 천한 하녀라는 굴욕적 처지에서 달라붙는 남자들과 은밀하고 일시적인 간음을 할지, 아니면 생계가 보장되고 정당한 처지에서 법적으로 허용된, 벌이가 좋은 일상적인 간음을 할지 둘 중 하나를 택해야 했고, 후자를 택했다. 그뿐만 아니라 그녀는 그렇게 하는 것이 자기를 유혹한 첫 남자와 점원에게, 그리고 자신에게 나쁜 짓을 한 모든 남자에게 앙갚음이 되리라 생각했다. 벨벳이니 견직물이니 실크로 지은, 어깨와 팔이 드러나는 야회복 같은 옷을 원하는 대로 맞춰 입을 수 있다는 뚜쟁이 여자의 말도 최종적인 결심을 하게 한 이유 중 하나였다. 검정 벨벳 장식이 달린 샛노란 실크 드레스, 가령 그런 노란색 데콜테*를 걸친 자신을 상상하자 그녀는 더이상 버티지 못하고 신분증을 건네고 말았다. 그날 밤 뚜쟁이 여자는 삯마차를 불러 키타예바가 운영하는 유명한 유곽으로 그녀를 데려갔다.

그때부터 마슬로바는 어쩔 도리 없이 신과 인간의 계율을 짓밟는 만성적 죄악의 삶을 시작하게 되었다. 수많은 여자가 시민의 안녕을 위해 정부 당국이 허가할 뿐만 아니라 보호하는 그 삶을 영위하고 있었고, 그녀들 중 십중팔구는 고통스러운 병에 걸려 일찍 늙고 일찍 죽었다.

한밤 통음난무의 술판이 끝난 뒤 아침부터 대낮까지 깊은 잠이 이어

---

* 이브닝드레스와 비슷하지만 소매가 없고 등과 가슴 부분이 깊게 파인 드레스.

지고, 서너시쯤 지저분한 잠자리에서 일어나 숙취를 달래기 위해 젤터 탄산수와 커피를 마시고, 잠옷에 재킷이나 가운만 걸친 채 이 방 저 방을 어슬렁거리고, 커튼 뒤에서 창밖을 내다보고, 생기 없는 목소리로 서로 싸운다. 씻고, 화장하고, 머리와 몸에 향수를 뿌리고, 가봉한 옷을 입어보며 주인아주머니와 말다툼하고, 거울 앞에서 매무새를 가다듬고, 눈썹을 그리고, 달고 기름진 음식으로 배를 채운다. 그러고는 맨살이 비치는 화사한 실크 드레스를 입는다. 눈부시게 밝은 홀로 나가고, 손님들이 들어오고, 음악이 울리고, 춤을 추고, 과자를 먹고, 술을 마시고 담배를 피우고, 청년, 중년, 애송이, 늙은이, 독신자, 기혼자, 상인, 점원, 아르메니아인, 유대인, 타타르인, 부자, 가난뱅이, 건강한 사람, 병든 사람, 술취한 사람, 술에 취하지 않은 사람, 무례한 사람, 자상한 사람, 무관, 문관, 대학생, 김나지움 학생까지—온갖 계층과 나이와 성격의 남자들과 간음한다. 고함소리, 농담, 다툼, 음악, 담배, 술, 다시 술, 담배, 초저녁부터 새벽까지 울리는 음악. 아침에야 겨우 풀려나와 청하는 고된 잠. 이런 것들이 매일같이 일주일 내내 계속된다. 주말에는 관공서인 지구 경찰서에 가는데, 그곳에서는 공무원과 공공의사라는 남자들이, 때로는 진지하고 엄하게 때로는 장난스럽고 쾌활한 태도로, 이러한 죄를 막기 위해 자연이 인간뿐만 아니라 동물에게도 준 수치심이라는 것을 무시하며 여자들을 검진하고, 그녀들이 지난 일주일 동안 공범자들과 함께 저지른 죄를 한 주 더 이어가도록 허가해준다. 그러면 똑같은 한 주가 이어진다. 여름이고 겨울이고 평일이고 휴일이고 명절이고 할 것 없이 똑같은 하루하루가 되풀이된다.

마슬로바는 그렇게 칠 년을 살았다. 그동안 유곽을 두 차례 옮겼고,

입원도 한 차례 했다. 유곽에서 지낸 지 칠 년째 되던 해, 타락의 길로 들어선 지 팔 년째 되던 해, 스물여섯 살이 되던 그해에 그녀는 어떤 사건으로 교도소에 수감되었고 여자 살인범들, 여자 절도범들과 육 개월을 보내다가 이제 법정으로 끌려가고 있었다.

3

먼길에 지친 마슬로바가 호송병들과 함께 지방법원 건물에 다다랐을 무렵, 그녀를 키워준 마님들의 조카이자 그녀를 유혹했던 드미트리 이바노비치 네흘류도프 공작은 높직한 용수철 침대의 깃털 매트리스 위에 구겨진 솜이불을 덮고 누워서, 다림질로 주름을 잡은 깨끗한 네덜란드제 잠옷 앞섶을 풀어헤친 채 담배를 피우고 있었다. 그는 멍하니 앞쪽을 응시하며 오늘 해야 할 일과 어제 있었던 일을 생각했다.

그는 자신이 그 집 딸과 틀림없이 결혼할 거라고 모두가 예상하는 부호이자 명문인 코르차긴 씨 집에서 보낸 간밤의 일을 생각하며 한숨을 내쉬고는 다 피운 담배를 버리고 은제 담뱃갑에서 한 개비를 또 꺼내려다 이내 생각을 고쳐 매끈하고 흰 두 다리를 침대에서 내리고 슬리퍼를 더듬었다. 그는 살찐 어깨에 실크 가운을 걸치고 성큼성큼 빠른 걸음으로 화장실로 들어갔는데, 침실과 붙어 있는 화장실에는 엘릭시르제*며 오드콜로뉴, 포마드, 향수 등의 인공적인 향기가 배어 있었다.

---

* 단맛과 향기가 있는 내복약.

그는 여기저기 충전充塡 치료를 한 이를 특제 치약으로 닦고 향료가 든 양칫물로 입을 헹구고는 몸을 빈틈없이 씻고 수건을 다양하게 바꿔가며 물기를 닦아냈다. 우선 향긋한 비누로 두 손을 씻고, 길게 기른 손톱을 작은 솔로 정성껏 닦고, 커다란 대리석 세면대에서 얼굴과 굵은 목덜미를 다 씻고 나서는 침실 옆 샤워 공간인 세번째 방으로 갔다. 거기서는 근육이 잘 발달된 희고 기름진 몸에 찬물을 끼얹고 올이 굵은 부풀부풀한 수건으로 닦고서 깨끗하게 다려진 속옷을 입었다. 그러고는 거울처럼 반질반질하게 닦인 단화를 신고 화장대 앞에 앉아 브러시 두 개로 크지 않지만 곱슬곱슬한 검은 턱수염과 숱이 줄어든 구불거리는 앞머리를 빗었다.

속옷, 옷, 신발, 넥타이, 넥타이핀, 커프스단추 등 그가 사용하는 물건과 장신구는 모두 최고급 제품으로, 튀지 않고 단순하면서도 튼튼하고 값나가는 것들이었다.

열 개 남짓 되는 넥타이와 넥타이핀 중에서 손에 먼저 걸린 것을 고르고—한때는 넥타이를 고르는 일도 신선하고 재미있었으나 이제는 시큰둥했다—하인이 깨끗이 솔질해서 의자 위에 준비해놓은 옷을 입었다. 그다지 상쾌한 기분은 아니었지만 향긋한 냄새를 풍기면서 깨끗해진 몸으로 어제 하인 셋이 쪽마루를 반들반들하게 닦아놓은 길쭉한 식당으로 들어갔다. 식당에는 커다란 떡갈나무 식기장과 사자 발을 본떠 조각해 쫙 벌린 네 다리로 서 있는 듯한 역시 커다란 접이식 식탁이 장중하게 놓여 있었다. 커다란 모노그램 자수가 놓인 풀 먹인 얇은 식탁보가 깔린 식탁에는 향긋한 커피가 담긴 은제 포트며 은제 설탕 그릇, 끓인 크림이 담긴 그릇, 갓 구운 흰 빵과 러스크, 비스킷이 담긴 바구니가 놓여 있었다. 식기 옆에는 배달된 편지와 신문, 〈르뷔 데 되 몽드〉* 신간이 놓여 있었다. 네흘류도프가 막 편지를 집으려 했을 때 복도로 통하는 문으로 조용히, 양쪽으로 탄 가르마를 레이스 장식으로 가린 상복 차림의 뚱뚱한 중년 여자가 들어왔다. 얼마 전 이 집에서 세상을 떠난 네흘류도프의 어머니를 모시던 몸종 아그라페나 페트로브나로, 지금은 가정부로 남아 주인의 아들을 시중들고 있었다.

아그라페나 페트로브나는 네흘류도프의 어머니를 따라 외국에서 십년쯤 살다 와서 귀부인 같은 자태와 매너를 지니고 있었다. 또한 네흘류도프가 어릴 적부터 이 집에서 일했기 때문에 미텐카라는 애칭으로 불리던 무렵의 드미트리 이바노비치를 알았다.

"잘 주무셨나요, 드미트리 이바노비치."

"안녕하신가요, 아그라페나 페트로브나. 뭐 재미있는 일이라도?" 네흘류도프가 농담조로 물었다.

"공작부인이신지 공작영애이신지 어느 분이 보낸 편지가 와 있습니다. 편지를 가져온 하녀가 아까부터 제 방에서 기다리고 있어요." 아그라페나 페트로브나가 편지를 건네며 의미심장한 미소를 지었다.

"좋아요, 지금 보죠." 네흘류도프는 이렇게 말하며 편지를 받아들었고, 아그라페나 페트로브나의 미소를 알아채고 얼굴을 찡그렸다.

아그라페나 페트로브나의 미소는 이 편지가 네흘류도프와 결혼할 여자라 여겨지는 코르차기나 공작영애의 것임을 뜻했다. 그리고 이를 넘겨짚는 아그라페나 페트로브나의 미소를 읽고 네흘류도프는 불쾌해

---

* 1829년 창간된 프랑스 격주간 문예지.

졌다.

"그럼 조금 더 기다리라고 할게요." 아그라페나 페트로브나는 잘못 놓인 식탁용 솔을 제자리로 옮겨놓고는 조용히 식당을 나갔다.

네흘류도프는 아그라페나 페트로브나가 건넨 향기 나는 편지를 꺼내 읽어내려갔다. 편지는 가장자리가 고르지 않은 두꺼운 잿빛 종이 한 장에 날카로운 필체이지만 간격이 널찍널찍하게 쓰여 있었다.

당신에게 기억을 되살려드려야 하는 제 의무를 수행하고자 알려드리건대, 오늘, 즉 4월 28일은 당신이 배심원으로서 법정에 나가셔야 하는 날이기 때문에, 당신은 우리와 콜로소프와 함께 전람회에 가시겠다고, 늘 그랬듯이 가볍게 약속하셨지만 가실 수 없습니다. 말을 사는 데도 쓰기 아깝다 했던 300루블을 제시간에 출석하지 않은 벌금으로 지방법원에 낼 생각이 아니시라면요. 어제저녁 당신이 돌아가시자마자 이 일이 생각났어요. 그러니 아무쪼록 잊지 마시길.

M. 코르차기나 공작영애

뒷면에 추신이 있었다.

어머니께서 당신의 만찬 자리는 밤늦게까지 잡아놓는다고 전하라 하셨어요. 아무때라도 꼭 와주세요.

M. K.

네흘류도프는 미간을 찌푸렸다. 이 편지는 코르차기나 공작영애가 그에게 벌써 두 달 동안이나 해오던 교묘한 작업의 연속이었고, 그를 보이지 않는 실로 슬금슬금 자신에게 묶어놓으려는 것이었다. 그러나 아주 젊지도 않은 사람들이나 열렬히 사랑하지도 않는 사람들이 으레 결혼을 앞두고 느끼는 망설임 외에도 네흘류도프에게는 설사 결심했다 해도 지금 당장 청혼할 수 없는 중대한 이유가 있었다. 십 년 전 카튜샤를 유혹했다가 버렸다는 건 이유가 되지 않았다. 그는 그 일을 완전히 잊어버렸고, 그것이 자신의 결혼에 방해가 된다고 생각하지도 않았다. 그의 마음에 켕기는 것은 어느 유부녀와의 관계였는데, 그는 그 관계를 이미 끝난 것으로 여겼지만 그녀는 아직 끝났다고 인정하지 않고 있었다.

네흘류도프는 여자들을 대할 때 몹시 조심했는데, 이런 조심성이 그 유부녀의 마음속에 그를 정복하려는 욕망을 불러일으켰다. 그녀는 그가 선거 때 가곤 하던 어느 군의 귀족회장의 아내였다. 그녀는 그를 하루하루 점점 더 흥분되는 관계로, 그러나 동시에 점점 더 진저리나는 관계로 끌어들였다. 네흘류도프는 처음에는 그 유혹에 버틸 수 없었고, 나중에는 그녀에게 죄책감을 느끼게 되어 그녀의 동의 없이 일방적으로 관계를 끝낼 수가 없었다. 바로 이런 이유 때문에 자신에게 그럴 마음이 있더라도 코르차기나에게 청혼할 자격이 없다고 생각한 것이다.

식탁 위에는 마침 그녀의 남편인 귀족회장이 보낸 편지도 놓여 있었다. 그의 필적과 봉투의 소인을 보자 네흘류도프는 곧장 얼굴을 붉혔고, 위험이 닥칠 때면 늘 그랬듯이 감정이 앙양되는 것을 느꼈다. 그러나 그의 흥분은 공연한 것이었다. 유부녀의 남편, 즉 네흘류도프의 주요 영지가 있는 군의 귀족회장이 보낸 편지는 5월 말에 젬스트보* 긴급 총회가 열리는데, 학교와 간선 철도에 관해 중요한 문제가 논의될 것이고 보수파의 강력한 반대가 예기되니 꼭 참석해서 *지지*해달라고 당부하는 내용이었다.

자유주의자인 귀족회장은 알렉산드르 3세가 즉위하며 대두한 반동 세력에 대항해 오직 몇몇 동지와 그 싸움에 참척하고 있었기 때문에** 불행한 가정생활에 대해서는 아무것도 알지 못했다.

네흘류도프는 이 남자와 관련해 상상했던 온갖 괴로운 순간들을 모조리 떠올렸다. 그에게 들켜서 결투를 각오하고, 자신은 결투를 하더라도 공중에 대고 권총을 쏘겠다고 작정하는 상상도 있었고, 절망에 빠진 그녀가 연못에 몸을 던지겠다고 뛰쳐나가고 그 뒤를 쫓아가는 무서운 상상도 있었다. '나는 지금 그곳에 갈 수 없다, 그녀의 회답을 받기 전에는 아무것도 할 수 없다.' 네흘류도프는 생각했다. 일주일 전 그는 그녀에게 결연한 편지를 썼는데, 자신의 죄를 인정하며 죗값을 치르기 위해 어떠한 것도 감수하겠다고, 그러나 어쨌든 그녀의 행복을 위해 자신들의 관계는 영원히 끝난 것으로 알고 있겠다고 썼다. 그는 기다렸지만 아무런 회답도 받지 못했다. 회답이 없다는 건 일면 좋은 징조였다. 만일 그녀가 단번에 동의하지 않았다면 진작 답장을 썼거나 예전처럼 그를 직접 찾아오거나 했을 것이다. 네흘류도프는 요새 어떤 장교가 그녀에게 추근거린다는 소문을 들었는데, 질투심에 괴로우면

---

* 알렉산드르 2세가 펼친 개혁 정책의 일환으로 설치된 지방자치기관.
** 알렉산드르 3세는 이전 통치기의 개혁적이고도 자유주의적인 정치 체제를 절대적 전제 체제로 되돌려놓았다.

서도 한편으로는 자신을 괴롭히던 허위에서 해방될 수 있으리라는 희망에 기뻤다.

또 한 통의 편지는 영지의 수석 관리인에게서 온 것이었다. 관리인은 상속권을 확정하기 위해, 또 앞으로 영지 경영을 어떻게 할 것인지 결정해야 하니, 즉 돌아가신 마님이 살아계셨을 때처럼 할지, 아니면 자기가 돌아가신 공작부인에게 권했고 지금 젊은 공작에게도 권하려는 것처럼 농민들에게 빌려주었던 땅을 회수하고 농기구를 늘려 직접 경작할지 결정해야 하니 네흘류도프가 꼭 직접 와주길 바란다고 썼다. 관리인은 그런 식의 경영이 훨씬 큰 이익을 낼 거라고도 썼다. 그러면서 1일까지 마땅히 보내야 했던 3천 루블 송금이 다소 늦어진 데 대해 사과했고 그 돈은 다음 편에 보내겠다고 했다. 그는 농민들이 너무 불성실해서 당국에 요청해 강제 징수하게 하지 않고는 도저히 돈을 거둘 수가 없기 때문에 송금이 늦어지고 있다고 해명했다. 이 편지는 네흘류도프에게 유쾌하기도 하고 불쾌하기도 했다. 막대한 사유재산에 대한 자신의 권력을 느끼는 것은 유쾌했으나, 대지주가 된 지금, 젊었을 때 허버트 스펜서*의 열광적인 숭배자였고, 정의正義는 개인의 토지 사유를 허용하지 않는다는 『사회정학』의 주장에 경도됐던 자신을 떠올리면 불쾌했다. 그는 청년다운 솔직함과 단호함으로 토지는 사유재산이 되어서는 안 된다고 말하고 다녔을 뿐 아니라, 대학 시절에는 이에 관한 논문도 썼고 실제로 신념에 반하는 토지 사유를 거부하겠다며 토지 일부를 농민들에게 나누어준 적도 있었다(그 땅은 어머니의 재산이 아니

---

* 사회진화론을 창시한 영국 철학자, 사회학자.

라 그가 아버지로부터 직접 상속받은 것이었다). 그러나 유산상속으로 대지주가 된 지금, 그는 십 년 전 아버지로부터 상속받은 토지 200데샤티나*를 거부했던 것과 마찬가지로 재산을 거부하든가, 이에 대해 침묵하면서 과거 자신의 신념이 잘못되고 거짓되었다고 인정하든가 둘 중 하나를 택해야 했다.

그러나 그는 토지 외에는 아무런 생활 수단이 없었기 때문에 전자를 실행할 수는 없었다. 관청에서 근무할 생각이 없는데다, 기실 이미 몸에 밴 사치스러운 생활 습관을 버릴 수도 없을 것 같았다. 또 그렇게 할 이유도 없었는데, 왜냐하면 이제 그에게는 청년 시절에 품었던 신념이나 결의도, 사람들을 놀라게 하겠다는 허세나 욕망도 없었기 때문이다. 그렇다고 해서 후자, 즉 젊은 시절의 그가 읽었던 스펜서의 『사회정학』에서 제기되었고, 그로부터 한참 뒤에 읽은 헨리 조지**의 저서들에서도 증명된, 토지 사유의 명백하고 반박할 수 없는 불법성을 거부할 수도 없었다.

그래서 그는 관리인의 편지가 불쾌했다.

4

네흘류도프는 커피를 마신 뒤, 몇시까지 법원에 가야 하는지 통지서를 살피고 공작영애에게 답장도 쓸 겸 서재로 갔다. 서재에 가려면 화

* 러시아의 지적 단위로, 1데샤티나는 1.092헥타르.
** 미국 경제학자, 정치가. 『진보와 빈곤』을 썼다.

실을 지나야 했다. 화실에는 그가 그리다 만 그림이 뒤집어진 채 놓여
있었고, 벽에 습작이 몇 장 걸려 있었다. 이 년 동안 고심해왔던 그림과
습작들이 놓인 화실의 모습을 보자, 얼마 전 자신이 계속 그림을 그리
기에는 재능이 부족하다고 깨달으며 느꼈던 무기력감이 떠올랐다. 그
는 그런 느낌을 지나칠 정도로 섬세하게 발달한 자신의 미적 감각 탓
으로 돌렸지만 어쨌든 그 기분이 유쾌할 순 없었다.

칠 년 전 그는 스스로 그림에 재능이 있다고 확신하고 군 복무를 그
만두었고 예술 활동만이 고상한 것이라 여기며 다른 모든 활동을 다소
얕잡아 보았다. 지금 생각하면 자신에게는 그럴 권리가 조금도 없었다.
그래서 그것에 대해 떠올리기만 해도 불쾌한 감정이 들었다. 그는 온갖
장비를 갖춘 호화로운 화실을 무거운 마음으로 바라보며 불쾌한 기분
으로 서재에 들어갔다. 서재는 아주 널찍하고 천장이 높고 온갖 종류의
장식과 설비와 비품이 갖춰져 있었다.

지급至急으로 분류된 통지서를 커다란 책상의 서랍 속에서 찾은 네흘
류도프는 열한시까지 법정에 출두해야 한다는 것을 확인했고, 의자에
앉아 공작영애에게 초대에 감사하며 되도록 만찬에 참석하겠다는 편
지를 썼다. 한 장을 다 썼지만 어투가 너무 친밀한 것 같아 찢어버리고
다시 한 장을 새로 썼는데 이번에는 냉랭하다못해 거의 모욕적이었다.
또 찢어버리고는 벽의 벨을 눌렀다. 회색 옥양목 앞치마를 두른 중씰한
하인이 구레나룻만 남기고 깨끗이 면도한 음울한 얼굴로 들어왔다.

"삯마차 좀 불러주게."

"알겠습니다."

"그리고 코르차긴 씨 댁에서 온 사람이 기다리고 있을 테니 고맙다

고, 되도록 들르겠다고 전해주게."

"그렇게 하겠습니다."

'예의가 아닌 줄은 알지만 도통 써지질 않는다. 어차피 오늘 저녁에 만나게 될 테니까.' 네홀류도프는 이렇게 생각하고 옷을 갈아입으러 나갔다.

옷을 갈아입고 현관 계단으로 나가자 낯익은 고무바퀴 삯마차가 기다리고 있었다.

"어제 나리께서 코르차긴 공작 댁에서 떠나신 바로 뒤에," 마부가 하얀 루바시카* 깃으로 감싸인, 볕에 그을린 실팍한 목덜미를 반쯤 돌리며 말했다. "제가 모시러 갔더니 문지기가 방금 나가셨다고 하더군요."

'마부까지 나와 코르차긴가※의 관계를 알고 있다.' 이런 생각을 하자 요즈음 줄곧 뇌리에서 떠나지 않는 해결되지 않은 문제, 즉 코르차기나 공작영애와 결혼을 하느냐 마느냐의 문제가 다시 고개를 쳐들었지만, 이 문제 역시 요즈음 그의 머리에 떠오른 많은 문제와 마찬가지로 도무지 결정을 내릴 수 없었다.

무릇 결혼생활의 이점은 첫째, 단란한 가정생활의 즐거움 외에도 불건전한 성생활을 접고 도덕적인 생활을 가능하게 한다는 점이고, 둘째, 이것이 중요한데, 가족과 아이들이 현재 자신의 무의미한 삶에 의미를 줄 수 있다는 점이라고 네홀류도프는 생각하고 있었다. 이것이 대체로 결혼을 찬성하는 이유였다. 결혼을 반대하는 것은 첫째, 젊지 않은 독

---

* 러시아 전통 의상으로, 블라우스와 비슷한 긴 상의.

신자들 모두가 갖는 두려움, 즉 자유를 잃지 않을까 하는 두려움 때문이었고, 둘째, 여자라는 불가사의한 존재에 대한 무의식적인 두려움 때문이었다.

특히 미시(코르차기나의 이름은 마리야인데, 계층을 불문하고 어느 가정에서나 그렇듯 그녀도 별칭으로 불렸다)와의 결혼이 지닌 이점은 첫째, 그녀가 혈통이 좋아서 옷차림이나 말하고 걷고 웃는 등 모든 행동거지가 여느 사람들과는 다르다는 점인데, 그녀는 유별남이 아니라 '단정함'으로 두드러졌고, 그는 그녀의 이런 특성을 뭐라 말로 표현할 순 없지만 아주 높이 평가했다. 둘째, 다른 누구보다도 그녀가 그를 높이 평가한다는 것, 즉 그가 생각하기에 그녀는 자신을 이해하는 것 같다는 점이다. 그를 이해한다는 것, 즉 그의 장점을 높이 산다는 것은 그녀의 지성과 올바른 판단력을 증명하는 것이었다. 한편 미시와 결혼하기를 꺼리는 이유는 첫째, 미시보다 훨씬 더 많은 자질을 갖춘, 따라서 자신에게 더 잘 어울리는 여자를 찾아낼 수 있을지도 모르기 때문이었고, 둘째, 그녀의 나이가 벌써 스물일곱 살이니 분명 몇 번의 연애 경험이 있을 것 같기 때문이었다. 바로 이 생각이 그를 괴롭혔다. 비록 과거의 일이라 해도 그녀가 자기 외의 남자를 사랑할 수 있다는 것은 자존심이 허락하지 않았다. 물론 미래에 그를 만나게 될 줄 몰랐겠지만, 그는 그녀가 전에 누군가를 사랑했을 수 있다고 생각하는 것만으로도 모욕감을 느꼈다.

이렇게 찬성의 이유와 반대의 이유가 반반이고 각각이 동등한 무게를 지녀서 더 무거운 것을 가리기가 어려웠는데, 네흘류도프도 그런 자신을 비웃으며 뷔리당의 당나귀* 같다고 생각했다. 그런데도 그는 여전히 두 꼴 가운데 뭘 먹어야 할지 몰랐다.

'그나저나 마리야 바실리예브나(귀족회장의 부인)에게 답장을 받고 그 관계를 깨끗이 매듭짓지 않고는 아무것도 할 수 없다.' 그는 속으로 중얼거렸다.

그리고 결정을 미룰 수 있고 또 미뤄야 한다는 생각이 들자 기분이 나아졌다.

'모든 문제를 다시 신중히 생각해보기로 하자.' 프롤룟카**가 아스팔트 깔린 법원의 마차 승강장에 소리도 없이 들어섰을 때 그는 다시 속으로 중얼거렸다.

'지금은 내가 언제나 해왔고 마땅히 해야 할 사회적 의무를 성심성의껏 이행해야 한다. 게다가 이런 의무 중에는 이따금 재미있는 일도 있으니까.' 그는 속으로 중얼거리며 수위 옆을 지나 법원 현관으로 들어갔다.

5

네흘류도프가 법원에 들어섰을 때 복도는 이미 사람들로 혼잡했다.

위임장과 서류를 든 경비들이 발을 바닥에서 떼지 않고 미끄러지듯

---

* 14세기 프랑스 철학자 장 뷔리당(1295~1363)이 세웠다고 알려진 가설로, 배고픈 당나귀가 꼴이 담긴 두 개의 통 앞에서 망설이다가 끝내 아무것도 선택하지 못하고 죽음에 이른다.
** 경사륜마차.

빠르게 끌고 숨을 헐떡이며 여기저기로 바쁘게 오갔다. 집행관, 변호사, 판사, 검사가 이리저리 지나갔고, 청원인들이나 감시가 딸리지 않은 피고들이 낙담한 표정으로 벽 쪽에서 서성이거나 자리에 앉아 차례를 기다리고 있었다.

"지방법원 법정은 어딘가?" 네흘류도프가 한 경비에게 물었다.

"어느 법정 말입니까? 민사부도 있고 형사부도 있습니다만."

"나는 배심원이네."

"그럼 형사 법정으로 가셔야 합니다. 그렇다고 말씀해주셨어야죠. 여기서 오른쪽으로 갔다가 왼쪽으로 돌아 두번째 문입니다."

네흘류도프는 가르쳐준 대로 걸어갔다.

그 문 앞에는 두 사람이 개정을 기다리며 서 있었다. 한 사람은 키가 크고 뚱뚱한 상인인데, 사람 좋아 보이는 그는 한잔 들이켜고 볼가심한 듯 무척 유쾌해 보였다. 다른 한 사람은 유대인 점원이었다. 네흘류도프가 다가가 여기가 배심원실이냐고 물었을 때 그들은 양모 시세에 대해 이야기하고 있었다.

"여깁니다, 나리, 여기예요. 우리 형제님도 배심원이신가요?" 사람 좋아 보이는 상인이 유쾌하게 한쪽 눈을 찡긋하며 물었다. "그럼 함께 열심히 해보십시다." 네흘류도프가 그렇다고 하자 상인이 말을 이었다. "저는 2길드*의 바클라쇼프입니다." 그가 쥐기도 버거울 만큼 투실투실하고 넓적한 손을 내밀었다. "당연히 열심히 해야죠. 그런데 나리는 어떤 분이신지요?"

─────────────

* 상인의 역할과 재산에 따라 세 길드로 나뉘었고, 2길드는 1길드보다 규모가 작은 중간 도소매업자 등이 속했다.

네흘류도프는 이름을 밝히고 배심원실로 들어갔다.

별로 크지 않은 배심원실에는 다양한 부류의 사람이 열 명가량 모여 있었다. 모두 이제 막 도착한 터라 몇 명은 의자에 앉아 있고, 또 몇 명은 두리번거리며 통성명을 하고 다녔다. 군복을 입은 퇴역 군인 한 명, 폿둡카*를 입은 한 사람을 제외하고는 모두 프록코트나 재킷을 입고 있었다.

다들 할일을 제쳐두고 와서 곤란하다고 말하면서도 얼굴에는 사회적으로 중요한 일을 수행한다는 데서 오는 일종의 만족감이 역력했다.

통성명을 한 사람들이나 누가 누구려니 짐작하는 사람들이나 할 것 없이 배심원들은 날씨에 대해, 이른봄에 대해, 당면한 사건에 대해 이야기를 나누었다. 아직 안면이 없던 사람들이 서둘러 네흘류도프에게 와서 인사했는데, 그것을 마치 특별한 영예로 여기는 듯했다. 네흘류도프도 처음 만나는 낯선 사람들 사이에서 언제나 그랬듯 그것을 당연하게 받아들였다. 어째서 자신이 대다수의 사람들보다 위에 있다고 여기는지 묻는다면 딱히 할말이 없을 텐데, 여태까지 살면서 그가 특별한 우월함을 보여준 적도 없었기 때문이다. 영어, 프랑스어, 독일어를 자유로이 구사한다고 해서, 몸에 걸친 셔츠며 옷, 넥타이, 커프스단추 따위가 모두 일류 상점 제품이라고 해서 스스로를 우월하다고 인정할 수 없다는 건 그 자신도 알았다. 그런데도 그는 자신이 우월하다고 아무 의심 없이 인정하면서 자신에 대한 사람들의 존경어린 태도를 당연시했고, 그렇지 않으면 모욕을 느꼈다. 배심원실에서 한 사람이 그에

---

* 주로 농민이 입는, 가벼운 소재의 긴 외투.

게 보인 몰강스러운 태도는 불쾌감을 주었다. 배심원 중에 그의 지인이 한 명 있었다. 전에 네흘류도프 누이의 아이들을 가르쳤던 가정교사 표트르 게라시모비치였다(네흘류도프는 지금까지 그의 성을 몰랐고, 심지어 모른다는 사실을 자랑스럽게까지 여겼다). 표트르 게라시모비치는 대학을 졸업하고 지금은 김나지움 교사로 일하고 있었다. 네흘류도프는 그의 어렴성 없는 태도나 자기만족적인 너털웃음, 누이가 종종 말했듯이, 대체로 그 '공동체주의적' 태도 때문에 그가 항상 못마땅했다.

"아, 당신도 걸리셨군요." 표트르 게라시모비치가 큰 소리로 껄껄대며 네흘류도프를 맞았다. "피할 수 없었던가요?"

"피할 생각 없었습니다." 네흘류도프가 엄격하고 침울하게 말했다.

"오, 시민적 미덕이로군요. 하지만 두고 보십시오, 배도 곯고 졸린데 잠도 못 자면 푸념을 늘어놓게 될 겁니다!" 표트르 게라시모비치가 한층 더 큰 소리로 껄껄대며 말했다.

'사제의 자식놈이 이제 곧 나한테 "너"라고 부르겠는걸.' 네흘류도프는 이렇게 생각하고는 흡사 육친의 부고를 들었을 때나 지을 법한 슬픈 표정으로 자리에서 물러나, 수염을 말쑥하게 깎은 의젓한 풍채에 키 큰 신사가 한창 떠들고 있는 무리 쪽에 다가갔다. 이 신사는 현재 민사 법정에서 심의되고 있는 어느 소송 사건에 대해 아주 잘 안다는 투로 법관들과 유명한 변호사들의 이름과 부칭을 들먹이며 이야기하고 있었다. 어느 유명한 변호사가 놀라운 수완으로 사건을 뒤집어놓는 바람에 당사자들 중 한쪽인 늙은 귀부인이 억울하게도 상대측에 거액을 지불하게 되었다는 이야기였다.

"천재적인 변호사입니다!" 그가 말했다.

모두 존경의 빛을 띠며 듣다가 그중 몇이 말참견하려 했으나 신사는 모든 것을 정확하게 아는 사람은 자신뿐이라는 듯이 모두의 말을 가로막았다.

네흘류도프는 늦게 도착했는데도 한참을 더 기다려야 했다. 아직 도착하지 않은 판사 한 명 때문에 개정이 지연되고 있었다.

6

재판장은 일찍 법원에 도착했다. 키가 크고 뚱뚱하고 희끗희끗한 구레나룻을 길게 기르고 있었다. 유부남이지만 무척 방탕한 생활을 했고, 그의 아내도 매한가지였다. 그들은 서로 간섭하지 않았다. 오늘 아침 그는 지난여름 그의 집에서 가정교사로 일했던 스위스 여자가 보낸 편지를 받았는데, 지금 남부에서 페테르부르크로 오는 중이며 오후 세시부터 여섯시까지 시내에 있는 '이탈리아' 호텔에서 그를 기다리겠다는 내용이었다. 그래서 그는 지난여름 별장에서 자신과 로맨스의 꽃을 피웠던 빨간 머리의 클라라 바실리예브나를 여섯시 전까지 가서 만나기 위해 오늘 재판을 평소보다 일찍 시작해서 빨리 끝내고 싶었다.

그는 자기 사무실로 들어가 문을 잠그고 서류장 아래 칸에서 아령을 두 개 꺼내 들고는 위로, 앞으로, 옆으로, 아래로 스무 번씩 움직인 뒤 머리 위로 쳐들고 가볍게 세 번 무릎을 구부렸다 폈다.

'냉수욕과 체조만큼 건강에 좋은 것도 없지.' 그는 약손가락에 금반지를 낀 왼손으로 오른팔의 긴장된 상박근을 만지며 생각했다. 이제 막 팔 돌리기를 할 참이었는데(그는 장시간 법정에 앉아 재판을 하기 전에 언제나 이 두 가지 운동을 했다) 문이 흔들렸다. 누군가 문을 열려고 했다. 재판장은 얼른 아령을 내려놓고 문을 열었다.

"실례합니다." 그가 말했다.

키가 작달막하고 금테 안경을 낀 배석판사가 어깨를 치켜올리고 얼굴을 찌푸린 채 들어왔다.

"또 마트베이 니키티치가 보이지 않습니다." 판사가 못마땅한 듯이 말했다.

"아직 오지 않았나보군요." 재판장이 법복을 입으며 말했다. "언제나 늦죠."

"어이가 없습니다, 어떻게 그렇게 염치가 없는지." 판사가 불퉁하게 말하고 자리에 앉으며 담배를 꺼냈다.

무척 꼼꼼한 이 판사는 오늘 아침 아내와 불쾌한 언쟁을 벌였는데, 아내가 한 달 치 생활비를 벌써 다 써버렸기 때문이었다. 그녀가 그에게 돈을 앞당겨 달라고 청했지만, 그는 자신의 원칙에서 벗어나지 않겠다고 대답했다. 한바탕 싸움이 벌어졌다. 아내는 그가 그렇게 나온다면 앞으로 식사 준비도 안 할 거니까 집에서 식사하는 건 기대도 하지 말라고 말했다. 그는 그대로 집을 나왔으나 무슨 짓이든 할 여자라서 정말 위협한 대로 실행할지도 모른다고 내심 걱정하고 있었다. '그래, 저 사람처럼 훌륭하고 도덕적으로 생활해야 해.' 그는 밝고 건강하고 유쾌하고 선량해 보이는 재판장을 바라보며 생각했다. 재판장은 두 팔꿈치를 양쪽으로 벌리고, 희고 아름다운 두 손으로 금몰이 달린 깃 양쪽을 덥수룩하게 덮은 희끗희끗하고 긴 구레나룻을 쓰다듬고 있었다. '저 사람은 늘 만족스러워하고 유쾌한데 나는 늘 괴로워하고만 있어.'

서기가 서류를 가지고 들어왔다.

"수고했네." 재판장이 말하고 담배를 피우기 시작했다. "어떤 사건부터 할까?"

"글쎄요, 독살 사건이 좋을 것 같습니다만." 서기가 무심히 말했다.

"그래 좋아, 독살 사건부터 하지." 재판장은 그런 사건이라면 네시까지 끝내고 나갈 수 있겠다고 생각하며 말했다. "그런데 마트베이 니키티치는 아직도 안 왔나?"

"아직 안 오셨습니다."

"그럼 브레베는?"

"와 계십니다." 서기가 대답했다.

"그 사람을 보거든 독살 사건부터 시작한다고 말해주게."

브레베는 이 공판에서 논고를 맡은 검사보였다.

복도로 나간 서기는 마침 브레베를 만났다. 브레베는 어깨를 치켜올리고 법복 단추도 잠그지 않은 채, 서류 가방을 겨드랑이에 끼고 구두 뒤축을 쿵쿵 디디며 한쪽 빈손을 걸어가는 방향과 직각이 되게 흔들면서 거의 뛰다시피 복도를 걸어오고 있었다.

"준비되셨는지 미하일 페트로비치 재판장님이 알아보라 하셨습니다." 서기가 그에게 말했다.

"물론, 나는 언제든 준비가 되어 있지." 검사보가 말했다. "무슨 사건부터 시작하나?"

"독살 사건입니다."

"거 좋군!" 검사보는 이렇게 대꾸했지만 실은 조금도 좋지가 않았는데, 어제 밤새 한숨도 자지 못했기 때문이었다. 동료의 송별회가 있어 술을 진탕 마신데다 새벽 두시까지 노름을 한 뒤 육 개월 전까지 마슬로바가 일하던 그 유곽의 여자들에게 몰려갔던지라 독살 사건 서류를 읽을 겨를이 없었고 이제야 대충 훑어볼 생각이었다. 서기는 검사보가 독살 사건 서류를 읽지 않은 것을 알고 일부러 이 사건부터 하라고 재판장에게 권한 것이었다. 서기는 자유주의적인, 아니 그것을 넘어 급진주의적인 인물이었다. 그러나 보수적인 브레베는 러시아에서 근무하는 모든 독일인이 그렇듯 러시아 정교 신앙에 특별히 열심이었으므로 서기는 그를 좋아하지 않았고, 그의 지위를 시샘했다.

"그런데 스콥치* 사건은 어떻게 하실 겁니까?" 서기가 물었다.

"난 못하겠다고 했잖나." 검사보가 말했다. "증인이 없어, 법정에서도 그렇게 분명히 말할 생각이야."

"어쨌든 마찬가지겠습니다만……"

"나는 못해." 검사보는 말하고 여전히 한쪽 빈손을 흔들며 자기 사무실로 달려갔다.

그는 사건에서 별로 중요하지도 필요하지도 않은 증인 부재를 이유로 스콥치 사건을 연기했는데, 사실은 배심원단이 인텔리들로 구성된 법정에서 이 사건이 다뤄진다면 결국 무죄로 끝날 가능성이 있기 때문이었다. 재판장과 상의해 이 사건은 농민 배심원들이 더 많아 유죄판결

---

* 18세기 말 러시아에서 생겨난 이단으로 흔히 '거세파'라 불린다. 남성은 거세하고 여성은 유방을 도려내야 천국에 갈 수 있다고 믿었다.

공산이 더 큰 군청의 법정으로 이관하기로 했다.

복도는 점점 부산스러워졌다. 그중에서도 민사 법정 홀 주변이 가장 부산스러웠는데, 거기서 소송 사건 이야기를 좋아하는 풍채 좋은 신사가 배심원들에게 이야기했던 바로 그 사건의 심리가 진행되고 있었다. 휴정 시간이 되자 천재적인 변호사 때문에 아무 권리도 없는 수완가에게 재산을 빼앗기게 된 그 노부인이 홀에서 나왔다. 재판관들도, 더구나 원고와 변호사도 뭐가 진실인지 잘 알고 있었지만, 원고측이 안출한 방식이 너무나 교묘해 노부인의 재산을 수완가에게 넘겨주도록 하지 않을 수 없었다. 화려한 옷차림의 뚱뚱한 노부인은 커다란 꽃이 달린 모자를 쓰고 있었다. 그녀는 문밖으로 나오자 발을 멈추고는 자기 변호사를 향해 짧고 두툼한 손을 벌리면서, "대체 어떻게 된 일이죠? 어처구니없어! 도대체 이게 뭐예요!" 하고 계속 되풀이했다. 변호사는 그녀의 말은 듣지 않고 모자에 달린 꽃을 쳐다보며 골똘히 뭔가 생각하고 있었다.

노부인 뒤로 그 유명한 변호사가 넓게 파인 조끼의 앞가슴을 내밀고 흡족한 듯 얼굴을 빛내며 민사 법정에서 나왔는데, 바로 이 사람 때문에 모자에 꽃을 단 부인은 무일푼이 되었고, 그에게 1만 루블을 준 수완가는 10만 루블이 넘는 돈을 움켜쥐게 되었다. 모두의 시선이 쏠리는 것을 느낀 그는 '그렇게까지 감탄할 건 없소이다'라고 말하듯이 빠른 걸음으로 지나쳐갔다.

7

마침내 마트베이 니키티치가 도착하자, 목이 길고 비뚜름한 걸음걸이에 아랫입술까지 비뚜름히 튀어나온 집행관이 배심원실로 들어왔다.

대학교육까지 받은 집행관은 성실한 사람이지만 술이 과해서 어느 일터에서건 오래 버티지 못했다. 이 일자리는 석 달 전, 아내의 보호자 격인 어느 백작부인이 마련해주었는데, 그는 자신이 지금까지 버텨냈다는 것이 기뻤다.

"자, 여러분, 다 모이셨습니까?" 집행관이 코안경 너머로 바라보며 말했다.

"다들 모인 것 같습니다." 쾌활한 상인이 말했다.

"그럼 확인하겠습니다." 집행관이 호주머니에서 종이를 꺼내 호명하기 시작했고, 호명된 사람을 코안경 위로 보거나 코안경을 통해 바라보았다.

"5등문관 I. M. 니키포로프."

"나요." 온갖 소송 사건에 빠삭한, 풍채 좋은 신사가 말했다.

"퇴역 육군 대령 이반 세묘노비치 이바노프."

"여기 있소." 퇴역 군인인 제복 차림의 홀쭉한 사람이 대답했다.

"2길드 상인 표트르 바클라쇼프."

"왔습니다." 사람 좋아 보이는 상인이 입가에 미소를 띠며 대답했다. "모두 준비됐습니다!"

"근위대 중위 드미트리 네흘류도프 공작."

"나요." 네흘류도프가 대답했다.

집행관은 다른 사람들과 구별하려는 듯 유달리 공손하고 상냥하게 코안경 위로 바라보며 네흘류도프에게 고개를 숙였다.

"육군 대위 유리 드미트리예비치 단첸코, 상인 그리고리 예피모비치 쿨레쇼프." 기타 등등.

두 사람 빼고 모두 모였다.

"여러분, 이제 법정으로 가시죠." 집행관이 기분좋은 몸짓으로 문을 가리키며 말했다.

모두 일어나 서로 앞을 양보하며 복도로 나와 법정 안으로 들어 갔다.

기다랗고 널찍한 홀이었다. 한쪽 끝에 삼단 계단이 있고 높다란 단 이 이어졌다. 단 한가운데에 암녹색 술이 달린 녹색 나사 천이 덮인 탁 자가 있었다. 탁자 뒤에 떡갈나무를 조각해 만든, 등받이가 아주 높은 의자가 세 개 있고, 그 뒷벽에는 한쪽 발을 앞으로 내딛고 사브르를 들 고 군복에 어깨띠를 두른 원수元帥의 찬연한 전신 초상화가 끼워진 금 빛 테두리 액자가 걸려 있었다. 오른쪽 구석에 가시관을 쓴 그리스도의 성상갑과 성서대가 있고, 역시 오른쪽에 검사석이 있었다. 검사석 맞은 편 왼쪽 깊숙한 곳에 서기의 책상이 있고 방청석 가까이에는 떡갈나무 를 조각한 격자 칸막이가, 그 뒤에는 아직 비어 있는 기다란 피고석이 보였다. 단상 오른쪽에는 배심원들이 앉는 역시 등받이가 높은 의자들 이 두 줄로 놓여 있고, 그 아래는 변호인석이었다. 이것들은 모두 칸막 이로 갈라놓은 법정 앞부분에 있었다. 뒷부분에는 방청인용 긴 의자들 이 한 단씩 높아지면서 뒷벽까지 이어져 있었다. 방청석 맨 앞줄에는 직공이거나 하녀로 보이는 여자 넷과 역시 직공으로 보이는 남자 둘이 앉아 있었는데, 법정의 장중함에 압도당한 듯 소심하게 속닥거렸다.

배심원들이 앉자, 집행관이 비뚜름한 걸음걸이로 곧장 한가운데로 나가 방청인들을 놀라게 하려는 듯 큰 소리로 외쳤다.

"개정!"

모두 기립하자 재판관들이 전면 단상으로 나왔다. 근골이 튼튼하고 구레나룻이 멋진 재판장에 이어 금테 안경을 낀 침울한 얼굴의 판사가 들어왔다. 판사는 아까보다 훨씬 더 침울해 보였는데, 예비판사인 처남과 개정 직전 우연히 마주쳤다가 그의 누이가 오늘 저녁식사는 없을 거라고 선언했다는 말을 들었기 때문이었다.

"그러니 술집에나 갑시다." 처남이 웃으며 말했다.

"웃을 일이 아니야." 판사는 침울하게 대답했고 표정이 더 어두워졌다.

마지막 세번째로 들어온, 언제나 늦는 마트베이 니키티치 판사는 턱수염이 덥수룩하고 눈꼬리가 처진 크고 선량한 눈을 가진 사람이었다. 위염으로 고생하는 그는 의사의 권유로 오늘 아침부터 새 치료법을 시작하느라 평소보다 더 오래 집에서 꾸물거렸다. 단상에 오르는 그의 얼굴은 뭔가에 무척 골몰한 듯했는데, 마음속으로 언제나 자신에게 갖가지 질문을 던지고 별의별 방법으로 점을 치는 버릇 때문이었다. 지금도 그는 마음속으로 만일 자기 사무실 문에서 법정 의자까지의 걸음 수가 3으로 나누어떨어진다면 새로운 치료법으로 위염을 고칠 수 있고, 나누어떨어지지 않는다면 고칠 수 없다를 걸고 점을 쳤다. 세어보니 스물여섯 걸음이었지만 마지막에 일부러 보폭을 좁혀 정확히 스물일곱 걸음 만에 의자에 이르렀다.

금실로 수놓은 깃이 달린 법복을 입고 단상에 나타난 재판장과 배석 판사들의 모습은 상당한 위압감을 주었다. 세 사람 모두 그것을 의식하고 무안한 듯 서둘러 겸손하게 눈을 내리깔고 녹색 나사 천이 덮인 탁자 앞 의자에 앉았고, 탁자 위에는 쌍두독수리 문장이 있는 삼각기둥 모양의 물건과 식당에서 케이크를 담는 데 쓰는 것 같은 유리 단지, 잉크병, 펜, 희고 결이 고운 종이, 갓 깎은 길거나 짧은 각종 연필이 놓여 있었다. 재판관들과 함께 검사보도 들어왔다. 여전히 서류 가방을 겨드랑이에 끼고 한쪽 손을 흔들면서 서둘러 창가의 자기 자리에 가서 앉은 검사보는 일 분도 아깝다는 듯이, 논고를 위한 서류 검토에 몰두했다. 검사보는 이번의 논고가 네번째 하는 논고였다. 그는 야심이 큰데다 반드시 출세하리라 마음먹었기 때문에 자신이 기소하는 사건은 모두 유죄판결이 나야 한다고 생각했다. 이번 독살 사건의 요점은 대강 알고 있었고 이미 논고 복안도 있었지만 몇 가지 정보가 더 필요해 서둘러 서류에서 발췌하고 있었다.

단상 맞은편에 앉은 서기는 낭독해야 할 수도 있는 서류를 모두 준비해놓고는 어제 입수해서 읽은 발간 금지된 논문을 훑어보고 있었다. 자신과 의견을 같이하는 턱수염이 덥수룩한 판사와 이 논문에 대해 이야기해보고 싶었기 때문에 미리 파악해두려는 것이었다.

8

재판장은 서류를 훑어보고 집행관과 서기에게 몇 가지 물었고 긍정하는 답변을 듣자 피고를 데려오라고 지시했다. 곧바로 칸막이 뒤쪽 문이 열리더니 모자를 쓰고 칼을 빼 든 헌병 둘이 들어왔고, 이어서 주근깨투성이의 빨간 머리 남자 피고와 두 여자 피고가 들어왔다. 남자가 입은 죄수복은 너무 길고 헐렁했다. 그는 법정에 들어올 때 바지 솔기 쪽으로 팔을 쭉 뻗은 채 흘러내려온 소맷자락을 두 엄지손가락으로 꾹 누르고 있었다. 그는 방청인들에게도 재판관들에게도 눈길을 주지 않고 기다란 피고석만 유심히 바라보면서 의자를 빙 돌아갔다. 그렇게 다가가서는 다른 사람들이 앉을 자리를 남겨놓고 한끝에 얌전히 앉더니 재판장에게 시선을 고정한 채 입속말하듯 볼 근육을 실룩거리기 시작했다. 뒤이어 들어온, 역시 죄수복을 입은 중년 여자는 세모꼴의 죄수용 머릿수건을 썼는데, 잿빛이 감도는 창백한 얼굴에 눈썹도 속눈썹도 없었고, 두 눈은 붉었다. 여자는 아주 침착했다. 자기 자리로 가다가 뭔가에 옷자락이 걸렸는데도 전혀 당황하지 않고 조심스럽게 잡아빼고는 앉았다.

세번째 피고는 마슬로바였다.

마슬로바가 들어오자 법정 안 모든 남자의 시선이 일제히 그녀를 향하더니 흰 얼굴과 반짝이는 까만 눈동자, 죄수복에 덮여도 불룩 솟은 가슴에서 한동안 눈을 떼지 못했다. 헌병조차 자기 옆을 지나쳐 자리로 갈 때까지 눈을 떼지 못하다가 그녀가 자리에 앉고 나서야 자기 본분을 잊은 잘못을 깨달은 듯 얼른 눈을 돌리고 몸을 부르르 떨더니 눈앞의 창문을 똑바로 쳐다보았다.

피고들이 모두 착석하기를 기다리던 재판장은 마슬로바가 앉자마자 서기를 돌아보았다.

배심원 점호, 불참자에 대한 논의와 벌금 부과 결정, 면제 청원에 대한 재결, 배심원 보충 임명 등 통상적인 공판 절차가 시작되었다. 이어 재판장이 작은 카드를 몇 장 접어 유리 단지에 넣더니, 금몰이 장식된 법복 소매를 약간 걷어올려 털이 숭숭한 팔뚝을 드러낸 채 마술사 같은 몸짓으로 작은 카드를 한 장씩 꺼내 펴서 읽었다. 다 읽은 재판장이 걷어올렸던 소매를 내렸고 사제에게 배심원 선서를 진행하라고 일렀다.

부은 듯 누렇게 뜬 창백한 얼굴의 사제는 갈색 법의를 걸치고 금 십자가를 목에 걸고 가슴 한쪽에 작은 훈장을 달았는데, 역시 부은 듯한 두 발을 천천히 법의 자락 밑에서 옮겨 디디며 성상화 아래 성서대로 다가갔다.

배심원들이 자리에서 일어나 우르르 성서대 쪽으로 걸어갔다.

"이리로 오십시오." 사제가 부등한 손을 가슴의 십자가에 대고 배심원들이 다가오기를 기다리며 말했다.

이 사제는 사십육 년간 성직생활을 했고, 얼마 전 대사원 사제장이 그랬듯이 삼 년 후에는 성직 재직 오십 주년 축하식을 열 생각이었다. 그는 이 지방법원이 개설된 후로* 줄곧 여기서 일하면서 지금까지 수만 명의 선서를 이끌었고, 이렇게 늙었는데도 교회와 조국과 가족의 행복을 위해 일하고 있다는 것을, 가족에게 지금 살고 있는 집 말고도 유

---

* 재판제도의 개혁이 실현된 1864년 이후. 신분재판이 폐지되고 배심원제도, 공개심리 등이 도입되었다.

가증권으로 3만 루블에 달하는 재산을 남겨줄 수 있다는 것을 큰 자랑으로 여겼다. 맹세하지 말라고 가르치는 복음서를 앞에 놓고 사람들에게 선서를 시키는 것이 그의 일이지만, 그것이 옳지 않다는 생각은 한 번도 해본 적 없었고, 부담은커녕 종종 상류층 인사들과 어울릴 기회도 많은 익숙한 이 일에 애착을 느꼈다. 지금도 그는 한 유명한 변호사와 알게 된 것이 흡족했는데, 모자에 커다란 꽃을 단 노부인 사건 한 건만으로 이 변호사가 사례금 1만 루블을 받았다는 사실에 큰 존경심을 느꼈다.

배심원들이 모두 계단을 딛고 단상에 올라서자, 사제는 희끗희끗한 머리털이 섞인 대머리를 한쪽으로 기울여 기름때 낀 영대領帶의 구멍에 집어넣고는 성긴 머리털을 한번 쓰다듬은 뒤 배심원단을 향해 몸을 돌렸다.

"오른손을 들고. 손가락을 이렇게 모으고," 손마디마다 오목하게 우물진 부둥한 손을 들어 물건 집는 꼴로 만들며 그가 노인다운 목소리로 천천히 말했다. "자, 저를 따라 말하십시오." 그가 시작했다. "주님의 신성한 복음과 생명을 창조하는 십자가 앞에서 전능하신 주님의 이름으로 맹세합니다. 이 재판에서……" 그는 각 구절마다 끊어가며 말했다. "손을 내리지 말고 그대로 계십시오." 그가 손을 내린 한 젊은이에게 주의를 주었다. "이 재판에서……"

구레나룻을 기른 풍채 좋은 신사, 대령, 상인, 그리고 다른 몇몇이 특별한 만족감을 느끼기라도 한 듯 사제가 시키는 대로 모은 손을 뚜렷이 높게 쳐들었고, 그 밖의 사람들은 마지못한 듯 어정쩡하게 들었다. 어떤 사람들은 '어쨌든 복창은 하겠다'는 듯 객기어린 표정을 지으며 아주 큰 목소리로 사제의 말을 따라 했고, 또 어떤 사람들은 작게 속삭이다가 뒤처져서 깜짝 놀란 듯 황급히 따라잡았다. 또 어떤 사람들은 뭔가를 떨어뜨릴까봐 염려라도 하듯 모아 쥔 손가락을 단단히 유지하는가 하면, 또 어떤 사람들은 손가락을 폈다 모았다 했다. 모두가 어색해했지만, 늙은 사제만은 자신이 아주 유익하고 중요한 일을 하고 있다고 확신했다. 선서가 끝나자 재판장이 배심원들에게 배심원 대표를 선출하라고 요청했다. 배심원들은 자리에서 일어나 앞다투듯 회의실로 들어갔고, 들어가기가 무섭게 거의 모두가 담배를 꺼내 피웠다. 누군가 풍채 좋은 신사를 배심원 대표로 추천하자 모두가 즉시 동의하고는 피우던 꽁초를 발로 비벼 끈 뒤 법정으로 돌아왔다. 선출된 배심원 대표는 재판장에게 그 결과를 보고하고 일동은 다시 앞다투듯 서로의 다리를 넘어가면서 등받이가 높은 의자에 두 줄로 앉았다.

모든 것이 지체 없이 빠르게, 그리고 어느 정도 엄숙하게 진행되었고 이러한 규율과 질서, 위엄은 참석자들에게 만족감을 주었으며 그들은 자신들이 진지하고 중요한 사회적 의무를 수행하고 있다고 내심 확신했다. 네홀류도프 역시 그런 기분을 느꼈다.

배심원들이 자리에 앉자 재판장은 배심원의 권리와 의무와 책임에 대해 일장 연설을 시작했다. 연설을 하는 동안 재판장은 왼쪽이나 오른쪽 팔꿈치를 괴기도 하고, 의자 등받이나 팔걸이에 몸을 기대기도 하고, 서류 가장자리를 가지런히 맞추거나 종이칼을 쓰다듬거나 연필을 만지작거리기도 하면서 줄곧 자세를 바꾸었다.

재판장의 말인즉, 그들은 재판장을 통해 피고들에게 질문할 수 있고, 연필과 종이를 지참할 수 있으며, 증거물을 검사할 권리가 있었다. 거짓 없이 공정하게 판단해야 할 의무가 있었다. 심리의 비밀을 지켜야 하고, 외부인들과 연락을 취할 경우 처벌을 받는다는 것이었다.

　모두가 경청했다. 상인은 사방에 술냄새를 풍기고 터져나오려는 요란한 트림을 참아가며 재판장의 한 마디 한 마디에 동의하듯 고개를 끄덕였다.

9

　재판장은 연설을 마치자 피고들에게로 몸을 돌렸다.

　"시몬 카르틴킨, 일어서세요." 그가 말했다.

　시몬은 신경질적으로 벌떡 일어섰다. 양볼이 더 빠르게 실룩거렸다.

　"이름은?"

　"시몬 페트로프* 카르틴킨입니다." 그는 준비한 듯 대담한 목소리로 빠르게 대답했다.

　"신분은?"

　"농민입니다."

　"출생 도와 군은?"

　"툴라 도 크라피벤스키 군, 쿠판스카야 면, 보르키 마을입니다."

---

* '페트로프'는 부칭이다. 러시아어 부칭의 어미는 남자일 경우 '오비치/예비치', 여자일 경우 '오브나/예브나'의 긴 형태인데 예카테리나 2세는 장군 이상에게만 이 어미를 사용하게 했고 그 이하의 사람들에게는 짧은 형태 '오프/예프', '오바/예바'를 쓰게 했다. 그러나 후대에는 공식적인 문서에서만 이 짧은 형태를 썼고 일상에서는 긴 형태를 썼다.

"나이는?"

"서른네 살, 생년은 천팔백……"

"종교는?"

"우리 러시아의 종교, 정교입니다."

"결혼은?"

"한 적 없습니다."

"직업은?"

"'마브리타니야'여관에서 복도 심부름을 했습니다."

"전에 재판을 받은 적은?"

"없습니다. 저희는 예전부터 살던 대로……"

"전에 재판을 받은 적 있습니까?"

"천만에요, 한 번도."

"공소장 사본을 받았습니까?"

"받았습니다."

"앉으세요. 옙피미야 이바노브나 보치코바." 재판장은 다음 여자 피고에게로 몸을 돌렸다.

그러나 시몬은 계속 서서 보치코바의 앞을 가로막았다.

"카르틴킨, 앉으세요."

카르틴킨은 그대로 서 있었다.

"카르틴킨, 앉으라고요!"

그래도 카르틴킨이 여전히 서 있자, 집행관이 고개를 옆으로 기울이고 눈을 부자연스럽게 부릅뜨며 다그치는 어조로 "앉아요, 앉으라고!" 하고 소곤거렸다.

카르틴킨은 일어설 때와 마찬가지로 재빠르게 앉았다. 그리고 죄수복 앞자락을 여미고는 또다시 소리 없이 양볼을 미세하게 실룩거렸다.

"이름은?" 재판장은 피고의 얼굴은 보지 않고 나른한 한숨을 내쉬며 뭔가 확인하려는 듯 자기 앞 탁자에 놓인 서류를 살펴보면서 두번째 피고인 나이든 여자에게로 몸을 돌렸다. 재판장은 이런 사건에 아주 익숙해서 빠른 진행을 위해 한 번에 두 가지 일을 할 수 있었다.

보치코바 마흔세 살, 신분은 콜롬나 마을의 소시민*, 직업은 '마브리타니야' 여관 복도 하녀. 재판이나 취조를 받은 적 없고, 공소장 사본을 받았다. 보치코바는 아주 당차게, 답변 하나하나를 미리 준비해둔 것처럼 대답했다. "그렇습니다, 옙피미야입니다, 보치코바입니다, 사본은 받았습니다, 그것을 자랑스럽게 생각합니다, 누구든 비웃으면 가만 안 둘 거예요." 보치코바는 심문이 끝나자 앉으라는 말도 하지 않았는데 앉아버렸다.

"이름은?" 여자를 밝히는 재판장은 세번째 여자 피고에게 유달리 부드러운 표정으로 얼굴을 돌렸다. "일어서야죠." 그는 마슬로바가 그대로 앉아 있는 것을 보고 상냥하고 부드럽게 덧붙였다.

마슬로바는 재빠른 동작으로 일어서서는 준비가 됐다는 표정으로 불룩한 가슴을 내밀었고, 질문에는 대답하지 않은 채 미소 짓는 듯한 약간 사시인 까만 눈으로 재판장의 얼굴을 똑바로 쳐다보았다.

"이름이?"

"류보피입니다." 그녀가 재빨리 대답했다.

---

* 도시에 거주하는 노동자 계층.

그동안 네흘류도프는 *코안경*을 쓰고 심문받는 피고들을 차례로 바라보고 있었다. '아니, 이럴 수가,' 그는 여자 피고의 얼굴에 시선을 고정한 채 생각했다. '뭐라고, 류보피라고?' 그녀의 대답을 듣고 그는 생각했다.

재판장은 더 심문하려 했으나 금테 안경을 낀 배석판사가 화가 난 듯 그에게 뭐라고 속삭이며 말을 끊었다. 재판장은 고개를 끄덕여 동의하고는 피고에게로 얼굴을 돌렸다.

"류보피?" 그가 말했다. "여기에는 다르게 적혀 있는데요."

피고는 잠자코 있었다.

"나는 피고의 본명을 물은 겁니다."

"세례명이 뭡니까?" 화가 난 배석판사가 물었다.

"예전 이름은 카테리나*입니다."

'아니, 그럴 리가 없다.' 네흘류도프는 혼잣말을 계속했고, 그러는 사이 이 여자가 자신이 한때 사랑에 빠졌던, 그렇다, 사랑에 빠졌던 바로 그 아가씨, 광기의 발작으로 유혹했다가 내팽개쳐버렸던 바로 그 아가씨, 고모들의 양딸이자 하녀이기도 했던 바로 그 아가씨, 떠올리기만 해도 너무나 고통스럽고 명백하게 그의 죄를 들춰내고, 도덕성을 자랑으로 삼았던 그가 염결은 고사하고 노골적으로 비열한 행동을 저질렀음을 명료하게 증명하기에 그날 이후로 한 번도 떠올리지 않았던 바로 그 아가씨임을 의심의 여지 없이 깨닫게 되었다.

그렇다, 그녀였다. 이제 그는 한 인간을 다른 인간과 구별하고 특별

---

* '예카테리나'를 줄여 부른 것.

하고 유일한 존재로 만드는, 그 예외적이고도 신비로운 특징을 분명하게 알아보았다. 얼굴은 부자연스러울 정도로 하얗고 둥글둥글해졌지만 그 특징은, 지극히 예외적일 정도로 사랑스러운 그 특징은 그녀의 얼굴과 입술에도, 약간 사시인 눈에도, 순진한 미소를 머금은 시선에도, 얼굴뿐만 아니라 겉모습 전체에 흐르는 결의에 찬 표정에도 스며 있었다.

"처음부터 그렇게 말했어야죠." 재판장이 또다시 유달리 부드럽게 말했다. "부칭은?"

"저는 사생아입니다." 마슬로바가 대답했다.

"어쨌든 적어야 하니, 대부代父의 이름에서 딴 부칭은 뭐였습니까?"

"미하일로바*입니다."

'대체 저 여자가 무슨 죄를 지었을까?' 그러는 동안 네흘류도프는 가까스로 숨을 쉬며 계속 생각했다.

"성은? 별칭이 있나요?" 재판장이 계속 질문했다.

"어머니 성을 따라 마슬로바라고 합니다."

"신분은?"

"소시민입니다."

"종교는 정교겠지요?"

"정교입니다."

"직업은? 무슨 일을 했죠?"

마슬로바는 잠자코 있었다.

---

* '미하일노브나'를 줄여 부른 것.

"무슨 일을 했습니까?" 재판장이 되풀이했다.

"가게에 있었어요." 그녀가 말했다.

"어떤 가게요?" 금테 안경의 판사가 엄격하게 물었다.

"어떤 가게인지 잘 알고 계시잖아요." 마슬로바는 이렇게 말하고 생긋 미소를 짓고 재빠르게 주위를 한번 죽 둘러보고는 다시 재판장을 똑바로 쳐다보았다.

표정에 예사롭지 않은 뭔가가 있는데다 그녀의 미소와 말, 법정을 재빨리 둘러보는 시선에서도 무섭고도 참절한 뭔가를 느낀 재판장은 눈을 떨구었고 법정은 한순간 쥐죽은듯 조용해졌다. 정적은 방청인 중 누군가의 웃음소리에 깨졌다. 다른 누군가 쉿하고 주의를 줬다. 재판장이 고개를 들고 심문을 이었다.

"재판이나 취조 받은 적 있습니까?"

"없습니다." 마슬로바는 한숨을 내쉬고 조용히 말했다.

"공소장 사본을 받았습니까?"

"받았습니다."

"앉아도 좋습니다." 재판장이 말했다.

피고는 성장盛裝한 여성이 옷자락을 정돈하듯 치마 뒷자락을 살짝 들어올리며 앉고는 죄수복 소매 속으로 희고 작은 두 손을 깍지 낀 채 재판장에게서 눈을 떼지 않았다.

이어서 증인 호출과 퇴정, 감정의鑑定醫를 결정하고 소환하는 등의 절차가 진행되었다. 이윽고 서기가 일어나 공소장을 낭독했다. 그는 큰 소리로 또렷하게 읽었으나, L과 R 발음이 분명치 않은 그의 목소리는 계속되는 지루한 소음에 섞여들었다. 재판관들은 팔꿈치를 의자 팔걸이 양쪽에 번갈아 걸치다가 탁자나 의자 등받이에 기대기도 하고, 눈을 떴다 감았다 하면서 자기들끼리 소곤거렸다. 한 헌병은 발작처럼 연달아 터져나오는 하품을 애써 참았다.

피고 카르틴킨은 끊임없이 양볼을 실룩거렸다. 보치코바는 아주 태연하게 똑바로 앉아 이따금 머릿수건 속으로 손가락을 넣어 긁었다.

마슬로바는 꼼짝 않고 앉아서 서기의 낭독을 들으며 그를 쳐다보기도 하고 몸을 부르르 떨며 반박하려는 듯 얼굴을 붉히기도 하다가 이윽고 깊은 한숨과 함께 팔짱을 바꿔 끼며 주위를 둘러보고는 다시 서기의 얼굴에 시선을 던졌다.

첫 열의 끝에서 두번째 자리 높은 의자에 앉은 네흘류도프는 코안경을 벗으면서 마슬로바를 바라보았고, 그의 마음은 계속 복잡하고 고통스러웠다.

10

공소장은 다음과 같았다.

188×년 1월 17일, '마브리타니야'여관에 투숙한 쿠르간 출신 2길드 상인 페라폰트 예멜리야노비치 스멜코프가 돌연사했다.

4관구 지방 경찰의는 알코올성 음료 과다 섭취에 따른 심장파열이 사인이라고 확인했다. 스멜코프의 시신은 매장되었다.

수일 후 스멜코프의 동향인이자 동업자인 상인 티모힌이 페테르부르크에서 돌아와 스멜코프의 사망을 수반한 여러 사정을 인지하고는 누군가 그의 돈을 강탈할 목적으로 독살했다는 의혹을 제기했다.

이 의혹은 예심에서 다음과 같이 확인 및 입증되었다. 1) 스멜코프는 죽기 직전 은행에서 은화 3800루블을 찾았다. 그러나 현장에 보존된 고인의 소유물 목록에 현금은 312루블 16코페이카뿐이었다. 2) 스멜코프는 죽기 전날부터 사건 당일 아침까지 매춘부 륩카(본명 예카테리나 마슬로바)와 함께 유곽과 '마브리타니야'여관에 머물렀는데, 예카테리나 마슬로바는 스멜코프의 요청으로 유곽에서 '마브리타니야'여관으로 돈을 가지러 갔고, '마브리타니야'여관 복도 심부름꾼인 옙피미야 보치코바와 시몬 카르틴킨이 지켜보는 앞에서, 스멜코프에게 받은 열쇠로 그의 여행가방 자물쇠를 열고 돈을 꺼냈다. 마슬로바가 스멜코프의 여행가방을 열었을 때 보치코바와 카르틴킨은 100루블짜리 지폐다발을 보았다. 3) 스멜코프가 유곽에서 매춘부 륩카를 데리고 '마브리타니야'여관으로 돌아온 뒤, 륩카는 복도 심부름꾼 카르틴킨이 흰 가루를 주며 코냑에 타서 스멜코프에게 먹이라고 하자 그렇게 했다. 4) 다음날 아침 매춘부 륩카(예카테리나 마슬로바)는 스멜코프에게서 선물로 받았다고 주장하는 다이아몬드 반지를 포주이며 유곽 주인이자 증인인 키타예바에게 팔았다. 5) '마브리타니야'여관 복도 하녀 옙피미야 보치코바는 스멜코프가 사망한 다음날 본인 명의의 지방 상업은행 계좌에 1800루블을 예금했다.

법의학적 검시 및 부검, 내장기관 화학 검사 결과, 고인의 몸속에서 독물에 의한 사망임을 명백히 증명하는 독물이 검출되었다.

피고로 기소된 마슬로바, 보치코바, 카르틴킨은 모두 다음과 같이 진술하며 혐의를 부인했다. 마슬로바는 스멜코프가 부탁해서, 그녀의 표현에 의하면, 상인에게 돈을 가져다주러 자기가 일하는 유곽에서 '마브리타니야'여관으로 갔고, 상인에게서 받은 열쇠로 그 여행가방을 열었고, 그가 시킨 대로 가방에서 은화 40루블을 꺼냈지만 그이상은 꺼내지 않았으며, 보치코바와 카르틴킨이 보는 데서 여행가방을 열고 돈을 꺼냈으므로 그들이 증언해줄 거라고 했다. 또한 그녀는 상인 스멜코프가 있는 방에 돌아왔을 때 카르틴킨이 흰 가루를 주며 코냑에 타서 스멜코프에게 먹이라고 한 건 사실이지만 자신은 그저 수면제일 거라 여겼고, 상인이 마셔서 곧 잠이 들면 자신이 빨리 돌아갈 수 있을 거라 생각했다고 진술했다. 반지는 스멜코프가 때려서 그녀가 울면서 나가려 하자 그가 직접 그녀에게 주었다고 했다.

옙피미야 보치코바는 사라진 돈에 대해서 자신은 아무것도 모르고, 상인의 방에 들어가지도 않았으며, 거기서는 륩카가 혼자서 주인 행세를 했다고, 만일 상인이 재산을 도난당했다면 륩카가 돈을 가지러 상인의 열쇠를 들고 왔을 때 훔쳤을 것이라고 진술했다.

이 부분에서 마슬로바는 몸을 부르르 떨고 입을 벌리며 보치코바를 돌아보았고, 서기는 낭독을 계속했다.

옙피미야 보치코바는 1800루블이 든 계좌를 제시하며 어디서 그런 돈이 생겼냐고 묻자, 결혼을 약속한 시몬 카르틴킨과 십이 년 동안 일하며 모은 돈이라고 대답했다. 시몬 카르틴킨은 첫번째 진술 때, 유곽에서 상인의 열쇠를 가지고 온 마슬로바의 사주를 받아 보치코바와 함께 돈을 훔쳤고 마슬로바, 보치코바와 나눠 가졌다고 자백했다.

이때 마슬로바는 또다시 몸을 부르르 떨었고 얼굴이 벌게진 채 벌떡 일어나 뭔가 말하려 했으나 집행관이 제지했다. 서기는 낭독을 계속했다.

마침내 카르틴킨은 상인을 재우라며 마슬로바에게 가루약을 준 사실도 자백했다. 그러나 두번째 진술에서는 금품 갈취에 공모한 것도, 마슬로바에게 가루약을 준 것도 부인하고 그녀 한 사람에게 모든 죄를 뒤집어씌웠다. 한편, 보치코바가 은행에 예금한 돈에 대해서는, 그녀의 말처럼 자신들이 십이 년 동안 여관에서 일하며 손님들에게 받은 팁을 모은 것이라고 말했다.

이어 공소장에는 대질 심문, 증인 진술, 전문가 소견 등이 이어졌다. 공소장의 결론은 다음과 같았다.

상술한 바에 따라 보르키 마을의 농민 33세 시몬 페트로프 카르틴킨, 소시민 43세 옙피미야 이바노브나 보치코바, 소시민 27세 예카테리나 미하일로바 마슬로바는 188×년 1월 17일 사전에 공모해 상인 스멜코프의 은화 2500루블 상당의 돈과 보석반지 하나를 훔치고 그를 살해할 목적으로 스멜코프에게 독약을 먹여 그를 죽음에 이르게 했다.

이 사건은 형법 제1453조 4항과 5항 규정에 따르며 형사소송법 제201조에 의거해 농민 시몬 카르틴킨, 소시민 옙피미야 보치코바, 소시민 예카테리나 마슬로바를 배심원들이 참여하는 지방법원의 공판에 회부한다.

서기는 장황한 공소장 낭독을 마치고 서류를 접은 뒤 두 손으로 긴 머리를 쓸어올리며 자리에 앉았다. 다들 이제부터 심리가 시작되면 모든 것이 곧 훤히 드러나 정의가 이기리라는 유쾌한 기대감을 느끼며 가볍게 숨을 내쉬었다. 그러나 네홀류도프만은 그런 감정을 느끼지 못했다. 그는 십 년 전 순진하고 아리따운 소녀였던 마슬로바가 그런 짓을 저지를 수 있었다는 데 경악하며 완전히 공포에 사로잡혔다.

11

공소장 낭독이 끝나자 재판장은 배석판사들과 상의한 후 카르틴킨 쪽으로 몸을 돌렸는데, 그의 표정은 이제부터 모든 진실을 상세히 밝혀내겠다고 분명히 말하고 있었다.

"농민 시몬 카르틴킨." 그가 왼쪽으로 몸을 기울이며 말했다.

여전히 소리도 없이 양볼을 실룩거리던 시몬 카르틴킨이 두 손을 뻗어 바지 솔기에 붙인 채 온몸을 내밀며 자리에서 일어섰다.

"당신은 188×년 1월 17일, 옙피미야 보치코바, 예카테리나 마슬로바와 공모해 상인 스멜코프의 여행가방에서 돈을 훔쳤고, 그후 비소를 가져와 예카테리나 마슬로바를 부추겨 술에 타게 하고 상인 스멜코프에게 마시게 하여 그를 죽음에 이르게 한 혐의로 기소되었습니다. 당신은 자신의 죄를 인정합니까?" 그는 말하고 오른쪽으로 몸을 기울였다.

"당치도 않습니다, 손님들 시중드는 것이 우리 일인데……"

"그런 말은 나중에 하세요. 당신은 자신의 죄를 인정합니까?"

"전혀 인정할 수 없습니다. 저는 다만……"

"그런 말은 나중에 하라니까요. 당신은 자신의 죄를 인정합니까?" 재판장은 차분하게, 그러나 단호하게 되풀이했다.

또다시 집행관이 시몬 카르틴킨에게 홀쩍 달려가 비극 배우처럼 소곤거리며 그를 제지했다.

재판장은 이제 이 사건은 끝났다는 표정으로 서류를 든 쪽 팔꿈치를 다른 데로 옮겨 짚고 옙피미야 보치코바에게로 몸을 돌렸다.

"옙피미야 보치코바, 피고는 188×년 1월 17일, '마브리타니야' 여관에서 시몬 카르틴킨, 예카테리나 마슬로바와 함께 상인 스멜코프의 가방에서 돈과 반지를 훔쳐 나눠 가진 뒤 범행을 감추기 위해 상인 스멜코프에게 독약을 탄 술을 마시게 하여 그를 죽음에 이르게 한 혐의로 기소되었습니다. 당신은 자신의 죄를 인정합니까?"

"저는 아무 죄도 짓지 않았습니다." 피고는 대담하고 단호하게 말했다. "저는 방에 들어가지도 않았습니다…… 그건 엉덩이 가벼운 저년이 방에 들어가 저지른 짓입니다."

"그런 말은 나중에 하세요." 재판장은 부드러우면서도 단호한 어조로 말했다. "그럼 피고는 자신의 죄를 인정하지 않는다는 겁니까?"

"저는 돈을 훔치지 않았고 독약을 먹이지도 않았어요. 저는 방에 없었습니다. 만약 제가 그 자리에 있었다면 저년을 쫓아내버렸을 겁니다."

"피고는 자신의 죄를 인정하지 않는다는 겁니까?"

"절대로요."

"좋습니다."

"예카테리나 마슬로바!" 재판장은 세번째 피고에게로 얼굴을 돌리며 말했다. "당신은 상인 스멜코프의 여행가방 열쇠를 들고 유곽에서 나와 '마브리타니야' 여관으로 갔고, 여행가방에서 돈과 반지를 훔쳤으며," 재판장은 암기한 숙제를 외우듯이 말하면서, 증거물 목록에서 약병이 하나 부족하다고 하는 왼쪽 배석판사의 말에 귀를 기울였다. "여행가방에서 돈과 반지를 훔쳤으며," 재판장이 되풀이했다. "그것을 나눠 가진 뒤, 스멜코프와 함께 다시 '마브리타니야' 여관으로 가 스멜코프에게 독약을 탄 술을 마시게 하여 그를 죽음에 이르게 한 혐의로 기소되었습니다. 당신은 자신의 죄를 인정합니까?"

"전 아무 죄도 짓지 않았습니다." 그녀가 재빠르게 말문을 열었다. "처음에 다 말씀드렸지만 다시 말씀드립니다. 전 훔치지 않았어요, 훔치지 않았어요, 정말로 훔치지 않았어요, 아무것도 훔치지 않았다고요. 반지는 그 사람이 제게 직접 준 거예요……"

"2500루블을 훔친 죄를 인정하지 않는다는 건가요?" 재판장이 말했다.

"다시 말하지만 전 아무것도 훔치지 않았어요, 40루블을 꺼냈을 뿐."

"그렇다면 상인 스멜코프에게 가루약을 탄 술을 마시게 한 죄는 인정합니까?"

"그건 인정합니다. 다만 저는 저들이 말한 대로 그것이 수면제이고, 아무런 해도 없을 거라고 생각했을 뿐입니다. 이런 일은 생각지도 못했고, 바라지도 않았습니다. 하느님께 맹세코, 바라지 않았어요." 그녀가 말했다.

"그럼 당신은 상인 스멜코프의 돈과 반지를 훔친 것은 인정하지 않지만," 재판장이 말했다. "가루약을 준 건 인정한단 말인가요?"

"그건 인정합니다, 다만 수면제로 알았습니다. 그 사람을 잠들게 하려고 줬을 뿐이에요. 그런 일은 바라지도 않았고 생각해본 적도 없어요."

"좋습니다." 재판장은 소정의 결과를 달성한 데 자못 만족해하며 말했다. "그럼 사정이 어땠는지 이야기해보세요." 그가 의자 등받이에 기대고 두 손을 탁자에 얹으며 말했다. "모두 사실대로 말하세요. 정직하게 고백하면 참작될 수도 있으니까."

마슬로바는 여전히 재판장을 똑바로 쳐다보며 침묵했다.

"사정이 어땠는지 말해봐요."

"어땠냐고요?" 마슬로바의 말이 갑자기 빨라졌다. "여관에 들어가자 저들이 저를 방으로 안내했어요. 그 사람이 거기 있었고, 이미 무척 취해 있었어요." 그녀는 그 사람이라고 말할 때 특히 겁에 질린 표정을 지으며 눈을 부릅떴다. "저는 나오려고 했지만 그 사람이 놔주지 않았어요."

그녀는 갑자기 할말의 실마리를 잃어버렸거나 다른 것이 생각난 듯 입을 다물었다.

"그래서요?"

"그래서 어떻게 했냐고요? 그곳에 잠시 있다가 집으로 갔어요."

이때 검사보가 한쪽 팔꿈치를 부자연스럽게 짚으며 엉거주춤 일어섰다.

"질문하겠습니까?" 검사보가 그렇다고 대답하자, 재판장은 검사보에게 질문할 권리를 준다는 몸짓을 했다.

"피고에게 묻겠습니다. 전부터 시몬 카르틴킨을 알고 있었습니까?" 검사보가 마슬로바를 보지도 않고 말했다.

그리고 질문을 마치더니 입술을 오므리고 눈살을 찌푸렸다.

재판장이 질문을 되풀이했다. 마슬로바는 깜짝 놀라 검사보를 뚫어지게 쳐다보았다.

"시몬을요? 알았습니다." 그녀가 대답했다.

"피고와 카르틴킨이 아는 사이였는지 묻는 겁니다. 서로 자주 만났습니까?"

"알고 말고 할 게 있나요? 손님이 오면 저를 불러주었을 뿐 잘 아는 사이는 아닙니다." 마슬로바가 검사보와 재판장을 불안한 눈으로 번갈아 보며 말했다.

"내가 알고 싶은 것은 왜 카르틴킨이 손님이 왔을 때 다른 아가씨가 아니라 유독 마슬로바를 불렀냐는 겁니다." 검사보가 실눈을 뜨며, 그러나 악마처럼 교활하고 가벼운 미소를 띠며 말했다.

"모르겠어요. 제가 어떻게 알겠어요." 마슬로바는 놀란 듯 주위를 둘러보다가 한순간 네흘류도프에게 시선을 멈추며 대답했다. "부르고 싶었으니까 불렀겠죠."

'나를 알아봤을까?' 섬뜩해진 네흘류도프는 얼굴에 피가 쏠리는 것을 느끼며 잠시 생각했다. 그러나 마슬로바는 사람들 사이에서 그를 알아보지 못했고 이내 눈을 돌려 놀란 표정으로 다시 검사보를 쏘아보았다.

"그러니까 피고는 카르틴킨과는 어떤 밀접한 관계도 아니라는 거군요? 좋습니다. 질문을 마치겠습니다."

검사보는 팔꿈치를 탁자에서 떼더니 곧 뭔가 쓰기 시작했다. 실제로는 아무것도 쓰지 않고 이미 자신이 써놓은 글자 위에 덧쓸 뿐이었는데, 다른 검사나 변호사가 교묘한 질문을 한 뒤 상대방을 쳐부술 만한 사항을 논고에 적어두는 것을 종종 봤기 때문에 자신도 그런 것이었다.

재판장은 미리 작성해둔 질문을 시작하는 데 동의하는지 금테 안경을 낀 판사에게 묻느라 바로 피고에게 얼굴을 돌리지 않았다.

"그러고 나서 어떻게 했습니까?" 재판장이 질문을 계속했다.

"집으로 돌아왔어요." 마슬로바는 아까보다 한결 대담하게 재판장을 쳐다보며 말했다. "주인아주머니에게 돈을 건네주고 잤어요. 막 잠이 들려는데 우리집에서 일하는 베르타가 절 깨웠어요, '가봐, 네 상인 손님이 다시 왔어'라면서요. 나가기 싫었지만 주인아주머니가 나가보라고 하더군요. 역시 그 사람이었어요." 그녀는 그 사람이라고 입에 올리면서 또다시 공포에 질린 표정을 띠었다. "그 사람은 우리집 여자들에게 내내 술을 먹이고도 술을 더 시키려 했는데 돈이 다 떨어지고 없었어요. 주인아주머니는 그를 믿지 않았어요. 그래서 절 여관방으로 보낸 거예요. 그리고 돈이 어디 있는지, 얼마를 가져와야 하는지 말했어요.

그래서 가게 되었어요."

왼쪽에 앉은 배석판사와 속삭이느라 마슬로바의 말을 듣지 못한 재판장은 전부 들은 체하면서 그녀의 마지막 말을 반복했다.

"가게 되었군요. 그러고서 어떻게 했죠?" 그가 말했다.

"가서 시킨 대로 다 했습니다. 방으로 갔어요. 혼자 간 게 아니라 시몬 미하일로비치*와 저 여자를 불렀어요." 그녀가 보치코바를 가리키며 말했다.

"거짓말이에요, 같이 들어가긴요, 전 들어가지 않았어요……" 보치코바가 입을 열었지만 제지당했다.

"저는 저 사람들이 보는 앞에서 빨간 지폐**를 넉 장 꺼냈어요." 마슬로바가 미간을 찌푸리며 보치코바를 보지도 않고 말을 이었다.

"그럼 피고는 지갑에서 40루블을 꺼낼 때 그 안에 돈이 얼마 있는지 몰랐습니까?" 다시 검사보가 질문했다.

검사보가 고개를 돌려 바라보자 마슬로바는 온몸이 떨렸다. 그가 뭘 어떻게 하려는지는 몰랐지만, 왠지 자신에게 해를 끼칠 것 같았다.

"세어보진 않았지만 전부 100루블짜리 지폐인 건 봤어요."

"피고는 100루블짜리 지폐들을 보았군요. 질문을 마칩니다."

"그래서 그 돈을 가지고 나왔습니까?" 재판장이 시계를 보며 질문을 계속했다.

"가지고 나왔어요."

"그다음에는요?" 재판장이 물었다.

---

* 시몬의 부칭을 잘못 아는 듯함.
** 제정시대 10루블짜리 지폐.

"그러고서 그 사람이 저를 데리고 다시 여관으로 왔어요."

"그렇군요, 그에게 가루약 탄 술을 어떻게 먹였나요?" 재판장이 물었다.

"어떻게 먹였냐고요? 술에 타서 줬죠."

"왜 그걸 줬나요?"

그녀는 대답 대신 무거운 한숨을 내쉬었다.

"계속 절 놔주지 않았으니까요." 그녀가 잠시 멈췄다가 말했다. "저는 너무 지쳤어요. 복도로 나가 시몬 미하일로비치에게 '절 좀 놔주면 좋겠어요, 피곤해 죽겠는데' 하고 말했어요. 그러자 시몬 미하일로비치도 '우리도 저 사람 때문에 죽겠어. 수면제라도 먹일까, 너도 저 사람이 잠들면 집에 돌아갈 수 있잖아'라고 말했어요. 전 '좋아요' 했죠. 해로운 약이라고 생각하지 않았어요. 그가 제게 작은 종이봉지를 줬어요. 방에 돌아가니까 그 사람이 칸막이 뒤에 누워 있다가 대뜸 코냑을 가져오라고 했어요. 저는 테이블 위에 있던 핀샹파뉴 코냑병을 집어들어 저와 그 사람 잔에 따랐고, 그 사람 잔에는 가루약을 넣었어요. 그게 뭔지 알았다면 줬겠어요?"

"반지는 어떻게 갖게 되었죠?" 재판장이 물었다.

"그 사람이 직접 제게 줬어요."

"그 사람이 언제 피고에게 그것을 줬죠?"

"그 사람과 여관방에 들어간 후, 제가 돌아가고 싶다고 하니까 갑자기 제 머리를 때렸고 장식빗이 부러졌어요. 전 화를 내며 나가려 했어요. 그러자 그 사람이 저를 붙들어두려고 손가락에 끼고 있던 반지를 빼서 준 거예요." 그녀가 말했다.

이때 검사보는 다시 자리에서 몸을 반쯤 일으켜 예의 그 순진한 척 하는 모습으로 몇 가지 더 질문하겠다고 청했고, 허락받자 금실이 수놓인 깃 위로 고개를 기울이며 물었다.

"피고가 상인 스멜코프의 방에서 얼마나 있었는지 알고 싶은데요."

또다시 마슬로바의 얼굴에 공포의 빛이 서렸고, 그녀는 검사보와 재판장을 불안한 눈으로 번갈아 보며 황급히 말했다.

"얼마나 있었는지는 기억나지 않아요."

"그럼 상인 스멜코프의 방에서 나와 여관 안 다른 어딘가에 들렀는지는 기억납니까?"

마슬로바는 잠시 생각했다.

"비어 있는 옆방에 들어갔어요." 그녀가 말했다.

"왜 들어갔습니까?" 열중한 검사보가 그녀를 똑바로 바라보며 물었다.

"옷매무새를 고치려고 들어갔고, 거기서 삯마차를 기다렸어요."

"그때 카르틴킨이 피고와 함께 그 방에 있었습니까, 없었습니까?"

"그 사람도 들어왔어요."

"그는 왜 들어왔죠?"

"상인이 마시던 핀샹파뉴가 남아서 둘이 마셨어요."

"아, 함께 마셨다, 그래요, 좋습니다!"

"피고는 카르틴킨과 대화를 나누었나요, 무슨 이야기를 했죠?"

마슬로바는 갑자기 얼굴을 찌푸리고 붉히며 재빨리 말했다.

"무슨 말을 했냐고요? 아무 말도 하지 않았어요. 있었던 일은 전부 말씀드렸고, 더는 아무것도 몰라요. 하고 싶은 대로 하세요. 저는 죄가 없어요, 그뿐이에요."

"질문을 마칩니다." 검사보는 재판장에게 말하고 부자연스럽게 어깨를 으쓱한 뒤, 시몬과 함께 빈방에 들어갔다는 피고의 자백을 논고에 빠르게 적어두었다.

침묵이 흘렀다.

"피고, 더 할 말 있습니까?"

"전부 말씀드렸어요." 그녀는 깊은 한숨을 토하며 말하고 자리에 앉았다.

재판장은 서류에 뭔가를 적다가 왼쪽 배석판사가 속삭이는 귀엣말을 듣더니 십 분 휴정을 선언하고 급히 일어나 법정을 나갔다. 키가 크고 수염이 덥수룩하고 큰 눈이 선량해 보이는 왼쪽 배석판사가 재판장에게 속삭였던 이야기는, 자기 위가 조금 아프니 잠시 마사지를 하고 물약을 마시고 싶다는 것이었다. 그가 재판장에게 사정을 말하며 요청하자 휴정이 선언됐다.

재판관들에 이어 배심원들과 변호사들, 증인들도 일어나 중요한 임무의 일부를 끝냈다는 유쾌함을 느끼며 이리저리 돌아다녔다.

네흘류도프는 배심원실로 나가 창가에 앉았다.

12

그렇다, 카튜샤였다.

네흘류도프와 카튜샤의 관계는 다음과 같았다.

네흘류도프는 토지 사유에 관한 논문을 준비하던 대학 3학년 때 고모들 집에서 여름을 보냈고, 그때 카튜샤를 처음 만났다. 보통 그는 모스크바 교외에 있는 어머니의 거대한 영지에서 누이와 여름을 보내곤 했다. 그러나 그해에 누이가 결혼을 했고, 어머니는 외국의 온천으로 떠났다. 네흘류도프는 논문을 써야 했기 때문에 고모들 집에서 여름을 보내기로 한 것이었다. 고모들이 사는 궁벽한 시골은 조용하고 마음을 들뜨게 하는 것들도 없었다. 고모들은 자신들의 상속인 조카를 무척 사랑했고, 그도 고모들을, 그들의 예스럽고 소박한 생활을 사랑했다.

그해 여름 고모들 집에서 지내며 네흘류도프는 환희로 벅차올랐는데, 젊은이가 처음으로 아무런 간섭 없이 스스로의 힘으로 인생의 아름다움과 중요성을 인식하고 인간에게 주어진 일의 의미를 깨닫는 데서 오는 환희, 자신과 세계는 완성을 향해 무한히 나아갈 수 있다는 것을 깨닫고 자신이 상상하는 완성의 경지에 도달할 수 있다는 희망뿐 아니라 온전한 확신을 지닌 채 완성을 위한 일에 몰입하는 데서 오는 환희였다. 그해 그는 대학교에서 스펜서의 『사회정학』을 통독했는데, 대지주의 아들인 그에게 스펜서의 토지 사유 이론은 특히 큰 감명을 주었다. 아버지는 부유하지 않았지만 어머니는 지참금으로 1만 데샤티나의 토지를 받았다. 그때 그는 처음으로 토지 사유의 잔혹함과 불공평함을 깨달았고, 도덕적 요구를 위해서라면 어떠한 희생도 감수하는 것을 최고의 정신적 기쁨으로 여기게 되어 토지 사유권을 행사하지 않기로 결심하고는 아버지에게서 상속받은 토지를 농민들에게 나누어주었다. 그는 바로 이 주제에 대해 논문을 쓰고 있었다.

그 여름에 그는 시골의 고모들 집에서 이렇게 생활했다. 아주 이른

새벽, 때로는 세시쯤 일어나 해뜨기 전 아침 안개를 헤치며 산기슭의 강으로 목욕을 하러 갔다가 풀잎이나 꽃잎에 아직 이슬이 남아 있을 때 돌아오곤 했다. 모닝커피를 실컷 마신 뒤 책상 앞에 앉아 논문을 쓰거나 참고서적을 읽기도 했으나, 대개는 읽고 쓰는 대신 다시 집을 나서서 들과 숲 여기저기를 거닐었다. 점심 전에 뜰 한쪽에서 낮잠을 즐기고, 식사 때는 타고난 쾌활함으로 고모들을 즐겁게 해주거나 웃게 하고는 승마를 하거나 보트를 탔고, 저녁이 되면 또다시 책을 읽거나 고모들과 어울려 카드점을 쳤다. 밤에는, 특히 달이 밝은 밤에는 강렬하게 몰아치는 인생의 기쁨에 가슴이 설레어 종종 잠을 이루지 못하고 공상과 사색에 젖어 동틀 무렵까지 뜰을 거닐기도 했다.

그는 고모들 집에서 첫 한 달을 그렇게 평화롭고 행복하게 지냈고, 반은 하녀이고 반은 양딸인 까만 눈동자에 발이 빠른 카튜샤에게는 별다른 관심을 갖지 않았다.

열아홉 살의 네흘류도프는 어머니 품에서만 자라 아직 아주 순진한 젊은이였다. 그는 여자를 아내로서만 꿈꿨다. 자기 아내가 될 수 없는 다른 모든 여자는 그냥 사람에 불과하다고 생각했다. 그런데 그해 여름 그리스도승천일에 이웃에 사는 부인이 젊은 두 딸과 김나지움에 다니는 아들, 그리고 그들 집에 손님으로 와 있던 농민 출신 젊은 화가를 데리고 고모들 집에 놀러왔다.

차를 마신 뒤 풀베기가 끝난 집 앞 풀밭에서 다 같이 술래잡기를 하며 놀았다. 카튜샤도 함께였다. 몇 번인가 짝이 바뀐 뒤 네흘류도프와 카튜샤가 짝이 되어 숨게 되었다. 네흘류도프는 카튜샤를 보면 언제나 즐겁긴 했지만 그들 사이에 특별한 관계가 생길 수 있다고는 한 번도 생각한 적 없었다.

"아휴, 저 두 사람은 도저히 잡을 수가 없겠는데요." 짧고 휘었지만 농민 출신답게 튼실한 다리로 몹시 빨리 달리던 쾌활한 화가가 술래가 되자 말했다. "넘어지기라도 하면 모를까."

"천만에, 절대 못 잡을걸요!"

"하나, 둘, 셋!"

모두 손뼉을 세 번 쳤다. 카튜샤는 가까스로 웃음을 참으며 재빨리 네흘류도프와 자리를 바꿨고, 단단하고 거친 작은 손으로 그의 큼직한 손을 덥석 잡고는 풀 먹인 치마를 바스락거리며 왼쪽으로 내달렸다.

네흘류도프도 빠르게 달렸고, 화가에게 지지 않으려고 온 힘을 다했다. 돌아보니 화가가 카튜샤를 쫓고 있었고 그녀가 탄력 있는 젊은 다리를 날쌔게 번갈아 떼면서 그를 피해 왼쪽으로 멀리 달아났다. 앞쪽 라일락이 우거진 화단 뒤로는 아무도 달아나지 않자 카튜샤는 네흘류도프를 돌아보며 거기서 합류하자고 고갯짓으로 신호했다. 그가 신호를 알아차리고 덤불 뒤로 달려갔다. 그런데 덤불 뒤에는 쐐기풀로 덮인 작은 도랑이 있었고, 그는 도랑을 보지 못하고 발이 걸려 넘어지며 쐐기풀에 두 손이 찔리고 벌써 내려앉은 저녁 이슬에 젖었지만, 이내 자기 꼴에 웃음을 터뜨리며 몸을 일으켜 깨끗한 곳으로 달려갔다.

카튜샤는 촉촉한 까치밥처럼 새까만 눈으로 미소 지으며 그에게 달려갔다. 그들은 서로를 향해 달려가 손을 맞잡았다.

"가시에 찔렸나보네요." 카튜샤가 가쁜 숨을 몰아쉬며 한쪽으로 흐트러진 땋은 머리를 한 손으로 매만지고 웃는 얼굴로 그를 똑바로 올려다보았다.

"저기 도랑이 있는지 몰랐어." 그도 미소 지으며 그녀의 손을 놓지 않은 채 말했다.

카튜샤가 가까이 다가오자 그는 자신도 모르게 얼굴을 다가붙였고, 그녀가 피하지 않자 손을 꼭 잡고 입술에 키스했다.

"어머나!" 그녀가 중얼거리고는 재빨리 손을 빼내어 그에게서 도망쳤다.

그녀는 라일락 덤불로 달려가 이미 꽃이 진 하얀 라일락 가지를 두 개 꺾어 달아오른 얼굴을 가볍게 두드렸고, 그를 돌아보며 힘차게 두 손을 흔들고는 술래잡기하는 사람들 쪽으로 돌아갔다.

이때부터 네흘류도프와 카튜샤의 관계는 급변하여 서로에게 끌리는 순진한 젊은이와 역시 순진한 소녀 사이에 흔히 있는 특별한 관계가 되었다.

네흘류도프는 카튜샤가 방에 들어오거나 멀리서 그녀의 하얀 앞치마만 보여도 순간 모든 것이 태양처럼 빛나 보이고 한결 더 재미있고 더 유쾌하고 더 의미 있게 느껴졌다. 삶은 더욱 기쁜 것이 되었다. 그녀도 똑같은 기분을 느꼈다. 그러나 카튜샤가 눈앞에 있고 가까이에 있을 때만 그런 감정이 생기는 건 아니었다. 네흘류도프에게는 카튜샤가, 카튜샤에게는 네흘류도프가 존재한다는 의식만으로도 그런 감정을 느꼈다. 어머니에게서 언짢은 내용의 편지가 오거나 논문에 진척이 없거나 젊은이 특유의 이유 없는 우울감에 빠질 때면, 카튜샤가 존재하고 그녀를 볼 수 있다는 생각만으로도 그런 기분이 말끔히 사라졌다.

카튜샤는 늘 해야 할 집안일이 많았지만 능숙하게 해치우고는 여가 시간에 책을 읽었다. 네흘류도프는 도스토옙스키나 투르게네프의 책을 다 읽으면 곧바로 그녀에게 빌려주곤 했다. 그녀가 가장 좋아한 책은 투르게네프의 『정적靜寂』이었다. 그들은 복도나 발코니나 마당에서, 고모들의 늙은 하녀이자 카튜샤와 함께 방을 쓰는 마트료나 파블로브나의 방에서, 아니면 이따금 네흘류도프가 설탕을 먹으면서 차를 마시는* 작은 방에서 마주칠 때 단편적으로만 대화를 나눴다. 마트료나 파블로브나가 함께 있을 때는 대화가 무척 즐거웠다. 그러나 단둘이 있을 때는 대화가 쉽지 않았다. 그럴 때면 금세 두 사람의 눈은 입으로 말하는 것보다 훨씬 더 중요한 뭔가를 말하기 시작했고, 입술이 굳고 왠지 무서운 기분이 들어 황급히 헤어지곤 했다.

네흘류도프와 카튜샤의 관계는 그가 고모들 집에서 머무는 동안 계속되었다. 고모들은 두 사람의 관계를 눈치채고는 깜짝 놀라 외국에 있는 네흘류도프의 어머니 옐레나 이바노브나 공작부인에게 편지를 쓰기까지 했다. 그의 고모 마리야 이바노브나는 드미트리가 카튜샤와 깊은 관계를 맺을까봐 걱정했다. 그러나 공연한 걱정이었다. 자신도 몰랐지만 네흘류도프는 순수한 사람들이 사랑하는 방식으로 카튜샤를 사랑했고, 그의 사랑은 그와 그녀를 타락으로부터 막아주는 방패였다. 그는 그녀를 육체적으로 소유하려는 욕망을 갖지 않았을 뿐만 아니라 그녀를 그런 식으로 대한다는 생각만 해도 소름이 끼쳤다. 한편 순수하고 단호한 성격의 드미트리가 한번 사랑에 빠지면 출신도 배경도 따지지 않고 결혼하려 들지 않을까 하던 낭만적인 소피야 이바노브나의 노파심은 훨씬 근거가 있었다.

---

* 러시아에서는 차에 설탕을 넣는 대신에 단단한 설탕덩어리를 갉아 따로 먹기도 했다.

당시 네홀류도프가 카튜샤에 대한 자신의 사랑을 분명히 인식했다면, 그런 아가씨와 운명을 같이한다는 건 절대 있을 수 없는 일이고 그래서는 안 된다고 누가 설득이라도 했다면 오히려 그는 올곧은 성격대로 상대방이 어떤 사람이건 사랑하는 사람과 결혼 못할 이유가 없다며 얼마든지 마음먹은 대로 했을 것이다. 그러나 고모들은 자신들의 노파심에 대해 그에게 말하지 않았고 그도 이 아가씨에 대한 사랑을 인식하지 못한 채 그대로 떠나버렸다.

그는 카튜샤에 대한 감정이 당시 자신의 존재를 가득 채우던 인생의 발현된 기쁨들 중 하나에 지나지 않는다고, 이 사랑스럽고 명랑한 소녀와 그 기쁨을 나누었을 뿐이라고 확신했다. 그가 떠나던 날, 고모들과 나란히 현관 계단참에 선 카튜샤가 약간 사시인 까만 눈에 눈물을 글썽이며 그를 배웅하던 그날, 그는 자신이 두 번 다시 없을 아름답고 소중한 무언가를 내던지고 있다고 느꼈다. 그래서 그는 못 견디게 슬퍼졌다.

"안녕, 카튜샤. 여러 가지로 고마웠어." 마차에 오르면서 그는 소피야 이바노브나가 쓴 실내모 너머로 말했다.

"안녕히 가세요, 드미트리 이바노비치." 그녀는 유쾌하고 상냥한 목소리로 말하고는 눈에 차오른 눈물을 흘리지 않으려 애쓰면서 마음껏 울 수 있는 현관 안으로 뛰어들어갔다.

13

그후 삼 년 동안 네홀류도프는 카튜샤를 만나지 못했다. 그러다가 막 장교로 임관되어 소속 부대에 부임하는 길에 고모들 집에 들렀을 때 비로소 다시 만났는데, 그는 삼 년 전 그곳에서 여름을 보내던 때와는 완전히 다른 사람이 되어 있었다.

그때의 그는 선한 일을 위해서라면 자기 한 몸 바치기를 마다하지 않을 정직하고 희생적인 젊은이였지만, 지금의 그는 자신의 쾌락만을 사랑하는 방탕하고 세련된 이기주의자였다. 그때는 신이 창조한 세계가 너무나 신비로워서 기쁜 마음으로 그 신비를 밝혀보려 애썼지만, 지금은 이 세계의 모든 것이 단순하고 분명해 보였고 자신이 속한 생활 조건에 의해 결정되는 것 같았다. 그때는 자연과의 교감, 자신보다 먼저 살고 사색하고 삶을 느꼈던 사람들과의 교감(철학이나 시)이 꼭 필요하고 중요했지만, 지금은 인간이 만든 모든 제도나 동료들과의 교제가 필요하고 중요했다. 그때는 여자가 신비롭고 매력적인 존재로 비쳤지만 지금은 가족이나 친구의 아내를 제외한 모든 여자는 지극히 명확한 하나의 의미를 지녔다. 여자는 그가 이미 충분히 경험한, 향락을 위한 가장 좋은 도구 중 하나였다. 그때는 돈이 필요하지 않았고 어머니가 주는 돈의 3분의 1만으로도 충분했으며, 아버지의 유산인 토지를 마다하고 농민들에게 나누어줄 수 있었으나, 지금은 어머니에게서 매달 받는 1500루블로도 모자라 돈 때문에 벌써 여러 번 어머니와 불쾌한 말다툼을 했다. 그때의 그는 자신의 정신적 존재가 진실한 자아라고 생각했지만, 지금은 건강하고 강한 동물적 자아가 진짜 자신이라 생각했다.

이러한 무서운 변화는 그가 더이상 자신이 아니라 남들을 믿기 시작하면서 일어난 것이었다. 그가 자기 자신이 아니라 남들을 믿기 시작한 것은 자기를 믿고 사는 것이 너무 어렵기 때문이었다. 자신을 믿으면서 갖가지 문제를 해결하기 위해서는 안이한 기쁨을 찾는 동물적 자아를 언제나 거슬러야 했다. 남들을 믿으면서 살면 해결해야 할 문제란 존재하지도 않았는데, 모든 게 이미 다 해결되어 있었기 때문이다. 그것도 언제나 정신적 자아를 거스르고 동물적 자아를 위한 방향으로 해결되어 있었다. 그뿐만 아니라 자신을 믿으면서 살면 항상 사람들의 비난이 따랐으나, 남들을 믿으면서 살면 사람들의 칭찬이 따랐다.

네흘류도프가 신과 진리, 부와 가난에 대해 생각하거나 읽거나 말하면 사람들은 그것을 부적절한 것으로, 심지어 다소 우스꽝스러운 것으로 여겼다. 어머니와 고모들까지도 다정하게 놀리듯이 그를 *우리 사랑스러운 철학자*라고 불렀다. 그가 소설을 읽거나 외설스러운 일화를 이야기하거나 프랑스 극장에서 우스꽝스러운 보드빌*을 본 이야기를 재미나게 들려주면 모두들 그를 칭찬하고 치켜세웠다. 그가 절제를 중요하다 여기고 낡은 외투를 입거나 술을 마시지 않으면 모두 기이하다거나 유별나다고 여겼지만 그가 사냥을 다니거나 서재를 유달리 사치스럽게 꾸미기 위해 큰돈을 쓰면 모두 그의 취미를 칭찬하며 값나가는 물건을 선물하기도 했다. 그가 결혼할 때까지 동정을 지키려 하자 친척들은 그의 건강을 걱정했지만, 그가 진정한 사내가 되어 동료의 프랑스 여자를 가로챘다는 것을 알게 되자 어머니마저 슬퍼하기는커녕 오히려 기뻐했다. 물론 공작부인도 한때 네흘류도프가 결혼을 마음먹을 뻔했던 카튜샤와의 일화만큼은 어머니로서 두려움 없이 떠올릴 수 없

---

* 춤, 노래 등을 곁들인 경묘하고 풍자적인 통속 희극.

었다.

마찬가지로 네흘류도프가 성년이 되어 토지 사유를 부당하다고 생각해 아버지에게 물려받은 작은 영지를 농민들에게 나누어주었을 때, 그의 어머니나 집안사람들은 크게 놀랐고 친척들 모두가 그를 조소하고 끊임없이 비난했다. 그에게 토지를 받은 농민들이 부유해지기는커녕 마을에 술집을 세 개나 만들고 아예 일을 손에서 놓으면서 오히려 더욱 가난해졌다는 이야기가 계속해서 들려왔다. 네흘류도프가 근위대에 들어가 상류층 동료들과 어울리며 낭비하고 도박으로 돈을 날려 옐레나 이바노브나가 은행에서 돈을 꺼내 써야 할 처지가 되었을 때, 오히려 그녀는 그 낭비벽을 상류사회 젊은이들의 자연스러운, 심지어 바람직하기까지 한 홍역쯤으로 여기며 전혀 슬퍼하지 않았다.

네흘류도프도 처음에는 싸웠지만, 싸우는 것은 너무 힘들었다. 그가 자기 자신을 믿으면서 좋다고 생각하는 것을 다른 사람들은 나쁜 것으로 여겼고, 거꾸로 그가 자기 자신을 믿으면서 나쁘다고 생각하는 모든 것을 다른 사람들은 좋은 것이라고 여겼기 때문이다. 그리하여 네흘류도프는 자신이 진 싸움으로 끝을 내고 자신이 아니라 남을 믿기 시작했다. 처음에는 이러한 자기부정이 불쾌했으나 마침 그때부터 술과 담배에 빠지면서 그 불쾌한 감정도 오래지 않아 사라졌고 심지어 아주 홀가분하기까지 했다.

그렇게 네흘류도프는 열정적인 천성대로 주변 모든 사람이 인정하는 새로운 삶에 몸을 내맡겼고 무언가 다른 것을 요구하는 목소리를 자기 안에서 완전히 억눌러버렸다. 이러한 투쟁은 페테르부르크로 거처를 옮기면서 시작되었고 군에 들어가면서 종료되었다.

군무軍務는 군에 들어간 사람들을 완전한 무위, 즉 합리적이고 유익한 노동이 부재하는 조건으로 내몰며 인간 보편의 의무로부터 자유롭게 만들고 그 대신 연대, 군복, 군기軍旗의 인위적 명예만을 내세우는데, 한편으로는 그들에게 다른 이들을 지배할 무한한 권력을 쥐여주고, 다른 한편으로는 상관에 대한 노예적 복종을 요구하여 그들을 타락에 이르게 한다.

하지만 군복과 군기의 명예를 안겨주고 폭력과 살인을 허용하는 군무 일반의 타락에, 부유한 명문가 장교들이 복무하는 소수의 근위 연대에서 볼 수 있듯 황족과의 교류나 부를 가능케 하는 타락이 더해지면 이기주의라는 완전히 광적인 상태에 이르게 된다. 그처럼 네홀류도프도 군에 들어가 동료들처럼 살기 시작하면서 이기주의의 광기에 빠지고 말았다.

일이랄 것이 없었다. 다른 사람들이 훌륭하게 지어놓고 깨끗이 손질한 군복을 입고 군모를 쓰고, 역시 다른 사람들이 만들고 깨끗이 손질한 무기를 차고, 역시 다른 사람들이 사육하고 훈련시킨 훌륭한 말을 타고, 자기와 똑같은 사람들과 함께 교련이나 검열에 나간답시고 말을 몰고 달리거나 군도를 휘두르거나 총을 쏘거나 다른 사람들에게 총술을 가르치는 것이 고작이었다. 그 밖의 업무는 없었다. 그런데도 높은 지위에 있는 사람들은 모두, 젊은이나 늙은이나 황제나 그 측근들이나 할 것 없이 모두 이것을 권장할 뿐 아니라 칭찬하며 감사하게 여겼다. 다음으로 훌륭하고 중요한 것으로 여겨지는 일은 식사를 위해, 특히 술을 마시기 위해 장교 클럽이나 최고급 레스토랑에 모여 출처도 모르는 돈을 물 쓰듯 써대는 짓이었다. 그러고 나서 또 극장, 무도회, 여자로 이어졌고, 그리고 다시 말을 타고 군도를 휘두르며 달렸고 또다시 낭비, 술, 도박, 여자로 이어지는 식이었다.

특히 그런 생활은 군인들에게 퇴폐적으로 작용하기 쉬운데, 군인이 아닌 일반인이라면 그런 생활이 내심 수치스럽지 않을 수가 없기 때문이다. 그러나 군인들은 군인이라는 이유만으로 그것을 당연시하며 오히려 자랑스러워하고, 특히 전시에는 더욱 그랬다. 터키에 선전포고*를 한 뒤에 군에 들어간 네흘류도프의 경우는 더더욱 그랬다. '우리는 전쟁에서 목숨을 바칠 각오가 됐다. 그러므로 이런 태평하고 유쾌한 생활은 허용되어야 할 뿐 아니라 꼭 필요하다. 그래서 우리는 이런 생활을 하고 있는 것이다.'

그 시기에 네흘류도프는 막연히 이렇게 생각했다. 그리고 그 시기의 그는 예전에 스스로 정했던 모든 도덕적 장벽으로부터 해방된 기쁨을 느끼며 만성적인 이기주의의 광기에 줄곧 빠져 있었다.

삼 년 만에 고모들 집을 다시 찾았을 때 그는 바로 이런 상태였다.

14

네흘류도프가 고모들한테 들른 것은 고모들의 영지가 그보다 앞서 행군중인 연대를 따라붙어 합류할 수 있는 길목에 있는데다 고모들이 들러주길 간절히 청했기 때문이었지만, 무엇보다 주된 이유는 카튜샤

---

* 1877~1878년 러시아·터키전쟁.

를 보기 위해서였다. 어쩌면 그의 마음속 깊은 곳에 카튜샤에 대한 나쁜 의도가 있었고 고삐 풀린 동물적 본성이 그런 생각을 흘려넣었을지도 모르지만, 그는 그런 의도를 자각하지 못했고, 과거에 좋은 시간을 보낸 곳에 잠시 들러 언제나 사랑과 열광의 분위기로 그를 감싸주었던, 조금 우스꽝스럽긴 하지만 사랑스럽고 선량한 고모들과 그에게 기분 좋은 추억을 남겨준 사랑스러운 카튜샤를 만나고 싶을 뿐이었다.

3월 말 수난 주간의 성금요일, 눈 녹은 진창길에 장대비까지 내려 온몸이 흠뻑 젖은 채 추위에 떨며 도착했지만, 그는 당시 늘 그랬듯 기운이 넘치고 들뜬 상태였다. '그 아가씨가 아직도 있을까?' 그는 이렇게 생각하며 지붕에서 떨어진 눈이 가득 쌓여 있고 벽돌담으로 둘러싸인 눈에 익은 예스러운 고모들의 저택 안마당으로 마차를 몰고 들어갔다. 그는 마차 방울소리를 듣고 그녀가 현관 계단참으로 달려나오리라 기대했으나, 하녀용 출입구 현관에 나온 사람은 마루를 닦고 있었던 듯 옷자락을 허리춤에 찔러넣은 채 물통을 든 맨발의 두 아낙이었다. 정문 현관 계단참에도 그녀는 없었다. 역시 청소하던 중인 듯 앞치마를 두른 하인 티혼만 나와 있었다. 실크로 지은 옷을 입고 실내모를 쓴 소피야 이바노브나가 현관으로 나왔다.

"잘 왔다!" 소피야 이바노브나가 그에게 키스하며 말했다. "마셴카는 몸이 좀 좋지 않아. 교회에서 지쳤던 모양이야. 우리는 오늘 성찬식에 참석했거든."

"축하드립니다, 소냐 고모." 네흘류도프는 소피야 이바노브나의 손에 입술을 갖다대며 말했다. "죄송해요, 고모 옷까지 다 적셨네요."

"네 방으로 가렴. 흠씬 젖었구나. 이제 수염도 기르고…… 카튜샤!

카튜샤! 어서 커피를 내와라!"

"네, 곧 가요!" 귀에 익은 기분좋은 목소리가 복도 쪽에서 들렸다.

네흘류도프의 심장이 기쁨으로 뛰었다. '있었구나!' 태양이 먹구름 사이로 얼굴을 내민 것 같았다. 네흘류도프는 티혼을 거느리고 즐거운 마음으로 예전에 자기가 쓰던 방으로 옷을 갈아입으러 갔다.

네흘류도프는 티혼에게 카튜샤에 대해 물어보고 싶었다. 어떻게 지냈는가? 시집을 갔는가? 그러나 티혼이 직접 세숫물을 손에 부어주겠다고 아주 공손하면서도 엄격하게 고집을 부리는 바람에 네흘류도프는 차마 묻지 못하고 그저 그의 손자들, '형님네'라 불리던 늙은 수말, 마당을 지키던 개 폴칸에 대해 물었다. 모두 건강하게 살아 있지만 폴칸은 지난해 광견병으로 죽었다고 했다.

네흘류도프가 젖은 옷을 벗고 새옷으로 갈아입으려 할 때, 빠른 발소리에 이어 문 두드리는 소리가 들렸다. 네흘류도프는 발소리와 문 두드리는 소리가 누구 것인지 알아챘다. 그렇게 걷고 두드리는 사람은 그녀뿐이었다.

그는 젖은 외투를 걸치고 문으로 갔다.

"들어와요!"

그녀였다, 카튜샤. 전과 똑같았고, 아니 더 사랑스러웠다. 그녀가 예전처럼 미소 어린 천진하고도 약간 사시인 까만 눈으로 그를 올려다보았다. 예전처럼 하얗고 깨끗한 앞치마를 두르고 있었다. 그녀는 고모들의 지시대로 이제 막 포장지에서 꺼낸 향긋한 비누와 수건 두 장을 가져왔는데, 한 장은 러시아식 큰 수건이고, 한 장은 올이 부풀부풀한 것이었다. 글자가 새겨지고 누구의 손도 닿지 않은 비누와 수건들, 그리고 그녀까지 모든 것이 한결같고 깨끗하고 신선했고 손닿은 흔적 없이 기분좋았다. 그녀의 사랑스럽고 단단한 붉은 입술은 그를 보자 예전처럼 억누를 수 없는 기쁨으로 주름이 잡혔다.

"잘 오셨어요, 드미트리 이바노비치!" 그녀가 가까스로 말하고는 얼굴을 붉혔다.

"안녕…… 안녕하세요……" 그는 말을 놓아야 할지 높여야 할지 몰라 그녀와 마찬가지로 얼굴을 붉혔다. "건강하게 잘 지냈나요?"

"덕분에요…… 고모님이 당신이 좋아하시는 장미비누를 보내셨어요." 그녀가 비누를 탁자에 놓고 수건을 안락의자 팔걸이에 걸며 말했다.

"본인 걸 다 가지고 오셨는데." 손님의 독립성을 주장하려는 듯 티혼이 은제 뚜껑이 열려 있는 네흘류도프의 커다란 여행용 화장가방을 가리키며 말했다. 크고 작은 유리병, 브러시, 머릿기름, 향수 등 온갖 화장도구가 가득 들어 있었다.

"고모께 감사하다고 전해줘요. 정말 오길 잘했어." 네흘류도프가 전처럼 마음이 밝아지고 부드러워지는 것을 느끼며 말했다.

그녀는 미소로 답하고는 방을 나갔다.

언제나 네흘류도프를 사랑하는 고모들은 여느 때보다 더 반갑게 맞아주었다. 드미트리는 전장에 나가서 부상당하거나 전사할 수도 있었다. 그래서 고모들은 더욱 마음을 썼다.

네흘류도프는 고모들 집에서 딱 하루만 머물 작정이었으나 카튜샤를 보고 나서는 이틀 후인 예수부활대축일을 고모들과 함께 축하하기로 했고, 오데사에서 만나기로 한 벗이자 동료인 셴보크에게는 고모들 집으로 와달라고 전보를 쳤다.

네흘류도프는 카튜샤를 본 첫날부터 예전과 같은 감정을 느꼈다. 예전과 마찬가지로 지금도 카튜샤의 하얀 앞치마를 설렘 없이 볼 수 없었고, 그녀의 발소리나 목소리, 웃음소리를 기쁨 없이 들을 수 없었고, 촉촉한 까치밥처럼 새까만 그녀의 눈을, 특히나 그녀의 미소를 감동 없이 바라볼 수 없었고, 무엇보다도 그녀가 자기와 만날 때 얼굴을 붉히는 모습을 마음의 동요 없이 볼 수 없었다. 그는 자신이 사랑에 빠졌다고 느꼈지만 이전과 같은 사랑은 아니었다. 예전의 그에게 사랑은 신비로운 것이었고, 그래서 자신이 사랑에 빠졌다고 감히 인정하지 못한 채 사랑은 인생에 단 한 번뿐인 것이라 믿었었다. 지금은 사랑에 빠졌다는 것을 알고 기뻐하면서, 비록 자신에게 숨기고 있긴 하나 이 사랑이 어떤 종류의 사랑이며 어떤 결과를 초래할지도 막연하게나마 알고 있었다.

모두가 그렇듯 네흘류도프 안에도 두 인간이 있었다. 하나는 자신뿐만 아니라 다른 사람들까지도 행복하게 할 수 있는 행복을 추구하는 정신적 인간이고, 다른 하나는 자신만을 위한 행복을 찾으며 그 행복을 위해 온 세계의 행복까지도 희생시킬 마음의 준비가 된 동물적 인간이었다. 페테르부르크와 군생활로 생겨난 이기주의의 광기가 그를 덮친 이 시기에 그의 내면에는 동물적 인간이 군림하며 정신적 인간을 압도했다. 그러나 카튜샤를 만나고 전에 그녀에게 느꼈던 감정을 새로이 느끼자 정신적 인간이 고개를 쳐들고 권리를 주장하기 시작했다. 그리하여 부활절까지 남은 이틀 동안 네흘류도프의 내면에서는 그도 의식하지 못한 싸움이 끊임없이 이어졌다.

마음 깊은 곳에서는 빨리 떠나야 하고 고모들 집에서 지체할 이유가 없을 뿐 아니라 좋은 결과가 있을 리 없다는 걸 알면서도, 그는 너무나 기쁘고 기분이 좋아 제 마음을 외면한 채 남아 있었다.

예수부활대축일 전날 밤, 즉 토요일 저녁에 사제가 부사제와 하급사제를 데리고 새벽 예배를 드리기 위해 고모들 집을 방문했는데, 교회에서 고모들 집까지 3베르스타*의 물웅덩이 길을 썰매를 타고 간신히 지나왔다고 했다.

네흘류도프는 두 고모와 하인들과 함께 그 예배에 참석했으나, 문가에 서서 향료를 나르는 카튜샤만 줄곧 바라보는 사이에 예배가 끝났다. 그가 사제와 고모들과 세 차례 입맞춤하는 부활절 인사를 나누고 잠을 자러 가려 했을 때, 복도에서 마리야 이바노브나의 늙은 하녀 마트료나 파블로브나가 카튜샤와 함께 쿨리치와 파스하**에 축복을 받기 위해 교회에 갈 채비를 하는 소리가 들렸다. '나도 가야겠다.' 그는 생각했다.

교회까지 가는 길은 마차나 썰매로 지날 수 없었는데, 고모들 집에서 주인처럼 행세하는 네흘류도프는 '형님네'라 불리는 수말에 안장을 얹으라 지시하고 잠자리에 드는 대신 찬연한 군복에 딱 달라붙는 승마바지를 입고 외투를 걸치고는, 살이 쪄서 동작이 둔한데다 끊임없이 울어대는 늙은 수말에 올라 어둠 속에서 물웅덩이와 눈길을 헤치며 교회로 갔다.

---

* 러시아의 길이 단위로, 1베르스타는 약 1킬로미터다.
** 러시아에서 부활대축일에 먹는 케이크와 디저트.

15

그날 새벽 예배는 네흘류도프 평생에 가장 빛나는 강렬한 추억으로 남았다.

새하얀 눈의 빛에만 의지한 채 칠흑 같은 어둠 속을 달려, 교회 주위에 밝혀놓은 등불을 보고 귀를 쫑긋거리는 수말을 몰고 철벅거리는 물웅덩이를 지나 그가 경내로 들어갔을 때 전례는 이미 시작되고 있었다.

농부들은 마리야 이바노브나의 조카를 알아보고는 마른 땅으로 데리고 가 말에서 내리게 도왔고 그의 말을 매어놓고는 축일을 맞는 사람들로 가득찬 교회 안으로 안내했다.

오른쪽에는 농부들이 있었다. 집에서 짠 직물로 지은 카프탄*에 나무껍질 신발을 신고 깨끗하고 하얀 각반을 두른 노인들, 나사로 지은 새 카프탄에 화사한 띠를 두르고 장화를 신은 젊은이들이 있었다. 왼쪽에는 빨간색 실크 머릿수건을 쓰고 보풀보풀한 면으로 지은 외투를 입고 그 밑으로 선홍빛 옷소매며 파랑, 초록, 빨강 등 형형색색의 치마를 살며시 드러낸 채 징이 박힌 단화를 신은 아낙들이 있었다. 흰색 머릿수건을 쓰고 회색 카프탄에 예스러운 치마를 입고 단화나 새 나무껍질 신발을 신은 소박한 노파들은 젊은 아낙들 뒤에 서 있었다. 그들 사이에는 나들이옷을 입고 머리에 기름을 바른 아이들이 서 있었다. 농부들은 성호를 긋고 머리털이 흔들릴 정도로 고개를 숙이면서 절을 했다. 아낙들, 특히 노파들은 여러 개의 촛불을 밝힌 성상화에 침침한 두 눈

---

* 앞이 트이고 옷자락이 긴 남성용 겉옷.

을 고정시키고는 한데 모은 손가락들을 머릿수건을 두른 이마에, 양쪽 어깨에, 배에 꼭꼭 누르며 작게 중얼거리고 허리를 구부리거나 무릎을 꿇었다. 아이들은 어른 흉내를 내면서 사람들이 볼 때만 열심히 기도했다. 황금빛 이코노스타시스*는 금박으로 장식한 커다란 촛대에 감싸인 채 수많은 촛불 빛을 받아 반짝거렸다. 천장에 매단 촛대에도 많은 초가 꽂혀 있었고, 자원한 성가대원들이 노래하는 성가대석에서는 으르렁대는 듯한 베이스 음색과 소년들의 날카로운 소프라노 음색이 어우러진 흥겨운 선율이 들려왔다.

네흘류도프는 앞으로 나아갔다. 한가운데에 귀족들이 있었다. 아내와 세일러복을 입은 아들을 데리고 온 지주, 경찰서장, 전신기사, 목이 두꺼운 장화를 신은 상인, 훈장을 단 촌장 등이 서 있었고, 성서대 오른편에 있는 어느 여지주 뒤에는 알록달록한 보랏빛 옷에 가장자리 장식이 된 하얀 숄을 걸친 마트료나 파블로브나와 허리 부분에 잔주름을 잡은 흰옷에 하늘색 띠를 두르고 까만 머리에 빨간 리본을 단 카튜샤가 서 있었다.

모든 것이 축일답게 엄숙하고, 즐겁고, 아름다웠다. 여러 개의 금빛 십자가가 새겨진 밝은 은색 제의를 입은 사제들도, 금실 은실로 수놓은 축일용 제의를 입은 하급사제들도, 기름을 발라 머리털이 번들거리고 한껏 치장한 자원 성가대원들도, 무용곡처럼 흥겨운 축일 성가의 선율도, 꽃으로 장식한 세 자루의 초를 들고 줄곧 "그리스도께서 부활하셨도다! 그리스도께서 부활하셨도다!" 하고 큰 소리로 되풀이하는 사제

---

* 그리스어로 '이콘(성상화)을 거는 장소'라는 뜻.

들과 그들이 끊임없이 사람들에게 내리는 축복도 아름답기 그지없었다. 그러나 무엇보다 아름다웠던 것은 흰옷에 하늘색 띠를 두르고 까만 머리에 빨간 리본을 단, 두 눈망울을 기쁨으로 빛내는 카튜샤였다.

네흘류도프는 그녀가 고개를 돌리지는 않았지만 자기를 보고 있다고 느꼈다. 그녀 바로 곁을 지나 제단 쪽으로 갈 때 알아챘다. 그는 그녀에게 할말이 없었지만 아무 말이나 떠올려 지나칠 때 말을 걸었다.

"고모님이 저녁 예배가 끝나면 금식을 푸시겠다는데."

그를 바라볼 때 언제나 그랬듯, 그녀의 사랑스러운 얼굴은 온통 젊은 피로 물들었고, 기쁜 웃음이 어린 까만 두 눈으로 순진하게 올려다보다가 네흘류도프에게서 시선이 멈췄다.

"알고 있어요." 그녀가 생긋 웃으며 말했다.

이때 하급사제가 구리 커피포트를 들고 사람들 사이를 걸어가다 카튜샤를 미처 못 보고 제의 자락으로 건드렸다. 네흘류도프에게 실례를 하지 않으려고 그를 에둘러 가느라 카튜샤를 스친 게 분명했다. 네흘류도프는 깜짝 놀랐다. 어째서 이 하급사제는 여기에 있는 모든 것, 아니 세상의 모든 것이 오직 카튜샤를 위해 존재한다는 것을, 그녀는 모든 것의 중심이므로 세상 모든 것이 무시당할 수는 있어도 그녀만은 무시당할 수 없다는 것을 깨닫지 못하는가. 금빛 성상벽도 그녀를 위해 빛나고, 샹들리에와 촛대의 모든 촛불도 그녀를 위해 타오르며, "주님이 부활하셨도다, 백성들아 기뻐하라"라는 환희의 성가도 그녀를 위해 울리는 것이었다. 세상 모든 좋은 것은 그녀를 위해 존재했다. 그가 보기에 카튜샤도 모든 것이 자기를 위해서 존재한다는 것을 아는 듯했다. 네흘류도프는 그녀의 주름 잡힌 새하얀 옷에 감싸인 날씬한 자태와 무언가에 집중한 듯 기쁨에 찬 얼굴과 표정을 보고 그의 영혼 속에서 노래하고 있는 것과 똑같은 것이 그녀의 영혼 속에서도 노래하고 있다고 느꼈다.

네흘류도프는 오전의 1부와 2부 예배 사이에 교회를 나섰다. 사람들이 그에게 길을 비켜주며 인사했다. 그를 알아보는 사람도 있었고, "누구시더라?" 하고 묻는 사람도 있었다. 교회 현관 입구에서 거지들이 둘러싸자 그는 지갑에 있던 잔돈을 나누어주고는 계단을 내려갔다.

모든 것이 보일 정도로 날이 밝았으나 해는 아직 뜨지 않았다. 교회 주변 묘지에 사람들이 흩어져 앉아 있었다. 카튜샤는 교회 안에 있었고, 네흘류도프는 멈춰 서서 그녀가 나오기를 기다렸다.

사람들이 계속 빠져나와 장화 징으로 포석을 울리면서 계단을 내려가 교회 마당과 묘지로 흩어졌다.

마리야 이바노브나에게 과자를 대주고 있는 나이든 제과업자가 네흘류도프를 불러 세우더니 머리를 흔들면서 부활절을 축복하는 입맞춤을 세 번 했고, 실크 머릿수건 밑으로 주름투성이 울대뼈를 드러낸 그의 늙은 아내는 손수건에서 사프란같이 노랗게 칠한 달걀을 꺼내 네흘류도프에게 건네주었다. 그때 새 외투에 녹색 허리띠를 두른 근육질의 젊은 농부가 싱글벙글하며 그에게 다가왔다.

"그리스도께서 부활하셨도다!" 그는 눈웃음 지으며 말하고는 네흘류도프에게 다가와 농부 특유의 기분좋은 냄새를 풍기고 곱슬곱슬한 턱수염으로 그를 간질이면서 생기 있고 튼실한 입술로 그의 입술 한가운데에 세 번 입맞춤했다.

네흘류도프가 농부와 입맞춤하고 그에게서 암갈색 달걀을 받았을 때 마트료나 파블로브나의 알록달록한 옷과, 빨간 리본을 단 귀여운 검은 머리가 나타났다.

그녀는 앞에서 걸어가는 사람들 머리 너머로 금세 그를 알아보았고, 그는 그녀의 얼굴이 환해지는 것을 보았다.

그녀는 마트료나 파블로브나와 교회 입구 계단으로 나와 걸음을 멈추고 거지들에게 동냥을 주었다. 코가 있어야 할 자리에 붉은 종기 자국을 달고 있는 거지가 카튜샤에게 다가왔다. 그녀는 손수건에서 뭔가를 꺼내 건넸고, 그에게 다가가 조금도 싫은 기색 없이 오히려 기쁘게 눈을 빛내며 세 번 입맞춤했다. 그녀는 거지와 입맞춤할 때 네흘류도프와 눈이 마주쳤다. 그 눈은 이래도 괜찮은가요, 라고 묻는 것 같았다.

'그렇고말고, 사랑스러운 카튜샤, 더없이 아름다워, 사랑해.'

그들이 계단을 내려왔고 그는 그녀에게 다가갔다. 그는 부활절 입맞춤을 하고 싶다기보다 그저 그녀 가까이에 있고 싶었다.

"그리스도께서 부활하셨도다!" 마트료나 파블로브나가 고개를 기울이고 미소 지으면서 오늘은 만인이 평등하다는 듯이 말한 뒤 작게 접은 손수건으로 입을 닦고는 그에게 입술을 내밀었다.

"참으로 부활하셨도다." 네흘류도프가 입맞춤하며 대답했다.

그는 카튜샤를 돌아다보았다. 그녀는 홍당무처럼 얼굴을 붉히며 그에게 다가왔다.

"그리스도께서 부활하셨도다, 드미트리 이바노비치."

"참으로 부활하셨도다." 그가 말했다. 그들은 두 번 입맞춤하고는 한 번 더 해야 하는지 잠시 생각하는 듯 멈칫했고, 이내 더 해야 한다고 마음먹은 듯 세번째 입맞춤을 하고는 마주보며 웃었다.

"사제에게는 가지 않아요?" 네흘류도프가 물었다.

"안 가요, 우리는 여기 잠시 앉아 있을 거예요, 드미트리 이바노비치." 카튜샤는 무슨 벅찬 일이라도 있었던 듯 가슴 가득히 모은 숨을 토해내고는 약간 사시인 온순하고 아가씨다운 사랑스러운 눈으로 그의 눈을 똑바로 쳐다보며 말했다.

남녀의 사랑에는 정점에 다다르는 한순간이 있기 마련이다. 그런 순간에는 의식도, 이성도, 관능도 존재하지 않는다. 네홀류도프에게는 이날 예수부활대축일의 밤이 그런 순간이었다. 지금도 카튜샤를 떠올리면, 이날 밤의 그 순간이 그동안 봐왔던 그녀의 이런저런 이미지들을 모두 덮어버릴 정도였다. 반짝반짝 윤나는 검은 머리, 가는 허리와 그리 높지 않은 가슴을 소담하게 감싼 주름 잡힌 흰옷, 발그스름한 볼, 밤에 잠을 설친 듯 사시가 좀더 눈에 띄는, 부드럽고 촉촉한 까만 눈, 그리고 그녀의 용모에는 두 가지 특징이 더 있었다. 순결하고 정결한 사랑, 그 한 사람뿐만 아니라―그도 그것을 알고 있었다―모든 사람과 모든 것에 대한 사랑, 세상에 존재하는 모든 좋은 것뿐만 아니라 그녀가 입맞춤한 거지에게도 향하는 사랑이었다.

그는 그녀 안에 그런 사랑이 있다는 것을 알았고, 그건 그날 밤과 그날 아침에 자기 안에서도 자각했고 그 사랑 안에서 그녀와 자신이 하나가 되어가고 있음을 자각했기 때문이었다.

아, 모든 것이 그날 밤 품은 그 감정에서 멈췄더라면! '그래, 그 모든 끔찍한 일은 예수부활대축일 그 밤 이후에 일어났다!' 그는 배심원실 창가에 앉아 생각했다.

16

교회에서 돌아온 네흘류도프는 고모들과 함께 금식을 끝내며 식사를 하고 연대에서 몸에 밴 습관대로 원기를 돋우기 위해 보드카와 포도주를 섞어 마시고는 방으로 들어가 옷도 벗지 않은 채 그대로 잠들어버렸다. 문 두드리는 소리가 그를 깨웠다. 문을 두드린 사람이 그녀임을 알아챈 그는 눈을 비비고 기지개를 켜며 일어났다.

"카튜샤? 들어와요." 그가 일어나며 말했다.

그녀가 문을 빠끔히 열었다.

"식사하시래요." 그녀가 말했다.

그녀는 아까와 똑같은 흰옷을 입고 있었는데 머리에 리본은 없었다. 그녀는 그와 눈이 마주치자 뭔가 반가운 소식이라도 알리러 온 것처럼 환한 표정을 지었다.

"곧 가지." 그가 머리를 빗으려고 빗을 집어들며 말했다.

그녀는 잠시 그냥 서 있었다. 그가 눈치채고 빗을 던져놓고는 그녀에게 다가갔다. 그러나 그 순간 그녀가 얼른 몸을 돌려 언제나처럼 날렵하고 빠른 걸음으로 복도 양탄자 위를 뛰어갔다.

'난 왜 이렇게 바보 같을까.' 네흘류도프는 속으로 중얼거렸다. '왜 그녀를 붙잡지 않았지?'

그는 방밖으로 뛰어나가 복도에서 그녀를 따라잡았다.

그가 그녀에게 뭘 바라는지는 그 자신도 몰랐다. 그러나 그녀가 자신의 방에 들어왔을 때 그런 상황에서 누구나 하는 뭔가를 해야 했는데 그걸 하지 않았다는 생각이 들었다.

"카튜샤, 잠깐만." 그가 말했다.

그녀가 돌아보았다.

"왜 그러세요?" 그녀가 잠시 걸음을 멈추며 말했다.

"아무것도 아니야, 그냥……"

그는 스스로를 다잡고 이런 상황에 놓인 사람들이 어떻게 행동할까 생각하면서 카튜샤의 허리를 끌어안았다.

그녀는 발을 멈추고 그의 눈을 쳐다보았다.

"안 돼요, 드미트리 이바노비치, 안 돼요." 그녀가 눈물이 고일 만큼 얼굴을 붉히면서 자신을 끌어안은 손을 세차게 뿌리쳤다.

네흘류도프는 그녀를 놓았고, 순간 쑥스럽고 부끄러웠을 뿐 아니라 자신이 혐오스럽기까지 했다. 그는 자기 자신을 믿었어야 했지만, 쑥스러움과 부끄러움이야말로 겉으로 스며나오는 영혼의 가장 선량한 감정이라는 것을 깨닫지 못했고, 오히려 그 감정은 자신의 어리석음을 나타내는 것이며, 모두가 하는 대로 해야 한다고 생각했다.

그는 다시 그녀를 따라잡아 끌어안고 목덜미에 키스했다. 이 키스는 처음 했던 두 번의 입맞춤, 즉 라일락 덤불 뒤에서 했던 무의식적인 입맞춤과 오늘 아침 교회에서 했던 입맞춤과는 전혀 달랐다. 이번에는 무서운 것이었고, 그녀도 느끼고 있었다.

"왜 이러세요?" 그녀는 더없이 소중한 뭔가를 그가 영영 부숴버리기라도 한 것처럼 외치더니 뿌리치며 멀리 달아났다.

그는 식당으로 들어갔다. 성장을 한 고모들과 의사, 이웃 부인이 자쿠스카*를 차려놓은 식탁 앞에 서 있었다. 모든 것이 평소와 같았지만 그의 마음속에서는 폭풍우가 일었다. 누가 말을 걸어도 알아듣지 못하고 엉뚱한 대답만 했다. 복도에서 카튜샤를 붙잡아 했던 마지막 입맞춤의 감촉을 떠올리며 그녀만 생각했다. 다른 것은 아무것도 생각할 수 없었다. 그녀가 식당에 들어올 때마다 돌아보지 않고도 그 존재를 온몸으로 느끼면서 그녀를 보지 않기 위해 자신을 억눌러야 했다.

식사를 마치고 그는 곧바로 자기 방으로 돌아와 집안의 소리에 귀를 기울이고 그녀의 발소리를 기다리며 몹시 흥분한 상태로 방안을 서성거렸다. 그의 내면에 살고 있던 동물적 인간이 고개를 쳐들고 일어나 처음 이 집에 왔을 때, 오늘 아침 교회에 있었을 때까지만 해도 살아 있던 정신적 인간을 밟아 죽이고 말았다. 이제는 무서운 동물적 인간이 그를 지배했다. 그는 그날 하루종일 그녀를 지켜보았지만 그녀와 단둘이 있을 기회는 잡지 못했다. 아마 그녀가 그를 피하고 있었으리라. 그러나 저녁에 그녀는 그가 쓰는 방 옆방에 가야 할 일이 생겼다. 의사가 하룻밤 묵게 되어 잠자리를 마련해주어야 했다. 그녀의 발소리를 듣자 네흘류도프는 범죄를 저지르려는 사람처럼 발소리를 낮추고 숨을 죽인 채 그녀를 따라 들어갔다.

그녀는 깨끗한 베갯잇 속에 손을 밀어넣어 베개 귀를 누르다가 그를 돌아다보고 미소 지었다. 그러나 전과 같은 쾌활한 미소가 아니라 겁먹은 듯한 어색한 미소였다. 이 미소는 그가 하려는 짓이 옳지 않다고 말하는 듯했다. 순간 그는 멈칫했다. 그의 마음속에 아직 싸울 힘이 있었다. 그에게 그녀에 대해, 그녀의 감정에 대해, 그녀의 삶에 대해 말해주는 진실한 사랑의 목소리가 들렸다. 그러나 다른 목소리가 말했다. 정

---

* 식전에 술과 함께 먹는 간단한 요리.

신 차려, 그러다가 너의 쾌락, 너의 행복을 놓치게 될 거야. 결국 두번째 목소리가 첫번째 목소리를 덮어버렸다. 그는 결연히 그녀에게 다가갔다. 무섭고도 억누를 수 없는 동물적 욕망이 그를 삼켜버린 것이다.

네흘류도프는 그녀를 꽉 끌어안아 침대 위에 앉히고, 아직 뭔가 해야 할 일이 있음을 느끼면서 그녀와 나란히 앉았다.

"드미트리 이바노비치, 이러지 말고 제발 놔주세요." 그녀가 애처로운 목소리로 말했다. "마트료나 파블로브나가 와요!" 그녀는 뿌리치며 벗어나려고 외쳤다. 정말로 누군가 문 쪽으로 걸어오고 있었다.

"오늘밤 네 방으로 갈게." 네흘류도프가 말했다. "혼자 있지?"

"뭐라고요! 그러면 안 돼요! 안 된다고요." 그녀의 입은 이렇게 말했지만 동요하고 당혹스러워하는 그녀의 존재는 다른 말을 하고 있었다.

문 쪽으로 다가오던 사람은 정말로 마트료나 파블로브나였다. 노파는 담요를 손에 들고 방에 들어와서는 비난하듯이 네흘류도프를 노려보고는 엉뚱한 담요를 가지고 왔다고 카튜샤에게 화를 내며 나무랐다.

네흘류도프는 말없이 나갔다. 그는 이제 부끄럽지 않았다. 마트료나 파블로브나의 표정을 보고 그는 그녀가 자신을 힐난한다는 것, 그 힐난은 정당하다는 것, 자기가 하고 있는 짓이 나쁘다는 것을 알았다. 그러나 예전에 카튜샤에게 품었던 아름다운 사랑의 감정을 밀치고 나온 동물적인 감정에 이미 사로잡혔고, 그 감정은 다른 것은 일절 인정하지 않으면서 그의 내면을 독단적으로 지배했다. 지금 그는 이 감정을 충족시키기 위해 무슨 일을 해야 하는지 알았고 그 방법을 찾고 있었다.

저녁 내내 그는 안절부절못했다. 고모들 방에 다녀오기도 하고, 자기 방으로 돌아왔다가 현관 계단으로 나갔다 오기도 하면서 그녀와 단둘이 만날 방법만 궁리했다. 그러나 그녀는 그를 피했고, 마트료나 파블로브나도 그녀를 눈에서 놓치지 않으려 애썼다.

17

그렇게 저녁이 지나고 밤이 되었다. 의사는 자러 갔다. 고모들도 잠자리에 들었다. 네흘류도프는 마트료나 파블로브나가 지금쯤 고모들 침실에 가 있고 카튜샤 혼자 하녀방에 있으리란 것을 알았다. 그는 다시 현관 계단으로 나갔다. 마당은 어둡고 축축했지만 따뜻했고, 봄이면 잔설을 녹이기도 하고 또 녹고 있는 잔설에서 피어나기도 하는 안개가 마당 전체에 퍼져 대기를 가득 채우고 있었다. 집 앞에서 백 걸음쯤 떨어진 낭떠러지 밑을 흐르는 강에서 기묘한 소리가 들렸다. 얼음이 깨지는 소리였다.

네흘류도프는 현관 계단을 내려가 물웅덩이를 건너고 얼어붙은 눈길을 따라 하녀방 쪽으로 둘러 갔다. 그의 귀에도 들릴 만큼 심장이 쿵쾅거렸다. 숨이 멈췄다가도 무거운 한숨이 되어 목구멍으로 터져나왔다. 하녀방에는 조그마한 램프가 켜져 있었다. 카튜샤는 탁자 앞에 홀로 앉아 생각에 잠긴 듯 물끄러미 앞만 보고 있었다. 네흘류도프는 그녀가 아무도 보는 사람이 없을 때 어떤 행동을 하는지 궁금한 마음에 꼼짝도 하지 않고 오랫동안 지켜보았다. 그녀는 이 분 정도 가만히 앉아 있다가 이윽고 눈을 들어 살며시 미소 지었고 자신을 나무라기라도 하듯 고개를 젓고는 별안간 자세를 바꿔 두 손을 탁자에 얹고 다시 앞쪽을 뚫어져라 보았다.

그는 그 자리에 서서 그녀를 바라보며 자기 심장이 뛰는 소리에, 강에서 들려오는 기묘한 소리에 아무 생각 없이 귀를 기울였다. 저편, 안개 덮인 강 위에서는 쉴새없이 어떤 활동이 느리게 계속되면서 푸푸거리는 소리, 갈라지는 소리, 뭔가 부서지는 소리가 들려오고 유리처럼 얇은 얼음이 울리는 소리도 들려왔다.

그는 내면의 갈등으로 괴로워하는 카튜샤의 골똘한 얼굴을 바라보며 그대로 서 있었고, 그녀가 가엾다고 생각했지만 이상하게도 이 연민은 그녀에 대한 욕망만 더 강렬하게 키울 뿐이었다.

욕망이 그를 완전히 휘감아버렸다.

그는 가볍게 창문을 두드렸다. 그녀는 감전이라도 된 듯 온몸을 떨었고, 얼굴에 두려움이 비쳤다. 그러더니 벌떡 일어나 창가로 다가와 유리창에 얼굴을 댔다. 말의 곁눈가리개처럼 두 손바닥을 양 눈가에 대고 그를 알아보았을 때도 두려운 기색은 그대로였다. 그 얼굴이 너무도 심각해 보였고, 그는 그녀의 그런 모습을 처음 보았다. 그녀는 그가 웃을 때만 웃음을 지었는데, 그를 따라 한 것일 뿐, 실제로 마음속에 있는 것은 웃음이 아니라 두려움이었다. 그는 그녀에게 밖으로 나오라고 손짓했다. 그러나 그녀는 안 된다는 듯, 나가지 않겠다는 듯 고개를 젓고는 그대로 창가에 서 있었다. 그는 다시 한번 유리창에 얼굴을 가까이 대고는 그녀에게 나오라고 외치려 했는데, 그 순간 그녀가 방문 쪽으로 몸을 돌리는 걸 보니, 누군가 그녀를 부르는 것이 분명했다. 네흘류도프는 창가에서 물러났다. 안개가 아주 짙어 집에서 다섯 걸음만 물러나도 창문은 보이지 않았고 거뭇한 덩어리 속에서 무척 커다랗게 보이는,

램프의 빨간 불빛만 보였다. 강에서는 여전히 기묘하게 푸푸거리고, 바스락거리고, 쪼개지고, 얼음 갈라지는 소리가 들려왔다. 안개가 깔린 마당에서 수탉 한 마리가 홰를 치며 울자 주변의 닭들이 따라 울었고, 마을 먼 곳에서도 서로 가로채기도 하고 하나로 섞여들기도 하는 수탉들의 울음소리가 들려왔다. 강에서 나는 소리를 빼면 사위는 더없이 고요했다. 수탉들은 그날 밤 벌써 두번째 우는 것이었다.

네흘류도프는 두어 번 집모퉁이 부근을 왔다갔다하면서 물웅덩이에 몇 번이나 발을 빠뜨렸고, 또다시 하녀방 창가로 다가갔다. 램프는 여전히 타올랐고, 카튜샤는 망설이는 듯한 모습으로 다시 탁자 앞에 혼자 앉아 있었다. 그가 창문에 다가간 순간 그녀가 눈을 돌려 바라보았다. 그가 창문을 두드렸다. 그러자 그녀는 누가 두드리는지 살피지도 않고 하녀방에서 뛰어나왔고 그는 문이 쩍 열리고 끼익하고 삐걱이는 소리를 들었다. 그는 이미 현관 옆에서 그녀를 기다리다가 아무 말 없이 와락 끌어안았다. 그녀는 그에게 찰싹 붙어서 고개를 들고 입술로 그의 키스를 맞았다. 그들은 현관 입구 모퉁이 뒤, 눈이 녹은 마른땅 위에 서 있었고 그의 온몸은 채워지지 않은 고통스러운 욕망으로 그득했다. 갑자기 다시 문이 쩍하고 열리고 끼익하더니 마트료나 파블로브나의 성난 목소리가 들렸다.

"카튜샤!"

그녀는 그에게서 떨어져나와 하녀방으로 돌아갔다. 그는 문고리가 찰카닥 잠기는 소리를 들었다. 모든 것이 쥐죽은듯이 조용해졌다. 창문에 비치던 빨간 눈동자 같은 불빛도 꺼졌고 안개와 강가의 소란만 남았다.

네흘류도프는 창문으로 다가갔다. 아무도 보이지 않았다. 창문을 두드렸다. 아무도 답하지 않았다. 네흘류도프는 현관 계단을 올라 집안으로 들어왔지만 잠이 오지 않았다. 그는 장화를 벗고 맨발로 마트료나 파블로브나의 방과 나란히 붙어 있는 카튜샤의 방문으로 이어지는 복도를 걸어갔다. 마트료나 파블로브나가 평안하게 코를 고는 소리가 들려 그는 방에 들어가려고 했으나, 갑자기 그녀가 기침을 하며 삐걱거리는 침대 위에서 돌아누웠다. 그는 숨을 죽이고 그대로 오 분쯤 서 있었다. 다시 모든 것이 잠잠해지고 평안하게 코를 고는 소리가 들리자 그는 마룻널이 삐걱거리지 않도록 조심조심 다가갔고 그녀의 방문 바로 앞에 이르렀다. 아무 소리도 들리지 않았다. 숨소리가 들리지 않는 건 분명 잠들지 않았다는 뜻이었다. "카튜샤!" 하고 속삭이기가 무섭게 그녀가 벌떡 일어나 문으로 다가오더니 성난 목소리로—그에게는 그렇게 느껴졌다—돌아가라고 설득하기 시작했다.

"뭐하시는 거예요? 정말 이러실 거예요? 고모님들이 들으시겠어요." 그녀의 입은 이렇게 말했지만 그녀의 온몸은 '나는 당신 거예요'라고 말하고 있었다.

네흘류도프가 이해한 건 그것뿐이었다.

"잠깐만 열어줘, 부탁이야." 그는 의미 없는 말을 중얼거렸다.

그녀는 말이 없었고, 이윽고 문고리를 찾는 듯 부스럭거리는 소리가 들렸다. 문고리가 딸깍하고 울렸고 그는 열린 문으로 쑥 들어갔다.

그는 표백하지 않은 거친 천으로 지은 잠옷 차림으로 양팔을 드러낸 그녀를 잡아 안아들었다.

"아! 뭐하시는 거예요?" 그녀가 속삭였다.

그러나 네흘류도프는 아랑곳하지 않고 그녀를 자기 방으로 안고 갔다. "아, 안 돼요, 놓아줘요." 그녀는 이렇게 말하면서도 그에게 몸을 바짝 붙이고 있었다.

....

그녀가 바들바들 떨면서 그의 어떤 말에도 대답하지 않고 방에서 나가버린 후, 그는 현관 계단으로 나와 걸음을 멈춘 채 방금 일어난 일의 의미를 생각해보려 애썼다.

밖은 더욱 환해졌다. 아래쪽 강에서는 얼음 갈라지는 소리, 부딪쳐 울리는 소리, 푸푸거리는 소리가 더 요란해졌고, 다시 물이 흐르는 소리가 더해졌다. 안개가 깔리기 시작하고 그 장막 사이로 아직 차지 않은 달이 떠올라 시커멓고 무서운 뭔가를 음울하게 비추었다.

'이게 무엇일까. 나에게 일어난 일은 커다란 행복일까, 커다란 불행일까?' 그는 스스로에게 물었다. '원래 그런 것이다, 모든 일이 그렇다.' 그는 혼잣말을 중얼거리고 잠을 자러 들어갔다.

18

다음날 멋지게 차려입은 쾌활한 셴보크가 네흘류도프를 데리러 고모들 집에 들렀다가 그 특유의 우아함, 정중함, 유쾌함과 대범함, 그리고 드미트리에 대한 애정으로 고모들의 마음을 완전히 사로잡았다. 고모들은 그의 대범함을 퍽 마음에 들어했지만 도가 지나쳐 당혹스러워하기도 했다. 그는 집에 동냥하러 온 장님 거지에게 1루블을 주는가 하면 하인들에게 팁으로 15루블을 나누어주었고, 소피야 이바노브나의 애견 슈젯카가 다리를 다쳐 피를 흘리자 붕대를 감아야 한다며 아무런 망설임 없이 가장자리에 장식이 있는 고급 무명 손수건(소피야 이바노브나는 그런 손수건이 한 다스에 15루블 이상 한다는 것을 알았다)을 찢어 건넸다. 고모들은 여태껏 그런 사람을 본 적이 없었고, 셴보크에게 절대로 그가 갚을 수 없을—그 자신도 알았다—20만 루블의 빚이 있다는 것을, 그래서 25루블 정도는 그의 셈에 들어가지도 않는다는 것을 몰랐다.

셴보크는 하루만 머물고 다음날 밤 네흘류도프와 떠났다. 연대에 복귀해야 하는 기한이 닥쳤기 때문에 더이상 머무를 수 없었다.

고모들 집에서 마지막 하루를 보내는 동안 네흘류도프는 지난밤 일을 생생히 떠올렸고 마음속에서 두 가지 감정이 서로 싸웠다. 하나는 동물적 사랑이 가져온 활활 타오르는 감정의 잔상으로, 비록 기대한 만큼은 아니었지만 어쨌든 목적은 달성되었다는 자기만족이었고, 다른 하나는 몹시 나쁜 짓을 저질렀으므로 바로잡아야 하고, 그것도 그녀가 아니라 자기 자신을 위해 바로잡아야 한다는 자각이었다.

이기주의의 광기에 빠져 있던 그는 오로지 자기 자신에 대해서만, 만일 자신이 그녀에게 한 짓이 알려지면 사람들이 얼마나 비난할까에 대해서만 생각했고, 그녀의 마음이 어떨지 앞으로 어떤 일이 일어날지에 대해서는 생각하지 않았다.

그는 셴보크가 카튜샤와 자신의 관계를 눈치챘다고 생각했고, 이것이 그의 자부심을 부추겼다.

"그래, 갑자기 웬일인가 했어," 셴보크가 카튜샤를 보며 말했다. "웬

일로 자네가 여기서 일주일이나 머물 만큼 고모들을 사랑하게 됐는지 알겠더군. 내가 자네였더라도 떠나지 않았을 거야. 정말 매력적인 여자야!"

네흘류도프는 그녀와 실컷 사랑의 쾌락을 누리지 못하고 떠나는 게 아쉬웠지만, 지속되기 어려운 관계를 단번에 끊을 수 있다는 점에서는 떠나는 것이 낫다고 생각했다. 또한 그는 카튜샤에게 돈을 주어야 한다고 생각했는데, 그녀를 위해서이거나 앞으로 그녀에게 돈이 필요할 것 같아서가 아니라, 그저 남들도 모두 그렇게 하고 있고, 만일 그가 그녀를 이용하고도 대가를 치르지 않았다고 하면 사람들이 그를 비열한 인간이라 여길 것 같기 때문이었다. 그래서 그는 자신이나 그녀의 처지를 생각해 알맞다고 판단한 만큼을 그녀에게 주었다.

떠나는 날, 저녁식사를 마친 그는 현관에서 카튜샤를 기다렸다. 그녀는 그를 보자마자 얼굴을 붉히며 문이 열려 있는 하녀방 쪽을 눈으로 가리키고는 그를 지나쳐 가려 했지만, 그가 그녀를 붙잡았다.

"작별인사를 하고 싶어." 그가 100루블짜리 지폐 한 장을 넣은 봉투를 만지작거리며 말했다. "이건 나의……"

그녀는 그것이 무엇인지 짐작하고 눈살을 찌푸리고 고개를 저으며 그의 손을 밀쳐냈다.

"아니야, 받아둬." 그는 중얼거리며 그녀의 품에 봉투를 밀어넣고는 불에 데기라도 한 듯 얼굴을 찌푸리고 신음하면서 자기 방으로 뛰어갔다.

그리고 오랫동안 방안을 서성이면서 몸부림을 치고 펄쩍펄쩍 뛰기까지 했고, 방금 전 장면이 떠오르면 육체적 고통이라도 느껴지는 듯 큰 소리로 탄식했다.

'어쩔 수 없잖아? 언젠가 셴보크가 이야기했듯 그와 여자 가정교사도 그랬고, 그리샤 삼촌도 그랬고, 아버지도 그랬어. 아버지는 시골에서 지낼 때 그곳 아낙에게서 미텐카라는 사생아를 얻었고 그애는 아직도 살아 있어. 모두가 그렇게 하고 있다면 나도 그래야 하는 거야.' 이렇게 스스로를 위안했지만 전혀 위안이 되지 않았다. 그 일을 떠올리면 양심이 불에 타는 듯했다.

마음속 깊이, 마음속 저 깊은 곳에서 그는 자신의 행위가 아주 추악하고 비열하고 잔인하다고, 그리고 자신의 행위를 의식하는 한 누군가를 비난할 수도 없고 사람들 눈을 똑바로 쳐다볼 수도 없다고, 이제껏 생각해왔던 것처럼 자기 자신을 훌륭하고 고결하고 대범한 청년이라 여기는 건 더더욱 말도 안 된다고 생각했다. 그러나 활기차고 유쾌한 생활을 지속하기 위해서는 자신을 그런 인간이라 여겨야 했다. 방법은 한 가지밖에 없었다. 그 일을 생각하지 않는 것이다. 그래서 그는 그렇게 했다.

그때 그가 발을 들인 생활, 즉 새로운 장소들, 동료들, 전쟁이 그렇게 하도록 도왔다. 시간이 지날수록 그는 그 일을 덜 생각하게 됐고 결국 완전히 잊어버렸다.

딱 한 번, 전쟁이 끝난 후 그녀를 보겠다는 희망을 품고 고모들 집에 들렀을 때, 이미 카튜샤는 없다는 것을, 그가 떠난 뒤 아이를 낳기 위해 떠났고 어딘가에서 출산했다는 것을, 그리고 고모들이 들은 바에 따르면 그녀가 완전히 타락해버렸다는 것을 알게 되었고, 그는 가슴이 아팠다. 달수로 미루어보아 그녀가 낳은 아이는 그의 아이일 수도 아닐 수도 있었다. 고모들은 그녀가 타락했고 자기 어머니를 닮아 본디 천성이 방탕했다고 말했다. 고모들의 판단은 그를 옹호해주는 것 같아 기분이 좋았다. 처음에는 그도 어쨌거나 그녀와 아이를 찾으려고 했으나, 그 일을 생각하는 것이 너무 고통스럽고 수치스러웠기 때문에 별다른 노력을 하지 않았고 차츰 자신의 죄를 잊어버리다가 더이상 그녀에 대해 생각하지 않게 되었다.

그러나 바로 지금 놀라운 우연이 그에게 모든 것을 떠올리게 했고, 지난 십 년 동안 그 같은 죄를 양심에 파묻은 채 편히 살았던 그에게 녀의 냉혹함과 잔인함, 비열함을 인정하라고 몰아붙였다. 하지만 그는 그것을 인정하기는커녕 제발 모든 것이 드러나지 않기만을, 그녀나 그녀의 변호사가 모든 것을 진술하지 않기만을, 또 사람들 앞에서 자신이 창피당하지 않기만을 바라고 있었다.

19

법정에서 나와 배심원실로 들어갔을 때 네흘류도프의 마음은 이러했다. 그는 창가에 앉아 주변의 대화 소리에 귀를 기울이며 줄담배를 피웠다.

쾌활한 상인은 스멜코프의 도락에만 진심으로 공감하는 듯했다.

"정말이지, 여보시오, 참 잘도 놀았더군요. 시베리아식으로 말이죠. 눈도 꽤 높았네요, 그런 여자를 고른 걸 보면."

배심원 대표는 사건 전체가 전문가 감정에 달려 있다는 따위의 의견을 늘어놓았다. 표트르 게라시모비치는 유대인 점원과 농지거리를 하며 껄껄 웃었다. 네흘류도프는 묻는 말에만 간단히 대답하고 그저 자기를 가만히 내버려두기만 바랐다.

비뚜름하게 걷는 집행관이 배심원들을 다시 법정으로 부르러 왔을 때, 네흘류도프는 자기가 재판을 하러 가는 것이 아니라 받으러 끌려가는 듯한 두려움을 느꼈다. 마음속으로는 이제 자신은 사람들 앞에 얼굴을 내미는 것조차 부끄러운 무뢰배라 느끼면서도 그는 습관대로 평소의 자신만만한 동작으로 단상에 올라가 배심원 대표 옆 자기 자리에 앉아 다리를 꼬고 코안경을 만지작거렸다.

피고들은 어딘가로 끌려갔다가 다시 끌려들어왔다.

법정에는 새로운 증인들이 보였고, 네흘류도프는 마슬로바가 실크와 벨벳 옷을 화려하게 차려입은 어느 뚱뚱한 여자를 몇 번이고 쳐다보는 것을 알아챘다. 여자는 커다란 리본이 달린 모자를 쓰고 팔꿈치까지 맨살을 드러낸 팔에 우아한 손가방을 걸고 격자 칸막이 뒤 첫째 줄에 앉아 있었다. 나중에 알았지만 증인으로 나온 그녀는 마슬로바가 일하던 유곽의 주인이었다.

증인들에게 이름과 종교 등을 물으며 심문이 시작되었다. 그리고 그들에게 선서를 시킬지 시키지 않을지 논의가 끝나자 또다시 늙은 사제가 힘겹게 다리를 끌면서 나왔다. 그는 아까와 똑같이 실크 법의를 걸치고 가슴팍의 금 십자가를 바로잡으면서 자신은 의심의 여지 없이 아주 유익하고 중요한 일을 하고 있다는 자신감을 비치며 차분하게 증인들과 감정인에게 선서를 시켰다. 선서가 끝나자 유곽 주인 키타예바만 남고 다른 증인들은 모두 퇴정했다. 그녀는 이 사건에 대해 알고 있는 바에 대해 심문을 받았다. 키타예바는 어색한 웃음을 입가에 띠고 한 마디 할 때마다 모자 쓴 머리를 끄덕이며 독일식 악센트가 섞인 어조로 요령 있게 자세히 진술했다.

먼저, 평소 안면이 있는 복도 심부름꾼 시몬이 돈 많은 시베리아 상인을 위해 그녀의 유곽으로 아가씨 한 명을 데리러 왔다. 그녀는 류바샤*를 보냈다. 몇 분 뒤 류바샤는 상인과 함께 돌아왔다.

"상인은 아주 흡족해했어요." 키타예바가 엷게 미소 지으며 말했다. "우리집에서도 계속 술을 마셨고 우리 아가씨들에게도 술을 사줬어요. 그러다 돈이 떨어지자 류바샤를 자기 여관방으로 심부름 보냈어요. 그 애한테 아주 쏙 빠져 있었죠." 그녀가 흘끗 피고 쪽을 보고 말했다.

네흘류도프에게는 이때 마슬로바가 생긋 웃는 것처럼 보였고, 그 모습이 역겨웠다. 연민과 뒤섞인 이상하고 알 수 없는 혐오감이 마음속에서 솟아올랐다.

"당신은 마슬로바에 대해 어떻게 생각합니까?" 마슬로바의 변호인으로 지명된 예비판사가 얼굴을 붉히고 여짓거리다 물었다.

"더할 나위 없이 좋은 아이죠." 키타예바가 대답했다. "배운 아이인데 아주 멋져요. 좋은 가정에서 자랐고 프랑스어도 읽을 줄 알아요. 술이 조금 과할 때가 있었지만, 정신을 잃는 일은 한 번도 없었습니다. 정말로 좋은 아이예요."

카튜샤는 주인아주머니의 얼굴을 바라보다가 갑자기 배심원들에게로 눈을 돌렸고 네흘류도프의 얼굴에서 시선이 멈췄다. 그녀의 얼굴이

---

* 마슬로바의 가명인 류보피의 애칭.

진지하다못해 엄해졌다. 엄해진 두 눈 중 한쪽은 사시였다. 기이한 그 눈으로 그녀는 꽤 오랫동안 네흘류도프를 응시했다. 네흘류도프는 두려움을 느꼈지만 흰자위가 선명하게 빛나는 사시의 눈에서 시선을 돌릴 수 없었다. 갈라지던 얼음, 안개, 그리고 무엇보다도 동트기 전 떠올라 시커멓고 무서운 뭔가를 비추던, 아직 차지 않은 달이 생각났다. 그를 쳐다보기도 하고 지나치기도 하는 검은 두 눈은 그 시커멓고 무서운 뭔가를 다시 떠올리게 했다.

'알아봤다!' 그는 생각했다. 네흘류도프는 호되게 얻어맞을 거라 예상한 사람처럼 몸을 움츠렸다. 그러나 그녀는 그를 알아보지 못했다. 그녀는 조용히 한숨을 내쉬고 다시 재판장을 쳐다보았다. 네흘류도프도 한숨을 내쉬었다. '아, 빨리 끝났으면.' 그는 생각했다. 지금 그는 사냥에 나가 상처 입은 새의 숨통을 끊어야 했을 때 경험한 것과 같은, 불쾌하고 애처롭고 짜증나기도 하는 감정을 느꼈다. 숨통이 끊어지지 않은 새가 사냥 자루 속에서 파닥거린다. 역겹기도 하고 가엾기도 하다. 빨리 죽여 잊고 싶다.

네흘류도프는 증인들의 심문을 들으며 그런 착잡함을 느꼈다.

20

그러나 공교롭게도 심리는 오래 계속됐다. 증인과 감정인을 한 사람씩 심문한 뒤, 여느 때와 같이 검사보와 변호인들이 의미심장한 표정으로 불필요한 질문들을 던지고 나자 재판장은 배심원들에게 증거물을 검사해달라고 요청했는데, 증거물이란 상인의 굵은 둘째손가락에 끼워져 있었을 꽃 모양의 큼직한 다이아몬드 반지와 독물을 검출한 여과기였다. 이것들은 봉인되어 라벨이 붙어 있었다.

배심원들이 이것들을 보려고 하자 검사보가 다시 엉거주춤 일어나 증거물을 검토하기 전에 의사의 검시 보고서부터 읽어달라고 요구했다.

되도록 빨리 일을 해치우고 서둘러 스위스 여자에게 갈 생각이었던 재판장은 그런 낭독은 사람들을 지루하게 하고 식사시간을 늦출 뿐 아무런 효과가 없다는 것도, 검사보가 자신에게 그럴 권리가 있다는 것을 확인하는 차원에서 한 요구일 뿐이라는 것도 잘 알았지만 거부할 수 없기 때문에 승낙했다. 서기는 서류를 꺼내 다시 L과 R 발음이 분명치 않은 맥없는 목소리로 읽기 시작했다.

외관 검시 결과는 다음과 같다.

1) 페라폰트 스멜코프의 신장, 2아르신 12베르쇼크*.

"기골이 장대한 사람이었군요." 상인이 자못 진지하게 네흘류도프의 귀에 대고 속삭였다.

2) 외견상 40세 정도로 추정됨.

---

* 러시아의 옛 길이 단위로, 1아르신은 71.12센티미터, 1베르쇼크는 약 4.4센티미터다. 키를 말할 때는 대개 2아르신(약 142센티미터)을 생략하고 베르쇼크만 쓰기도 했다. 2아르신 12베르쇼크는 약 195센티미터다.

3) 시신이 부풀어 있음.

4) 피부색이 전체적으로 푸르스름하고, 곳곳에 검은 반점이 있음.

5) 피부 표면에 크고 작은 물집들이 잡혔고, 군데군데 터져서 커다란 헝겊처럼 늘어져 있음.

6) 짙은 갈색 머리, 숱은 많으나 만지면 쉽게 빠짐.

7) 눈알이 눈구멍에서 튀어나왔고, 각막이 흐림.

8) 콧구멍, 두 귀, 구강에서 거품 섞인 혈장이 흘러나왔고, 입은 반쯤 벌어져 있음.

9) 안면과 흉부의 종창睡脹으로 목은 거의 보이지 않음.

기타 등등.

네 쪽에 걸쳐 스물일곱 항목으로 서술된 검시 보고서는 이 도시에서 도락을 즐기다가 무참히 죽은 한 상인의 끔찍한 시신을, 크고 매우 뚱뚱하고 부풀어올라 썩어가는 시신을 자세히 묘사했다. 네흘류도프가 막연히 느끼던 혐오감은 검시 보고서 낭독으로 더욱 강해졌다. 카튜샤의 생활, 콧구멍에서 흘러나온 혈장, 눈구멍에서 튀어나온 눈알, 상인이 그녀에게 한 행동 등등이 모두 같은 범주의 것들 같고 그것들이 지금 그를 사방에서 둘러싸고 삼키려 드는 것 같았다. 마침내 검시 보고서 낭독이 끝나자 재판장은 무겁게 한숨을 내쉬고 이제 끝났으려니 기대하며 고개를 들었다. 그러나 서기는 곧바로 내부 검시 결과를 읽기 시작했다.

재판장은 다시 고개를 숙이고 한 손으로 턱을 괴며 눈을 감았다. 네흘류도프 옆에 앉은 상인은 간신히 졸음을 참으며 이따금 몸을 꿈지럭거렸지만, 피고들은 그 뒤에 선 헌병들처럼 꼼짝도 않고 앉아 있었다.

내부 검시 결과는 다음과 같다.

1) 두개 표피가 두개골에서 쉽게 벗겨지고, 피하출혈 흔적은 전혀 보이지 않음.

2) 두개골의 두께는 보통이고, 손상되지 않음.

3) 경뇌막에 색소 침착으로 인한 약 4인치의 작은 반점이 두 개 있고, 뇌막 자체는 뿌옇고 창백한 색을 띰. 기타 등등.

그 밖에 열세 항목이 더 있었다. 다음으로 입회인의 이름, 서명이 이어졌고, 마지막으로 의사의 결론이 낭독되었다. 그 결론에서 도출되고 조서에 기록된바, 위장 및 창자와 신장의 일부에서 일어난 변화는 스멜코프의 사인이 술과 함께 위장에 들어간 독물에 의한 중독이라 결론 내릴 수 있는 상당한 근거가 된다. 위장과 창자의 변화만으로는 어떤 독물이 들어갔는지 단정하기 어려우나, 스멜코프의 위장에서 다량의 알코올이 검출되었으므로 독물이 술과 함께 들어간 것으로 추정된다.

"대단한 술꾼이었나보군요." 잠을 깬 상인이 또 중얼거렸다.

조서 낭독이 한 시간쯤 계속되었으나 검사보는 만족하지 않았다. 조서 낭독이 끝나자 재판장이 그에게 말했다.

"내부 검시 보고서 낭독은 필요 없다고 생각합니다만."

"낭독을 요청합니다." 검사보는 재판장을 보지 않고 옆으로 엉거주춤 일어서서 엄숙한 어조로 말했는데, 낭독을 요구하는 것이 자신의 권리이고, 자신은 그 권리를 포기하지 않을 것이며, 거부는 항소의 근거가 될 거라고 일깨우려는 듯한 어조였다.

덥수룩한 턱수염에 처진 눈꼬리가 선량해 보이는 배석판사는 카타르* 때문에 몹시 기력이 떨어진 모습으로 재판장을 돌아보며 말했다.

"읽을 필요가 있습니까? 시간만 지체될 뿐입니다. 새 빗자루는 깨끗이 쓸지도 못하면서 시간만 잡아먹는다 하잖습니까."

금테 안경을 낀 배석판사는 아내에게서나 삶에서나 즐거운 것이라곤 뭐 하나 기대하지 않는 심정으로 아무 말 없이 음울하고 단호하게 눈앞만 바라보았다.

보고서 낭독이 시작되었다.

188×년 2월 15일, 검시국 의뢰로 제638호 기록에 서명한 본인은 검시관보 입회 아래 부검을 실시했음.

서기는 참석자 모두를 괴롭히는 졸음을 쫓아버리려는 듯 한층 목소리를 높여 다시 또박또박 읽기 시작했다.

1) 오른쪽 폐와 심장(6푼트** 유리병에 보존).
2) 위장의 내용물(6푼트 유리병에 보존).
3) 위장(6푼트 유리병에 보존).
4) 간장, 비장, 신장(3푼트 유리병에 보존).

---

* 점막이 헐면서 부어오르는 염증.
** 러시아의 무게 단위로, 1푼트는 약 410그램이다.

5) 창자(6푼트 유리병에 보존).

보고서 낭독이 시작되자 재판장은 한 배석판사에게 몸을 굽혀 뭐라고 속삭였고, 다른 한 명에게도 속삭이고 동의를 얻은 후 낭독을 중지시켰다.

"본 법정은 이 보고서 낭독이 불필요하다는 것을 인정합니다." 그가 말했다.

서기는 서류를 챙기며 침묵했고, 검사보는 화가 난 듯 뭔가를 적었다.

"배심원 여러분, 증거물을 검사하셔도 좋습니다." 재판장이 말했다.

배심원 대표와 배심원들이 엉거주춤 일어서서 손을 어디다 두고 어떻게 움직여야 할지 모르는 듯 난처해하며 탁자에 다가가 반지와 여과기, 유리병을 차례로 살펴보았다. 상인은 반지를 자기 손가락에 껴보기까지 했다.

"이거 뭐 손가락도," 그가 자리로 돌아오며 말했다. "실한 오이만하군요." 그는 독살당한 상인을 옛날이야기에 나오는 호걸처럼 상상하는 듯 재미있어하며 덧붙였다.

21

증거물 검사가 끝나자 재판장은 심리 종결을 선언하고 빨리 끝낼 생각으로 휴정 없이 검사측에게 논고를 시작하라고 제언했는데, 사실 재

116

판장은 검사보 역시 인간이니 담배도 피우고 싶고 식사도 하고 싶을 거라고, 그러니 다른 사람들 마음도 헤아려줄 거라고 기대했다. 그러나 검사보는 자신에게도 남에게도 관대하지 않았다. 검사보는 천성적으로 우둔한데다, 불행히도 김나지움을 수석으로 졸업하고 대학에서는 로마법 용익권*에 관한 논문으로 상까지 받으면서 자신감이 과다해진데다 자만에 빠져(여자들과의 관계에서 거둔 성공도 일조했다), 그 결과 말할 수 없이 어리석은 사람이 되어버렸다. 그는 논고를 허락받자 금실로 수놓은 법복을 입은 우아한 자태를 드러내며 천천히 일어나더니 두 손으로 탁자를 짚고 고개를 가볍게 숙여 피고들의 눈길을 피하면서 법정 안을 한번 둘러보고 발언하기 시작했다.

"배심원 여러분, 지금 여러분 앞에 놓인 사건은," 그가 조서와 보고서가 낭독되는 동안 손질했던 논고를 읽기 시작했다. "말하자면, 아주 전형적인 범죄입니다."

그의 주장에 따르자면, 검사보의 논고는 이름을 떨치는 변호사들의 훌륭한 변론과 마찬가지로 마땅히 커다란 사회적 의의를 지녀야 했다. 방청인은 침모, 식모, 시몬의 여동생까지 여자 셋에다 마부 한 명뿐이었지만, 그런 건 아무래도 상관없었다. 유명 변호사들의 명성도 다 그렇게 시작되는 법이었다. 검사보의 신조는 언제나 자기 분야의 정점에 서야 한다는 것, 다시 말해 범죄의 심리학적 의미를 깊이 통찰해 사회의 병폐를 폭로해야 한다는 것이었다.

"배심원 여러분, 여러분 앞에 놓인 사건은, 이렇게 표현해도 된다면,

_____
* 일정 기간 동안 타인의 소유물을 그 본체를 훼손하지 않고 사용하여 이익을 얻을 수 있는 권리.

세기말의 전형적인 범죄, 말하자면 오늘날 우리 사회 각 요소들에서 벌어지는 통탄할 퇴폐 현상의 전형으로, 그 과정에서 발산되는 맹렬한 광선에 무방비하게 노출된 사회 구성원들이……"

검사보는 자기가 생각한 재치 있는 문구를 빠뜨리지 않으려고 애쓰는 한편, 잠시도 머뭇거리지 않고 유창하게 웅변하기 위해 특히 애쓰면서 한 시간 십오 분이라는 긴 시간 동안 논고를 이어갔다. 딱 한 번 말을 멈추곤 상당히 오랫동안 침을 삼켰으나 이내 원래대로 돌아가 한층 더 힘을 실은 웅변으로 그 정체를 메웠다. 그는 배심원석을 향해 선 채로 양발에 번갈아 체중을 실으면서 노트를 들여다보며 때로는 부드럽고 아첨하는 듯한 목소리로, 때로는 사무적인 어조에 나지막한 목소리로, 때로는 방청인들과 배심원들을 번갈아 보며 폭로하는 듯한 큰 목소리로 말했다. 그러나 눈 한번 껌벅이지 않고 쳐다보는 세 피고 쪽으로는 눈길 한번 주지 않았다. 논고에는 당시 사회에서 유행했고 당시뿐만 아니라 지금도 새로운 학문적 지혜로 인정받는 최신 용어가 전부 들어가 있었다. 유전, 선천적 범죄성, 롬브로소*, 타르드**, 진화, 생존경쟁, 최면술, 암시, 샤르코***에 퇴폐주의까지 있었다.

검사보의 묘사에 따르면, 상인 스멜코프는 도량이 넓고 아주 순수한 러시아인의 전형으로, 사람을 잘 믿는 관대한 성정으로 인해 깊이 타락

---

* 체사레 롬브로소(1836~1909). 이탈리아 정신의학자이자 법의학자. 범죄자에게는 선천적인 원인이 있다고 주장했다.
** 가브리엘 타르드(1843~1904). 프랑스 사회학자이자 심리학자. 범죄와 환경의 관계를 연구해 심리학적 사회학을 확립했다.
*** 장 샤르코(1825~1893). 프랑스 신경병리학자이자 정신과 의사. 각종 신경성 질병 및 히스테리를 연구했다.

한 자들의 손아귀에 걸려 희생되고 만 사람이었다.

시몬 카르틴킨은 농노제가 낳은 격세유전의 산물로 교육도 받지 못했고, 원칙도 없고 종교조차 없는 억압된 인간이었다. 그의 애인인 옙피미야는 유전의 희생자였다. 그리고 타락한 존재의 모든 특징이 보이는 인간이었다. 범죄의 주동자 마슬로바는 가장 저열한 형태로 퇴폐주의 현상을 나타내는 표본이었다.

"이 여자는," 검사보는 그녀를 보지도 않고 말했다. "그녀의 포주가 증언한 대로 읽고 쓸 줄 알 뿐 아니라 프랑스어도 할 수 있고, 고아라서 자기 안에 범죄의 싹을 가지고 있었을지도 모르지만 교양 있는 귀족 가정에서 자란 덕분에 성실한 노동으로 살아갈 수 있었습니다. 하지만 그녀는 은인들을 저버리고 욕정에 몸을 맡겼고 그것을 충족시키기 위해 유곽에 들어갔고, 거기서 교양이 있는 사람으로 돋보였고, 무엇보다도 특히 배심원 여러분도 이 자리에서 그녀의 포주로부터 들었듯이 신비로운 최신 학문, 특히 샤르코학파 학자들이 연구한 이른바 암시라고 알려진 것의 힘을 빌려 손님들에게 영향을 끼치면서 동료들보다 돋보였습니다. 그녀는 바로 이 기술로 러시아의 호걸, 선량하고 사람을 잘 믿는 삿코* 같은 부자 손님을 사로잡아 그의 신뢰를 저버리고 처음에는 돈을 훔치고, 나중에는 무자비하게 목숨을 빼앗았던 것입니다."

"쓸데없는 소리를 너무 많이 하네요." 재판장이 엄격한 얼굴의 배석 판사 쪽으로 몸을 기울이고 빙긋 웃으면서 말했다.

---

* 러시아 설화에 나오는 상인. 해신(海神)에게 끌려갔다가 노래로 그를 매료시키고 그의 딸과 결혼하여 돌아온다.

"대단한 바보지요." 엄격한 얼굴의 배석판사가 말했다.

"배심원 여러분," 그사이에도 검사보는 가는 허리를 우아하게 비틀며 계속했다. "이들의 운명은 여러분 손안에 있습니다. 그러나 여러분이 내리는 판결의 영향을 받는 사회의 운명도 얼마큼은 여러분 손안에 있습니다. 아무쪼록 여러분은 범죄의 의미, 즉 마슬로바와 같은 병리학적 개체들이 사회에 가하는 위험성을 충분히 숙지하여 그 감염으로부터 사회를 보호하고, 이 사회의 결백하고 건전한 구성원들을 감염과 그것이 종종 가져오는 파멸로부터 지켜주십시오."

검사보는 목전에 닥친 판결의 중대성에 스스로 압도당한 듯, 또한 자신의 논고에 완전히 도취된 모습으로 의자에 주저앉았다.

미사여구를 제외하면 그 논고의 골자는 대략 다음과 같다. 마슬로바는 상인에게 암시를 걸어 신뢰를 얻은 다음, 열쇠를 들고 여관방에 가서 그의 돈을 전부 독차지하려 했으나 시몬과 옙피미야에게 들켜 그들과 돈을 나눌 수밖에 없었다. 그런 뒤 범죄 흔적을 감추기 위해 다시 상인과 함께 여관으로 돌아와 그를 독살했다.

검사보의 논고가 끝나자 빳빳하게 풀을 먹인 흰 셔츠의 가슴 부분을 넓게 반월형으로 드러낸 프록코트 차림의 중년 남자가 변호인석에서 일어나서 막힘없이 술술 카르틴킨과 보치코바를 변호했다. 그들이 300루블을 주고 고용한 변호사였다. 그는 두 사람을 변호하며 모든 죄를 마슬로바에게 뒤집어씌웠다.

그는 마슬로바가 돈을 꺼낼 때 보치코바와 카르틴킨이 같이 있었다는 그녀의 진술을 부인하며, 독살 혐의가 짙은 그녀의 진술은 전혀 신빙성이 없다고 주장했다. 또한 2500루블에 대해서는, 손님들에게 하루에 3~5루블의 팁을 받는 부지런하고 성실한 두 사람이 일을 해서 모을 수 있는 액수라고 말했다. 상인의 돈은 마슬로바가 훔쳐서 누군가에게 건넸거나, 어쩌면 그녀의 상태가 정상이 아니라서 잃어버렸을지도 모른다고 했다. 그리고 독살은 마슬로바의 단독 범행이라고 주장했다.

그는 이러한 이유로 현금 절취에 대해 카르틴킨과 보치코바는 무죄임을 인정해달라고 배심원들에게 호소했다. 설사 절도 혐의는 인정된다 하더라도 그들은 독살에 가담하지 않았고 그럴 의도도 없었다는 것이었다.

마지막으로 변호사는 유전에 관한 검사보의 훌륭한 고찰은 유전의 과학적인 문제를 설명하고 있지만 부모가 누구인지도 모르는 사생아인 보치코바의 경우에는 들어맞지 않는다고 꼬집었다.

검사보는 달려들 듯 노여운 기세로 노트에 뭔가를 휘갈겼고 경멸어린 놀라움을 드러내며 어깨를 움츠렸다.

이윽고 마슬로바의 변호인이 일어나 소심하게 우물거리며 변론하기 시작했다. 그는 마슬로바가 돈을 훔치는 데 가담했다는 혐의는 부인하지 않고 다만 스멜코프를 독살할 의도가 없었고 가루약을 준 것은 그를 잠들게 하기 위해서였을 뿐이라고 주장했다. 이어 그는 마슬로바가 한 남자의 유혹 탓에 타락의 길로 들어서게 되었지만 그 남자는 아무런 처벌도 받지 않고 오직 그녀만 타락의 무서운 짐을 짊어져야 했다는 사실을 개괄하며 열변을 토하려 했지만, 심리학의 영역으로 빠지는 듯하다가 엉성하게 끝나버려 듣는 사람들이 민망해질 정도였다. 그가 남자의 비정함과 여자의 의지가지없음에 대해 우물거리자 재판장은 부담을 덜어주려는 듯 사건의 본질에서 벗어나지 말라고 주의를 주었다.

이어 검사보가 다시 일어나 첫번째 변호인에 맞서 유전에 대한 자신의 논거를 옹호하며 설사 보치코바가 부모가 누군지도 모르는 사생아일지라도 유전학설의 진리는 조금도 훼손되지 않는다고, 유전의 법칙은 과학적으로 충분히 정립되어 있기 때문에 우리는 유전에서 범죄를 도출할 수 있을 뿐 아니라 범죄에서 유전을 도출할 수도 있다고 말했다. 또 마슬로바가 어떤 가상의(그는 이 말을 유난히 독살스럽게 발음했다) 유혹자 때문에 타락하게 되었다는 변호사의 가정에 관해서는 그녀야말로 그녀의 손을 거친 수많은 희생자들을 유혹한 장본인이었다는 것을 모든 증거 자료가 말해준다고 반박했다. 그는 이렇게 말하고 의기양양하게 자리에 앉았다.

이윽고 피고들에게 최후진술의 기회가 주어졌다.

옙피미야 보치코바는 자기는 아무것도 모르고 어떤 일에도 가담하지 않았다고 되풀이하며 집요하게 모든 죄를 마슬로바에게 떠넘겼다. 시몬은 똑같은 말만 되풀이했다.

"뭐라고 하시든, 저는 죄가 없습니다, 소용없는 일입니다."

마슬로바는 아무 말도 하지 않았다. 자신의 무죄를 입증할 만한 이야기가 있으면 해보라고 재판장이 권했을 때도 그녀는 눈을 들어 그를 바라보고 궁지에 몰린 짐승처럼 모든 사람을 둘러보았을 뿐이었고, 그러다가 이내 눈을 떨구고 큰 소리로 흐느껴 울기 시작했다.

"왜 그러십니까?" 네흘류도프가 갑자기 이상한 소리를 내자, 옆에 앉아 있던 상인이 물었다. 억누른 울음소리였다.

네흘류도프는 여전히 이 상황의 의미를 충분히 깨닫지 못하고 있었고, 간신히 억누른 울음과 눈에 고이는 눈물을 자신의 약한 신경 탓으로 돌렸다. 그는 눈물을 감추기 위해 코안경을 쓰고는 손수건을 꺼내 코를 풀었다.

이 법정에 있는 모든 사람이 자신의 과거 행적을 알게 되었을 때 당할 모욕에 대한 두려움이 그의 내면에서 일던 움직임을 짓눌렀다. 처음 한동안은 이 두려움이 무엇보다도 강했다.

22

피고들의 최후진술이 끝나고 질문서 작성 형식에 관한 양측의 협의가 꽤 오랫동안 이어졌고, 그것이 결정되자 재판장이 사건 요약을 시작했다.

재판장은 요약에 앞서 배심원들에게 강도는 강도, 절도는 절도, 폐쇄된 곳에서의 약탈은 폐쇄된 곳에서의 약탈, 폐쇄되지 않은 곳에서의 절취는 폐쇄되지 않은 곳에서의 절취라는 기본 원칙을 유쾌하고 편안한 어조로 한참 설명했다. 그러면서 재판장은 유난히 자주 네흘류도프를 바라보았는데, 마치 그가 이 중요한 사항을 잘 이해해서 다른 배심원들에게도 설명해주기를 바라는 것 같았다. 하나의 진리를 배심원들이 충분히 이해했다고 생각하자 그는 곧 다른 진리, 즉 인간을 죽게 하는 행위는 살인이라 불리고, 그러므로 독살 또한 살인이라는 진리를 설명했다. 이 진리 또한 배심원들이 이해했다고 생각한 그는 절도와 살인이 동시에 행해졌을 경우, 절도와 살인 모두 범죄 구성의 요건이 된다고 설명했다.

재판장은 가능한 한 빨리 끝마치고 싶은데다 스위스 여자가 진작부터 그를 기다리고 있는 상황이었지만, 이 일을 하며 몸에 밴 습관 때문에 일단 말을 시작하자 도저히 멈출 수 없었고, 그래서 배심원들이 피고를 유죄로 판단한다면 유죄를 인정할 권리가 있고, 무죄로 판단한다면 무죄를 인정할 권리가 있다고, 한 혐의에 대해서는 유죄이나 다른 한 혐의에 대해서는 무죄로 판단한다면 하나는 유죄로, 다른 하나는 무죄로 인정할 권리가 있다고 상세히 설명했다. 이윽고 그는 그들에게 이러한 권리가 있다 하더라도 이성적으로 이용해야 한다고 설명했다. 또 그는 만일 그들이 제시된 질문에 긍정적인 대답을 줄 경우 질문에 제시된 모든 사항을 인정하는 것이 된다는 것, 만일 그들이 질문에 제시된 사항 전부를 인정하지 않을 경우, 무엇을 인정하지 않는지 미리 확실하게 밝혀야 한다는 것을 설명하려 했다. 그러나 시계를 들여다보고 벌써 세시 오 분 전인 것을 확인한 그는 건너뛰고 곧바로 사건 설명으로 넘어갔다.

"이 사건의 경위는 다음과 같습니다." 그는 이렇게 시작한 뒤, 변호사와 검사보, 증인들이 이미 몇 번이나 했던 말을 전부 되풀이했다.

재판장은 계속 말했고, 좌우에 앉은 배석판사들은 의미심장한 표정으로 경청하면서 그의 요약이 아주 훌륭하고 또 마땅히 그래야 하는 것이긴 하지만 다소 장황하다고 생각하며 이따금 시계를 들여다보았다. 검사보와 법원의 직원들, 그리고 법정에 있는 모든 사람도 그렇게 느끼고 있었다. 재판장이 요약을 마쳤다.

더는 할말이 없을 것 같았다. 그러나 재판장은 자신의 발언권을 내려놓지 못했고―그는 인상적인 어조의 자기 목소리를 듣는 것이 아주 기분좋았다―배심원들에게 주어진 권리의 중대성에 대해, 그 권리를 세심한 주의를 기울여 행사하되 악용해선 안 된다는 것, 그들이 선서를 했다는 것, 배심원은 사회의 양심이라는 것, 평의실의 비밀은 신성하게 지켜야 한다는 것 등등에 대해 몇 마디 더 해둘 필요가 있다고 생각했다.

마슬로바는 재판장이 말을 시작한 후로 한마디도 놓치지 않으려는 듯이 그를 뚫어지게 주시하고 있었기 때문에 네흘류도프는 그녀와 눈이 마주칠 염려 없이 줄곧 그녀를 바라보았다. 네흘류도프의 마음속에서는 자연스러운 현상이 일어나고 있었다. 사랑하는 사람의 얼굴을 아주 오랜만에 보면 처음에는 헤어졌던 동안 일어난 외적 변화에 놀라지만 볼수록 조금씩 몇 년 전 얼굴과 똑같게 느껴지며 변했다는 느낌이 모두 사라지고 곧 그 사람의 독특하고 고유한 정신적 개성이 담긴 표정만 마음의 눈에 떠오르기 마련이다.

바로 이 현상이 네흘류도프 안에서도 일어났다.

그렇다, 죄수복을 입었고 살도 오르고 가슴도 불룩해졌지만, 얼굴 하관이 두툼해지고 이마와 관자놀이에 잔주름이 생기고 눈이 부었지만, 그녀는 예수부활대축일 아침, 삶의 기쁨과 충만함으로 웃음 짓던, 사랑에 빠진 눈으로 사랑하는 남자의 얼굴을 그토록 순진하게 올려다보던 그 카튜샤였다.

'얼마나 기막힌 우연인가! 십 년 동안 어디서도 만나지 못했는데 내가 법정에 온 첫날 피고석에서 보게 되다니! 대체 이 모든 일은 어떻게 끝이 날까? 아, 조금이라도 빨리, 빨리 끝났으면!'

여전히 그는 마음속에서 목소리를 내기 시작한 뉘우침의 감정에 굴복하지 않았다. 이 감정은 그의 생활을 파괴하지 않고 곧 지나갈 우연으로 여겨졌다. 그는 방에서 나쁜 짓을 하다가 주인에게 목덜미를 잡혀 코를 처박히듯 자기 잘못을 억지로 보게 된 강아지가 된 기분이었다. 강아지는 짖어대며 되도록 멀리 달아나 잊어버리려고 뒷걸음치지만 완고한 주인은 놓아주지 않는다. 네흘류도프도 자기가 저지른 짓에 혐오스러움을 느끼고 주인의 힘센 손도 느꼈지만, 그는 아직도 자기가 저지른 짓의 의미를 이해하지 못할 뿐 아니라 주인을 인정하지 않고 있었다. 자기 짓이라 믿고 싶지 않았다. 그러나 눈에 보이지 않는 완고한 손이 그를 옴짝달싹못하게 붙잡고 있어 이미 빠져나갈 수 없음을 예감했다. 그는 아직도 허세를 부리며 몸에 밴 버릇대로 다리를 꼬고 코안경을 되는대로 만지작거리면서 자신을 과신하는 자세로 첫째 줄 두번째 자리에 앉아 있었다. 그러나 마음 깊은 곳에서는 이미 자신의 이런 행위뿐만 아니라 나태하고 방종하고 잔인하고 자기만족적인 생활의 끔찍함과 비열함과 저속함을 느꼈고, 지난 십이 년 동안의 비행과 이후 자신의 생활을 기적적으로 가려줬던 무서운 장막이 요동치기 시작했으며, 이제 그는 그 뒤를 조금씩 훔쳐보게 되었다.

23

마침내 재판장은 설명을 끝내고 점잖은 몸짓으로 질문서를 집어들어 자기 앞에 다가온 배심원 대표에게 건넸다. 배심원들은 퇴정하게 된 것을 기뻐하면서, 뭔가 겸연쩍은 듯 손 둘 데를 몰라 쭈뼛거리면서 차례차례 평의실로 갔다. 그들 뒤에서 문이 닫히는 순간 헌병이 다가와 칼집에서 뺀 사브르를 어깨에 얹고 문 앞에 섰다. 재판관들도 일어나 퇴정했다. 피고들도 끌려나갔다.

평의실에 들어온 배심원들은 아까처럼 담배부터 꺼내 피우기 시작했다. 법정 배심원석에 앉아 있는 동안 저마다 자신이 처한 입장 때문에 어렴풋이 느꼈던 부자연스럽고 위선적인 기분은 평의실에 들어와 담배를 피우기 시작하자마자 사라져버렸고, 그들은 홀가분한 기분으로 여기저기에 자리잡고 앉아 곧 활기찬 대화를 시작했다.

"그 여자는 죄가 없습니다, 이러지도 저러지도 못한 거예요." 선량한 상인이 말했다. "정상 참작을 해야 합니다."

"그것을 논의하자는 거죠." 배심원 대표가 말했다. "개인적인 인상에 좌우되어선 안 됩니다."

"재판장의 요약은 좋았어요." 대령이 말했다.

"아, 좋다니요! 난 잠들 뻔했습니다."

"중요한 건 마슬로바가 공모하지 않았다면 그 종업원들이 돈에 대해 알 수 없었다는 점입니다." 유대인 점원이 말했다.

"그럼, 당신은 마슬로바가 돈을 훔쳤다는 겁니까?" 한 배심원이 물었다.

"나는 절대로 믿지 않습니다." 선량한 상인이 외쳤다. "전부 다 그 빨간 눈의 교활한 악녀 짓이에요."

"똑같은 족속들입니다." 대령이 말했다.

"하지만 그 여자는 방에 들어가지 않았다고 하잖습니까?"

"당신은 그 여자의 말을 더 믿는군요. 난 그런 악녀의 말 따윈 절대로 믿지 않아요."

"당신이 믿지 않는다는 것만으로는 이유가 되지 않아요." 점원이 말했다.

"열쇠는 그 여자에게 있었어요."

"가지고 있었대서 뭐가 어떻다는 겁니까?" 상인이 반박했다.

"그럼 반지는요?"

"그것은 그 여자가 말했잖습니까," 상인이 또다시 소리쳤다. "술버릇이 고약한 그 장사치가 술을 잔뜩 퍼마시고 손찌검을 했다고요. 그러나 으레 그렇듯이 여자가 가여워졌던 겁니다. 그래서 자, 이거 줄 테니 울지 마, 그런 거죠. 내가 듣기로는 아무튼 키가 12베르쇼크에 몸무게가 8푸드*나 된다던데요!"

"그게 문제가 아니죠," 표트르 게라시모비치가 끼어들었다. "중요한 건 그 모든 일을 꾸미고 저지른 게 그 여자냐, 그 종업원들이냐 그겁니다."

"종업원들끼리 할 순 없었죠. 열쇠는 그 여자한테 있었으니까요."

맥락 없는 문답이 꽤 오랫동안 이어졌다.

"자, 그럼 여러분," 배심원 대표가 말했다. "자리에 앉아 심의하십니다." 그가 의장석에 앉으며 말했다.

"그런 여자들은 못된 것들이에요." 점원이 이렇게 말하고, 주범이 마슬로바라는 자신의 주장을 뒷받침하기 위해 자기 동료가 거리에서 그

---

* 러시아의 옛 무게 단위로, 1푸드는 16.38킬로그램, 8푸드는 약 130킬로그램이다.

런 유의 여자에게 시계를 도둑맞은 이야기를 했다.

대령이 기회를 놓치지 않고 은제 사모바르*를 도둑맞은 더욱 놀라운 사건에 대해 말하기 시작했다.

"여러분, 질문 사항에 대해서 심의를 부탁합니다." 배심원 대표가 연필로 탁자를 두드리며 말했다.

모두 입을 다물었다. 질문은 다음과 같았다.

1) 크라피벤스키 군 보르키 마을의 농민 33세 시몬 페트로프 카르틴킨은 188×년 1월 17일 N시에서 상인 스멜코프의 돈을 약탈할 목적으로 다른 자들과 공모해 그를 살해하기로 계획하고 독을 탄 코냑을 주어 스멜코프를 죽음에 이르게 하고, 현금 약 2500루블과 다이아몬드 반지를 훔친 건에서 유죄인가?

2) 소시민 43세 옙피미야 이바노브나 보치코바는 1항의 질문에 기재된 범행에서 유죄인가?

3) 소시민 27세 예카테리나 미하일로바 마슬로바는 1항의 질문에 기재된 범행에서 유죄인가?

4) 피고 옙피미야 보치코바가 1항의 질문에서 무죄라 할지라도, 188×년 1월 17일 N시의 '마브리타니야' 여관에서 일하던 중 투숙객인 상인 스멜코프의 방에 있던 잠긴 여행가방을 자신이 가져간 다른 열쇠로 열고 2500루블을 훔친 건에서는 무죄인가?

---

* 러시아의 가정에서 물 끓이는 데 쓰는 주전자.

배심원 대표가 첫번째 질문을 읽었다.

"자, 여러분 어떻습니까?"

이 질문에 대한 답은 즉시 나왔다. 모두가 독살과 절도에 카르틴킨이 가담한 것으로 인정하고 '그렇다, 유죄이다'에 동의했다. 협동조합원 노인만 유죄에 동의하지 않았는데, 그는 모든 질문에 변호하는 듯이 답변했다.

배심원 대표는 노인이 사건을 잘 이해하지 못했다고 생각하고 카르틴킨과 보치코바는 모든 점에서 유죄가 확실하다고 설명했지만, 협동조합원은 자기도 알고 있지만 동정을 베푸는 게 낫다고 대꾸했다. "우리도 성인聖人이 아니잖소." 노인은 자기 의견을 고수했다.

보치코바에 대한 두번째 질문에서는 오랜 논쟁 끝에 '무죄'로 결정됐는데, 보치코바의 변호사가 특히 강조했다시피 독살에 가담했다는 뚜렷한 증거가 없었기 때문이다.

상인은 마슬로바를 변호하려 하면서 보치코바야말로 모든 일의 주모자라고 주장했다. 많은 배심원이 동의했으나 엄격하고 합법적인 태도를 지키고자 하는 배심원 대표는 그녀가 독살에 가담했다고 인정할 만한 근거가 없다고 말했다. 오랜 논쟁 끝에 배심원 대표의 의견이 승리를 거두었다.

보치코바에 관한 네번째 질문에 대해서는 '그렇다, 유죄이다'라는 결정이 내려졌다. 다만 협동조합원의 주장을 받아들여 "정상 참작의 여지가 있음"라는 단서가 붙었다.

마슬로바에 대한 세번째 질문은 격렬한 논쟁을 불러일으켰다. 배심원 대표는 그녀가 상인의 독살에서도, 절도에서도 유죄라고 주장했지만 상인은 반대했으며 대령과 점원, 협동조합원이 그에게 동조했다. 그 밖의 배심원들은 동요하는 듯했으나 배심원 대표의 의견이 우세했는데, 배심원들이 모두 지친데다 조금이라도 빨리 일치를 이끌어내 모두를 해방해줄 의견에 기꺼이 합류했기 때문이다.

네흘류도프는 법정 심리에서 일어난 모든 정황으로 보아, 또 자신이 알고 있는 마슬로바의 성품으로 보아 그녀가 절도에서도 독살에서도 무죄라고 확신했다. 그래서 처음에는 모두가 그렇게 인정하리라고 믿었으나 상인의 서투른 변호, 즉 그도 숨기지 않았듯이 마슬로바가 육체적으로 끌린다는 사심에 입각한 변호와 바로 그것에 근거한 배심원 대표의 반격 때문에, 그리고 특히 배심원 모두가 피로로 말미암아 유죄쪽으로 결정이 기울기 시작하자 그는 반박하고 싶었지만, 마슬로바를 위해 나선다는 것이 두려웠다. 모든 사람이 곧 자신과 그녀의 관계를 알아버릴 것만 같았다. 그러나 한편으로는 사태를 이대로 내버려둘 수 없으며 반박해야 한다고 느끼고 있었다. 그가 붉으락푸르락 표정을 바꾸어가며 막 입을 떼려던 순간, 이제껏 말없이 있던 표트르 게라시모비치가 배심원 대표의 권위적인 말투에 성이 난 듯 갑자기 이의를 제기하며 네흘류도프가 하려던 말을 하기 시작했다.

"실례지만," 그가 말했다. "당신은 그 여자가 열쇠를 가지고 있었기 때문에 그 여자가 훔친 거라고 말씀하셨습니다. 그런데 여자가 돌아간 뒤 종업원들이 다른 맞는 열쇠로 여행가방을 열었을 수도 있지 않습니까?"

"그래요, 그래요." 상인이 맞장구쳤다.

"더구나 그 여자의 처지에서는 돈을 훔칠 수 없었을 겁니다, 돈을 훔쳐도 감춰둘 곳이 없었을 테니까요."

"내 말이 그 말입니다." 상인이 뒷받침했다.

"오히려 그 여자가 여관으로 온 것이 종업원들에게 범죄를 구상하는 빌미를 제공했고, 그들은 그 기회를 이용했고 여자에게 전부 뒤집어씌운 겁니다."

표트르 게라시모비치가 흥분하며 말했다. 그 감정이 전달되면서 배심원 대표는 오히려 더욱 끈질기게 반대 의견을 고집했지만, 표트르 게라시모비치가 어찌나 설득력 있게 말했던지 대다수 배심원들은 마슬로바가 돈과 반지 절도에 가담하지 않았고 반지는 선물로 받은 거라는 그의 의견에 동의했다. 독살에 가담했는가에 대한 논의가 시작되자 마슬로바의 열렬한 비호자인 상인은, 그녀에게는 그를 독살할 어떤 이유도 없으므로 무죄라고 주장했다. 배심원 대표는 그녀 스스로 가루약을 탄 술을 주었다고 자백했으므로 무죄로 인정할 수는 없다고 말했다.

"주긴 했죠, 아편인 줄 알고요." 상인이 말했다.

"아편으로도 목숨을 빼앗을 수 있습니다." 옆길로 빠지기 좋아하는 대령이 이렇게 말하고는, 이번에도 기회를 놓치지 않고 자기 처남의 아내가 아편을 마셨는데 근처에 의사가 없었더라면 제때 응급처치를 못해 죽었을 거라는 이야기를 늘어놓았다. 대령이 너무나 인상적이고 자신만만하고 위엄에 찬 어조로 이야기하는 바람에 아무도 그를 제지할 엄두를 내지 못했다. 그 이야기에 빨려든 점원만이 자기 이야기를 하기 위해 그의 말을 끊었다.

"개중에는 길이 들어서," 그가 말했다. "마흔 방울쯤 마셔도 멀쩡한 사람이 있습니다. 제 친척 한 사람은……"

그러나 대령은 자기 말을 끊게 놔두지 않고 처남의 아내에게 미친 아편의 영향과 결과에 대한 이야기를 이었다.

"벌써 네시가 지났습니다, 여러분." 한 배심원이 말했다.

"여러분, 그럼 어떻게 할까요." 배심원 대표가 모두에게 물었다. "유죄로 인정하나, 절취 의도가 없었고 재물을 훔치지도 않았다. 이렇게 할까요?"

표트르 게라시모비치가 자신의 승리에 자못 만족해하며 찬성했다.

"하지만 정상 참작을 요청해야 합니다." 상인이 덧붙였다.

모두 찬성했다. 협동조합원만 '아니다, 무죄이다'라고 결정해야 한다고 주장했다.

"결국은 같은 결론 아니겠습니까." 배심원 대표가 설명했다. "절취 의도가 없었고 재물을 훔치지도 않았다면 무죄인 거죠."

"거기다 정상 참작 여지가 있다고 굳히고요. 요컨대, 뒤까지 깨끗이 정리하는 의미로요." 상인이 명랑하게 말했다.

모두 지친데다 논쟁으로 머리가 어수선했던 탓에 답신서에 유죄이나 살해 의도는 없었음이라 덧붙여야 하는 것을 아무도 생각하지 못했다.

네홀류도프 역시 몹시 흥분해 있었기 때문에 그것을 알아차리지 못했다. 답신서는 이런 식으로 쓰여 법정에 제출되었다.

라블레*가 쓴 글 중에, 어느 법률가가 송사로 찾아온 사람들에게 온갖 법률 조항을 제시하며 무의미한 라틴어 법조문을 이십 페이지나 읽어댄 뒤, 주사위를 주며 짝수가 나오는지 홀수가 나오는지 던져보라고

---

* 프랑수아 라블레(1483~1553). 프랑스 작가이자 의사. 『가르강튀아』와 『팡타그뤼엘』을 썼다.

했다는 이야기가 있다. 짝수이면 원고가 이기고, 홀수이면 피고가 이긴다는 것이었다.

여기서도 그와 같았다. 이 같은 결정이 채택된 것은 모두의 의견이 일치했기 때문이 아니라, 첫째, 재판장이 그렇게 길게 사건 요약을 했지만 정작 그가 늘 말하던 것, 즉 배심원들이 질문에 대해 '유죄이나 살해 의도는 없었음'이라고 답할 수도 있다는 사실을 건너뛰고 말하지 않았기 때문이고, 둘째, 대령이 처남의 아내 이야기를 너무 장황하고 지루하게 늘어놓았기 때문이고, 셋째, 네흘류도프가 너무 흥분한 나머지 살해할 의도가 없었다는 단서가 누락된 것을 알아채지 못하고 '절취 의도 없었음'이라는 단서만으로도 기소가 기각될 것으로 생각했기 때문이다. 넷째, 배심원 대표가 질문서와 답신서를 다시 낭독했을 때 표트르 게라시모비치가 때마침 자리를 비우고 밖에 나가 있었기 때문이고, 마지막이 중요한데, 모두가 지쳐서 조금이라도 빨리 해방되길 원했던지라 가능하면 조속하게 모든 것을 끝낼 수 있는 결정 쪽으로 찬성했다.

배심원들은 벨을 울렸다. 칼집에서 사브르를 빼들고 문 앞에 서 있던 헌병이 사브르를 도로 칼집에 넣고 옆으로 비켜섰다. 재판관들이 착석하자 배심원들이 차례로 법정으로 들어왔다.

배심원 대표는 엄숙한 모습으로 답신서를 들고 들어왔다. 그는 재판장에게 다가가 그것을 건넸다. 재판장은 답신서를 읽고 놀란 듯 두 손을 벌렸고, 동료들을 돌아보며 상의하기 시작했다. 그가 놀란 것은 배심원들이 1항에 '절취 의도 없었음'이라는 단서를 달아놓고 2항에는 '살해 의도 없었음'이라는 단서를 달지 않았기 때문이었다. 즉 배심원들의 결정에 의하면, 마슬로바는 훔치지도 않았고 빼앗지도 않았으나 아무런 목적 없이 한 인간을 독살한 것이었다.

"보게, 저 사람들이 얼마나 어리석은 결정을 했는지." 그가 왼쪽에 앉은 배석판사에게 말했다. "이렇게 되면 징역이잖아요, 저 여자에게는 죄가 없는데 말입니다."

"아니, 어째서 죄가 없습니까?" 엄격한 배석판사가 말했다.

"당연히 죄가 없죠. 이 경우 제818조를 적용해야 한다고 생각합니다." (제818조는 법정이 유죄판결이 부당하다고 인정할 경우 배심원들의 결정을 파기할 수 있다고 규정하고 있다.)

"어떻게 생각하십니까?" 재판장은 선량해 보이는 배석판사에게 고개를 돌렸다.

선량해 보이는 배석판사는 즉시 답하지 않고 자기 앞에 놓인 서류 번호를 보고 그 숫자를 더해보았는데, 3으로 나눠떨어지지 않았다. 나눠지면 찬성하려 했지만, 성품이 착한 그는 나눠떨어지지 않았는데도 찬성했다.

"저도 그래야 한다고 생각합니다." 그가 말했다.

"당신은요?" 재판장이 화를 잘 내는 배석판사를 돌아보았다.

"절대 찬성할 수 없습니다." 그가 단호하게 대답했다. "안 그래도 신문에서는 배심원단이 범죄자들을 비호한다고 보도하는데, 법원이 그런 짓을 하면 뭐라고 지껄여댈지 모릅니다. 저는 절대로 동의하지 않습니다."

재판장은 시계를 보았다.

"안타깝지만 어쩔 수 없겠군요." 재판장은 답신서를 낭독하도록 배심원 대표에게 건넸다.

모두 일어섰고, 배심원 대표는 헛기침을 하며 목청을 가다듬고는, 양발을 번갈아 디디면서 질문서와 답신서를 읽었다. 서기와 변호인들, 검사보까지 법정에 있는 모두가 놀라움을 드러냈다.

피고들은 답신서의 뜻을 분명히 이해하지 못한 듯 평온하게 앉아 있었다. 모두 다시 자리에 앉자, 재판장이 어떤 구형을 할지 검사보에게 물었다.

검사는 마슬로바 건에서 거둔 예상외의 성공에 기뻐하고 그것을 자신의 논고 덕으로 돌리면서 이런저런 조문들을 살피더니 엉거주춤 일어나서 말했다.

"시몬 카르틴킨은 제1452조 및 제1453조 4항에 의거해, 옙피미야 보치코바는 제1659조에 의거해, 예카테리나 마슬로바는 제1454조에 의거해 구형하겠습니다."

이 모두가 예상할 수 있는 범위에서 가장 무거운 형벌이었다.

"판결을 결정하기 위해 퇴정하겠습니다." 재판장이 일어서며 말했다.

모두 그를 따라 일어나 훌륭한 일을 수행했다는 홀가분하고 흐뭇한 기분으로 퇴정하거나 법정 안을 돌아다녔다.

"정말이지, 우리가 참으로 부끄러운 잘못을 저질렀군요." 표트르 게라시모비치가 배심원 대표의 이야기를 듣고 있던 네흘류도프에게 다가가며 말했다. "결국 우리가 그 여자를 징역살이로 떠민 겁니다."

"무슨 말이죠?" 네흘류도프가 외쳤는데, 이때만큼은 이 교사의 불쾌한 어렴성 없는 태도도 신경쓰이지 않았다.

"그렇잖아요," 그가 말했다. "'유죄이나 살해 의도는 없었음'이라는 단서를 기재하지 않았으니까요. 방금 서기한테 들었는데, 검사가 그 여자에게 징역 15년을 구형하려나봅니다."

"하지만 여러분이 그렇게 결정하셨잖습니까." 배심원 대표가 말했다.

표트르 게라시모비치는 그녀가 돈을 훔치지 않았으니 살해할 의도가 없었다는 게 자명하지 않느냐며 논박하기 시작했다.

"어쨌든 법정으로 나오기 전에 나는 답신서를 낭독했고," 배심원 대표가 변명하듯 말했다. "아무도 이의를 제기하지 않았습니다."

"나는 그때 자리에 없었습니다." 표트르 게라시모비치가 말했다. "그런데 당신은 왜 듣고도 놓쳤습니까?"

"전혀 생각지 못했습니다." 네흘류도프가 말했다.

"생각지 못했다니요."

"하지만 정정할 수 있지 않겠습니까." 네흘류도프가 말했다.

"이보시오, 안 될 겁니다. 이미 끝났어요."

네흘류도프는 피고들을 바라보았다. 그들은, 운명이 결정된 그들은 헌병들이 지키는 격자 칸막이 뒤에 꼼짝 않고 앉아 있었다. 마슬로바는 무언가를 바라보며 미소 짓고 있었다. 네흘류도프의 마음속에서 악한 감정이 꿈틀거렸다. 지금까지는 그녀가 무죄로 석방되어 이 도시에 남을 거라 예상하고 그녀를 어떻게 대해야 할지 망설이고 있었고, 확실히 그녀와의 관계는 그에게 어려운 문제였다. 그런데 징역과 시베리아가 그 모든 관계의 가능성을 단번에 없애버렸다. 숨이 끊어지지 않은 새가 사냥 자루 속에서 퍼덕거리며 자기 존재를 상기시키지도 못하게 된 것이었다.

24

표트르 게라시모비치의 예상은 적중했다.

평의실에서 돌아오자, 재판장이 판결문을 들고 읽었다.

188×년 4월 28일 황제 폐하의 칙령에 의해 N지방법원 형사부는 배심원단의 결의에 따라 형사소송법 제771조 3항, 제776조 3항, 제 777조에 의거해 다음과 같이 선고한다. 농민 34세 시몬 카르틴킨과 소시민 27세 예카테리나 마슬로바의 모든 재산권을 박탈하고, 카르틴킨 징역 8년, 마슬로바 징역 4년의 유형에 처하며, 다시 두 사람에게 형법 제28조에 의거해 그에 수반하는 사항을 부대한다. 소시민 43세 옙피미야 보치코바는 형법 제49조에 의거해 개인적 및 신분상 부여된 모든 특권과 재산을 박탈 몰수하고 3년의 금고형에 처하며 형법 제49조에 의거해 그에 수반하는 사항을 부대한다. 본 재판 비용은 각 피고에게 균등하게 분담시키고, 그럴 능력이 없을 경우 국고 부담으로 한다. 본 사건의 증거물은 공매처분하고, 반지는 반환하며, 유리병은 파기한다.

카르틴킨은 여전히 몸을 꼿꼿이 젖히고 손가락을 쭉 펴서 바지 솔기에 갖다대고는 양볼을 실룩거리며 서 있었다. 보치코바는 아주 차분해 보였다. 마슬로바는 판결을 듣자 얼굴이 새빨개졌다.

"나는 죄가 없어요. 무죄라고요!" 갑자기 그녀가 온 법정이 떠나갈 듯이 소리쳤다. "이건 죄악이에요. 나는 죄가 없어요. 그럴 마음도 없었고 생각한 적도 없어요. 정말로 그래요! 정말이에요." 그리고 그녀는 피고석에 쓰러져 큰 소리로 통곡했다.

카르틴킨과 보치코바가 퇴정하고 나서도 그녀가 계속 그 자리에 앉아 울자 하는 수 없이 헌병이 그녀의 죄수복 소맷자락을 잡아당겨야 했다.

'아니야, 이대로 내버려둘 순 없어.' 좀전의 악한 감정을 금세 잊고 네흘류도프가 속으로 중얼거렸고, 다시 한번 그녀를 보려고 자신도 모르게 서둘러 복도로 나갔다. 재판을 끝낸 데 만족해하는 활기찬 배심원들과 변호인들이 무리지어 문가에서 북적거리는 바람에 그는 잠시 발이 묶였다. 그가 복도로 나왔을 때 그녀는 벌써 멀어져 있었다. 그는 자신에게 쏟아지는 시선도 아랑곳하지 않고 재빨리 그녀를 앞지른 뒤 걸음을 멈췄다. 그녀는 이미 울음을 그친 듯 얼룩덜룩하게 붉어진 얼굴을 머릿수건 끝자락으로 닦으며 간간이 흐느낄 뿐이었고, 돌아보지도 않고 그의 옆을 지나갔다. 그녀를 그렇게 지나가게 한 뒤 그는 재판장을 만나기 위해 서둘러 되돌아왔지만 이미 퇴정하고 없었다.

네흘류도프는 수위실 앞에서 간신히 그를 따라잡았다.

"재판장님," 네흘류도프가 벌써 밝은색 외투를 걸치고 수위가 건넨 은제 손잡이가 달린 지팡이를 받아드는 재판장에게 다가가며 말했다. "방금 판결된 사건에 대해 잠시 이야기 나눌 수 있을까요? 저는 배심원입니다."

"네, 알고 있습니다, 네흘류도프 공작이시죠? 정말 반갑습니다. 우리전에 만난 적 있죠." 재판장은 그와 악수하며, 네흘류도프와 처음 만난 야회에서 그가—젊은이들 중에 누구보다—멋지고 즐겁게 춤추던 모습을 흐뭇하게 떠올리며 말했다. "무슨 일이시죠?"

"마슬로바에 관한 답신서에 잘못이 있었습니다. 그 여자는 독살에 대해 죄가 없는데도 징역형을 선고받았습니다." 네흘류도프가 침울하고 긴장한 얼굴로 말했다.

"법정은 여러분이 제출한 답신서에 의거해 판결을 내렸습니다." 재판장이 출입문 쪽으로 걸음을 옮기며 말했다. "재판부가 보기에도 답신서가 타당하지 않았지만 말입니다."

그는 답신서에 살해 의도에 대한 부정 없이 '유죄이다'라고 하면 결과적으로 고의적 살의를 인정하는 것이 된다고 배심원들에게 설명하려 했으나 재판을 서둘러 끝내려다 그러지 못했다는 사실이 생각났다.

"네, 그런데 설마 잘못을 바로잡을 수 없는 건 아니겠지요?"

"항소할 이유는 언제나 나오기 마련입니다. 변호사와 의논해야 합니다." 재판장이 모자를 비스듬히 쓰면서 계속 출입문 쪽으로 걸어가며 말했다.

"하지만 이건 너무 심합니다."

"알다시피, 마슬로바에게는 둘 중 하나가 예정되어 있었으니까요." 그는 네흘류도프에게 되도록 기분좋고 정중하게 대하려 애쓰며 외투 깃 위로 구레나룻을 매만지고는 상대방의 팔꿈치를 가볍게 잡고 출입문 쪽으로 이끌면서 말을 이었다. "당신도 돌아가는 길이죠?"

"네." 네흘류도프는 서둘러 외투를 걸치며 대답하고 재판장과 나란히 걷기 시작했다.

두 사람은 기분좋게 볕이 드는 밝은 곳으로 나왔다. 그러자 포장도로를 달리는 마차들의 바퀴 소음 때문에 훨씬 목소리를 높여야 했다.

"그런데 말입니다, 상황이 정말 기묘하게 되고 말았어요." 재판장이 목소리를 높여 말을 이었다. "마슬로바에게는 둘 중 하나가 예정되어 있었습니다. 거의 무죄가 되어 미결 일수를 통산한 금고 또는 가벼운 구류로 그치거나, 아니면 징역형이거나, 그 중간은 없었어요. 만일 여러분이 '살해 의도는 없었음'이라는 한 구절만 붙였더라도 그 여자는 무죄가 되었을 겁니다."

"그걸 빠뜨리다니, 돌이킬 수 없는 잘못을 했습니다." 네흘류도프가 말했다.

"모든 문제는 바로 거기에 있습니다." 재판장이 씩 웃으며 시계를 들여다보고는 말했다.

클라라가 지정한 시간까지 사십오 분밖에 남지 않았다.

"만일 원하신다면 지금이라도 변호사와 상의해보십시오. 항소 이유를 찾아내야 합니다. 그런 건 언제라도 발견할 수 있습니다. 드보랸스카야 거리로." 그가 마부에게 대답했다. "30코페이카, 그 이상은 절대 낼 수 없네."

"좋습니다, 각하."

"그럼 실례하겠습니다. 내가 도울 일이 있다면, 드보랸스카야 거리 드보르니코프의 집으로 오세요, 외우기도 쉽죠."

그는 살갑게 허리 숙여 인사하고는 떠났다.

25

재판장과 나눈 대화와 상쾌한 바깥 공기가 네흘류도프를 다소 진정
시켜주었다. 그는 지금 자신이 느끼는 감정이 전혀 익숙지 않은 상황에
서 보낸 아침의 모든 일 때문에 과장된 거라고 생각했다.

'물론 생각지도 못한 놀라운 우연이다! 그녀의 운명을 가볍게 해주
기 위해, 되도록 빨리, 할 수 있는 모든 일을 해야 한다. 지금 바로. 그
래, 법원에서 파나린이나 미키신의 주소를 알아봐야겠다.' 그는 이름난
두 변호사를 기억해냈다.

네흘류도프는 법원으로 되돌아가 외투를 벗고 이층으로 올라갔다.
첫번째 복도에서 파나린과 마주쳤다. 그를 불러 세우고 용건이 있다고
말했다. 파나린은 그의 얼굴과 이름을 알고 있었으므로 무슨 일이든 기
꺼이 맡겠다고 말했다.

"제가 좀 지치긴 했지만…… 오래 걸리지 않을 일이라면 들어보겠습
니다. 이리로 오시죠."

그리고 파나린은 어느 판사의 사무실로 보이는 방으로 네흘류도프
를 데리고 갔다. 그들은 탁자 앞에 앉았다.

"자, 무슨 일입니까?"

"먼저 부탁드리고 싶은 것이 있습니다." 네흘류도프가 말했다. "제가
이 사건에 관여한다는 걸 아무도 몰랐으면 합니다."

"그야 물론이죠. 그래서……"

"저는 오늘 배심원 중 한 사람이었는데, 우리는 죄 없는 여자에게 징
역형을 선고하고 말았습니다. 그게 마음에 걸립니다."

네흘류도프는 예기치 않게 얼굴이 붉어지자 우물거렸다.

파나린은 그에게 힐끔 눈을 번득였다가 다시 내리깔고 귀를 기울였다.

"그래서요?" 그가 말했다.

"죄 없는 여자에게 유죄를 선고했기 때문에, 파기시키고 상급심으로 옮겼으면 합니다."

"원로원으로 말이죠?" 파나린이 바로잡았다.

"그래서 당신이 이 사건을 맡아주셨으면 합니다."

네흘류도프는 가장 어려운 문제를 조금이라도 빨리 매듭짓고 싶어 바로 이어 말했다.

"보수와 비용은 얼마가 되더라도 제가 부담하겠습니다." 그가 얼굴을 붉히며 말했다.

"자, 그건 나중에 정하시죠." 변호사는 그의 미숙함을 미소로 너그럽게 받아넘겼다.

"무슨 사건입니까?"

네흘류도프가 이야기했다.

"좋습니다, 내일 사건 기록을 받아서 살펴보겠습니다. 그럼 모레, 아니 목요일 저녁 여섯시에 오시면 답변을 드리겠습니다. 그럼 될까요? 자, 가시죠. 전 여기서 더 조사해야 할 게 있습니다."

네흘류도프는 그와 작별하고 나왔다.

변호사와 상의했다는 것, 마슬로바를 지키기 위해 뭔가 수단을 강구했다는 것이 그의 마음을 한결 진정시켜주었다. 그는 마당으로 나왔다. 날씨가 화창했고, 그는 기분좋게 봄공기를 들이마셨다. 마부들이 삯마차를 타라고 불렀지만 걸어갔고, 그러자 조금 전 카튜샤의 일과 자신이 취했던 행동에 대한 상념이 줄줄이 떠올라 머릿속에서 소용돌이치기 시작했다. 그는 이내 우울해지고 모든 것이 암울하게 느껴졌다. '아니다, 그건 나중에 잘 생각해보기로 하자.' 그는 속으로 중얼거렸다. '지금은 이 무거운 인상을 떨치기 위해 기분전환이 필요하다.'

그는 코르차긴가의 만찬이 기억나서 시계를 보았다. 아직 늦지 않아 시간에 맞춰 갈 수 있었다. 철도마차가 종을 울리며 옆을 지나갔다. 그는 달려가서 철도마차에 뛰어올랐다. 그리고 광장에서 뛰어내려 좋은 삯마차를 잡아탔고, 십 분 뒤 코르차긴가 저택 현관 계단 앞에 도착했다.

26

"어서 오십시오, 각하, 모두 기다리고 계십니다." 코르차긴가 저택의 싹싹하고 뚱뚱한 수위가 영국제 경첩을 달아 소리도 없이 여닫히는 떡갈나무 현관문을 열며 말했다. "식사중이십니다만, 나리는 꼭 안으로 모시라는 분부를 받았습니다."

수위는 계단으로 다가가 이층으로 연통하는 벨을 울렸다.

"누가 오셨나?" 네흘류도프가 외투를 벗으며 물었다.

"콜로소프 씨와 미하일 세르게예비치께서 오셨습니다. 그 외에는 모두 집안분들이십니다." 수위가 대답했다.

연미복을 입고 하얀 장갑을 낀 잘생긴 하인이 계단 위에서 내려다보왔다.

"어서 오십시오, 각하," 그가 말했다. "안으로 모시라고 하십니다."

네흘류도프는 계단을 올라가서 눈에 익은 호화롭고 넓은 홀을 지나 식당으로 갔다. 식당에는 이제껏 일찍이 방에서 나온 적이 없는 이 집안의 어머니인 소피야 바실리예브나 공작부인을 제외한 온 가족이 식탁에 둘러앉아 있었다. 식탁 상석에 코르차긴 노인, 그와 나란히 왼쪽에 의사, 다른 쪽에 전임 도 귀족회장이자 지금은 은행의 중역으로 활동하는, 코르차긴의 동료이며 자유주의자인 이반 이바노비치 콜로소프가 앉아 있었다. 또 왼쪽에는 미시의 네 살짜리 여동생과 이 아이를 가르치는 여자 가정교사 *미스 레더*가, 맞은편 오른쪽에는 코르차긴가의 외아들로 미시의 남동생인 김나지움 6학년생 페탸가 있었는데 온 가족이 시내에 남아 있는 것은 이 아이의 시험 때문이었다. 그리고 아직 대학생인 남자 가정교사, 그 왼쪽에 마흔 살의 노처녀 슬라브주의자 카테리나 알렉세예브나, 그 맞은편에 미하일 세르게예비치 혹은 미샤 텔레긴이라고 불리는 미시의 사촌오빠가, 그리고 말석에 미시가 앉아 있었고, 그 옆에는 손을 대지 않은 식기 한 벌이 놓여 있었다.

"마침 잘 오셨소. 자, 앉으시게. 우린 지금 막 생선요리를 들려던 참이었소." 코르차긴 노인이 눈꺼풀이 없는 것 같은 충혈된 눈으로 네흘류도프를 올려다보고 틀니로 힘들고 조심스럽게 생선을 씹으며 말했다. "스테판." 그는 음식을 입속에 가득 문 채 뚱뚱하고 덩치 큰 식당 하인에게로 고개를 돌리고 눈으로 빈자리를 가리켰다.

네흘류도프는 코르차긴을 잘 알고 식사 자리에서도 여러 번 보았지만, 조끼에 끼워둔 냅킨 위에서 징그럽게 오물거리는 입술과 붉은 얼굴과 살찐 목이, 무엇보다도 장군답게 통통한 그의 모습이 오늘따라 유난히 불쾌했다. 네흘류도프는 이 남자의 잔혹성에 대해 전에 들었던 이야기가 문득 떠올랐는데, 그는―명문가 출신에다 부자라 군이 출세할 필요가 없었다―지방장관으로 근무하던 시절 아무런 이유도 없이 사람들에게 태형을 내리고, 심지어 교수형까지 내렸다.

"네, 곧 가져오겠습니다, 각하." 스테판이 대답하고 은제 꽃병으로 꾸며진 식기장에서 수프용 큰 스푼을 꺼내며 구레나룻을 기른 잘생긴 하인을 향해 고개를 끄덕이자, 이 하인이 즉시 미시 옆자리에 놓아둔, 도도록한 문장紋章이 한가운데 오도록 풀 먹여 솜씨 좋게 접은 냅킨으로 덮인 아직 손대지 않은 식기들을 정돈하기 시작했다.

네흘류도프는 모두와 악수하며 식탁을 한 바퀴 돌았다. 그가 그들에게 다가갔을 때 코르차긴 노인과 부인들을 제외한 모두가 일어섰다. 그는 이렇게 식탁 주위를 돌며 대부분 대화조차 해본 적 없는 사람들과 일일이 악수하는 일이 오늘따라 유난히 불쾌하고 우스꽝스럽게 느껴졌다. 그가 늦었다고 사과하고 식탁 끝에 앉은 미시와 카테리나 알렉세예브나 사이 빈자리에 앉으려 하자, 코르차긴 노인이 보드카는 마시지 않더라도 랍스터와 캐비어, 치즈, 청어를 차려놓은 탁자에서 입매부터 하라고 권했다. 네흘류도프는 별로 배가 고프지 않지만, 치즈와 빵을 입에 넣자 중간에 멈출 수도 없고 해서 게걸스럽게 먹었다.

"그래서, 어쨌다고요, 근본을 뒤엎으셨다고요?" 콜로소프가 배심원 제도에 반대하는 보수주의 신문*의 표현을 익살스럽게 인용했다. "죄

---

* 1880년대, 배심원제도와 소송 절차 공개가 무정부 상태를 확산시키는 원인이 된다고 반대한 〈모스크바통보〉를 말한다.

있는 자를 무죄로, 죄 없는 자를 유죄로 만든다, 그랬겠죠?"

"근본을 뒤엎었다…… 근본을 뒤엎었다……" 자유주의 동료인 친구의 두뇌와 학식에 무한한 신뢰를 품은 코르차긴 공작이 웃으며 그의 말을 되풀이했다.

네흘류도프는 실례인 줄 알면서도 콜로소프에게 아무 대답도 하지 않고 방금 하인이 내온 김이 무럭무럭 나는 수프를 앞에 두고 연신 입 안의 음식을 씹었다.

"식사하게 그이를 좀 놔주세요." 미시는 '그이'라는 대명사로 자기와 그가 친밀한 관계임을 드러내며 미소 지었다.

한편 콜로소프는 배심원제도에 대한 반대로 자신을 격분하게 한 기사 내용을 기운차게 큰 소리로 이야기했다. 그의 조카인 미하일 세르게예비치도 그의 말에 맞장구치며 그 신문에 실린 다른 기사를 거론했다.

미시는 언제나처럼 *화사하고* 아름답게, 튀지 않으면서 우아하게 차려입고 있었다.

"많이 피곤하고 시장했나봐요." 네흘류도프가 음식을 다 삼킬 때까지 기다렸다가 그녀가 물었다.

"아닙니다, 그런데 그림은 보러 다녀왔습니까?" 그가 물었다.

"아니요, 미뤘어요. 살라마토프 씨 댁에 가서 론테니스*를 쳤어요. 미스터 크룩스는 정말 잘 치시더군요."

네흘류도프는 우울한 마음을 달래러 여기 왔고 이 집에 오면 언제나 기분이 좋았는데, 그것은 그의 감정에 즐거운 영향을 주는 고상한 취향

---

* 잔디코트에서 하는 테니스로, 실내 테니스와 구별하여 부르는 말.

의 호화로움 때문이기도 했고, 은밀하게 그를 에워싸는 알랑대는 듯한 상냥한 분위기 때문이기도 했다. 그런데 오늘은 이상하게도 이 집안의 모든 것이, 수위며 넓은 계단이며 꽃이며 하인들이, 식탁 장식부터 오늘따라 유난히 매력 없고 부자연스러워 보이는 미시까지 모든 것이 역겨웠다. 콜로소프의 자신만만하고 범속한, 자유주의자적인 말투도 불쾌했고, 코르차긴 노인의 황소 같은 가즈럽고 징그러운 모습도 불쾌했고, 슬라브주의자인 카테리나 알렉세예브나의 프랑스어 경구도 불쾌했고, 남녀 가정교사의 잔뜩 사린 얼굴도 불쾌했고, 미시가 '그이'라는 대명사로 자기를 부른 건 특히 불쾌했다…… 네흘류도프는 미시에 대해 언제나 두 가지 태도 사이에서 갈피를 잡지 못했다. 때로는 실눈을 뜨고 보거나 달빛 아래서 뭔가를 볼 때처럼 미시의 아름다운 점만 보였는데, 그럴 때는 그녀가 생기 있고 아름답고 지적이고 자연스러워 보였다…… 그러나 때로는 밝은 햇빛 아래서 볼 때처럼 결점만 적나라하게 보였다. 오늘이 그런 날이었다. 오늘은 그녀 얼굴에 있는 잔주름이 전부 보였고, 부풀린 머리도, 뾰족한 팔꿈치도, 그리고 무엇보다도 아버지의 손톱을 연상시키는 넓적한 엄지손톱도 보였다.

"지루한 놀이예요." 콜로소프가 테니스에 대해 말했다. "어릴 때 하던 랍타*가 훨씬 더 재미있어요."

"아니에요, 안 해보셔서 그래요. 대단히 재미있답니다." 미시가 반박했는데, 네흘류도프에게는 '대단히'라는 단어의 발음이 유독 부자연스럽게 들렸다.

---

* 공치기의 일종.

그리고 미하일 세르게예비치와 카테리나 알렉세예브나까지 끼어들어 논쟁하기 시작했다. 남녀 가정교사와 아이들만 입을 다물고 있었는데 분명 지루한 듯했다.

"언제나 논쟁이지!" 코르차긴 노인이 큰 소리로 껄껄거리며 조끼에서 냅킨을 빼고는 하인이 얼른 잡아주는 의자를 달그락거리며 일어났다. 뒤따라 다른 사람들도 모두 일어나 따뜻하고 향기로운 물을 담아둔 그릇이 놓인 협탁으로 다가가 입을 헹구고는 누구에게도 재미없는 대화를 계속했다.

"그렇지 않아요?" 미시는 놀이에서만큼 사람 성격이 드러나는 것도 없다는 자기 의견에 동조하길 바라는 듯 네흘류도프를 돌아보았다. 그녀는 뭔가에 골똘한 그의 얼굴에서 자신을 비난하는 듯한, 그녀가 항상 두려워하던 그 표정을 보았고, 이유가 궁금해졌다.

"글쎄 모르겠는데요. 그것에 대해 생각해본 적 없습니다." 네흘류도프가 대답했다.

"엄마한테 가보실래요?" 미시가 물었다.

"네, 그러죠." 그가 담배를 꺼내며 가고 싶지 않은 게 분명한 어조로 대답했다.

그는 그녀가 말없이 의아한 듯 쳐다보자 가슴이 뜨끔했다. '정말이지 나는 사람들을 따분하게 만들려고 일부러 찾아온 것 같구나.' 그는 자신에 대해 생각해보고는 친절하게 굴려고 애쓰면서, 공작부인이 괜찮다면 기꺼이 가서 뵙겠다고 말했다.

"그럼요, 그럼요, 기뻐하실 거예요. 담배는 거기서도 피울 수 있어요. 이반 이바노비치도 거기 계세요."

여주인 소피야 바실리예브나 공작부인은 누워 지냈다. 벌써 팔 년째 그녀는 레이스와 리본으로 단장하고 벨벳, 금박, 상아, 청동, 유약, 꽃들에 둘러싸인 채 손님이 와도 누운 채 맞았고, 아무데도 가지 않았으며, 그녀가 '친구'라고 부르는 이들, 즉 그녀 말대로 하자면 어딘가 특출한 면이 있는 사람들만 만났다. 네흘류도프도 그녀의 그런 친구들 중 하나였는데, 그녀가 그를 총명한 젊은이로 여겼고 그의 어머니가 이 집안과 절친한 사이였으며 미시가 그와 결혼하면 좋겠다고 생각했기 때문이다.

소피야 바실리예브나 공작부인의 방은 큰 응접실과 작은 응접실 너머 안쪽에 있었다. 큰 응접실에서 미시가 네흘류도프를 앞서가다 결연히 걸음을 멈추더니 금박 의자의 등받이를 잡고 그를 바라보았다.

미시는 결혼을 몹시 바라고 있었고, 네흘류도프는 좋은 배필감이었다. 게다가 그녀는 그가 맘에 들었고, 그가 자기 것이 된다는 (자기가 그의 것이 되는 게 아니라 그가 자기 것이 된다는) 생각에 이미 익숙해져, 정신병자들이 흔히 그러듯, 무의식적이면서도 끈질기게 간교한 꾀를 부려 목적을 이루려 했다. 지금도 그녀는 그의 본심을 알아낼 요량으로 말을 걸었다.

"무슨 일이 있었던 것 같은데요." 그녀가 말했다. "무슨 일 있어요?"

그는 법정에서의 만남을 떠올리고 미간을 찌푸리며 얼굴을 붉혔다.

"네, 있었습니다." 그는 정직하려 애쓰며 말했다. "기이하고 예사롭지 않은 중대한 일입니다.."

"무슨 일인데요? 말해줄 수 없나요, 네?"

"지금은 말할 수 없습니다. 묻지 말아줘요. 아직 충분히 생각을 정리하지 못한 일이 있습니다." 그는 이렇게 말하고 더욱 얼굴을 붉혔다.

"나한테도 말해줄 수 없는 건가요?" 그녀의 얼굴 근육이 떨렸고, 잡고 있던 의자를 밀어 움직였다.

"네, 말할 수 없습니다." 그는 그녀에게 대답하면서 실제로 자신에게 매우 중대한 일이 일어났다고 인정하는 것이 스스로에 대한 대답이기도 하다고 생각했다.

"그래요, 일단 갈까요."

그녀는 쓸데없는 생각을 떨쳐버리려는 듯 고개를 젓고는 평소보다 빠른 걸음으로 앞서 걸어갔다.

그녀는 눈물을 참기 위해 억지로 입을 꼭 다문 듯 보였다. 그는 그녀를 슬프게 해서 부끄럽고 괴로웠지만, 나약함이 자신을 파멸로 이끈다는 것, 즉 속박한다는 것을 알고 있었다. 지금은 그것이 무엇보다도 두려웠고, 그래서 묵묵히 그녀와 함께 공작부인의 방으로 갔다.

27

소피야 바실리예브나 공작부인은 정성이 가득하고 영양가가 풍부한 식사를 막 끝낸 참이었는데, 그녀는 시적이지 않은 이런 일은 아무도 보지 못하게 언제나 혼자서 했다. 소파베드 옆 협탁에 커피가 놓였고, 그녀는 파히토사*를 피우고 있었다. 길쭉한 치아와 크고 검은 눈, 갈색

---

* 옥수수 잎으로 만 담배.

머리에 마르고 후리후리한 소피야 바실리예브나 공작부인은 아직 꽤 젊어 보였다.

공작부인과 의사 사이에 관한 나쁜 소문이 돌았다. 네흘류도프는 듣고 잊어버렸지만 오늘 다시 기억났고, 포마드를 발라 번들거리는 수염을 양쪽으로 가른 의사가 부인의 안락의자 옆에 앉아 있는 것을 보자 몹시 역겨웠다.

콜로소프는 소피야 바실리예브나와 나란히 협탁 옆 낮고 푹신한 안락의자에 앉아 커피를 젓고 있었다. 협탁에 리큐어 잔이 하나 놓여 있었다.

미시는 네흘류도프와 함께 어머니 방에 들어갔지만 머무르진 않았다.

"엄마가 피곤하다고 쫓아내시면 나에게 오세요." 그녀는 콜로소프와 네흘류도프를 돌아보며, 자신과 네흘류도프 사이에 아무 일도 없었다는 투로 말하고 밝게 미소 짓더니 두꺼운 양탄자를 사붓이 밟으며 방에서 나갔다.

"어머나, 잘 지냈나요, 나의 친구, 앉아서 이야기를 들려줘요." 소피야 바실리예브나 공작부인이 제 것처럼 정교하게 잘 맞는 아름답고 길쭉한 의치를 드러내며 가식적인 태도로 천연스럽게 미소 지으며 말했다. "듣자하니, 아주 우울한 기분으로 법원에서 나오셨다고요. 마음이란 게 있는 사람들에게는 정말 가슴 아픈 일이라고 생각해요." 그녀가 프랑스어로 말했다.

"네, 그렇습니다," 네흘류도프가 대답했다. "종종 자신에게는 없다고…… 자신에게는 남을 판단할 권리가 없다고 느끼게 돼요……"

152

"*정말 그래요.*" 그녀는 언제나처럼 능숙하게 상대방의 비위를 맞춰 가며 마치 그의 진실함에 감동이라도 받은 듯이 외쳤다.

"그런데, 당신의 그림은 어떻게 됐나요, 정말 관심이 컸는데." 그녀가 덧붙였다. "내 몸이 이렇게 쇠약하지 않았다면 벌써 보러 갔을 거예요."

"그림은 그만뒀습니다." 오늘은 그녀의 입에 붙은 인사치레가 그녀가 숨기고 싶어하는 많은 나이처럼 너무도 뚜렷하게 느껴져 네흘류도프는 덤덤하게 대답했다. 친절하게 대하고 싶었지만 그럴 수가 없었다.

"저런 어쩌나! 아시다시피, 레핀*도 이분한테 훌륭한 재능이 있다고 했었거든요." 그녀가 콜로소프를 돌아보며 말했다.

'저런 거짓말을 부끄러운 줄도 모르고 하는구나.' 네흘류도프는 눈살을 찌푸리며 생각했다.

네흘류도프가 기분이 좋지 않아 보이는데다 그를 유쾌하고 지적인 대화로 끌어들일 수 없겠다고 확신한 소피야 바실리예브나는 콜로소프에게 새 연극에 대해 물었다. 마치 콜로소프의 의견이 온갖 의문을 해소하고, 그의 말 한 마디 한 마디가 불후의 가치를 지녀야 한다는 듯한 말투였다. 콜로소프는 그 연극을 혹평하고는 예술에 대한 견해를 덧붙였다. 소피야 바실리예브나 공작부인은 그 견해의 정확성에 놀라면서도 희곡 작가를 비호했지만, 이내 포기하거나 절충안을 찾았다. 네흘류도프는 두 사람을 보고 대화를 듣고 있었지만, 눈과 귀에 보이고 들리는 것은 눈앞에 있는 것과 전혀 달랐다.

때로는 소피야 바실리예브나의 말을, 때로는 콜로소프의 말을 들으

---

* 일리야 레핀(1844~1930). 러시아의 대표적 초상화가로 톨스토이의 초상화도 그렸다.

며 네흘류도프가 보았던 것은 첫째, 소피야 바실리예브나와 콜로소프는 연극에도, 서로에게도 아무 관심 없으면서 식후에 목 근육을 움직여야 한다는 생리적 요구를 만족시키기 위해 노닥거릴 뿐이란 것이었다. 둘째, 콜로소프는 보드카와 포도주와 리큐어를 마셔 거나하게 취했는데, 술을 어쩌다 마시는 농민들이 아니라 습관적으로 술을 마시는 사람들처럼 취해 있었다는 것이다. 그는 비틀거리지도 않고 어리석은 말을 하지도 않았지만 비정상적으로 흥분한 자기만족 상태에 있었다. 셋째, 소피야 바실리예브나 공작부인은 대화중에 불안한 듯 창문을 바라보았는데, 비스듬히 들어오는 햇빛이 늙은 얼굴을 지나치게 환히 비출까 봐 염려하기 때문이었다.

"정말 그래요." 그녀는 콜로소프가 말한 어떤 의견에 대해 말하고 소파베드 옆 벽에 달린 벨을 눌렀다.

그러자 의사가 일어나 집안 식구인 양 말없이 방에서 나갔다. 소피야 바실리예브나는 눈으로 그를 좇으며 대화를 계속했다.

"필립, 저 커튼 좀 쳐줘요." 벨소리를 듣고 잘생긴 하인이 들어오자 그녀가 커튼을 눈으로 가리키며 말했다.

"아니에요, 뭐라 말씀하셔도 그 작품에는 신비로운 것이 있어요. 신비로운 것이 없다면 시가 아니에요." 커튼을 내리는 하인의 동작을 까만 한쪽 눈으로 화가 난 듯 좇으며 그녀가 말했다.

"시 없는 신비주의는 미신이고, 신비주의 없는 시는 산문이에요." 그녀가 커튼을 바로잡는 하인에게서 눈을 떼지 않은 채 슬픈 미소를 지으며 말했다.

"필립, 그 커튼이 아니라 큰 창문 쪽." 소피야 바실리예브나는 이따위

말을 하기 위해 수고하는 자신이 안쓰럽다는 듯 침통하게 말했고, 곧 마음을 가라앉히기 위해 보석반지로 덮인 한쪽 손으로 향긋한 연기가 피어오르고 있는 파히토사를 입으로 가져갔다.

가슴이 넓고 근육이 발달한 잘생긴 필립은 용서를 구하듯이 살짝 고개를 숙이고 장딴지가 불룩 튀어나온 튼튼한 두 다리로 가볍게 양탄자를 디디면서 다소곳이 다른 창문으로 다가갔고, 공작부인을 유심히 보면서 한줄기의 빛도 그녀에게 비치지 않도록 커튼을 바로잡기 시작했다. 그러나 이번에도 그는 제대로 하지 못했고, 속이 탄 소피야 바실리예브나는 신비주의 이야기를 중단하고 무자비하게 자신을 괴롭히는 미운 필립의 잘못을 지적해야 했다. 순간 필립의 눈에서 불꽃이 튀었다.

'제기랄, 대체 어쩌라는 거야. 아마 저 하인은 속으로 이렇게 말했을 것이다.' 그 장면을 죽 지켜보던 네흘류도프는 생각했다. 그러나 미남이자 장골인 필립은 곧 뱃성을 억누르더니, 쇠약하고 힘없는 거짓덩어리 소피야 바실리예브나 공작부인이 지시한 대로 말없이 행했다.

"물론 다윈의 학설은 상당히 일리가 있습니다." 콜로소프가 낮은 안락의자에 몸을 쭉 펴고 졸린 듯한 눈으로 소피야 바실리예브나 공작부인을 바라보며 말했다. "그러나 그 사람은 도를 넘었습니다. 그래요."

"당신은 유전을 믿나요?" 소피야 바실리예브나 공작부인이 네흘류도프의 계속되는 침묵에 안달이 난 듯 물었다.

"유전이요?" 네흘류도프가 되물었다. "아뇨, 믿지 않습니다." 그는 그 순간 상상 속에 떠오른 이상한 형상에 완전히 마음을 빼앗기며 대답했다. 미남이자 장골인 필립을 그림 모델로 상상해보고, 수박 같은 배와 대머리, 회초리처럼 가느다랗고 근육 없는 양팔을 가진 콜로소프의 벌거벗은 모습을 그 옆에 나란히 세워보았다. 실크와 벨벳에 감싸인 소피야 바실리예브나의 어깨가 실제로는 어떤 모습일지 막연히 그려보다가 상상만으로도 너무 소름이 끼쳐 얼른 망상을 떨쳐버리려 애썼다.

소피야 바실리예브나가 그를 위아래로 훑어보았다.

"그런데 미시가 당신을 기다리고 있잖아요." 그녀가 말했다. "그애한테 가봐요. 그애가 슈만의 새로운 곡을 당신에게 연주해주고 싶다고 했는데…… 아주 흥미로운 곡이에요."

'그녀는 어떤 곡도 연주하고 싶어하지 않았어. 어째서 계속 거짓말을 하는 걸까.' 네흘류도프는 자리에서 일어나 반지로 뒤덮인 창백하고 앙상한 소피야 바실리예브나의 한쪽 손을 쥐며 생각했다.

응접실에서는 카테리나 알렉세예브나가 그를 맞으며 말을 걸었다.

"당신이 배심원 직무를 아주 힘들어하고 계시다는 말을 들었어요." 그녀가 언제나처럼 프랑스어로 말했다.

"그렇습니다, 죄송하지만 오늘 나는 기분이 좋지 않습니다. 나에게 다른 사람까지 우울하게 할 권리가 있는 것도 아니라서요." 네흘류도프가 말했다.

"왜 기분이 안 좋으신데요?"

"이유는 묻지 말아주십시오." 그가 모자를 찾으며 대답했다.

"기억하실지 모르겠지만, 당신은 언제나 우리에게 진실을 말해야 한다고 하셨잖아요, 그때 우리 모두에게 꽤 잔인한 진실을 말씀하셨고요. 그런데 왜 지금은 말씀하지 않으려고 하시죠? 기억하지, 미시?" 카테리나 알렉세예브나가 그들에게 다가온 미시를 돌아보며 말했다.

"그건 장난이었으니까요." 네흘류도프가 진지하게 대답했다. "장난으로는 무슨 말이나 할 수 있죠. 하지만 현실에서 우리는 너무나 추악해서, 아니 나는 너무나 추악해서 최소한의 진실도 말할 수 없습니다."

"변명은 하지 마시고 그보다 우리가 왜 그렇게 추악한지 말씀해주세요." 카테리나 알렉세예브나는 네흘류도프의 진지함을 알아채지 못한 듯 말장난을 하며 대꾸했다.

"기분이 좋지 않다고 스스로 인정하는 것만큼 나쁜 것도 없어요." 미시가 말했다. "난 그런 건 절대 스스로 인정하지 않아요, 그래서 언제나 기분이 좋죠. 자, 내 방으로 가요. 우리가 당신의 *나쁜 기분*을 쫓아버리도록 노력할게요."

네흘류도프는 마부가 말에게 재갈을 물리고 마차에 채우며 쓰다듬어줄 때 말이 느낄 법한 기분을 느꼈다. 하지만 오늘 그는 어느 때보다도 더 마차를 끄는 것이 불쾌했다. 그는 집에 가야 한다고 양해를 구하고 작별인사를 했다. 미시는 평소보다 더 오랫동안 그의 손을 잡았다.

"당신에게 소중한 건 당신 친구들에게도 소중하다는 걸 잊지 말아줘요." 그녀가 말했다. "내일 오실 거죠?"

"글쎄요." 네흘류도프가 대답했다. 그리고 자기 때문인지 그녀 때문인지 모를 부끄러움을 느끼고 얼굴을 붉히며 서둘러 나갔다.

"대체 무슨 일이지? *아무래도 마음에 걸려*." 네흘류도프가 떠나자 카테리나 알렉세예브나가 말했다. "꼭 알아내야겠어. 뭔가 *자존심에 관련된 일일 거야. 예민한 사람이니까, 우리 소중한 미탸**는."

---

* 드미트리의 애칭.

'*그보다는 추잡한 연애에 관련된 일일걸.*' 미시는 네흘류도프를 보던 때와는 전혀 다르게 불이 꺼진 듯 생기 없는 얼굴로 앞을 바라보며 하고 싶었던 이 말을 삼켰다. 그리고 이 상스러운 말장난을 카테리나 알렉세예브나에게 하지 못하고 그저 이렇게 말했다.

"좋은 날도 있고 나쁜 날도 있는 거죠."

'*설마 그이도 남을 속일까?*' 그녀는 생각했다. '*일이 이렇게까지 된 마당에 그런다면 아주 나쁜 사람이지.*'

'일이 이렇게까지 된 마당에'라는 말이 무슨 뜻인지 설명해야 한다면 미시도 분명하게 말할 순 없겠지만, 그녀는 그가 자기 가슴에 희망을 불어넣었을 뿐만 아니라 장래를 약속한 것이나 다름없다는 것을 분명히 알고 있었다. 분명한 말이 아니라 시선과 미소, 암시, 침묵을 통해서였다. 그렇더라도 그를 이미 자기 것으로 믿는 그녀에게 그를 잃는다는 건 더없이 괴로운 일이었다.

28

'부끄럽고 역겹다, 역겹고 부끄럽다.' 네흘류도프는 익숙한 거리를 따라 집으로 걸어가며 생각했다. 미시와 대화할 때 느낀 괴로운 감정이 사라지질 않았다. 이렇게 말해도 좋다면, 자신은 공식적으로 그녀에 대해 떳떳하다고 생각했다. 그는 그녀에게 자신이 속박당할 만한 어떤 말도 한 적 없고 청혼한 적도 없지만 사실 자신과 그녀를 연결시켰고, 그녀에게 약속을 했다고 느끼고 있었다. 그런데 오늘 그는 그녀와 결혼할 수 없다는 것을 온 존재로 느꼈다. '부끄럽고 역겹다, 역겹고 부끄럽다.' 그는 미시와의 관계뿐만 아니라 모든 것에 대해 이렇게 되풀이했다. '모든 것이 역겹고 부끄럽다.' 그는 자기 집 현관 계단을 올라가며 속으로 되뇌었다.

"저녁은 먹지 않을 겁니다." 그가 식당으로 뒤따라 들어온 코르네이에게 말했다. 식당에는 식기와 차가 준비되어 있었다. "물러가요."

"알겠습니다." 코르네이는 이렇게 말했지만 떠나지 않고 식탁을 치우기 시작했다. 그런 코르네이를 보고 있자니 네흘류도프는 짜증이 났다. 자기를 그냥 내버려두면 좋겠는데 모두가 일부러 심술궂게 달라붙는 것만 같았다. 코르네이가 식기를 들고 나가자 네흘류도프는 차를 따르기 위해 사모바르 쪽으로 갔으나 아그라페나 페트로브나의 발소리가 들렸고 그는 마주치고 싶지 않아 얼른 응접실로 들어가 문을 닫았다. 이곳, 이 응접실은 석 달 전 어머니가 숨을 거둔 곳이었다. 아버지의 초상화와 어머니의 초상화 옆에 각각 놓인, 반사경이 달린 두 개의 램프가 켜진 이 방에 들어오자, 그는 임종을 앞둔 어머니를 대하던 자신의 태도가 떠올랐다. 부자연스럽고 혐오스러운 태도였다. 또다시 부끄럽고 역겨웠다. 투병중이던 어머니가 마지막에 이르렀을 때 진심으로 그녀의 죽음을 바라던 자신이 머릿속에 떠올랐다. 어머니가 고통에서 벗어나길 바라기 때문이라고 스스로에게 말했지만, 실은 자신이 어머니의 고통을 보는 고역에서 벗어나기 위해 그녀의 죽음을 바랐던 것이다.

어머니에 대한 좋은 추억이 떠오르길 바라면서 그는 어느 유명한 화가가 5천 루블을 받고 그린 그녀의 초상화를 잠깐 바라보았다. 그림 속

어머니는 가슴 부분이 깊게 파인 검은 벨벳 드레스를 입고 있었다. 화가는 그녀의 가슴과 가슴골, 목과 어깨를 눈부시고 아름답게 특히 공들여 그린 것이 분명했다. 너무나 부끄럽고 역겨웠다. 반라의 미녀로 그려진 어머니의 모습에는 어딘가 혐오스럽고 모욕적인 데가 있었다. 석 달 전 바로 이 방에서 어머니가 미라처럼 쪼그라든 채 방안뿐 아니라 집안 전체를 무엇으로도 지울 수 없는 극심한 악취로 가득 채우며 누워 있었던 것을 생각하니 더욱 혐오스러웠다. 지금도 그 악취가 나는 듯했다. 또 그는 임종 전날 그녀가 뼈가 앙상하고 거무죽죽해진 손으로 그의 하얗고 힘있는 손을 잡고 눈을 바라보며 했던 말을 떠올렸다. "미탸, 설령 내가 무슨 잘못을 저질렀더라도 원망하지 말아주렴." 고통으로 움푹 팬 그 눈에 눈물이 글썽거렸다. '아 정말 역겹구나!' 그는 대리석처럼 매끄러운 어깨와 팔을 드러내고 당당하게 미소 짓는 반라의 여인을 흘깃 보고 다시 속으로 중얼거렸다. 초상화 속 여인이 드러낸 가슴을 보자 얼마 전에 본, 그녀처럼 맨살을 훤히 드러내고 있던 여자가 떠올랐다. 무도회에 가기 전 드레스 차림을 보여준다며 저녁에 그를 자기 방으로 불러들일 구실을 꾸며낸 미시였다. 그는 혐오감을 느끼며 그녀의 아름다운 어깨와 팔을 떠올렸다. 그리고 잔인한 과거가 있는, 난폭하고 동물적인 그 아버지, 재녀bel esprit라는 의심스러운 명성이 따라다니던 그 어머니. 모든 것이 혐오스러운 동시에 부끄러웠다. 부끄럽고 역겨웠고, 역겹고 부끄러웠다.

'아니, 아니다,' 그는 생각했다. '벗어나야 한다, 코르차긴가 사람들, 마리야 바실리예브나, 유산 상속과 그 밖에 모든 것과의 거짓된 관계…… 그래, 자유롭게 숨쉬고 싶다. 외국으로—로마로 가서 그림 공부를 하자……' 그는 자신의 재능에 대해 느꼈던 의구심을 떠올렸다. '뭐 상관없다, 자유롭게 숨쉴 수만 있다면. 처음에는 콘스탄티노플로, 그리고 로마로 가자, 조금이라도 빨리 배심원 직무에서 벗어나기만 하면 된다. 그리고 그 문제는 변호사와 처리하자.'

그때 갑자기 사시에 까만 눈동자의 여자 죄수가 그의 머릿속에 더없이 생생하게 떠올랐다. 피고들의 최후진술 때 울음을 터뜨리던 그녀의 모습! 그는 재빨리 그녀를 머릿속에서 지우면서 다 피운 담배를 재떨이에 비벼 끄고 또 한 개비에 불을 붙여 물고는 방안을 서성거리기 시작했다. 그러자 그녀와 함께했던 순간들이 차례로 뇌리에 되살아났다. 그와 그녀의 마지막 만남, 그때 그를 지배했던 동물적 욕망, 그 욕망이 충족된 뒤 찾아왔던 환멸이 떠올랐다. 하늘색 리본이 달린 흰옷이, 새벽 예배가 떠올랐다. '정말 그녀를 사랑했다. 그날 밤 나는 진정으로 아름답고 순수한 마음으로 사랑했다. 고모들 집에서 지내며 논문을 쓰던 그때도 이미 그녀를 사랑하고 있었다!' 그때의 자신을 떠올려보았다. 그 생기로움과 젊음, 삶의 충만함이 거세게 밀려와 그는 견딜 수 없이 슬퍼졌다.

그때의 그와 지금의 그 사이에는 커다란 차이가 있었다. 그날 교회에 있었던 카튜샤와 오늘 아침 그들이 재판했던, 상인의 술 시중을 했던 매춘부 사이의 차이만큼 컸다. 그때 그는 활발하고 자유로운 인간, 앞날에 무한한 가능성이 펼쳐진 인간이었지만, 지금 그는 어리석고 공허하고 목적도 없는 하찮은 삶의 그물에, 빠져나갈 출구 하나 보이지 않는 그물에 사방으로 갇힌 인간이었고, 굳이 빠져나갈 마음도 없었다. 그는 과거에 자신이 솔직함을 자랑으로 여겼던 것을, 언제나 진실만 말하기로 결심했고 또 실제로 진실했던 것을, 그러나 지금은 온통 허위에, 그것도 주변 모두가 진실이라고 받아들이는 가장 무서운 허위에 갇히게 되었음을 생각했다. 허위에서 빠져나갈 길은 없었고, 적어도 그에게는 그 길이 보이지 않았다. 그는 허위에 더럽혀졌고, 허위에 길들여졌고 허위 속에서 안주하고 있었다.

마리야 바실리예브나와의 관계를 끊고, 또 그녀의 남편과도 관계를 끊고 그 자식들의 눈을 부끄럽지 않게 바라볼 수 있으려면 무엇을 어떻게 해야 하는가? 어떻게 거짓 없이 미시와의 관계를 풀 것인가? 토지 사유의 불법성을 인정하는 것과 어머니의 유산을 소유하는 것 사이의 모순에서 어떻게 빠져나올 것인가? 카튜샤에게 지은 죄를 어떻게 보상할 것인가? 그냥 그대로 내버려둘 수는 없다. '내가 사랑했던 여자를 버릴 수도 없고, 변호사에게 돈을 치러 그녀를 억울한 징역살이에서 구해주는 것으로 만족할 수도 없고, 그때 그녀에게 돈을 줬으니 내 할일을 다 했다고 생각했던 것처럼 돈으로 속죄할 수도 없다.'

복도에서 그녀를 따라잡아 억지로 돈을 쥐여주고 달아났던 순간이 생생하게 떠올랐다. '아, 그 돈!' 그는 그때와 마찬가지로 혐오와 공포를 느끼며 회상했다. "아아! 얼마나 비열했는가!" 그때처럼 그는 소리 내어 말했다. "그런 짓을 할 수 있는 건 무뢰배와 악한뿐이다! 그러니까 내가, 내가 바로 그런 무뢰배, 그런 악한이다!" 그는 소리 내어 말했다. "그렇다면 정말로," 그는 걸음을 멈췄다. "그래 내가 진정, 진정 내가 그런 무뢰배란 말인가? 아니면 대체 무엇인가?" 그는 스스로에게 대답했다. "오직 그뿐인가?" 그는 스스로 묻고 대답했다. "마리야 바실리예브나와 그녀의 남편에 대한 나의 태도는 역겹고 저열하지 않은가? 재산에 대한 태도는? 어머니의 돈이라는 명분 아래 불법적이라 생각하는 부를 누리는 것은? 나의 그 빈들거리는 저열한 생활. 그러나 그중에서도 가장 저열한 것은 카튜샤에게 저지른 짓이다. 무뢰배, 악한! 그들(세상 사람들)이야 마음대로 판단하라지. 그들을 속일 수는 있지만 나 자신을 속일 수는 없다."

갑자기 그는 요즘 들어 사람들에게 느꼈던 혐오가, 특히 오늘 노공작과 소피야 바실리예브나와 미시와 코르네이에게 느꼈던 혐오가 사실은 자기 자신에 대한 혐오였음을 깨달았다. 그런데 놀랍게도 자신의 저열함을 인정하는 가슴속에는 고통스럽기는 하나 평안을 주는 뭔가가 있었다.

네흘류도프의 삶에는 그가 스스로 '마음의 정화'라고 부르는 일이 이미 몇 번 있었다. 마음의 정화란 때로 꽤 오랜 시간이 흐른 뒤 불쑥 내면의 삶이 천천히 흘러가며 정체하는 것을 자각하고 마음속에 쌓여 정체의 원인이 된 쓰레기를 제거하려고 움직이는 정신의 상태였다.

그러한 각성 뒤에는 언제나 자신을 위한 규칙을 세워 부단히 따르려 했고, 그래서 그는 일기를 썼고, 앞으로 결코 바꾸지 않겠다고 결심하며 새로운 생활을 시작했다. 그것은 그가 스스로 일컫듯 *새로운 페이지*를 넘기는 일이었다. 그러나 그는 번번이 세상의 유혹에 사로잡혀 자각하지 못하는 사이에 전보다 더 낮은 데로 떨어지곤 했다.

그렇게 그는 몇 번이고 자신을 정화하며 일어서곤 했다. 처음으로 그런 각성이 일어난 것은 고모들 집에서 여름을 보내려고 방문했을 때였다. 가장 생기 있고 기쁨에 찬 각성이었다. 그리고 그 결과가 꽤 오랫동안 지속되었다. 그후 각성은 문관 자리를 내던지고 목숨을 바칠 각오로 전시의 군대에 발을 들였을 때였다. 하지만 그때는 너무나 빨리 쓰레기가 쌓였다. 그다음의 각성은 그가 퇴역하고 외국에 가서 그림 공부를 시작했을 때였다.

그후로 지금까지 오랫동안 정화 없이 시간이 흘렀기 때문에 그의 상태는 전례 없는 오염, 양심의 요구와 현재 생활 사이의 전례 없는 괴리에 이르렀고, 그 간극을 느끼자 소름이 돋았다.

그 간극이 너무 크고 오염이 너무 심각해서 처음에는 정화의 가능성에 대해 절망했다. '완성을 위해, 더 나은 인간이 되기 위해 번번이 노력했지만, 결국 아무 결과도 얻지 못했다.' 그의 마음속에서 유혹의 목소리가 말했다. '그런데 왜 또 시도하려 하는가? 너만 그런 것이 아니다. 누구나 마찬가지다. 인생이란 그런 것이다.' 그 목소리가 끊임없이 말했다. 그러나 유일하게 진실하고 힘있고 영원한, 자유로운 정신적 존재가 이미 네흘류도프의 마음속에서 깨어났다. 그는 그 존재를 믿지 않을 수 없었다. 지금까지의 그의 모습과 앞으로 되고자 하는 그의 모습의 차이가 아무리 클지라도 마음속에서 깨어난 정신적 존재에게는 모든 것이 가능해 보였다.

"어떤 대가를 치르더라도 나는 나를 얽매고 있는 이 허위를 부숴버리고, 모든 것을 인정하고 모두에게 진실을 말하며 진실만을 행할 것이다." 그는 결연히 소리 내어 자신에게 말했다. "미시에게 진실을 말하자, 나는 방탕한 인간이고, 그녀와 결혼할 수 없으며 공연히 그녀의 마음을 어지럽혔을 뿐이라고. 마리야 바실리예브나(귀족회장의 아내)에게도 말하자. 아니, 그녀에게는 할말이 없고 그 남편에게, 나는 무뢰배이고 그동안 그를 기만했다고 말하자. 유산도 진실을 인정하는 방향으로 처분하자. 그녀, 카튜샤에게는 내가 무뢰배이고 그녀에게 죄를 지었고, 앞으로 그녀의 운명을 가볍게 하기 위해 내가 할 수 있는 모든 일을 하겠다고 말하자. 그래, 그녀를 만나서 용서를 구하자. 그래, 아이처럼 용서해달라고 빌자." 그는 걸음을 멈췄다. "만약 필요하다면 그녀와 결혼도 하자!"

그는 걸음을 멈추고 어릴 때처럼 두 손을 가슴에 모으고 눈을 위로 향한 채 누군가에게 호소했다.

"주여, 저를 도와주소서, 저에게 가르침을 주소서, 제 마음속에 오시고 머무르시어 제 온갖 더러움을 씻어주소서."

그가 신에게 자신을 도와달라고, 마음속에 머무르며 더러움을 씻어달라고 간청하는 동안, 그의 기도가 이루어졌다. 그의 안에 살던 신이 그의 의식 속에서 눈을 뜬 것이다. 그는 자신을 신으로 느꼈고, 그래서 자유와 용기와 삶의 기쁨뿐 아니라 선의 힘까지 온전히 느꼈다. 그는 인간이 할 수 있는 최선의 일을 이제 자신이 모두 해낼 수 있을 것 같다고 느꼈다.

스스로에게 그렇게 말하는 동안 그의 눈에는 좋기도 하고 나쁘기도 한 눈물이 차올랐다. 좋은 눈물이란 몇 해 동안 그의 내면에서 잠자던 정신적 존재가 깨어난 것을 기뻐하는 눈물이었고, 나쁜 눈물이란 자기 자신과 자신의 선행에 대해 감격하는 눈물이었다.

더웠다. 그는 이중창에서 창 하나를 떼놓은 창가로 가 창문을 열었다. 창은 뜰 쪽으로 나 있었다. 고요하고 상쾌한 달밤이었고, 거리에서 수레바퀴 소리가 요란하게 울리더니 곧 너누룩해졌다. 창문 아래 깨끗이 빗질된 공터의 모래 위로 잎이 진 키 큰 포플러나무 가지 그림자들이 여러 갈래로 눕듯이 드리워져 있었다. 왼쪽에는 환한 달빛에 하얗게 드러난 헛간 지붕이 있었다. 앞쪽에는 나뭇가지들이 얽혀 있고 그 뒤로 담장의 검은 그림자가 보였다. 네흘류도프는 달빛이 비추는 뜰과 지붕, 포플러나무 그림자를 보며 싱그럽고 상쾌하고 신선한 밤공기를 들이마셨다.

'정말 좋다! 정말 좋다, 아, 정말 좋다!' 그는 마음속에 있는 것을 이렇게 표현했다.

29

마슬로바는 저녁 여섯시에야 겨우 감방으로 돌아왔다. 많이 걷는 데 익숙지 않은 발로 15베르스타의 돌길을 걷느라 지치고 아팠고, 예상치 못한 가혹한 판결 때문에 절망에 빠진데다 배까지 고팠다.

한 차례 휴정 때 수위들이 옆에서 빵과 삶은 달걀로 요기를 하자 그녀는 입안에 침이 고이고 허기가 졌지만 그들에게 구걸하는 건 굴욕이라 생각했다. 그후 세 시간이 더 지나자, 허기는 이미 사라졌고 기운만 없을 뿐이었다. 이 상태에서 그녀는 예기치 못한 선고를 들었다. 처음에는 잘못 들었다고 생각하며 방금 자신이 들은 말을 믿지 않았고, 징역수라는 개념과 자신을 결부할 수 없었다. 하지만 재판관들과 이 선고를 너무나 당연하게 받아들이는 배심원들의 침착하고 사무적인 얼굴을 보자 분노가 차올라 온 법정이 울리도록 자신은 무죄라고 외쳤다. 그러나 그 외침까지도 당연하고 예상되었던 것으로, 상황을 바꾸지 못할 것으로 받아들여지는 것을 보고는 자신에게 닥친 잔인한 불의, 매우 놀랍기까지 한 불의에 굴복할 수밖에 없다고 절감하며 울음을 터뜨렸다. 그녀는 자신에게 이토록 잔인한 판결을 내린 자들이 남자들, 그것도 늙은 남자가 아니라 젊은 남자들, 그녀를 언제나 다정한 눈으로 바라보았던 남자들이라는 데 특히 놀랐다. 그중 단 한 사람, 검사보만 그녀를 전혀 다른 눈으로 보았다. 그녀는 재판을 기다리며 피고실에 앉아 있을 때도, 휴정 시간 때도, 그 남자들이 그저 그녀를 보기 위해 마치 볼일이 있는 척 문 앞을 지나가거나 방안으로 들어오는 것을 보았다. 그런데 바로 그들이 아무 죄도 없는 그녀에게 별안간 징역형을 선고한 것이다. 그녀는 처음에 울음을 터뜨렸으나 이내 울음을 그치고 호송을 기다리면서 완전히 멍한 상태로 피고실에 앉아 있었다. 그 순간 그녀가 바라는 것은 오직 담배뿐이었다. 그녀가 그런 상태로 있을 때, 선고를 받은 보치코바와 카르틴킨이 같은 방으로 끌려들어왔다. 보치코바는 마슬로바에게 곧바로 달려들어 징역수라고 부르며 욕하기 시작했다.

"그래, 바라는 대로 됐냐? 정신이 들어? 절대 빠져나가지 못할 거다, 이 더러운 갈보야! 자업자득이지. 징역살이를 하면 이젠 몸치장도 못할걸."

마슬로바는 두 손을 죄수복 소매 속에 집어넣고 고개를 숙인 채 그저 두어 걸음 앞의 마룻바닥을 응시하며 이렇게 말할 뿐이었다.

"나도 건드리지 않을 테니 당신들도 날 내버려둬요. 나는 당신들을 건드리지 않잖아요." 그녀는 몇 번 되풀이한 뒤 완전히 입을 다물어버렸다. 카르틴킨과 보치코바가 끌려나가고 수위가 들어와 3루블을 건넸을 때에야 비로소 그녀는 어느 정도 기운을 차렸다.

"네가 마슬로바냐?" 수위가 물었다. "자, 이거, 어느 부인이 네게 보내셨다." 그가 그녀에게 돈을 내밀며 말했다.

"어떤 부인이요?"

"받기나 해. 너희 같은 거랑 말 섞을 시간 없어."

유곽 여주인 키타예바가 보낸 돈이었다. 법원을 나서기 전 그녀는 집행관을 붙들고 마슬로바에게 돈을 전해줄 수 있는지 물었다. 그는 가능하다고 대답했다. 허락을 받자 그녀는 통통한 흰 손에 꼈던 단추가 세 개 달린 사슴가죽 장갑을 벗고, 실크스커트 뒤쪽 주름 사이에서 요즘 유행하는 디자인의 지갑을 꺼내, 유곽에서 벌어들인 유가증권에서 막 떼어낸 꽤 많은 이자권들 중 2루블 50코페이카짜리 한 장에 20코페이카 은화 두 닢과 10코페이카 은화 한 닢을 보태 집행관에게 건넸다. 집행관은 수위를 불러 차입인이 보는 앞에서 그것을 넘겼다.

"제대로 꼭 전해주세요." 카롤리나 알베르토브나가 수위에게 말했다.

수위는 그녀가 못미더워하는 데 화가 나 마슬로바를 퉁명하게 대한 것이었다.

마슬로바는 돈을 받고 기뻐했는데 지금 자신이 바라는 유일한 것을 구할 수 있게 되어서였다.

'담배를 구해서 한 모금이라도 피울 수 있다면.' 이렇게 생각하자 그녀의 머릿속은 온통 담배를 피우고 싶은 욕구에 집중되었다. 그녀는 담배 생각이 너무 간절한 나머지 다른 방문들에서 복도로 담배냄새가 흘러나오자 공기를 탐욕스럽게 들이마셨다. 하지만 피고들을 호송해야 할 서기가 그들을 잊고 한 변호사와 대화하다 심지어 금지 처분된 논문에 관해 논쟁까지 하는 바람에 다시 한참을 기다려야 했다. 몇몇 젊은이와 노인들이 재판 뒤에도 그녀를 한번 더 보기 위해 서로 속닥거리며 방안을 들여다보았다. 그러나 이제 그녀는 그들을 의식하지도 못했다.

결국 네시가 지나서야 호송 허가가 났고 니즈니노브고로드 출신 호송병과 추바시인 호송병이 그녀를 법원 뒷문으로 데리고 나갔다. 법원 현관 복도에서 그녀는 그들에게 20코페이카를 건네며 칼라치* 두 개와 담배를 사다달라고 부탁했고, 추바시인 호송병이 웃으며 돈을 받고 "좋아, 사다주지" 하고 말했다. 그는 속이지 않고 담배와 흰 빵을 사다주고 거스름돈까지 건넸다. 도중에 담배를 피울 순 없었으므로 마슬로바는 여전히 흡연 욕구를 해소하지 못한 채 교도소로 돌아왔다. 그녀가 정문에 이르렀을 때, 기차로 호송된 죄수가 백 명쯤 들어왔다. 그녀는 통로에서 그들과 마주쳤다.

수염을 기른 사람과 깎은 사람, 늙은 사람, 젊은 사람, 러시아인, 이민족인, 머리털 반이 깎인 사람 등 족쇄를 요란하게 잘깍거리며 먼지, 발소리, 말소리, 시큼한 땀냄새로 현관을 채우고 있었다. 죄수들은 마슬로바 곁을 지나면서 하나같이 그녀를 탐욕스럽게 훑어보았고, 그중 몇몇은 욕정에 일그러진 얼굴로 다가가 그녀를 만졌다.

"어이, 아가씨, 예쁜데!" 한 사람이 말했다. "아주머니, 안녕." 다른 사람이 한쪽 눈을 찡긋하며 말했다. 뒷머리를 파랗게 밀고 턱수염은 깎고 콧수염은 기른 얼굴이 가무잡잡한 남자가 꼬인 족쇄를 잘깍거리며 달려들어 그녀를 껴안았다.

---

* 발효 반죽을 꼬아 고리 모양으로 구운 흰 빵.

"옛친구도 몰라보나? 얌전한 척하지 마!" 그녀가 떠밀자 그는 이를 드러내고 눈을 번득이며 외쳤다.

"이 자식, 뭔 짓이야!" 뒤에서 다가온 부소장이 소리쳤다.

죄수가 몸을 움츠리고 재빨리 물러섰다. 부소장은 마슬로바도 다그쳤다.

"너는 왜 여기 있어?"

마슬로바는 법원에서 이제 막 호송되었다고 말하고 싶었지만 너무 지쳐 입을 열기도 귀찮았다.

"법원에서 돌아오는 길입니다, 부소장님." 고참 호송병이 지나가던 사람들 뒤에서 나와 모자챙에 손을 가져다 붙이며 말했다.

"그럼 빨리 간수장에게 넘겨. 이게 무슨 짓거리야!"

"알겠습니다, 부소장님."

"소콜로프! 인계해!" 부소장이 외쳤다.

간수장이 다가와서 화난 듯 마슬로바의 어깨를 툭 치고 턱으로 가리키며 그녀를 여성 사동 복도로 데려갔다. 복도에서 간수가 그녀의 몸을 샅샅이 수색하고 아무것도 나오지 않자(담뱃갑은 흰 빵 속에 쑤셔넣었다) 아침에 떠난 그 감방으로 떠밀었다.

30

마슬로바가 수감된 감방은 길이 9아르신에 너비 7아르신의 길쭉한 방으로, 창문이 두 개이고, 칠이 벗어진 페치카*가 벽에서 툭 튀어나와 있고 바싹 말라 갈라진 널빤지 침상이 공간의 3분의 1을 차지했다. 문을 마주보는 한가운데에는 초가 붙어 있는 어두운색 성상화가 걸렸고 그 밑에는 먼지투성이 밀짚꽃 다발이 걸려 있었다. 문 뒤 왼편에 바닥이 시꺼메진 곳에는 악취 나는 나무변기가 놓여 있었다. 막 점호가 끝났으니 여자들은 이제 아침까지 갇히게 되었다.

이 감방에는 여자 열둘에 아이 셋까지 모두 열다섯 명이 있었다.

아직은 날이 꽤 밝아서 두 여자만 죄수복 가운을 뒤집어쓰고 널빤지 침상에 누워 있었다. 한 사람은 신분증을 소지하지 않아 구금된 머리가 모자란 여자로 거의 잠만 잤고, 또 한 사람은 절도죄로 들어와 형기가 곧 끝나는 폐병 환자였다. 이 여자는 자고 있진 않았는데, 죄수복을 말아 베개처럼 베고는 목구멍을 간질이며 차오르는 가래와 기침을 참으며 눈을 크게 뜬 채 누워 있었다. 나머지 여자들은 모두 머릿수건을 하지 않은 맨머리에 거친 아마포 속옷 차림이었고, 몇몇은 널빤지 침상에 앉아 바느질을 하고, 또 몇몇은 창가에 서서 마당을 지나가는 남자 죄수들을 바라보고 있었다. 바느질하는 세 여자 중 한 사람은 마슬로바를 배웅해주었던 노파 코라블료바였다. 침울한 듯 잔뜩 찡그린 노파는 주름투성이 얼굴에 턱살이 주머니처럼 축 늘어지고, 키가 크고, 힘이 세고, 관자놀이 쪽이 허옇게 센 금발을 짧게 땋았고, 한쪽 뺨에는 털이 난 사마귀가 있었다. 노파는 남편을 도끼로 살해한 죄로 징역형을 선고받았다. 남편을 죽인 이유는 그녀가 데려온 딸에게 그가 손을 댔기 때문이었다. 그녀가 이 감방의 대장이었고, 술도 팔았다. 노파는 안경을 쓴

---

* 벽에 돌이나 벽돌 등을 붙여 만든 난로.

채 노동에 익숙해 보이는 커다란 손으로 농부들이 하듯 세 손가락으로 바늘을 쥐고 바늘 끝을 자기 앞쪽으로 향한 채 바느질을 하고 있었다. 그 옆에서 얼굴이 가무잡잡하고 키가 작고 납작코에 작고 까만 눈을 가진, 착해 보이는 수다스러운 여자가 범포를 꿰매고 있었다. 이 여자는 철도 건널목지기였는데, 기차가 도착할 때 깃발을 들고 나가지 않아 사고가 일어나자 석 달 금고형을 선고받았다. 바느질하는 세번째 여자는 여자 죄수들 사이에서 페니치카라고 불리는 페도시아였다. 흰 피부와 발그레한 뺨, 아이같이 맑은 하늘색 눈동자, 금발을 두 갈래로 땋아 작은 머리에 감은 아주 젊고 사랑스러운 여자였다. 그녀는 남편을 독살하려 한 죄로 수감되었다. 고작 열여섯 살에 강제로 결혼했는데 얼마 지나지 않아 남편을 독살하려 했던 것이다. 그런데 보석금을 내고 풀려나 재판을 기다리던 여덟 달 동안 남편과 화해하고 그를 깊이 사랑하게 되어 재판이 시작됐을 무렵에는 그와 떨어질 수 없는 사이가 되었다. 남편과 시아버지, 특히 그녀를 무척 아끼던 시어머니가 재판에서 무죄 방면을 받아내기 위해 무진 애를 썼지만 결국 시베리아 유형을 선고받고 말았다. 착하고 쾌활한데다 언제나 싱글벙글 웃는 페도시야는 마슬로바 바로 옆 침상을 썼고, 마슬로바를 좋아했을 뿐만 아니라 그녀를 보살피고 시중드는 것을 마치 의무처럼 여겼다. 그 외에도 두 여자가 아무것도 하지 않고 침상에 앉아 있었는데 그중 한 여자는 마흔 살쯤 됐고 한때 대단한 미인이었을 것 같지만 지금은 얼굴이 여위고 창백했다. 그녀는 갓난아이를 품에 안고 축 처진 하얀 가슴을 드러낸 채 젖을 물리고 있었다. 그녀가 살던 마을에서 어느 젊은이가 신병으로 징집되자 마을 사람들이 부당하다고 항의하며 경관을 저지하여 젊은이를 빼돌렸고, 그녀는 이 일에 가담한 죄로 징역을 살게 되었다. 부당하게 징집당한 젊은이의 숙모인 그녀가 신병을 태운 말의 고삐를 가장 먼저 잡아챘던 것이다. 아무것도 하지 않고 널빤지 침상에 앉아 있는 또 한 사람은 키가 작고 등이 굽고 주름투성이 얼굴에 선량해 보이는 백발의 노파였다. 이 노파는 페치카 옆 널빤지 침상에 앉아, 앞에서 깔깔거리며 뛰어다니는 까까머리에 배가 볼록 나온 네 살짜리 남자아이를 붙잡는 시늉을 하고 있었다. 속옷 바람의 남자아이는 뛰어다니면서 "거봐, 못 잡겠지!" 하고 계속 되풀이했다. 아들과 함께 방화죄로 유죄판결을 받은 노파는 자기도 투옥됐으면서 아들만을 걱정했고, 그리고 무엇보다도 며느리가 도망쳐버리고 집에 혼자 남게 된 영감이 깨끗하게 돌봐줄 사람이 없어서 이가 들끓지 않을까만 염려하며 더없이 온순하게 금고형을 견뎌내고 있었다.

이들 일곱 명 외에도 나머지 여자 넷이 활짝 열린 창문 앞에 서서 쇠창살을 붙잡고 아까 마슬로바가 마당을 지나 입구에서 마주쳤던 죄수들에게 뭔가 신호를 보내거나 큰 소리로 말을 주고받았다. 이중 절도죄로 복역중인 한 여자는 덩치가 크고 뚱뚱하고 축 처진 몸에 빨간 머리였는데, 누렇게 뜬 얼굴과 손에 주근깨가 가득하고 풀어 젖힌 옷깃 위로 굵은 목이 드러나 있었다. 그녀는 창밖을 향해 갈라지는 목소리로 상스러운 말을 크게 외쳐댔다. 그녀 옆에는 키가 열 살짜리 여자아이만하고 거무데데한 피부에 허리는 길고 다리는 무척 짧아 볼품없는 여자죄수가 서 있었다. 얼굴은 붉고 부스럼투성이에 검은 두 눈의 미간이 넓고 입술은 두껍고 인중이 짧아 하얀 뻐드렁니가 드러나 있었다. 그녀는 마당에서 일어나는 일을 보며 새된 목소리로 간간이 웃었다. 멋 부

리기를 좋아해서 예쁜이라고 불리는 이 여자는 절도죄와 방화죄로 재
판을 받고 있었다. 그들 뒤에는 아주 더러운 잿빛 속옷을 입고 바싹 야
위어 힘줄이 툭 불거지고 배가 불룩한 임산부가 처량한 표정으로 서
있었는데, 장물 은닉죄로 재판중이었다. 이 여자는 말없이 있었지만 마
당에서 일어나는 일에 마음이 끌리는 듯 보는 내내 싱글거렸다. 창가에
서 있는 네번째 여자는 밀주 거래로 복역중인 땅딸막하고 앙바틈한 촌
부인데, 눈이 많이 튀어나온 얼굴이 선량해 보였다. 이 여자는 노파와
놀고 있는 남자아이, 그리고 역시 돌봐줄 사람이 없어 감방에서 그녀와
함께 생활하는 일곱 살짜리 여자아이의 어머니로 다른 여자들과 마찬
가지로 창밖을 내다보고 있었지만, 손은 쉬지 않고 긴 양말을 뜨고 있
었고, 마당을 지나가는 남자 죄수들의 말소리에 눈을 감고 못마땅한 듯
얼굴을 찌푸렸다. 희끄무레한 머리털을 풀어헤친 일곱 살짜리 딸아이
는 속옷 바람으로 빨간 머리 여자 옆에 서서 작고 야윈 손으로 그녀의
치마를 움켜잡은 채 시선을 고정하고 여자 죄수들과 남자 죄수들이 주
거니 받거니 하는 욕지거리를 외우기라도 하려는 듯 주의깊게 들으며
작은 목소리로 되풀이했다. 열두번째 여자는 자기가 낳은 갓난아이를
우물에 빠뜨린, 하급사제의 딸이었다. 키가 크고 날씬한 이 여자는 굵
게 땋은 짧은 금발이 비죽비죽 뻗쳤고, 툭 튀어나온 두 눈으로 앞만 응
시하고 있었다. 더러운 속옷 차림인 그녀는 주변에서 무슨 일이 일어나
든 전혀 신경쓰지 않고 맨발로 감방의 빈 공간에서 벽까지 걸어갔다가
홱 돌아서기를 되풀이하며 왔다갔다했다.

31

찰카당 자물쇠 소리가 나고 마슬로바가 감방에 들어오자 모두 그녀를 돌아보았다. 하급사제의 딸까지도 한순간 걸음을 멈추고 눈썹을 치켜뜨며 쳐다보았지만 아무 말도 하지 않고 곧 다시 성큼성큼 걷기 시작했다. 코라블료바는 범포에 바늘을 꽂고 뭔가 묻는 듯이 안경 너머로 마슬로바를 돌아보았다.

"아이고! 돌아왔구나. 난 네가 석방될 거라 생각했는데." 그녀가 남자처럼 걸걸한 목소리로 나직이 말했다. "징역인가보구나."

그녀는 안경을 벗고 바느질감을 널빤지 침상 위에 놓았다.

"얘, 우린 방금도 아주머니하고 그 이야기를 하고 있었어. 어쩌면 그 자리에서 석방될지도 모른다고. 그런 일도 흔히 있다니까 말이야. 어떤 사람은 돈도 받는다던데, 운이 좋으면." 건널목지기 여자가 노래하는 듯한 목소리로 말하기 시작했다. "아, 그렇구나. 우리 짐작이 빗나간 게 틀림없어. 얘야, 주님의 뜻이 달리 있으신가보다." 그녀가 여전히 부드럽고 노래하는 듯한 목소리로 말했다.

"벌써 선고가 내려졌어?" 페도시야가 아이같이 맑은 하늘색 눈으로 마슬로바를 바라보며 동정어린 부드러운 목소리로 물었고, 젊고 쾌활한 그녀 얼굴이 금방이라도 울음을 터뜨릴 것처럼 변했다.

마슬로바는 아무 대답도 하지 않고 코라블료바 옆, 끝에서 두번째인 자기 자리로 가 널빤지 침상에 걸터앉았다.

"아무것도 못 먹었겠다." 페도시야가 일어나 마슬로바에게 다가가며 말했다.

마슬로바는 대답하지 않고 흰 빵을 머리맡에 내려놓더니 옷을 벗기 시작했다. 먼지 앉은 죄수복을 벗고 곱슬곱슬한 머리에 맨 머릿수건을 풀고는 다시 침상에 앉았다.

널빤지 침상 다른 쪽 끝에서 남자아이와 놀던 등이 굽은 노파도 다가와 마슬로바 맞은편에서 발을 멈췄다.

"쯧, 쯧, 쯧!" 그녀가 안됐다는 듯이 고개를 저으며 혀를 찼다.

남자아이도 노파 뒤를 따라와 윗입술을 비쭉 내밀고는 마슬로바가 가져온 흰 빵을 쳐다보았다. 오늘 갖은 일을 겪은 마슬로바는 자신을 동정하는 얼굴들을 보자 울음이 터질 것 같아 입술이 떨렸다. 그녀는 눈물을 참으려 애썼고 노파와 남자아이가 다가왔을 때까지는 간신히 참아내고 있었다. 그러나 노파가 선한 얼굴로 안타까워하며 혀를 차는 소리가 들리고, 흰 빵에서 그녀에게로 진지하게 눈길을 옮긴 남자아이와 눈이 마주치자 더이상 참을 수 없었다. 그녀의 얼굴에 경련이 일었고, 마침내 흐느끼기 시작했다.

"내가 그랬잖아, 제대로 된 변호사에게 맡기라고." 코라블료바가 말했다. "어떻게 됐어, 유형이야?" 그녀가 물었다.

마슬로바는 대답하고 싶었지만 말이 나오지 않았고, 흐느끼면서도 흰 빵에서 담뱃갑을 꺼내 코라블료바에게 건네주었다. 담뱃갑에는 머리를 높게 틀어올리고 세모꼴로 가슴을 드러낸, 볼이 발그레한 귀부인이 그려져 있었다. 코라블료바는 그림을 힐끗 보고 마슬로바가 어리석게 돈을 쓴 것이 못마땅한 듯 고개를 저었다. 그리고 담배를 한 개비 뽑아 램프불에 붙여 한 모금 빨고 마슬로바의 입에 꽂아주었다. 마슬로바는 계속 울면서 굶주린 듯 담배를 빨아들이고 연기를 내뿜었다.

"징역이에요." 그녀가 흐느끼며 말했다.

"그자들은 하느님 두려운 줄 몰라, 기생충들, 저주스러운 흡혈귀 놈들." 코라블료바가 말했다. "아무 죄도 없는 여자에게 징역이라니."

그때 창가에 몰려 있던 여자들이 깔깔대며 웃었다. 여자아이도 따라 웃었고, 가늘고 아이다운 그 웃음소리가 다른 세 여자의 거칠고 날카로운 웃음소리와 섞였다. 밖에 있던 한 남자 죄수가 창문으로 내다보는 여자들을 웃기려고 뭔가 상스러운 짓을 한 모양이었다.

"아휴, 민대가리 수캐 같은 놈! 뭐하는 짓이냐." 빨간 머리 여자가 말하더니, 유들유들한 몸을 흔들면서 쇠창살에 얼굴을 꼭 붙이고는 뜻도 모를 저속한 말을 외쳐댔다.

"북 가죽 같은 년! 낄낄대는 꼴 좀 봐!" 코라블료바가 빨간 머리 여자를 가리켜 고개를 저으며 말하고는 또다시 마슬로바를 돌아보았다. "몇 년 받았어?"

"사 년." 마슬로바가 대답했고 두 눈에서 눈물이 주르르 흘러내리더니 담배 위로 한 방울 툭 떨어졌다.

마슬로바는 화를 내며 담배를 꾸깃꾸깃 뭉개 던져버리고 다시 한 개비 뽑았다.

건널목지기 여자는 담배도 안 피우면서 얼른 그 꽁초를 주워 반듯하게 펴며 계속 지껄였다.

"역시 그랬구나, 애야," 그녀가 말했다. "진실 같은 건 불깐 수퇘지가 씹어먹었나보지. 다들 제멋대로인 거야. 마트베예브나는 풀려날 거라고 했지만 난 아닐 것 같았어, 그래, 아무래도 낌새가 이상해서 불쌍한 애 신세를 망쳐놓을 것 같다고 말했는데 그대로 됐잖아." 그녀가 자기 목소리의 울림을 흐뭇하게 들으며 말을 이었다.

남자 죄수들이 마당을 지나 사라지자 그들과 시시덕거리던 여자들도 창문에서 물러나 마슬로바에게 다가왔다. 맨 먼저 온 사람은 밀주를 팔다 딸과 함께 감방에 들어온 눈이 튀어나온 여자였다.

"어째서 그런 중형을 내렸을까?" 그녀가 마슬로바 곁에 앉아 빠른 손놀림으로 양말을 계속 뜨며 말했다.

"어째서긴, 돈이 없으니까 중형을 받는 거지. 돈이 있어서 좋은 변호사를 썼더라면 풀려났을 거야." 코라블료바가 말했다. "거 있잖아, 털북숭이 코주부, 그 사람이 맡았으면 물에 빠진 사람도 바짝 말려서 끌어냈을 거야. 그 사람에게 맡겼어야 했는데."

"나도 그 사람에게 의뢰해봤어요," 옆에 앉아 있던 예쁜이가 이를 드러내며 말했다. "그 사람은 천 루블 아래로는 거들떠보지도 않아요."

"글쎄, 이게 네 팔자인지도 모르지." 방화죄로 복역중인 노파가 끼어들었다. "팔자 기구하긴 나도 마찬가지야. 자식 놈은 마누라를 빼앗긴 데다 이가 바글대는 감방에 처박혀 있고, 다 늙은 나까지 여기 들어왔으니까." 그녀의 백번째 신세 한탄이었다. "감옥 아니면 거지 신세에서 벗어날 수 없는 팔자라서 그런가. 거지 신세를 피했더니 이렇게 감옥에 있잖아."

"그자들은 다 그런가봐." 밀주 장수 여자는 이렇게 말하며 여자아이의 머리를 보더니 뜨던 양말을 내려놓고 여자아이를 다리 사이로 끌어당겨 끼우고는 부지런히 손을 놀려 머리에서 이를 찾았다. "'왜 밀주를 팔았지?' 하고 모두가 묻지만, 안 그러면 자식들을 어떻게 먹여 살리란 말이야?" 그녀가 손에 익은 일을 계속하며 말했다.

밀주 장수 여자의 말을 듣자 마슬로바는 술 생각이 났다.

"한잔했으면." 그녀가 속옷 소맷자락으로 눈물을 닦고 이따금 훌쩍이면서 코라블료바에게 말했다.

"가미르카* 줄까? 그래, 줄게." 코라블료바가 말했다.

32

마슬로바는 흰 빵 속에서 이자권을 꺼내 코라블료바에게 건넸다. 코라블료바는 이것을 받고는 슬쩍 들여다보았고, 글을 읽을 줄은 모르지만 뭐든 잘 아는 예쁜이가 그 종잇조각이 2루블 50코페이카의 값어치가 있다고 하자, 그 말을 믿고는 감춰놓았던 술병을 꺼내기 위해 통풍구로 기어올랐다. 이 모습을 본 여자들이—마슬로바 양쪽 옆 침상 여자들을 제외하고—모두 자기 자리로 물러갔다. 그동안 마슬로바는 머릿수건과 죄수복의 먼지를 털고 널빤지 침상으로 올라가 흰 빵을 먹었다.

"내가 네 차를 남겨뒀는데, 다 식었을 거야." 페도시야가 각반으로 싼 양철 주전자와 컵을 선반에서 내리며 말했다.

다 식어버려 차보다 양철맛이 강했지만, 마슬로바는 차를 컵에 따라 흰 빵에 곁들여 마셨다.

"피나시카, 자." 그녀가 자기 입을 쳐다보는 남자아이를 큰 소리로 불

---

* '질 낮은 술'을 가리키는 은어.

러 흰 빵을 한 조각 떼어주었다.

그사이 코라블리하*가 술병과 컵을 건넸다. 마슬로바는 코라블료바
와 예쁜이에게도 술을 권했다. 이 세 여자는 돈도 좀 있는데다 각자가
가진 것을 서로 나누었기 때문에 감방에서 귀족과 같은 지위를 누렸다.

몇 분 후 마슬로바가 기운을 차리더니 검사보를 흉내내며 재판에 대
해, 법정에서 자신이 특히 놀란 일에 대해 활발하게 이야기했다. 그녀
는 법정에서 모두가 자신을 흡족한 눈으로 쳐다보았고, 피고실에 있을
때는 일부러 들어와 기웃거리기도 했다고 말했다.

"호송병도 그랬어, '다들 널 보려고 오는 거야'라고. 어떤 사람이 방
에 들어와 이런저런 서류가 어디 있냐고 물었지만, 사실 그 사람은 서
류가 필요한 게 아니었어, 나를 잡아 삼킬 것 같은 눈으로 봤거든." 그
녀가 어리둥절한 듯이 고개를 갸웃하고 웃으며 말했다. "모두 연기가
훌륭해."

"그야 빤한 거지 뭐," 건널목지기 여자가 맞장구쳤고, 이내 노래하는
듯한 목소리가 흘러나오기 시작했다. "설탕에 꼬이는 파리들 같다니까.
다른 것에는 안 그러면서 이런 것에는 달라붙거든. 그런 작자들은 밥은
굶어도……"

"여기서도 그랬어," 마슬로바가 가로막았다. "아까 내가 돌아올 때 기
차역에서 온 죄수 무리가 있었거든. 정말 피하지도 못하게 어찌나 달라
붙던지. 다행히 부소장이 쫓아줬어. 한 남자가 정말 끈질기게 달라붙었
는데 간신히 뿌리쳤어."

---

* 코라블료바의 애칭.

180

"어떻게 생겼는데?" 예쁜이가 물었다.

"가무잡잡하고, 콧수염이 있어."

"그 남자가 틀림없어."

"그 남자라니?"

"셰글로프. 방금 여기를 지나갔어."

"셰글로프가 대체 누군데?"

"셰글로프를 모른다니! 셰글로프는 징역을 살다가 두 번이나 도망쳤어. 지금은 잡혀와 있지만 또 도망칠걸. 간수들도 두려워할 정도지." 남자 죄수들에게 편지 전해주는 일을 하는 덕에 교도소에서 일어나는 일을 죄다 아는 예쁜이가 말했다. "틀림없이 또 도망칠 거야."

"도망치기야 할 테지만 우리를 데려가주진 않을 거 아냐." 코라블료바가 말했다. "그보다는, 그 말 좀 해봐," 그녀가 마슬로바를 돌아보며 말했다. "변호사는 항소에 대해 뭐라고 했어, 당장 해야 하지 않아?"

마슬로바는 아무것도 모른다고 대답했다.

그때 빨간 머리 여자가 주근깨투성이 두 손을 헝클어진 머리털 속에 쑤셔넣어 손톱으로 벅벅 긁으면서, 술을 마시는 귀족들에게 다가갔다.

"카테리나, 내가 다 알려줄게." 그녀가 말문을 열었다. "우선은, 판결에 동의할 수 없다고 써야 하고, 그걸 검사에게 제출해야 해."

"너 뭐하러 왔어?" 코라블료바가 성난 듯 낮은 목소리로 쏘아붙였다. "술냄새를 맡았구먼. 입 닥치시지. 네가 말하지 않아도 우리도 그 정도는 다 알아, 네 도움 따원 필요 없어."

"당신한테 말하는 게 아니잖아, 참견 말아요."

"술 생각이 나나보지? 그래서 온 거잖아."

"괜찮아요, 한잔 주지 뭐." 자기가 가진 것을 언제나 모두에게 나눠주는 마슬로바가 말했다.

"이런 년에게 줄 술이 어디 있다고……"

"아니, 뭐라고!" 빨간 머리가 코라블료바에게 다가들며 말했다. "당신 따윈 무섭지 않아."

"감옥에서 썩을 잡년!"

"누가 누구더러 그래."

"썩어 문드러질 년!"

"썩어 문드러질 년? 이 징역수, 살인자!" 빨간 머리가 외쳐댔다.

"썩 꺼져." 코라블료바가 음산하게 말했다.

하지만 빨간 머리는 더 바싹 다가들었고 코라블료바는 그녀의 드러난 기름진 가슴팍을 홱 떠밀었다. 빨간 머리는 그러기만을 기다렸다는 듯이 갑자기 재빠른 몸놀림으로 한 손으로는 코라블료바의 머리끄덩이를 옹골차게 틀어쥐고 다른 한 손으로는 얼굴을 치려 했지만 코라블료바가 그 손을 움켜쥐었다. 마슬로바와 예쁜이는 머리끄덩이를 틀어쥔 빨간 머리의 손을 잡아 떼어놓으려 애썼지만 좀처럼 손을 펼 수 없었다. 한순간 그녀가 손을 놓긴 했지만 다시 틀어쥐기 위해서였다. 코라블료바는 고개를 숙이면서 한쪽 손으로 빨간 머리의 몸을 때리고 팔을 깨물었다. 여자들은 싸움이 붙은 두 사람에게 몰려와 소리를 지르며 뜯어말렸다. 폐병을 앓는 여자까지 다가와 기침을 해가며 드잡이하는 여자들을 쳐다보았다. 어린아이들은 서로 껴안고 울었다. 시끄러운 소리에 여자 간수가 남자 간수를 데리고 들어왔다. 싸우던 두 사람은 떨어졌고, 코라블료바는 희끗희끗한 머리를 풀어헤치고 쥐어뜯긴 머리

뭉치를 골라내면서, 빨간 머리는 너덜너덜하게 찢긴 속옷 앞가슴을 여미면서 저마다 변명하고 하소연하느라 고함을 질러댔다.

"알 만하군, 다 술 때문이겠지. 내일 소장님한테 보고하겠어, 그러면 알아서 하시겠지. 술냄새가 진동하네." 여자 간수가 말했다. "명심해, 전부 치워, 말 듣는 게 좋을 거야. 지금 너희 잘잘못을 가리고 자시고 할 시간이 없어. 모두 제자리로 돌아가서 입 다물어."

그러나 그후에도 한참이나 소란스러웠다. 여자들은 한동안 여전히 욕을 하면서 왜 싸움이 시작됐고 누가 잘못했는지 옥신각신했다. 마침내 간수들이 나갔고, 여자들은 잠잠해지며 잠자리에 들었다. 노파는 성상화 앞에 서서 기도하기 시작했다.

"두 징역수 년이 붙어 있으니." 갑자기 갈라진 목소리로 빨간 머리가 널빤지 침상 한쪽 끝에서 한 마디 한 마디 괴괴할 만큼 벼린 듯한 욕설을 보태며 말하기 시작했다.

"조심해, 또 혼쭐내기 전에." 코라블료바도 곧장 똑같이 욕설을 섞어가며 대꾸했다. 그러고는 두 사람이 조용해졌다.

"말리지만 않았으면 눈깔을 파버렸을 텐데……" 다시 빨간 머리가 말했고, 그러자 코라블료바도 지체 없이 맞받아쳤다.

전보다 긴 침묵이 이어지다가 욕설이 다시 시작되었고, 그 간격이 차츰차츰 길어지다가 마침내 완전히 조용해졌다.

모두 누워 몇몇은 코를 골았지만, 늘 오래도록 기도하는 노파는 아직도 성상화 앞에서 절을 하고 있었고, 하급사제의 딸은 여자 간수가 떠나자마자 바로 일어나 또다시 감방 안을 왔다갔다했다.

마슬로바는 잠을 이루지 못한 채 자신이 징역수라는 생각에 줄곧 빠져 있었다. 벌써 두 번이나 그렇게 불렀다. 한 번은 보치코바에게, 또 한 번은 빨간 머리에게. 그러나 도저히 받아들일 수 없었다. 등을 돌리고 누워 있던 코라블료바가 돌아누웠다.

"정말 생각지도 못했어요, 짐작도 못했다고요." 마슬로바가 조용히 말했다. "다른 사람들은 무슨 짓을 해도 아무렇지 않던데, 나는 죄도 없이 고통을 겪어야 해요."

"절망하지 마라, 얘야. 시베리아도 사람 사는 데니까. 거기 간다고 세상이 끝나는 건 아니야." 코라블료바가 그녀를 달랬다.

"그건 알지만, 그래도 억울해요. 난 그런 데서 못 살아요, 편한 생활이 몸에 뱄단 말이에요."

"신의 뜻을 거스를 수는 없어," 코라블료바가 한숨지으며 말했다. "신의 뜻을 거스르지는 못해."

"알아요, 아주머니, 그래도 너무 힘들어요."

둘은 잠시 침묵했다.

"들려? 그 돼먹지 못한 년이야." 코라블료바가 침상 반대편에서 들려오는 이상야릇한 소리로 주의를 돌리며 마슬로바에게 말했다.

빨간 머리 여자가 소리 죽여 흐느끼는 소리였다. 빨간 머리 여자는 아까 자신이 욕을 먹고 얻어맞고 그토록 원하던 술도 얻어먹지 못한 것 때문에 울었다. 그리고 지금까지 사는 동안 욕지거리와 비웃음, 모욕, 매질 말고 좋은 일이라고는 조금도 없었다는 게 서러워서 울었다. 그녀는 직공 페디카 몰로둔코프와의 첫사랑을 떠올리며 자신을 위로해보려 했지만, 그 사랑을 떠올리자 어떻게 끝장났는지도 생각났다. 몰로둔코프는 취중에 장난삼아 그녀의 가장 민감한 곳에 유산염을 바르

고 고통에 몸부림치는 그녀를 바라보며 동료들과 낄낄거렸다. 그 기억
이 떠오르자 그녀는 새삼 자신이 가엾어져서, 아무도 듣지 않는다고 생
각해 끙끙거리고 훌쩍거리고 찝찔한 눈물을 삼키기도 하면서 아이처
럼 운 것이었다.

"가엾어요." 마슬로바가 말했다.

"물론 가엾지, 그래도 참견하진 마."

33

다음날 아침에 일어났을 때 네흘류도프가 느낀 첫 감정은 자신에게
어떤 변화가 일어났다는 것이었는데, 그게 무엇인지 알기도 전에 그는
이미 그것이 중요하고 좋은 일임을 깨달았다. '카튜샤, 재판.' 그렇다,
이제 거짓말은 멈추고 진실을 말해야 한다. 놀랍도록 절묘하게도 바로
이날 아침, 그가 오래전부터 기다렸고 그에게 지금 당장 절실한 그 편
지, 귀족회장의 아내 마리야 바실리예브나의 회신이 도착했다. 그녀는
그에게 완전한 자유를 주면서, 그가 하게 될 결혼이 행복하길 빈다고
썼다.

"결혼이라!" 그가 빈정거리듯 중얼거렸다. "지금 나에게 결혼은 까마
득한 일이야!"

그는 그녀의 남편에게 모든 사실을 고백하고 뉘우치며 어떤 죗값도
받아들이겠다던 어제의 각오를 떠올렸다. 그러나 오늘 아침이 되자 어
제만큼 쉽게 생각되지 않았다. '아무것도 모르는 사람에게 굳이 말을

꺼내 불행하게 만들 필요가 있을까? 그가 물어보면 그때 가서 말해도 된다. 그런데 일부러 찾아가서 말한다고? 아니다, 그럴 필요는 없다.'

미시에게 모든 사실을 털어놓는 것도 오늘 아침에 생각해보니 역시 어려운 일인 것 같았다. 이것도 일부러 말을 꺼내선 안 된다. 모욕이 될 지도 모른다. 세상의 모든 일이 그렇듯 어쩔 수 없이 모호한 채로 남겨 두어야 한다. 오늘 아침 그는 이 한 가지만은 확실히 결심했다. 이제부 터 그들의 집에 가지 말고, 혹시 물어보면 그때 진실을 말하자.

그러나 카튜샤와의 관계만큼은 어떤 것도 숨기지 않고 다 말해야 한다. '교도소에 가서 그녀에게 털어놓고 용서를 구하자. 그리고 만일 필요 하다면, 그래, 필요하다면 그녀와 결혼하리라.' 그는 생각했다.

정신적 만족을 위해 모든 것을 희생하고 그녀와 결혼하겠다는 생각 이 오늘 아침 유달리 그를 감동시켰다.

이렇게 활기차게 하루를 맞이한 것은 실로 오랜만이었다. 그는 방 에 들어온 아그라페나 페트로브나에게 미처 자신도 예상하지 못한 결 연한 태도로, 이제 이 집도, 시중도 필요하지 않다고 선언했다. 그가 이 처럼 크고 호화로운 집을 가지고 있는 것은 결혼을 위해서라는 암묵 적 동의가 있었기 때문이다. 따라서 이 집을 내놓겠다는 선언은 특별한 뜻을 지녔다. 아그라페나 페트로브나는 깜짝 놀라 그의 얼굴을 쳐다보 았다.

"아그라페나 페트로브나, 지금껏 여러모로 신경써줘서 정말 고맙게 생각하지만, 이제 나는 이렇게 큰 집과 많은 하인이 필요치 않아요. 나 를 돕고 싶다면 바라건대 세간을 처분하고 어머니가 살아 계셨을 때처 럼 당분간 물건들을 치워둬요. 나타샤가 오면 또 지시할 겁니다(나타샤는 네흘류도프의 손위 누이다).”

아그라페나 페트로브나는 고개를 저었다.

“어떻게 다 처분합니까? 다 필요한 것들인데요.” 그녀가 말했다.

“아니, 필요하지 않습니다, 아그라페나 페트로브나, 꼭 필요하진 않아요.” 네흘류도프는 고개를 저으며 의중을 드러내는 그녀에게 답했다. “그리고 코르네이에게는 내가 두 달 치 봉급을 선불하겠다고, 이제 나를 위해 일할 필요 없다고 전해줘요.”

“드미트리 이바노비치, 그러시면 안 됩니다.” 그녀가 말했다. “외국에 가신다 해도 거처는 필요할 테니까요.”

“그렇지 않아요, 아그라페나 페트로브나. 나는 외국에 가지 않아요, 떠나더라도 완전히 다른 곳으로 갈 겁니다.”

그는 갑자기 얼굴을 붉혔다.

‘그래, 이 사람에게는 말해야지,’ 그는 생각했다. ‘아무것도 숨기지 말고 모두에게 전부 말해야겠어.’

“어제 나에게 대단히 기이하고 중대한 일이 일어났어요. 마리야 이바노브나 고모 댁에 있던 카튜샤 기억나요?”

“기억나고말고요, 제가 그애에게 바느질을 가르쳐줬는걸요.”

“그래요, 바로 그 카튜샤가 어제 법원에서 재판을 받았고, 나는 배심원이었어요.”

“아, 저런, 가엾어라!” 아그라페나 페트로브나가 말했다. “무슨 일로 재판을 받았는데요?”

“살인 사건인데, 모든 게 다 내 탓이에요.”

“그게 어떻게 주인님 탓이죠? 별 해괴한 말씀을 다 하시네요.” 이렇게 말하는 아그라페나 페트로브나의 늙은 두 눈에 장난기어린 불꽃이 일었다.

그녀는 그와 카튜샤의 관계를 알고 있었다.

"아니, 내가 모든 일의 원인이에요. 그래서 나는 내 모든 계획을 바꿨습니다."

"그런 일이 어떻게 주인님의 계획을 바꿔놓을 수 있어요?" 아그라페나 페트로브나가 웃음을 참으며 말했다.

"만일 그 여자가 나 때문에 그런 길을 걷게 되었다면, 나는 그녀를 돕기 위해 내가 할 수 있는 모든 일을 해야 해요."

"선의야 좋지만, 그 일에 특별히 주인님 잘못은 없어요. 누구에게나 흔히 있는 일인데다 분별력만 잃지 않는다면 그런 일은 저절로 지워지고 잊히는 법이에요. 다들 그렇게 산답니다." 아그라페나 페트로브나가 엄격하고 진지하게 말했다. "그러니까 주인님도 그 일을 자기 탓으로 돌릴 이유가 없어요. 그 아이가 잘못된 길에 들었다는 소문은 진작 들었지만, 그게 누구 잘못이겠어요?"

"내 잘못입니다. 그래서 바로잡고 싶어요."

"글쎄요, 바로잡기 쉬운 일이 아니에요."

"그건 내 문제예요. 앞으로 당신의 거취를 생각하고 있다면, 그건 어머니가 바라셨던 대로……"

"제 앞일을 생각하는 게 아니에요. 저는 돌아가신 마님께 이미 큰 은혜를 입었고 아무것도 바라지 않아요. 전부터 리잔카(그녀의 결혼한 조카딸이다)가 자기 집으로 오라고 했으니까, 제가 필요 없다 하시면 거기 갈 겁니다. 다만 주인님이 그 아이에 대해서 하시는 걱정이 부질

없단 거예요. 누구에게나 흔히 있는 일이니까요."

"음, 나는 그렇게 생각하지 않아요. 어쨌든, 이 집을 내놓고 세간 정리하는 걸 도와줘요. 그리고 기분 나쁘게 생각하지 말아줘요. 나는 당신이 해준 모든 일에 대해 참으로 고맙게 생각해요."

놀라운 일이었다. 네흘류도프는 스스로를 어리석고 혐오스럽다고 여기게 된 이후로 다른 사람들이 더이상 역겹지 않았고, 오히려 아그라페나 페트로브나에게도, 코르네이에게도 존경어린 부드러운 감정을 느꼈다. 그는 코르네이 앞에서도 참회하고 싶었지만, 코르네이의 태도가 인상적일 만큼 너무 정중해서 차마 그러지 못했다.

늘 타던 삯마차를 타고 늘 다니던 길을 따라 법원으로 가는 동안, 네흘류도프는 오늘의 자신이 완전히 다른 사람처럼 느껴져 스스로도 깜짝 놀랐다.

어제까지만 해도 곧 있을 일처럼 여겨지던 미시와의 결혼이 이제는 완전히 불가능해 보였다. 어제까지만 해도 자신과 어울리는 그녀와 결혼하면 행복하리라 믿어 의심치 않았다. 그러나 오늘 그는 자신이 그녀와 결혼은 고사하고 가깝게 지낼 자격조차 없는 사람이라 생각했다. '내가 어떤 사람인지 알았다면 그녀는 나를 쳐다보지도 않았을 것이다. 그런데도 나는 그녀가 다른 남자에게 교태를 부린다고 비난했다. 설사 그녀와 지금 당장 결혼한다 한들, 교도소에 있는 그 여자가 내일이든 모레든 당장 다른 죄수들과 유형지로 떠나리란 걸 아는데 행복은커녕 평온하게 지낼 수나 있을까. 나로 인해 파멸한 여자는 유형지로 떠나고 나는 여기서 젊은 아내와 축복을 받으며 인사를 하러 돌아다닐 것이다. 혹은 내가 파렴치하게 속이고 있는 귀족회장과 그의 아내와 함께 회의

에 나가 지방 학교 감사 등의 결정에 관한 찬반 투표수를 세고, 그러면
서 또 그의 아내와 몰래 만날 약속을 잡을 것이다.(얼마나 추악한가!)
혹은 결코 완성할 수 없을 그림이나 계속 그릴 것이다. 지금의 나는 그
런 쓸데없는 일에 매달려서도 안 되고 그럴 수도 없다.' 그는 혼잣말을
하면서 자신이 느끼는 내면의 변화에 줄곧 기뻐했다.

'무엇보다 먼저,' 그는 생각했다. '변호사를 만나 그가 어떤 결정을
내렸는지 확인한 다음…… 교도소에 가서 그녀를, 어제의 여자 죄수를
만나 모든 것을 말해야 한다.'

그녀를 만나 모든 것을 말하고, 죄를 고백하며 뉘우치고 자신의 죗
값을 치르기 위해 모든 것을 하겠다고, 필요하다면 결혼까지 하겠다고
선언할 자신의 모습을 상상하자, 갑자기 그는 더없이 특별한 환희감에
사로잡혔고 두 눈에 눈물이 핑 돌았다.

34

법원에 도착한 네흘류도프는 복도에서 어제의 집행관과 마주쳤고,
그에게 어제 공판에서 선고받은 피고들이 어디에 수감되었는지, 면회
하려면 누구의 허가를 받아야 하는지 물어보았다. 집행관은 죄수들이
수감된 장소가 각각 다르고, 최종적으로 판결이 공표될 때까지는 검사
의 허가를 얻어야 면회할 수 있다고 설명했다.

"재판이 끝나면 제가 직접 말씀드리겠습니다. 검사님은 아직 나오지
않으셨습니다. 아무튼 재판이 끝나고 뵙겠습니다. 지금은 법정으로 가

시죠. 곧 시작됩니다."

네흘류도프는 오늘따라 유난히 가엾게 느껴지는 집행관에게 고맙다고 인사하고 배심원실로 갔다.

네흘류도프가 방으로 다가갔을 때, 배심원들이 법정으로 가기 위해 이미 나오고 있었다. 상인은 어제와 똑같이 쾌활하고 어제와 똑같이 한잔 걸치고서 입매를 하다가 마치 오랜 친구처럼 네흘류도프를 맞았다. 오늘은 표트르 게라시모비치의 예의 그 친압한 태도와 요란한 웃음소리도 전혀 불쾌하지 않았다.

네흘류도프는 배심원 모두에게 어제의 여자 피고와 자신의 관계에 대해 말하고 싶었다. '사실은,' 그는 생각했다. '어제 재판중에 일어나 공개적으로 나의 죄를 털어놓았어야 했다.' 그러나 그가 배심원들과 법정에 들어서자, 어제와 똑같이 집행관이 "개정"을 외쳤고, 세 명의 판사가 또다시 높은 옷깃에 파묻힌 채 단상에 올랐고, 또다시 침묵이 찾아왔고, 또다시 배심원들이 등받이가 높은 의자에 앉았고, 또다시 헌병들, 성상화, 사제가 보였다. 그는 죄를 털어놓긴 해야 하지만 어제와 마찬가지로 이 엄숙함을 깰 수는 없다고 느꼈다.

재판 준비 과정도 어제와 같았다(다만 배심원 선서와 재판장의 훈시는 없었다).

오늘의 사건은 가택침입 및 절도였다. 두 헌병이 사브르를 빼들고 지키고 있는 피고는 회색 죄수복을 입고 핏기 없는 잿빛 얼굴에 비쩍 마르고 어깨가 좁은, 스무 살 앳된 청년이었다. 그는 피고석에 홀로 앉아 법정에 들어오는 사람들을 치뜬 눈으로 쳐다보았다. 이 청년은 친구와 창고 자물쇠를 부수고 3루블 67코페이카 상당의 낡은 매트를 훔친 혐의로 기소되었다. 공소장에 따르면, 매트를 어깨에 짊어진 친구와 함께 걸어가는 그를 순경이 불러 세웠다. 청년과 친구는 그 자리에서 순경에게 죄를 인정했고, 두 사람은 수감되었다. 청년의 친구인 철물공은 옥사했고, 청년 혼자 재판을 받게 되었다. 낡은 매트가 증거물로 테이블 위에 놓여 있었다.

사건은 어제와 마찬가지로 방대한 증빙서류, 증거물, 증인들, 증인 선서, 심문, 감정인들, 대질심문 등등과 함께 심리되었다. 증인인 순경은 재판장, 검사, 변호사의 질문에 "그렇습니다", "알 수 없습니다" 그리고 다시 "그렇습니다……" 하고 목석처럼 답변했다. 군인처럼 멍하고 기계적인 태도였지만 순경은 분명 청년을 가엾게 여기는 듯 체포 경위에 대해서도 내키지 않는 것처럼 마지못해 진술했다.

또다른 증인인 피해자 노인은 집주인이자 매트 임자였는데, 신경질적으로 보이는 그는 증거물이 본인 것이 맞느냐는 질문에 아주 떨떠름한 태도로 맞는다고 확인했고, 검사보가 매트로 무엇을 할 생각이었느냐, 이것이 그에게 긴요한 물건이냐 묻자 화를 내며 대답했다.

"매트 같은 건 어떻게 되든 상관없고 전혀 필요도 없습니다. 그깟 일로 이렇게 귀찮아질 줄 알았다면 찾지도 않았을 거고, 심문에 끌려나오지 않을 수 있다면 빨간 지폐 한두 장을 오히려 녀석들에게 주고 말았을 겁니다. 삯마차로 여기 오는 데 5루블이나 썼습니다. 난 몸도 좋지 않아요. 탈장에 류머티즘까지 앓고 있다고요."

증인들이 이렇게 진술하는데도 정작 피고는 죄상을 모두 인정하고 마치 사냥꾼에게 붙잡힌 작은 짐승처럼 의미도 없이 이쪽저쪽을 두리번거리며 떠듬떠듬 자초지종을 이야기했다.

사건은 명료했지만, 검사보는 어제와 마찬가지로 어깨를 들썩이면서 마치 교활한 범인을 기어이 잡고야 말겠다는 듯 날카로운 질문을 던졌다.

그는 논고에서 이 절도 행위는 가택에 침입해 문을 부수고 행한 것이니만큼 가장 무거운 형을 내려야 한다고 주장했다.

국선변호인은 범죄 사실은 부정할 수 없지만, 엄밀히 말해 절도가 사람이 사는 가택 안에서 일어난 것이 아니므로 검사보의 주장처럼 피고가 그렇게까지 사회적으로 위험한 인물은 아니라고 변론했다.

재판장은 어제와 마찬가지로 자신이 공평과 정의의 화신이라도 되는 듯이 배심원들이 이미 모두 아는 일을 꼭 알아야 할 일이라며 상세하게 설명했다. 어제와 마찬가지로 몇 차례 휴정했고, 어제와 마찬가지로 사람들은 담배를 피웠고, 어제와 마찬가지로 집행관이 "개정"을 외쳤고, 어제와 마찬가지로 두 헌병이 졸음을 참으면서 사브르를 빼어 든 채 피고를 위협하듯 앉아 있었다.

조서에 따르면 이 청년은 어렸을 때 아버지 손에 담배 공장에 넘겨져 그곳에서 오 년을 일했다. 올해 공장주와 노동자들 사이에 분규가 일어나는 바람에 그는 해고되었고, 일자리를 잃은 뒤 몇 푼 되지도 않는 돈을 술로 탕진하면서 정처없이 거리를 헤매고 다녔다. 그러다가 한 선술집에서 그보다 먼저 일자리를 잃고 술독에 빠져 허우적대던 철물공을 만나 그날 밤 둘이서 술김에 자물쇠를 부수고 창고에서 손에 잡히는 대로 물건을 훔쳤던 것이다. 그들은 곧 체포되었고 모든 것을 자백했다. 그렇게 둘은 투옥되었는데 철물공은 재판을 기다리던 중 죽고 말았다. 그래서 이 청년만 지금 이렇게 사회에서 격리되어야 할 위험한 존재로 재판을 받고 있었다.

'이 청년도 어제 그 여죄수와 마찬가지로 위험인물이라는 거로군.' 네홀류도프는 눈앞에서 일어나는 모든 일을 지켜보며 생각했다. '그들은 위험하고 우리는 위험하지 않은가?…… 나는 난봉꾼에 위선자이고 거짓말쟁이다. 우리 모두가, 그리고 내가 어떤 사람인지 알면서도 나를 경멸하기는커녕 존경하는 이들 모두 마찬가지 아닌가? 설사 이 앳된 청년이 법정에 있는 사람들 중에서 사회적으로 가장 암적인 존재라 해도, 이미 붙잡힌 마당에 뭘 더 어쩌겠다는 것인가?

이 청년은 특별한 악한이 아니라—모두가 보고 있다시피—지극히 평범한 사람이고, 그가 지금과 같은 처지가 된 것은 다만 그런 인간들을 낳는 환경에 놓였기 때문이다. 그러므로 그런 청년들이 생기지 않도록 하려면 그런 불행한 인간들을 만들어내는 환경을 없애야 한다.

그런데 지금 우리는 무엇을 하고 있는가? 수천수만의 인간이 죄를 짓고도 붙잡히지 않고 지낸다는 것을 아주 잘 알고 있으면서도 어쩌다 덫에 걸려든 한 청년을 붙잡아 감방에 처넣고, 완전한 무위 혹은 가장 건강하지 못한데다 무의미한 노동조건 속에, 그와 마찬가지로 인생의 의미를 상실한 사람들 무리 속에 집어넣고는 결국 나랏돈을 들여 모스크바 도都에서 이르쿠츠크 도로, 가장 타락한 사람들 무리 속으로 추방하고 있다.

우리는 그런 인간들을 낳는 환경을 없애기 위해 아무 노력을 하지 않을뿐더러 오히려 그런 사람들을 양산하는 시설을 장려하고 있다. 크고 작은 공장, 공방, 여인숙, 선술집, 유곽 따위가 그런 시설이다. 그런 시설을 없애기는커녕 오히려 없어서는 안 된다는 듯 장려하고 운영하도록 한다.

그렇게 한 사람이 아니라 수백만을 양산하면서 그중 한 사람을 잡아다놓고는 뭔가를 해냈고 우리 자신을 지켰다고, 그 한 사람을 모스크바 도에서 이르쿠츠크 도로 쫓아버렸으니 이제 우리 할일은 다 했다고 착각하는 것이다.' 대령과 나란히 앉은 네흘류도프는 변호사와 검사와 재판장의 각기 다른 억양의 목소리를 듣고 자신감 넘치는 몸짓을 보며 유난히 생생하고 선명한 생각을 이어나갔다. '그리고 이런 위선에 대체 얼마나 많은 노력을 들이고 있는가.' 네흘류도프는 넓은 법정, 성상화, 황제의 초상화, 램프, 안락의자, 법복, 두꺼운 벽과 창문을 둘러보았고, 건물의 거대함과 그보다 더한 제도 자체의 거대함을, 아무에게도 소용없는 희극을 연기하는 대가로 매달 봉급을 받는 관리와 서기와 수위와 사환 등이 이곳 법원뿐 아니라 온 러시아에 군대만큼이나 큰 조직으로 존재한다는 사실을 떠올리며 생각을 이어갔다. '만일 우리가 이따위 위선에 들이는 노력의 100분의 1만이라도 저 버림받은 사람들, 우리의 평안과 편익에 필요한 손발 정도로만 여기는 사람들을 구제하는 일에 쏟는다면 어떨까? 이 청년만 하더라도 그래,' 네흘류도프는 청년의 겁에 질린 창백한 얼굴을 바라보며 생각했다. '가난 때문에 시골에서 도시로 나왔을 때, 누군가 이 청년을 불쌍히 여기고 도와주었다면, 혹은 도시의 공장에서 열두 시간의 노동 뒤 그보다 연장자인 동료들에게 이끌려 술집에 드나들게 된 다음에라도 "바냐, 좋지 않은 곳이니 다니지 마"라고 말해주었다면 이 청년은 술집에 가지도 않았을 것이고 옆길로 빠지지도 않았을 것이며, 나쁜 짓을 저지르지도 않았을 것이다.

그런데 이 청년이 마치 작은 짐승처럼 도시에서 이가 끓지 않도록 머리를 짧게 치고 선배 직공들의 잔심부름을 하며 견습공으로 지낸 몇년 동안, 그를 불쌍히 여긴 사람은 아무도 없었던 것이다. 오히려 그가 도시 생활을 시작한 뒤로 선배 직공들이나 동료들에게 들은 거라곤 사람을 속이고, 술을 마시고, 욕지거리를 하고, 싸움질하고 방탕하게 살아야 멋진 사내라는 말이었을 것이다.

몸을 해치는 노동과 음주와 방탕으로 병들고 망가진 청년이 꿈결처럼 멍하니 미친 사람처럼 정처 없이 거리를 방황하다가 그만 어리석게도 남의 창고로 기어들어가 아무 쓸모도 없는 매트를 끌고 나오자 우리는, 우리 부유하고 교양 있는 사람들은 청년을 현재의 처지로 몰고간 원인을 없애는 것에는 마음을 쓰지 않고 처벌로써 일을 바로잡으려 한다.

무서운 일이다! 잔혹함과 부조리, 어느 쪽이 더 큰지는 알 수 없지만 양쪽 다 극한에 이르렀다.'

네흘류도프는 눈앞에서 일어나는 일에는 귀를 기울이지 않고 오직 이런 상념에 잠겨 있었다. 그리고 그의 앞에 드러난 것에 섬뜩해졌다. 그는 어떻게 자신이 여태까지 이런 것을 보지 못했는지, 어째서 다른 사람들도 이것을 보지 못하는지 놀라웠다.

35

첫번째 휴정 때 네흘류도프는 바로 자리에서 일어나 다시는 법정에 돌아오지 않을 생각으로 복도로 나갔다. 저들이야 하고 싶은 대로 하게 내버려두더라도 자신은 이 무섭고 역겹고 어리석은 짓거리에 낄 수 없었다.

네흘류도프는 검사실 위치를 물어 찾아갔다. 사환은 검사가 지금 바쁘다며 들여보내려 하지 않았다. 하지만 네흘류도프는 그의 말을 듣지 않고 문을 지나 그를 맞이하는 관리에게 자신은 배심원이며 대단히 중요한 사안으로 검사를 꼭 만나야 하니 보고해달라고 청했다. 공작 작위와 훌륭한 옷차림이 도움이 되었다. 관리가 검사에게 보고하고 네흘류도프를 안으로 안내했다. 검사는 면담을 요구한 네흘류도프의 집요한 태도가 불만스러운 양 일어서서 응대했다.

"무슨 일입니까?" 검사가 딱딱하게 물었다.

"저는 배심원이고, 성은 네흘류도프입니다만, 피고 마슬로바를 꼭 만나야 합니다." 네흘류도프는 자기 일생에 결정적 영향을 미칠 행동을 하고 있다고 느끼면서 얼굴을 붉힌 채 빠르고 단호하게 말했다.

키가 작고 피부가 가무잡잡한 검사는 짧은 머리가 허옇게 셌고 튀어나온 아래턱의 숱 많은 수염을 짧게 깎았으며, 빛나는 눈이 재빠르게 움직였다.

"마슬로바 말입니까? 누군지 압니다. 독살 혐의로 기소됐죠." 검사가 차분하게 말했다. "그런데 왜 그 여자를 만나려고 하십니까?" 그러고는 말투를 누그러뜨리려는 듯 덧붙였다. "당신이 무엇 때문에 그러시는지 모른 채 허가해드릴 순 없습니다."

"저에게 특히 중요한 일 때문에 꼭 만나야 합니다." 네흘류도프가 얼굴을 붉히며 대답했다.

"그렇군요." 검사가 이렇게 말하며 눈을 들어 네흘류도프를 유심히 보았다. "그 사건은 이미 공판에 회부됐습니까, 아니면 아직입니까?"

"어제 공판이 있었고 대단히 부당하게도 4년 징역형을 받았습니다. 그러나 그 여자는 무죄입니다."

"글쎄요. 그 여자가 바로 어제 선고를 받았다면," 검사는 마슬로바의 무고함을 주장하는 네홀류도프의 말에는 주의를 기울이지 않고 말했다. "최종적으로 판결이 공표될 때까지는 구치소에 있게 될 겁니다. 거기서는 정해진 날에만 면회가 가능합니다. 그쪽으로 가보시는 게 좋겠습니다."

"가능한 한 빨리 만나야 합니다." 결정적인 순간이 다가왔음을 느끼며 네홀류도프는 아래턱을 덜덜 떨면서 말했다.

"무슨 일 때문입니까?" 검사가 불안한 듯 눈썹을 치켜세우며 물었다.

"아무 죄가 없는데 징역형을 선고받았기 때문입니다. 그리고 모든 잘못은 저에게 있습니다." 네홀류도프는 떨리는 목소리로, 말하지 않아도 될 것까지 말하고 있다고 느끼며 말했다.

"그건 또 왜 그렇습니까?" 검사가 물었다.

"제가 그 여자를 속여서 지금의 처지로 몰아넣었기 때문입니다. 제가 그렇게 내몰지 않았다면 그런 기소를 당하는 일도 없었을 겁니다."

"어쨌든 저는 그게 면회와 무슨 상관인지 모르겠는데요."

"그러니까, 저는 그 여자를 따라가고 싶고…… 그 여자와 결혼하려 합니다." 네홀류도프가 말했다. 그러자 이런 말을 할 때면 언제나 그랬듯이 눈물이 핑 돌았다.

"예? 정말입니까?" 검사가 말했다. "대단히 예외적인 일이군요. 당신은 크라스노페르스크의 젬스트보 의원이시잖습니까?" 검사는 지금 그런 이상한 결심을 표명한 네흘류도프에 대해 전에 들었던 이야기를 떠올리며 물었다.

"실례지만, 그 사실은 제 요청과 무관하다고 생각하는데요." 네흘류도프가 얼굴을 붉히며 언성을 높였다.

"물론 무관하죠." 검사는 조금도 당황하지 않고 보일 듯 말 듯한 미소를 지으며 말했다. "하지만 당신의 바람이 너무나 이례적이고 상식을 벗어나는지라······"

"그래서, 허가해주시겠습니까?"

"허가요? 그러죠, 지금 출입증을 드리겠습니다. 앉으시죠."

그는 책상으로 가서 앉더니 쓰기 시작했다.

"좀 앉으십시오."

네흘류도프는 그대로 서 있었다.

출입증을 작성한 검사는 호기심에 찬 눈으로 네흘류도프를 살피면서 그것을 건넸다.

"한 가지 더 말씀드릴 게 있습니다." 네흘류도프가 말했다. "저는 이제 더이상 공판에 참석할 수 없습니다."

"그렇다면 아시다시피, 정당한 사유를 법원에 제출하셔야 합니다."

"모든 재판은 무익할 뿐 아니라 부도덕하다고 생각하기 때문입니다."

"그렇군요." 검사가 그런 의견은 그다지 새삼스러울 것도 없고 그저 흥밋거리에 불과하다는 듯 아까처럼 보일 듯 말 듯한 미소를 지으며 대꾸했다.

"그렇군요, 하지만 검사인 저로서는 당신의 의견에 동의할 수 없다는 것도 알고 계실 겁니다. 따라서 그 부분에 대해서는 법정에서 직접 언명하시길 권하며, 법원은 사유가 정당한지 정당하지 않은지 판단하고 전자라면 사유서를 수리하고, 후자라면 벌금을 부과할 겁니다. 그러니 우선 법원에 서류를 제출하세요."

"저는 지금 연명했으므로 아무데도 가지 않겠습니다." 네흘류도프가 퉁명스럽게 대꾸했다.

"안녕히 가십시오." 검사는 이 기이한 방문자에게서 조금이라도 빨리 벗어나기를 바라며 고개 숙여 인사했다.

"방금 저 사람은 누군가?" 네흘류도프가 나가자마자 검사실로 들어온 배석판사가 물었다.

"네흘류도프, 왜 지난번 크라스노페르스크의 젬스트보에서 온갖 괴상한 발언을 했던 사람 있잖나. 그런데 그 사람이 배심원으로 참석한 재판의 피고 중에 징역형을 받은 여자인지 여자애인지가 있나본데, 그의 말로는 전에 자신이 그 여자를 속였고, 그래서 이제 그 여자와 결혼하려고 한다는데."

"설마 그럴 리가?"

"본인이 그렇게 말했다니까…… 묘하게 흥분해서는."

"요즘 젊은 사람들은 어딘가 비정상적인 구석이 있어."

"하지만 그 사람은 그리 젊지도 않아."

"그나저나, 여보게, 자네 쪽 그 유명한 이바셴코프 검사는 정말 진저리나더군. 여간 끈질긴 게 아냐. 한번 말을 꺼내면 끝이 없어."

"그런 사람들은 발언을 끊어버려야 해. 영락없는 의사방해거든……"

36

검사실에서 나온 네흘류도프는 곧장 구치소로 갔다. 그러나 마슬로 바는 없었고, 소장은 그녀가 분명 이송 죄수 교도소로 갔을 거라고 했다. 네흘류도프는 낡은 그 교도소로 갔다.

과연 예카테리나 마슬로바는 거기에 있었다. 검사는 육 개월 전쯤 헌병들이 도발한 매우 첨예한 정치적 사건으로 구치소가 대학생과 의사, 노동자, 여대생, 간호사 들로 꽉 찼다는 사실을 잊었던 것이다.

구치소에서 이송 죄수 교도소까지는 꽤 멀어서 네흘류도프는 저녁 무렵에야 겨우 도착했다. 그가 거대하고 음산한 건물 문으로 다가가자 보초는 들여보내주지 않고 벨을 울렸다. 벨소리에 간수가 나왔다. 네흘류도프가 출입증을 보여주었지만 간수는 소장의 허가 없이는 들여보낼 수 없다고 했다. 네흘류도프는 소장에게 갔다. 계단을 오르려 하는데 문 뒤에서 포르테피아노*로 뭔가 기교가 복잡한 곡을 연주하는 소리가 들렸다. 한쪽에 안대를 한 부루퉁한 하녀가 문을 여는 순간 그 소리가 문밖으로 터져나오듯 그의 귀청을 때렸다. 식상할 만큼 자주 들은 리스트의 랩소디로, 능숙하지만 어느 부분까지만 그랬다. 그 부분에 이르면 다시 앞으로 돌아가 되풀이되었다. 네흘류도프가 한쪽에 안대를 한 하녀에게 소장이 집에 있냐고 물었다.

하녀는 없다고 대답했다.

"곧 돌아오시나?"

---

* 피아노의 전신.

랩소디는 다시 중단되었고, 다시 눈부신 기교를 자랑하며 마법에 걸린 부분까지 되풀이되었다.

"여쭤보고 오겠습니다."

하녀는 안으로 들어갔다.

랩소디가 다시 질주하다가 마법에 걸린 부분에 채 이르기도 전에 뚝 끊기더니 갑자기 사람 목소리가 들렸다.

"지금 안 계시고 오늘밤에도 돌아오시지 않는다고 전해드려. 초대를 받고 가셨다고. 귀찮아 죽겠네." 여자 목소리가 문 안쪽에서 들리고 다시 랩소디가 울리다가 뚝 그치더니 의자 밀치는 소리가 들렸다. 성난 피아니스트가 불쑥 찾아온 성가신 방문자를 직접 나무라려는 것이 분명했다.

"아버지는 안 계세요." 부풀려 올린 머리에 눈 밑이 칙칙하고 안색이 창백한 볼품없는 외모의 아가씨가 화난 듯이 내뱉었다. 하지만 훌륭한 외투를 걸친 젊은 신사를 보자 그녀의 태도가 누그러졌다. "일단 들어오시죠…… 무슨 일인가요?"

"수감된 여죄수를 만나려고 합니다."

"아마도 정치범이겠죠?"

"아뇨, 정치범은 아닙니다. 저에게 검사가 써준 출입증이 있습니다."

"글쎄요, 저는 몰라요, 아버지는 안 계시고요. 어쨌든 들어오세요." 그녀는 그를 현관방으로 들이려 했다. "그렇다면 부소장님을 만나보시죠. 지금 사무실에 계시니 그분에게 말씀해보세요. 성함이 어떻게 되시죠?"

"고맙습니다." 네흘류도프는 그 물음에 대답하지 않고 나왔다.

그의 등뒤에서 문이 채 닫히기도 전에 아까와 같은 힘차고 경쾌한 연주 소리가, 연주되는 장소에도 끈질기게 연습하는 여자의 볼품없는 외모에도 어울리지 않는 소리가 울려퍼졌다. 마당에서 네흘류도프는 삐쭉 튀어나온 콧수염을 염색한 젊은 장교와 마주쳤고 그에게 부소장에 대해 물었다. 이 사람이 부소장이었다. 그는 출입증을 받아서 훑어보더니 이것은 구치소 출입증이며 이것으로 이송 죄수 교도소 출입을 허가해도 되는지 자기로서는 판단할 수 없다고 말했다. 게다가 이미 시간도 늦었고……

"내일 다시 오십시오. 내일은 열시부터 누구나 면회가 가능하고, 그때는 소장님도 댁에 계실 겁니다. 그때는 일반 면회실에서는 물론이고, 소장님이 허락하시면 사무실에서도 할 수 있습니다."

결국 면회에 성공하지 못한 네흘류도프는 집으로 발길을 돌려야 했다. 그녀를 만난다는 생각에 흥분한 네흘류도프는 재판이 아니라 검사, 소장, 부소장과 나눈 대화를 생각하며 길을 따라 걸었다. 면회할 방법을 모색하고, 검사에게 자기 계획을 말하고, 그녀를 만나기 위해 교도소를 두 군데나 찾아갔다는 사실에 흥분되어 좀처럼 마음이 가라앉지 않았다. 집에 돌아오자마자 그는 오랫동안 손도 대지 않던 일기장을 꺼내 몇 군데를 읽곤 다음과 같이 적어두었다.

이 년 동안이나 나는 일기를 쓰지 않았고, 다시는 이런 어린애 같은 짓을 하지 않으리라 다짐했었다. 그러나 일기는 어린애 같은 짓이 아니라 자기 자신과의 대화, 모두의 내면에 살고 있는 진실하고 신성한 자아와의 대화였다. 지난 이 년 동안 나의 자아는 잠들어 있었고, 나에게는 대화할 상대가 없었다. 4월 28일, 내가 배심원으로 출석한 법정에서 벌어진 이례적인 사건이 나의 자아를 깨웠다. 나는 그녀가, 나에게 기만당한 카튜샤가 죄수복을 입고 피고석에 앉아 있는 것을 보았다. 기묘한 오해와 나의 과실 때문에 그녀는 징역을 선고받았다. 나는 곧 검사를 찾아갔고 교도소에도 갔다. 비록 그녀를 만날 수는 없었지만 그녀를 만나기 위해 무슨 일이든 하겠다고, 그녀 앞에서 뉘우치며 고백하겠다고, 결혼을 해서라도 죗값을 치르겠다고 결심했다. 주여, 도와주소서! 지금은 이루 말할 수 없이 기분이 좋고 영혼은 기쁨으로 충만하다.

37

그날 밤 마슬로바는 오랫동안 잠을 이루지 못하고 눈을 뜬 채 누워 하급사제의 딸이 왔다갔다하며 가리는 문을 바라보았고, 빨간 머리 여자의 코고는 소리를 들으며 생각에 잠겼다.

그녀는 무슨 일이 있어도 사할린에서 징역수 따위와 결혼하진 않겠다고, 무슨 수를 써서라도 그곳 관리나 서기, 아니면 간수, 하다못해 간수 보조라도 만나 정착해야겠다고 생각했다. 그들은 모두 그 짓에 굶주려 있다. '야위지만 않으면 좋겠어. 그렇게 되면 끝장이야.' 그녀는 변호사가 자신을 어떻게 쳐다보았는지, 재판장이 자신을 어떻게 쳐다보았는지, 그리고 법원에서 마주친 남자들이며 일부러 옆을 지나가던 남자들이 자신을 어떤 눈으로 바라보았는지 떠올렸다. 면회하러 온 베르타가 들려준 이야기, 키타예바의 유곽에서 지낼 때 마슬로바가 좋아하던 대학생이 찾아와 그녀에 대해 묻고 무척 안타까워했다는 소식도 떠올렸다. 그녀는 빨간 머리와 드잡이한 일을 떠올리곤 그 여자에게 연민을 느꼈다. 흰 빵을 덤으로 하나 더 주었던 빵집 주인도 떠올렸다. 그녀는 많은 사람을 떠올렸지만, 네흘류도프는 생각하지 않았다. 자신의 유년 시절과 젊은 시절, 특히 네흘류도프에게 품었던 사랑에 대해서는 결코 생각하지 않았다. 너무 가슴 아픈 일이었다. 그 기억은 그녀의 마음속 깊은 곳에 간직되어 있었다. 꿈에서조차 네흘류도프를 본 적 없었다. 오늘 법정에서 그를 알아보지 못한 건 마지막으로 봤을 때 군인이었고 턱수염 없이 짧은 콧수염만 기른데다 숱 많은 짧은 고수머리였던 그가 지금은 나이들어 보이고 턱수염까지 길렀기 때문이 아니라, 그녀가 그에 대해 생각한 적이 없었기 때문이다. 그녀는 그가 전장에서 돌아오며 고모들 집에 들르지 않고 지나쳤던 그 무섭고 캄캄했던 밤에 그에 대한 기억을 송두리째 묻어버렸다.

그가 들르리라 기대하던 그날 밤까지만 해도 그녀는 뱃속 아기를 부담스러워하지 않았고 때로는 부드럽고 때로는 격렬한 태동에 놀라며 감동하기까지 했다. 그러나 그날 밤 이후 모든 것이 달라졌다. 태어날 아기는 그저 걸림돌일 뿐이었다.

고모들도 네흘류도프를 기다리며 꼭 들르라고 연락했지만, 그는 기일 내에 페테르부르크에 가야 해서 들를 수 없다는 전보를 보내왔다. 그 사실을 안 카튜샤는 그를 만나기 위해 기차역으로 가기로 마음먹었다.

기차는 새벽 두시에 그 역을 통과할 예정이었다. 카튜샤는 두 노부인이 잠자리에 드는 것을 도운 뒤, 식모의 어린 딸 마시카를 설득해 같이 가기로 하고는 헌 장화를 신고 머릿수건을 쓰고 치맛자락을 허리춤에 꽂은 채 기차역으로 달려갔다.

비바람이 휘몰아치는 깜깜한 가을밤이었다. 따뜻하고 굵은 빗방울이 세차게 내리쳤다 멈췄다 했다. 들판으로 나오자 한 치 앞도 분간할 수 없었고 숲속은 페치카 속처럼 캄캄해 익숙한 길을 헤매다가 겨우 역에 도착했다. 하지만 기대와는 달리 기차보다 먼저 도착하지 못했고, 기차가 삼 분만 정차하는 작은 역에 이미 두번째 종이 울린 뒤였다. 카튜샤는 플랫폼으로 달려나가 일등석 창가 쪽에 앉은 그를 금세 찾았다. 이 객차는 유난히 불빛이 환했다. 프록코트를 벗은 두 장교가 벨벳을 씌운 안락의자에 마주앉아 카드놀이를 하고 있었다. 창가의 작은 탁자 위에는 굵은 초들이 촛농을 흘리며 타고 있었다. 그가 몸에 붙는 승마바지에 하얀 루바시카 차림으로 안락의자 팔걸이에 걸터앉아 등받이에 팔꿈치를 괸 채 웃었다. 카튜샤는 그를 알아보자마자 꽁꽁 언 손으로 창문을 두드렸다. 그러나 바로 그때 세번째 종이 울렸고 기차는 한 번 뒤로 물러났다가 이윽고 객차들을 차례로 덜커덩거리면서 앞으로 미끄러지듯 천천히 움직였다. 카드놀이를 하던 장교 하나가 카드를 손에 쥔 채 일어나 창밖을 내다보았다. 그녀는 다시 창문을 두드리고 얼굴을 창유리에 붙였다. 이때 그녀가 기대어 있던 객차도 덜커덩거리며 움직이기 시작했다. 그녀는 차창을 들여다보며 기차를 따라 걸었다. 장교는 차창을 내리려고 했지만 쉽게 내리지 못했다. 네흘류도프도 일어나서 그 장교를 밀어내고 차창을 내리려 애썼다. 기차가 속도를 높였다. 그녀는 뒤처지지 않으려고 빠르게 달렸지만 기차는 더 속도를 높였고, 이윽고 차창이 열렸지만 그 순간 차장이 그녀를 밀치고 객차로 뛰어올랐다. 카튜샤는 조금 뒤처졌지만 그래도 플랫폼에 깔린 젖은 판자를 따라 계속 달렸다. 마침내 플랫폼 끝에 다다랐고 그녀는 떨어지지 않도록 간신히 몸을 지탱하며 계단을 뛰어내려 달렸다. 그녀는 계속 달렸지만 일등석 객차는 이미 멀어져 있었다. 이등석 객차가 옆을 지나갔고, 이윽고 더 빠르게 삼등석 객차가 지나갈 때도 그녀는 여전히 달리고 있었다. 신호등이 달린 마지막 객차가 지나갈 때, 그녀는 방책 밖 급수대 앞까지 와 있었고, 강한 바람이 불어와 그녀의 머릿수건을 벗겨버리고 치맛자락을 다리에 휘감았다. 머릿수건이 바람에 날아갔지만 그녀는 계속 달렸다.

"미하일로브나 아줌마!" 그녀를 가까스로 따라잡은 소녀가 소리쳤다. "머릿수건이 날아가버렸어요!"

'그 사람은 불빛이 환한 객차에서 벨벳 안락의자에 앉아 농담을 하고 술을 마시는데, 나는 여기 어둠 속 진창 위에서 비바람을 맞으며 울고 있구나.' 카튜샤는 이렇게 생각하며 걸음을 멈추고는 고개를 젖히고 두 손으로 머리를 감싼 채 통곡했다.

"가버렸어!" 그녀가 소리쳤다.

소녀가 깜짝 놀라 그녀의 젖은 옷에 팔을 둘러 껴안았다.

"아줌마, 집에 가요."

'기차 밑으로 뛰어들자, 그럼 다 끝이다.' 카튜샤는 소녀에게 대답하지 않고 혼자 생각했다.

그녀는 그러기로 마음먹었다. 그러나 바로 그때, 흥분이 가라앉은 첫 순간에 흔히 그렇듯 그 아이가, 그녀 뱃속에 있던 그의 아이가 갑자기

부르르 떨고 뱃속에서 부딪치고 헤엄치듯 몸을 쭉 폈고, 가늘고 부드럽고 뾰족한 뭔가로 콕콕 찌르기 시작했다. 그러자 일 분 전까지만 해도 도저히 살아갈 수 없다고 생각할 만큼 자신을 괴롭히던 모든 것이, 그 남자에 대한 증오와 죽음으로써 복수하겠다던 마음이 흔적도 없이 사라졌다. 마음을 가라앉힌 그녀는 옷매무새를 바로하고 머릿수건을 찾아 두르고는 서둘러 집으로 걸어갔다.

지칠 대로 지치고 비에 흠뻑 젖고 진흙투성이가 된 채 집에 돌아왔고, 그날 이후 그녀의 내면에서 커다란 정신적 변화가 시작되어 그것이 오늘의 그녀를 만들었다. 그 무서웠던 밤 후로 그녀는 선善을 믿지 않았다. 전에는 선을 믿었고 세상 사람들도 그걸 믿는다고 생각했지만, 그 밤 이후로는 어느 누구도 선을 믿지 않으며 신과 선을 운운하는 건 그저 사람들을 기만하기 위해서일 뿐이라고 확신하게 되었다. 그녀가 사랑했고 그녀를 사랑했던 그는—그녀는 그렇게 믿었다—그녀의 육체를 즐기고 그녀의 순정을 희롱하고 그녀를 버렸다. 그러나 그는 그녀가 아는 모든 사람 중에서 가장 훌륭한 사람이었다. 다른 사람들은 더 나빴다. 그뒤에 일어났던 모든 일이 그것을 증명했다. 그의 고모들, 신앙심 깊은 그 노부인들까지도 그녀가 전처럼 자신들을 위해 일할 수 없게 되자 그녀를 내쫓아버렸다. 그녀가 만난 사람들 모두, 그중 여자들은 그녀를 이용해 돈을 벌려 했고, 늙은 경찰서장부터 교도소 간수에 이르기까지 남자들은 그녀를 쾌락의 대상으로만 바라보았다. 어떤 남자에게나 세상에는 오직 쾌락, 바로 그 쾌락 외에는 아무것도 없었다. 그녀가 이를 더욱 확신하게 된 것은 방탕한 삶에 발을 들인 지 이 년째 되던 해에 만난 노작가 때문이었다. 그는 그녀에게 그것이야말로 시詩

이고 아름다움이라고, 모든 행복이 거기 있다고 단언했다.

사람들은 모두 자신만을 위해, 자신의 쾌락만을 위해 살았고, 신과 선에 대한 말은 모두 기만이었다. 어째서 세상은 어리석은 구조로 만들어져 사람들이 서로에게 악을 저지르고 모두가 괴로워하게 되었을까 하는 의문이 떠올라도, 그런 생각은 해선 안 되는 것이었다. 따분해지면 담배를 피우거나 술을 마셨고, 가장 좋은 방법은 남자와 사랑을 나누는 것이었고, 그러면 다 지나갔다.

38

다음날인 일요일 아침 다섯시, 여성 사동 복도에서 평소처럼 호각소리가 울리자, 이미 깨어 있던 코라블료바가 마슬로바를 깨웠다.

'징역수.' 마슬로바는 눈을 비비고 아침마다 지독하게 악취가 감도는 감방 공기를 자기도 모르게 들이마시면서 두려운 마음으로 생각했고, 다시 잠들어 무의식의 세계로 도망치고 싶었으나 이제 습관이 되어버린 두려움이 잠을 이겼기에 자리에서 일어나 두 다리를 끌어당기고 앉아 주위를 둘러보았다. 여자들은 이미 일어났고 아이들만 아직 자고 있었다. 눈이 튀어나온 밀주 장수 여자는 아이들이 깨지 않도록 조심스럽게 아이들 밑에서 죄수복을 끄집어냈다. 폭동죄로 들어온 여자는 기저귀로 쓰는 누더기를 페치카 옆에 널고 있었고, 갓난아이는 하늘색 눈의 페도시야에게 안긴 채 악을 쓰며 크게 울어댔다. 페도시야는 갓난아이를 부드러운 목소리로 어르며 재우려고 흔들었다. 폐병을 앓는 여자는 새빨개진 얼굴로 가슴을 움켜쥐고 기침을 하며 간간이 큰 소리로 숨을 몰아쉬었다. 잠에서 깬 빨간 머리 여자는 굵은 다리를 구부린 채 등을 대고 누워 큰 소리로 간밤에 꾼 꿈 이야기를 했다. 방화범 노파는 또다시 성상화 앞에 서서 똑같은 말을 중얼거리며 성호를 긋고 절을 했다. 하급사제의 딸은 꼼짝도 하지 않고 널빤지 침상에 앉아 잠이 덜 깬 멍한 눈으로 앞을 응시했다. 예쁜이는 기름을 발라 번들거리는 뻣뻣한 검은 머리카락을 손가락에 돌돌 감았다.

복도를 따라 방한화 끄는 소리가 들리고 찰카당 자물쇠 소리가 나더니 재킷을 입고 발목이 훤히 드러나는 깡똥한 회색 바지를 입은, 변기통 치우는 일을 맡은 남자 죄수 둘이 들어왔다. 얼굴을 잔뜩 찌푸린 두 사람은 악취 나는 나무통을 멜대에 걸쳐 메고 나갔다. 여자들은 세수하러 수도가 있는 복도로 나갔다. 수도꼭지 앞에서 빨간 머리 여자와 옆방 여자가 한바탕 싸움을 벌였다. 또다시 욕설, 고함소리, 불평소리……

"독방에 들어가고 싶어?" 남자 간수가 소리지르며 빨간 머리 여자의 살찐 맨 등짝을 복도가 울리도록 찰싹 갈겼다. "네 목소리 좀 안 들을 수 없냐."

"어머, 이 영감님이 달아오르셨나." 빨간 머리 여자가 그의 행동을 애무로 받아들이며 말했다.

"자, 서둘러! 예배에 가야지."

마슬로바가 미처 머리도 빗기 전에 소장이 부하를 데리고 왔다.

"점호!" 간수가 외쳤다.

다른 감방 여자 죄수들도 나와서 모두 복도에 두 줄로 섰고, 뒷줄 여자들은 앞줄 여자들 어깨에 양손을 얹어야 했다. 그렇게 다 같이 점호를 받았다.

점호가 끝나자 여자 간수가 와서 여자 죄수들을 교회로 인솔했다. 마슬로바와 페도시야는 감방에서 나온 여자 백여 명이 늘어선 줄 한가운데에 있었다. 모두가 하얀 머릿수건에 하얀 재킷에 하얀 치마 차림인데, 색깔 있는 옷을 입은 여자도 간간이 보였다. 아이들을 데리고 남편을 따라온 아내들이었다. 계단은 이들의 행렬로 메워졌다. 방한화를 신은 가벼운 발소리, 말소리 사이사이로 이따금 웃음소리가 들렸다. 마슬로바는 모퉁이 앞쪽에서 자신의 숙적인 보치코바의 심술궂은 얼굴을 발견하고는 페도시야에게 가리켜 보였다. 아래층으로 내려가자 여자들은 입을 다물고 성호를 긋고 절을 하면서 아직 텅 비고 금빛으로 반짝이는 교회의 열린 문으로 들어갔다. 그들의 자리는 오른쪽이었고, 서로 밀치면서 줄을 서기 시작했다. 여자들을 뒤따라 회색 죄수복을 입은, 이송중이거나 복역중이거나 유형을 선고받은 남자 죄수들이 큰 소리로 기침을 하면서 들어와 중앙과 왼쪽에 빽빽하게 무리지어 섰다. 위쪽 성가대석에는 먼저 인솔되어 온 자들이 있었는데, 한쪽에는 머리를 반쪽만 밀고 쇠고랑을 철렁거리며 자신의 존재를 드러내는 징역수들이 섰고, 다른 쪽에는 머리도 밀지 않고 쇠고랑도 차지 않은 미결수들이 섰다.

교도소 교회는 어느 부유한 상인이 수만 루블을 기증해 새로 지어 꾸민 것인데, 밝은 색채들과 금빛으로 빛났다.

잠시 교회 안에 정적이 흐르고 코 푸는 소리, 기침소리, 아기 울음소리, 간혹 쇠고랑 소리만 들렸다. 그러다 곧 중앙에 서 있던 남자 죄수들이 옆으로 물러나 서로 밀어대며 가운데에 길을 냈고, 그 길로 소장이 걸어들어와 죄수들 맨 앞줄 중앙에 섰다.

39

예배가 시작되었다.

금란*으로 지은 특이하고 거추장스러운 제의를 입은 사제가 빵을 잘게 잘라 접시에 올려놓고 포도주 잔에 담그며 여러 성인의 이름과 기도문을 외웠다. 하급사제는 가뜩이나 이해하기 어려운 슬라브어 기도문을 외웠는데 남자 죄수들로 이루어진 성가대의 노랫소리와 번갈아가며 낭송했고 그 속도가 너무 빨라 무슨 말인지 아무도 알아들을 수 없었다. 기도문들은 대부분 황제와 그 가족의 평안을 기원하는 내용이었다. 사제들은 이런 기도문을 다른 기도문과 함께, 혹은 따로 여러 차례 무릎을 꿇으며 낭송했다. 하급사제가 알아듣기 힘들 정도로 기묘하고 긴장된 목소리로 「사도행전」의 몇 구절도 낭송했고, 사제가 아주 분명한 목소리로 「마가복음」의 한 구절을 읽었는데, 그 이야기에 따르면, 예수께서 부활하신 뒤 하늘에 올라 하느님 오른편에 앉기 전, 막달라 여자 마리아에게 처음으로 나타나셨는데 그녀는 예수께서 일찍이 일곱 마귀를 쫓아내어주셨던 여자였고, 그뒤 열한 제자에게 나타나셔서 온 세상 모든 사람에게 복음을 선포하라 명하신 후, 믿지 않는 사람은 단죄를 받겠지만 믿고 세례를 받는 사람은 구원받을 뿐만 아니라

---

* 금실을 섞어 짜고 명주실로 무늬를 놓은 실크.

내 이름으로 마귀도 쫓아내고 여러 가지 기이한 언어로 말도 하고 뱀을 쥐거나 독을 마셔도 아무런 해도 입지 않을 것이며 또 병자에게 손을 얹으면 병이 나을 것이라고 가르치셨다.*

예배의 핵심은 사제가 잘라서 포도주에 넣은 빵조각이 일정한 조작과 기도를 거쳐 하느님의 몸과 피로 바뀐다는 데 있었다. 그 조작이란 몸에 걸친 거추장스러운 금란의 자루에도 아랑곳없이 사제가 두 손을 똑같은 높이로 들어올리고 잠시 그대로 있다가 무릎을 꿇고 제단과 그 위에 있는 것에 입을 맞추는 일이었다. 여기서 가장 중요한 행위는 사제가 두 손으로 냅킨을 집어들어 접시와 황금잔 위에서 일정하고 부드럽게 흔드는 것이었다. 바로 이 순간에 빵과 포도주가 그리스도의 몸과 피가 된다고 여겨지기 때문에 특별히 엄숙하게 이루어졌다.

"지극히 거룩하시고 순결하시고 복되신 성모여," 사제가 칸막이 뒤에서 큰 소리로 외쳤고, 성가대는 순결을 잃지 않으시고 그리스도를 낳으시고 케루빔**들보다 더 큰 영예를, 세라핌***들보다 더 큰 영광을 입으신 동정녀 마리아를 찬미하며 장중히 노래했다. 그러고 나자 변용의 기적이 이루어진 것으로 여겨졌고, 사제는 접시에서 냅킨을 걷어내고 가운데 빵조각을 넷으로 잘라 포도주에 적신 후 자기 입에 넣었다. 그는 하느님의 몸을 한 조각 먹고 피를 한 모금 마신 셈이었다. 그런 뒤 사제는 황금잔을 두 손에 받쳐든 채 제단 앞으로 걸어나와 술잔에 든

---

* 「마가복음」 16장 15~22절 참조.
** 구약에 나오는 구품천사(九品天使) 중 서열 2위의 천사. 지(知)를 담당해 지품천사라고도 불린다.
*** 구품천사 중 가장 서열이 높으며, 인간 아이의 얼굴에 여섯 날개를 가졌다고 전해진다.

하느님의 몸과 피를 원하는 사람들을 불러냈다.

몇몇 아이가 희망하며 나섰다.

사제는 먼저 아이들의 이름을 물은 뒤 잔에 담긴 빵조각을 숟가락으로 조심스럽게 떠내어 차례대로 아이들 입에 깊숙이 밀어넣었고, 하급 사제가 얼른 아이들의 입을 닦아주며 즐거운 목소리로 아이들이 하느님의 몸과 피를 먹는다는 노래를 불렀다. 그런 뒤 사제는 술잔을 들고 칸막이 안쪽으로 돌아가 잔에 남은 하느님의 몸과 피를 모두 먹고 콧수염 주위를 열심히 핥고 입과 술잔을 말끔히 닦고는 더할 나위 없이 즐거운 기분으로 송아지가죽 장화의 얇은 밑창을 삐걱거리면서 힘찬 걸음걸이로 칸막이 밖으로 걸어나왔다.

그렇게 그리스도교의 주요 예배가 끝났다. 그러나 사제는 불행한 죄수들을 위로하고자 통상적인 전례에 특별한 예식을 하나 보탰다. 그 예식이란 사제가 방금 몸과 피를 먹은 하느님을 본떠 만든 주철 재질의 금빛(얼굴과 두 손은 검다) 성상화와 열 자루의 밀랍 양초 앞에 서서 노래도 설교도 아닌 기묘한 어조로 다음과 같이 읊는 것이었다. "유일무이한 사랑이신 예수여, 사도들의 영예이신 우리의 예수여, 순교자들의 칭송을 받으시는 전능하신 주여, 우리를 구원하소서. 예수여, 우리의 구원자이신 예수여, 그지없이 아름다우신 예수여, 당신을 찾는 우리에게 자비를 베푸소서, 우리의 구원자이신 예수여, 당신을 낳으신 분과 당신의 거룩한 성인들의 기도로 우리를 불쌍히 여기소서, 우리의 구세주이신 예수여, 하늘나라의 기쁨을 베풀어주소서, 인간을 사랑하시는 예수여!"

이 대목에서 그가 잠시 멈춰 숨을 가다듬고, 성호를 그은 뒤 코가 바닥에 닿도록 절하자 모두 똑같이 따라 했다. 소장도, 간수도, 남자 죄수들도 절을 했고 위쪽에서는 쇠고랑 소리가 유난히 더 자주 짤그락거렸다. "모든 천사들의 창조자이시며 전능하신 주님," 그는 계속했다. "천사들의 기적이시며 지극히 경이로우신 예수여, 선조들의 구원자이시며 지극히 전능하신 예수여, 족장들의 찬가를 받으시며 지극히 아름다우신 예수여, 황제들의 보루이시며 지극히 영광스러우신 예수여, 예언자들의 말을 이루시며 지극히 선하신 예수여, 순교자들의 요새이시며 지극히 놀라우신 예수여, 수도자들의 환희이시며 지극히 고요하신 예수여, 사제들의 즐거움이시며 지극히 너그러우신 예수여, 재계를 지키는 자들을 도우시며 지극히 자비로우신 예수여, 성자들의 기쁨이시며 지극히 아름다우신 예수여, 동정童貞들의 순결을 지켜주시며 지극히 순수하신 예수여, 죄인들의 구원이시며 지극히 영원하신 예수여, 하느님의 아들이신 예수여, 우리를 불쌍히 여기소서." 그는 예수라는 말을 되풀이할 때마다 목소리가 높아지더니 마침내 거의 휘파람 같은 소리를 내면서 기도를 마쳤고 한쪽 손으로 실크를 안감으로 댄 제의를 살짝 누르고 한쪽 무릎을 꿇은 뒤 코가 바닥에 닿도록 절했다. 그러자 성가대는 "하느님의 아들이신 예수여, 우리를 불쌍히 여기소서"라고 마지막 구절을 노래했다. 남자 죄수들은 남아 있는 반쪽 머리털을 흔들었고 야윈 발목을 파고든 쇠고랑을 짤그락거리면서 무릎을 꿇었다 섰다를 반복했다.

그렇게 예배는 오랫동안 계속되었다. 처음에는 "우리를 불쌍히 여기소서"로 끝나는 성가가 나오더니 이윽고 "할렐루야"로 끝나는 새로운 성가가 나왔다. 남자 죄수들은 연신 성호를 긋고 절을 하며 바닥에 무률을 꿇었다. 예배 초반만 해도 남자 죄수들은 성가가 한 곡 끝날 때마다 절을 했지만, 이윽고 한 번 걸러 절을 하더니 나중에는 두 번 걸러 절을 했다. 성가가 모두 끝났을 때는 다들 기뻐했고, 사제도 가볍게 숨을 내쉬고는 기도서를 덮고 칸막이 안쪽으로 물러났다. 사제가 해야 할 마지막 동작이 하나 남았는데, 큰 탁자 위에 놓여 있는, 끝에 칠보 메달이 달린 황금 십자가를 들고 교회 중앙으로 나아가는 것이었다. 먼저 소장이 사제에게 다가가 십자가에 입을 맞추었고, 뒤이어 부소장, 간수들, 이윽고 남자 죄수들이 서로를 밀치고 소리 죽여 욕지거리를 하며 다가갔다. 사제는 소장과 이야기하면서 자기에게 다가온 남자 죄수들의 손과 입에, 이따금 코에 십자가를 내밀었고, 남자 죄수들은 십자가에도, 사제의 손에도 입을 맞추려고 애썼다. 길 잃은 형제들을 위로하고 교화하기 위한 그리스도교의 예배는 그렇게 끝이 났다.

40

그런데 사제와 소장을 비롯해 마슬로바에 이르기까지 이곳에 있는 어느 누구도, 사제가 휘파람 같은 소리로 수없이 그 이름을 되풀이하고 온갖 기괴한 말로 찬양하는 예수가 정작 이곳에서 행해진 모든 것을 금했다는 사실을 깨닫지 못했다. 예수는 사제라는 교사들이 빵과 포도주에다 그처럼 무의미한 말을 되풀이하며 신성모독적인 요술을 부리는 것도, 한 사람이 다른 사람을 스승으로 부르는 것도, 회당 안에서 기도하는 것도 금하며 각자 홀로 기도하라고 일렀고, 자신은 회당을 부수기 위해 왔고 기도는 모름지기 회당이 아니라 정신과 진리 안에서 해야 한다며 회당 자체를 금했다. 또한 무엇보다도 예수는 억압받는 사람들을 풀어주기 위해 이 땅에 왔다고 하면서, 이곳에서 행해지듯 사람들을 재판하고 가두고 괴롭히고 모욕하고 처벌하는 것뿐만 아니라 죄수들에 대한 모든 폭력을 금했다.

이 자리에 있는 어느 누구도 그리스도의 이름으로 행해지는 이 모든 의식이 실은 그리스도에 대한 최악의 신성모독이자 조소임을 깨닫지 못했다. 사제가 들고 나와 사람들에게 입맞추게 한 십자가, 끄트머리마다 칠보 메달이 달린 황금 십자가는 그리스도를 처형하는 데 쓰인 형구의 모조품에 지나지 않는다는 것을, 그리스도가 바로 그와 같은 것들을 금한 대가로 처형당했다는 것을 아무도 깨닫지 못했다. 그리고 그리스도의 몸과 피를 먹는다고 상상하는 사제들이 사실은 빵조각과 포도주를 먹음으로써 그리스도가 자신과 동일시했던 이 '보잘것없는 이들'을 미혹에 빠뜨리고 그들에게서 최고의 행복을 빼앗고, 그리스도가 인간에게 가져다준 복음을 그들에게 숨겨 잔혹하게 괴롭힘으로써 빵조각이나 포도주가 아니라 실제로 그 몸과 피를 빨아먹고 있다는 것을 아무도 깨닫지 못했다.

사제는 평온한 마음으로 모든 일을 행하고 있었다. 그는 어릴 적부터 그것이 유일하고 참된 신앙이라고, 이전에 살았던 모든 성인이 그 신앙을 믿었으며 오늘날 종교와 정부 지도자들도 믿고 있다고 생각하며 자랐기 때문이다. 그는 빵에서 몸이 만들어진다는 것, 말을 많이 할수록 영혼에 이롭다는 것, 자기가 실제로 하느님의 몸 한 조각을 먹었다는 것을 믿지 않았고 이것은 결코 믿을 수 없는 일이기도 했다. 그는 이러한 신앙을 믿어야 한다는 것을 믿고 있었다. 그는 이러한 신앙의 요구를 이행함으로써 지난 십팔 년 동안 가족을 부양하고 아들은 김나지움에, 딸은 신학교에 보낼 만큼의 수입을 얻었기 때문에 이 신앙을 더욱 굳게 믿게 되었다. 하급사제는 사제와 마찬가지로, 아니 그보다 더 굳게 이 신앙을 믿었는데, 신앙과 교리의 핵심은 완전히 잊어버렸지만 장례식, 추도식, 예배, 단순한 감사기도, 성가와 함께 올리는 감사기도 등에는 일정한 금액이 정해져 있기에 참된 그리스도인들은 기꺼이 그 금액을 지불한다는 사실을 잘 알고 있었기 때문이다. 그래서 장사치들이 장작이나 밀가루, 감자 등을 파는 것과 마찬가지로 상품의 필요성에 대해 확신하면서 "자비를 베푸소서, 자비를 베푸소서"를 외치고, 틀에 박힌 기도문을 외우고 노래했던 것이다. 교도소장이며 간수들은 신앙의 교리가 무엇이고 교회에서 행해지는 것들이 어떤 의미를 지니는지는 전혀 알지 못하고 탐구하지도 않았지만 이 신앙을 꼭 믿어야 한다는 것만은 믿고 있었는데, 상부와 황제가 이 신앙을 믿었기 때문이었다. 게다가 희미하게나마(왜 그렇게 되었는지는 설명하지 못할 것이다) 그들은 이 신앙이 자신들의 잔혹한 직무를 정당화해준다고 느꼈다. 만일 이 신앙이 없다면 그들은 지금처럼 평온한 마음으로 사람들을 괴롭히는 데 온 힘을 쏟기 어려울 뿐 아니라 결코 그러지 못했을 것이다. 소장은 심성이 무척 착한 사람이었으므로 만일 이 신앙에서 버팀목을 발견하지 못했다면 도저히 그런 일을 하며 살아갈 수 없었을 것이다. 그래서 그는 꼼짝도 하지 않고 반듯이 서서 열심히 절을 하며 성호를 그었고, '케루빔'의 성가를 부를 때는 감동하려 애썼으며 아이들이 성찬을 받기 시작하자 앞으로 나아가 성찬을 받으려는 남자아이를 직접 안아

올려주기도 했다.

이 신앙을 믿고 따르는 사람들에게 행해지는 온갖 기만을 직시하며 마음속으로 비웃는 소수를 제외한 대다수의 죄수들은 금빛 찬연한 성상화며 촛불, 잔, 제의, 십자가, 그리고 "지극히 아름다우신 예수여"라든가 "자비를 베푸소서"같이 되풀이되는 불가해한 말 속에 현세와 내세에서 복락을 얻게 해줄 신비로운 힘이 깃들어 있다고 믿었다. 그들 대다수는 기도니 감사기도니 촛불이니 하는 것으로 현세에서 복락을 얻으려고 몇 차례 꾀하기도 했고 원하던 바를 얻지 못하기도 했지만(그들의 기도는 실현되지 않은 채 남아 있다) 어디까지나 그러한 실패는 우연일 뿐이라고, 학자들과 대주교들이 장려하는 이 제도는 현세를 위한 것은 아니더라도 어찌됐든 내세의 삶을 위해 매우 중요하다고 굳게 믿었다.

마슬로바도 그렇게 믿었다. 다른 사람들처럼 그녀 또한 예배에서 경건함과 지루함이 뒤섞인 감정을 느꼈다. 처음에는 칸막이 뒤쪽 무리 한가운데에 서 있었으므로 동료들 외에는 아무도 볼 수 없었다. 성찬을 받기 위해 사람들이 움직이고 그녀도 페도시야와 함께 앞으로 나갔을 때에야 소장이 보였고 그 뒤쪽 간수들 사이에서 희끗희끗한 턱수염에 금발의 농부도 눈에 들어왔는데, 그는 페도시야의 남편이었고 아내를 뚫어지게 바라보고 있었다. 찬송가를 부르는 동안 마슬로바는 그를 살펴보거나 페도시야와 속닥이느라 주위 사람들이 할 때만 따라서 성호를 긋거나 절을 했다.

41

네흘류도프는 아침 일찍 집을 나섰다. 골목길에서 농부가 짐마차를 몰고 가며 괴상한 목소리로 외쳤다.

"우유, 우유요, 우유!"

어젯밤 첫 봄비가 포근하게 내렸다. 포석이 깔리지 않은 곳에서는 군데군데 파릇파릇한 풀이 돋아났다. 정원 여기저기에 늘어선 자작나무는 푸른 솜털로 덮이고 귀룽나무와 미루나무는 향긋한 긴 잎들을 내밀었으며, 사람들은 주택과 상점에서 이중창을 떼어내 닦았다. 네흘류도프가 지나가야 하는 시장에서는 한 줄로 늘어선 노점 주변에 수많은 인파가 북적였고, 남루한 차림의 사람들이 겨드랑이에 장화를 끼고 다린 바지와 조끼를 어깨에 걸친 채 오가고 있었다.

선술집 주변에는 벌써 공장에서 퇴근한 사람들, 말끔한 외투에 광이 나는 장화를 신은 남자들, 산뜻한 실크 머릿수건을 쓰고 유리구슬로 장식한 외투를 입은 여자들이 벅적였다. 권총에 달린 노란 끈을 늘어뜨린 순경들은 진저리나는 지루함을 달래줄 소란이라도 기대하는 양 두리번거리며 군데군데 서 있었다. 가로수 산책길과 파릇파릇 물들기 시작한 잔디밭에서 아이들과 개들이 뛰놀았고 활기찬 유모들은 벤치에 앉아 이야기를 나누었다.

햇빛이 비치지 않는 왼쪽은 차고 습했으나, 마른 길 한가운데로는 무거운 화물 운반용 마차가 끊임없이 덜컹거리는 소리를 내며 지나갔고, 경사륜마차가 삐걱거리는 가운데 철도마차는 요란스레 종을 울렸다. 사방에서 갖가지 소리, 교도소에서 행해지던 것과 똑같은 예배에 나오라고 사람들을 부르는, 교회의 둔중한 종소리에 대기가 떨렸다. 잘 차려입은 사람들이 저마다 교회로 발길을 서두르고 있었다.

네흘류도프를 태운 마부는 교도소 앞이 아니라 교도소로 통하는 길 모퉁이에 삯마차를 세웠다.

남녀 몇몇이 보따리를 들고 교도소에서 백 걸음쯤 떨어진 길모퉁이에 서 있었다 오른쪽에 높지 않은 목조건물이 몇 채, 왼쪽에 간판을 내건 이층집이 한 채 있었다. 거대한 석조건물의 교도소가 전면에 있었으나 면회자들은 그쪽으로 갈 수 없었다. 총을 멘 초병 하나가 에돌아가려는 사람들을 엄격하게 야단치면서 앞뒤로 왔다갔다하며 지켰다.

초병 맞은편의 오른쪽 목조건물들의 쪽문 근처 벤치에 금몰이 장식된 제복을 입고 장부를 든 간수가 앉아 있었다. 면회자들이 만나고 싶은 사람의 이름을 대면 그가 장부에 기록했다. 네흘류도프도 그에게 카테리나 마슬로바의 이름을 댔다. 금몰이 장식된 제복을 입은 간수가 기록했다.

"왜 아직 들어갈 수 없습니까?" 네흘류도프가 물었다.

"예배중입니다. 끝나면 바로 들어갈 수 있습니다."

네흘류도프는 기다리는 사람들 쪽으로 물러갔다. 무리 속에서 누더기옷에 허름한 모자를 쓰고 맨발에 낡은 장화를 신은, 얼굴에 온통 붉은 줄이 그어진 남자가 뛰어나오더니 교도소 쪽으로 향했다.

"이봐, 어디 가나?" 총을 멘 병사가 그에게 소리질렀다.

"왜 소리를 지르나?" 누더기옷을 걸친 남자는 그 소리에도 전혀 당황하지 않고 대꾸하더니 되돌아왔다. "들여보내주지 않는다면야 기다리면 되잖아. 장군인 양 소리지르긴."

사람들 속에서 호응하는 웃음소리가 터져나왔다. 면회자들은 대부분 행색이 초라하거나 누더기옷 차림이었지만, 본데있어 보이는 사람도 몇 보였다. 네흘류도프 옆에는 잘 차려입고 깔끔하게 면도한, 혈색이 좋고 뚱뚱한 남자가 서 있었는데 그는 속옷이 든 듯한 작은 보따리를 한 손에 들고 있었다. 네흘류도프는 그에게 여기에 처음 왔느냐고 물었다. 작은 보따리를 든 남자는 일요일마다 온다고 대답했고, 두 사람은 이야기를 나누었다. 그는 은행 수위이고, 사기 혐의로 수감되어 재판중인 형을 만나러 온 것이었다. 심성이 착한 이 남자는 자기 신상 이야기를 하며 그에게도 이것저것 물었다. 바로 그때 커다란 순종 검정말을 채우고 고무바퀴를 단 경사륜마차를 타고 온 남자 대학생과 베일 쓴 부인이 그들의 시선을 끌었다. 대학생은 두 손에 큰 보따리를 들고 있었다. 그는 네흘류도프에게 다가오더니, 자선을 목적으로 흰 빵을 가져왔는데 건네도 되는지, 그러려면 어떻게 해야 하는지 아느냐고 물었다.

"약혼녀의 요청으로 오게 됐습니다. 이 사람이 제 약혼녀입니다. 이 사람의 부모님이 죄수들에게 갖다주라고 당부하셨습니다."

"저도 처음이라 잘 모르는데, 저 사람에게 물어보는 게 좋겠군요." 네흘류도프는 오른쪽에 장부를 들고 앉아 있는, 금몰이 장식된 제복을 입은 간수를 가리켰다.

네흘류도프가 대학생과 대화할 때, 한가운데에 들창이 나 있는 교도소의 큰 철문이 열리더니 군복 입은 장교와 또다른 간수가 나왔고, 장부를 든 간수가 면회자 접수가 시작되었다고 알렸다. 초병이 한옆으로 길을 비키자 면회자들은 행여 늦을세라 잰걸음으로, 개중에는 달음박질치다시피 교도소 문 쪽으로 우르르 몰려갔다. 간수가 문 옆에 서서 면회자가 앞을 지나갈 때마다 "열여섯, 열일곱" 하며 큰 소리로 수를 세었다. 건물 안에 있는 다른 간수 역시 다음 문으로 들어가는 한 사람 한 사람을 손으로 짚으며 헤아렸다. 면회자들이 돌아갈 때 인원수를 다시 점검해 교도소 안에 면회자가 남거나 수감자가 비는 일이 발생하지 않도록 하기 위해서였다. 인원수를 세는 간수는 지나가는 사람을 보지도 않고 헤아리며 네흘류도프의 등을 한 손으로 툭 쳤다. 순간 네흘류도프는 모욕감을 느꼈으나, 그는 이내 자기가 무엇 때문에 여기에 왔는지 떠올리고는 그런 불쾌함과 모욕감을 부끄럽게 생각했다.

문을 지나자 처음 보인 곳은 들창에 쇠창살이 끼워지고 천장이 아치형인 커다란 방이었다. 집합소라 불리는 이 방에서 네흘류도프는 아주 뜻밖에도 벽감에 걸린 커다란 그리스도상을 보았다.

'이게 왜 여기 있지?' 자기도 모르게 그는 감금된 자들이 아니라 자유로운 자들과 그리스도상을 연결지어 생각했다.

서두르는 사람들을 먼저 보내고 천천히 걸어들어가면서 네흘류도프는 이곳에 수감된 악인들에 대한 공포, 어제의 그 앳된 청년이나 카튜샤처럼 여기 갇힌 억울한 사람들에 대한 동정, 코앞에 닥친 면회에 대한 어색함과 감격 등이 뒤섞인 감정을 느꼈다. 첫번째 방을 나설 때 다른 쪽 끝에서 간수가 그에게 뭔가 말했다. 그러나 생각에 잠겨 그 말에 주의를 기울이지 않는 바람에 여성 사동이 아니라 더 많은 면회자들이 가는 남성 사동 쪽으로 가게 되었다.

서두르는 사람들에게 앞을 양보하고 그는 가장 마지막으로 면회소에 들어갔다. 문을 열고 들어갔을 때 그는 백 명의 목소리가 하나로 합쳐진 듯 귀를 먹먹하게 하는 소음에 우선 놀랐다. 설탕에 꼬인 파리떼처럼 방을 둘로 가르는 철망에 달라붙은 사람들에게 바짝 다가가고서야 네홀류도프는 그 이유를 알 수 있었다. 뒷벽에 창문이 몇 개 있는 이 방은 바닥에서 천장까지 닿는 철망 두 장으로 나뉘어 있었다. 철망과 철망 사이에서 간수들이 왔다갔다했다. 철망 저편에는 수감자들이, 이편에는 면회자들이 있었다. 저편과 이편 사이에 철망 두 장이 드리운데다 3아르신*가량 떨어져 있었으므로 뭔가를 건네는 건 고사하고 근시인 사람들은 얼굴을 똑똑히 알아보는 것조차 불가능했다. 말소리도 잘 들리지 않아 젖 먹던 힘을 짜내 크게 소리쳐야 했다. 철망 양쪽으로는 서로의 얼굴을 똑똑히 보고 필요한 말을 하려고 버둥거리는 아내들, 남편들, 아버지들, 어머니들, 자식들이 철망에 얼굴을 붙이고 있었다. 그들은 자기 말을 상대방에게 잘 전하려고 기를 썼는데 옆 사람들도 모두 같은 생각이라서 서로를 방해했고, 저마다 옆 사람의 소리를 이기려고 더 큰 소리로 아우성쳤다. 면회소에 들어선 네홀류도프는 서로의 말을 잘라먹는 고함소리가 뒤섞인 이 굉음에 깜짝 놀랐던 것이다. 사람들이 무슨 말을 하는지 알아듣는 것은 아예 불가능했다. 오직 표정을 통해서만 그들이 무슨 말을 하려 하는지, 그들이 어떤 관계인지 짐작할 수 있을 뿐이었다. 네홀류도프 옆에서 머릿수건을 쓴 노파가 철망에 얼굴을 바짝 붙이고 턱을 덜덜 떨면서 머리털 반이 깎인 창백한 젊은이에게 뭐라고 큰 소리로 외쳐댔다. 죄수는 눈썹을 치켜올리고 이마를 찌

---

* 약 2미터.

푸린 채 주의깊게 그녀의 말을 들었다. 이 노파 옆에서는 외투를 걸친 젊은이가 두 손을 귀에 대고 고개를 흔들면서 자기와 닮은 파리한 얼굴에 턱수염이 희끗한 죄수의 말을 듣고 있었다. 그 너머에서는 누더기 옷을 걸친 남자가 한 손을 흔들면서 뭐라 외치기도 하고 웃기도 했다. 그 옆에서는 갓난아이를 안고 고급 모직 머릿수건을 쓴 여자가 마룻바닥에 주저앉아 통곡하고 있었는데, 머리털이 깎이고 족쇄가 채워지고 죄수복을 입고 철망 저편에 선 머리가 희끗희끗한 남자를 처음 면회 온 것이 분명했다. 이 여자의 머리 너머로, 네흘류도프와 이야기를 나눴던 은행 수위가 눈을 희번덕이는 대머리 죄수에게 있는 힘껏 외쳐댔다. 네흘류도프는 자기도 이런 조건 속에서 말해야 한다는 생각이 들자 이런 제도를 만들어 강제한 사람들에 대한 분노가 치솟았다. 그가 놀란 것은 이 같은 끔찍한 상태, 인간의 감정에 대한 이 같은 우롱에 대해 누구 하나 치욕스럽게 느끼지 않는다는 사실이었다. 병사들도, 소장도, 면회자들도, 죄수들도 당연하다는 듯 행동하고 있었다.

네흘류도프는 이상야릇한 서글픔, 무력함, 사회와의 괴리감 같은 감정에 휩싸인 채 그곳에서 오 분 정도 서 있었다. 뱃멀미 비슷한 정신적 욕지기가 밀려왔다.

42

'하지만 여기에 온 목적은 이루어야 한다.' 그는 자신을 다그치며 속으로 중얼거렸다. '그런데 어떻게 해야 하지?'

그는 눈으로 교도소 관리를 찾다가, 장교 견장을 달고 사람들 뒤에서 서성거리는, 콧수염을 기른 작고 마른 남자를 발견해 그에게 다가갔다.

"저, 말씀 좀 묻겠습니다." 그가 바짝 긴장하며 정중하게 말했다. "여자 죄수들은 어디에 수감되어 있고, 어디서 면회할 수 있습니까?"

"여성 사동에 볼일이 있으십니까?"

"네, 여죄수 한 명을 면회하고 싶습니다." 네흘류도프가 여전히 긴장하며 정중하게 대답했다.

"그럼 아까 집합소에서 말씀하셨으면 됐을 텐데요. 누구를 만나시려고요?"

"예카테리나 마슬로바입니다."

"정치범입니까?" 부소장이 물었다.

"아닙니다, 그냥……"

"그럼, 선고는 받았습니까?"

"네, 그제 받았습니다." 네흘류도프는 자신에게 호의적인 부소장의 기분을 거스르지 않으려고 공손하게 대답했다.

"여성 사동이라면, 이쪽으로," 부소장이 네흘류도프의 외양을 보고 친절히 대할 만한 사람이라 생각한 듯 말했다. "시도로프," 그가 가슴에 훈장을 주렁주렁 달고 콧수염을 기른 하사를 불렀다. "이분을 여성 사동으로 안내해드리게."

"알겠습니다."

이때 철망 쪽에서 누군가 절규하듯 통곡하는 소리가 들렸다.

네흘류도프는 모든 것이 불가사의했고, 그중에서도 가장 이해할 수 없는 것은 소장이나 간수장같이 이 건물 안에서 온갖 잔혹한 행위를 하고 있는 사람들에게 자신이 감사를 표해야 한다는 사실이었다.

간수는 네흘류도프를 남자 죄수 면회소에서 복도로 안내하더니 맞은편 문을 열고 여자 죄수 면회소로 데려갔다.

이 방도 남자 죄수 면회소처럼 철망 두 장에 의해 세 구역으로 나뉘어 있었지만, 그보다는 훨씬 작았고 면회자와 죄수의 수도 적었다. 그러나 고함소리와 귀청을 찢는 아우성은 남자 죄수 면회소 못지않았다. 여기서도 두 철망 사이에서 간수가 왔다갔다하고 있었다. 이곳 간수는 소매에 금몰 장식이 있고 솔기에 파란 테가 둘린 제복 차림에, 남자 간수들과 마찬가지로 널따란 천 허리띠를 맨 여자였다. 남자 죄수 면회소에서처럼 사람들은 양쪽 철망에 달라붙어 있었다. 이편에는 각양각색의 옷을 입은 시민들이, 저편에는 하얀 죄수복을 입거나 일반 복장을 입은 여자 죄수들이 있었다. 철망 옆은 온통 사람들로 꽉 메워져 있었다. 일부는 자기 말이 잘 들리도록 까치발을 들고 다른 사람들 머리 너머로 말을 주고받았고, 또 일부는 마룻바닥에 주저앉아 이야기를 나누었다.

귀청을 찢을 듯한 고함소리로나 외모로나 여자 죄수들 중 가장 눈에 띄는 사람은 비쩍 마른 집시 여자였는데, 그녀는 머릿수건이 흘러내려 쑥대강이가 된 곱슬머리를 드러낸 채 저편 한가운데 기둥 옆에 선, 푸른색 프록코트에 허리띠를 맨 남자 집시에게 뭐라고 외쳐댔다. 남자 집시 옆에서 한 병사가 바닥에 쭈그려 앉아 여자 죄수와 이야기하고, 그 옆에 밝은색 턱수염을 기르고 나무껍질 신발을 신은 젊은 농부가 눈물을 애써 참으며 빨개진 얼굴로 철망에 찰싹 달라붙어 있었다. 그는 하늘색 눈으로 자신을 바라보는 사랑스러운 금발의 여자 죄수와 이야기하고 있었다. 페도시야와 그 남편이었다. 그들 옆에서는 누더기옷을 걸친 남자가 서서 머리가 헝클어지고 얼굴이 넓적한 여자와 이야기하고 있었다. 그 옆에 두 여자와 한 남자, 또 한 여자. 저마다 건너편에 여자 죄수가 한 사람씩 있었다. 그 가운데 마슬로바는 없었다. 저편 여자 죄수들 뒤쪽에 한 여자가 서 있었고, 네흘류도프는 금방 그녀를 알아보았다. 곧 심장이 세차게 뛰고 숨이 막히는 것 같았다. 결정적인 순간이 다가오고 있었다. 그는 철망으로 다가가 그녀가 맞는지 확인했다. 마슬로바는 하늘색 눈동자의 페도시야 뒤에 서서 그녀가 하는 말을 들으며 미소 짓고 있었다. 그리고 그제와 같은 죄수복이 아니라 허리띠를 졸라매 가슴께를 한껏 부풀린 하얀 재킷을 입고 있었다. 법정에서처럼 머릿수건 밑으로 검은 곱슬머리가 삐져나와 있었다.

'이제 결정된다.' 그는 생각했다. '어떻게 불러야 할까? 이쪽으로 와줄까?'

하지만 그녀가 다가오지는 않았다. 그녀는 클라라를 기다리고 있었고 이 남자가 자기를 만나러 왔다고는 상상조차 하지 못했다.

"누구를 만나러 오셨습니까?" 철망 사이에서 왔다갔다하던 여자 간수가 네흘류도프에게 다가와 물었다.

"예카테리나 마슬로바입니다." 네흘류도프는 간신히 말했다.

"마슬로바, 면회!" 여자 간수가 외쳤다.

43

마슬로바는 홱 돌아보더니 고개를 들고 가슴을 쭉 편 채 네흘류도프에게 익숙한 그 차분한 표정으로 두 여자 죄수 사이를 비집고 철망 앞으로 다가왔고, 그를 알아보지 못하고 의아하고 미심쩍은 눈으로 빤히 쳐다보았다.

그러다 그의 옷차림으로 부자인 것을 알아보고는 생긋 웃었다.

"저를 만나러 오셨나요?" 그녀가 사시 눈에 미소 띤 얼굴을 철망 가까이로 붙이며 말했다.

"내가 온 건……" 네흘류도프는 '당신'이라고 할지 '너'라고 할지 망설이다가 '당신'이라고 하기로 마음먹었다. 그는 여느 때와 같이 조용한 목소리로 말했다. "난 당신을 만나서…… 난……"

"말도 안 되는 소리 좀 작작 좀 해." 그의 옆에서 누더기옷을 걸친 사람이 외쳤다. "가져왔어, 안 가져왔어?"

"다 죽게 됐다는데, 뭘 더 어쩌라고?" 다른 쪽에서 누군가 외쳤다.

마슬로바는 그가 하는 말을 알아들을 수 없었지만, 말할 때 표정을 보고 불현듯 네흘류도프를 떠올렸다. 그러나 자기 눈을 믿을 수 없었다. 그녀의 얼굴에서 미소가 사라지고 이마에 괴로운 듯 주름이 잡혔다.

"안 들려요, 뭐라 하시는지." 그녀가 눈을 찡그리고 이마를 더욱 찌푸리며 외쳤다.

"내가 온 건……"

'그래, 나는 마땅히 해야 할 일을 하는 것이다, 뉘우치고 있는 것이다.' 네흘류도프는 생각했다. 이렇게 생각하자 눈물이 차오르며 목이 메었고, 그는 철망에 손가락을 건 채 울지 않으려 잠시 입을 꾹 다물었다.

"내가 그랬잖아. 왜 쓸데없이 끼어들어서……" 이편에서 누군가 외쳤다.

"맹세코 난 모르는 일이야." 저편에서 여자 죄수가 외쳤다.

마슬로바는 동요하는 네흘류도프의 모습을 보고야 비로소 그를 알아보았다.

"비슷하긴 하지만, 설마." 그녀는 그를 보지 않고 외쳤고, 갑자기 상기됐던 얼굴이 침울해졌다.

"당신한테 용서를 빌러 왔어요." 그는 마치 암기한 숙제를 외우듯 억양 없이 큰 소리로 외쳤다.

그러고는 부끄러워하며 주위를 둘러보았다. 하지만 수치심은 마땅히 감당해야 하는 것이고 그런 마음이 드는 게 더 낫다고 생각했다. 그는 큰 소리로 계속 외쳤다.

"나를 용서해줘요, 내가 정말 큰 죄를……" 그가 다시 외쳤다.

그녀는 가만히 서서 사시의 눈을 그에게서 떼지 않았다.

그는 더이상 말을 할 수 없어 철망에서 물러났고 솟구치는 눈물을 참으려 애썼다.

네흘류도프를 여자 죄수 면회소로 보낸 부소장은 그에게 흥미를 느끼던 차에, 철망에서 떨어져 있는 그를 보자 왜 만나고 싶어하던 사람과 이야기를 나누지 않는지 물었다. 네흘류도프는 코를 풀고 마음을 가라앉히고 태연해 보이려 애쓰면서 대답했다.

"철망을 사이에 두곤 대화할 수가 없습니다. 아무 말도 들리지 않아요."

부소장은 잠시 생각했다.

"그럼 잠시 그 여자를 여기로 데려와도 좋습니다."

"마리야 카를로브나!" 부소장이 여자 간수에게 말했다. "마슬로바를 밖으로 데려오게."

곧이어 옆문에서 마슬로바가 나왔다. 그녀는 부드러운 걸음걸이로 네흘류도프에게 다가와 발을 멈추더니 흘깃 쳐다보았다. 그제와 마찬가지로 곱슬곱슬한 검은 머리칼이 고리 모양으로 머릿수건 밑에 삐져나와 있었고, 건강하지 않게 부은 하얀 얼굴은 여전히 사랑스럽고 아주 차분해 보였다. 부은 눈꺼풀 아래 검은 사시의 눈동자가 유난히 반짝거렸다.

"여기서 이야기하셔도 좋습니다." 부소장이 말하고 물러갔다.

네흘류도프는 벽 옆에 놓인 긴 의자로 갔다.

마슬로바는 의아한 눈으로 부소장을 힐끗 보고 놀란 듯 어깨를 움츠리더니 네흘류도프를 따라 긴 의자로 가서 치마를 여미며 그의 옆에 앉았다.

"나를 용서하는 게 쉽지 않으리란 건 잘 알아요." 네흘류도프는 말을 꺼냈으나 다시 눈물이 솟구칠 것 같아 입을 다물었다. "과거를 돌이킬 수 없다면, 이제라도 내가 할 수 있는 일이라면 뭐든 하겠습니다. 말해 줘요……"

"저를 어떻게 찾으셨어요?" 그녀가 그의 물음에는 대답하지 않고, 그를 보는지 보지 않는지 알 수 없는 모호한 사시의 눈으로 물었다.

'하느님, 저를 도와주소서. 제가 어떻게 해야 하는지 가르쳐주소서!'
네흘류도프는 추하게 변해버린 그녀의 얼굴을 보며 속으로 기도했다.

"난 그제 당신 재판 때 배심원이었어요." 그가 말했다. "나를 알아보지 못했습니까?"

"네, 몰랐어요. 볼 겨를도 없었고요. 또 아무것도 눈에 들어오지 않았고요." 그녀가 대답했다.

"아이가 있었다던데요?" 그는 이렇게 물으며 얼굴이 붉어지는 것을 느꼈다.

"고맙게도 낳자마자 죽었어요." 그녀가 그에게서 눈을 돌리며 짧고 표독스럽게 대답했다.

"어떻게, 왜요?"

"저도 병에 걸려 죽을 뻔했어요." 그녀가 눈을 내리깐 채 말했다.

"왜 고모들이 당신을 내보낸 거죠?"

"애 딸린 하녀를 누가 집에 두겠어요? 눈치채자마자 쫓아내시던데요. 말해 뭐하겠어요, 아무것도 기억나지 않아요, 다 잊어버렸어요. 다 끝난 일인걸요."

"아니, 끝나지 않았어요. 그 일을 이대로 내버려둘 수 없어요. 지금부터라도 속죄할 생각입니다."

"속죄하실 것 없어요. 과거일 뿐이고 이미 다 지나간 일이에요." 그녀는 이렇게 말하고 갑자기 그를 힐끗 쳐다보며 유혹하듯, 혹은 동정을 바라는 듯 생긋 웃었는데, 그로서는 전혀 예상 못 한 반응이었다.

마슬로바는 그를 만나리라고는, 특히나 이런 곳에서 만나리라고는 전혀 생각지 못했기 때문에 그를 본 순간 깜짝 놀랐고, 왜 지금까지 그를 떠올린 적이 없었는지 곱씹으며 잊으려 했던 지난 날들을 떠올렸다. 처음에는 자신이 사랑했고 자신을 사랑했던 매력적인 청년이 열어준 새로운 감정과 사랑의 신비로움을 회상했고, 그의 알 수 없는 잔인함을, 그 마법 같은 행복 뒤에 이어진, 그 행복의 결과로 남은 일련의 굴욕과 고통을 떠올렸다. 그러면 가슴이 저렸다. 하지만 그것을 따져볼 힘이 없어 언제나 그랬듯 그 기억들을 몰아내고 타락한 생활이라는 특별한 안개로 덮어버리려 애썼다. 지금도 그녀는 그렇게 했다. 첫 순간 그녀는 지금 눈앞에 앉아 있는 사람을 자신이 한때 사랑했던 청년과 연결지으려 했지만, 너무 고통스러워서 포기했다. 정갈하게 차려입고 턱수염에까지 향수를 뿌린 이 말쑥한 신사는 그녀가 사랑했던 네흘류도프가 아니라, 필요할 때만 그녀 같은 여자들을 이용하는 남자들, 그녀 같은 여자들을 이용하는 것을 당연하게 여기는 남자들 중 하나일 뿐이었다. 그래서 그에게 유혹의 미소를 보낸 것이다. 그녀는 그를 어떻게 이용해야 좋을지 궁리하며 잠시 침묵했다.

"다 끝난 일이에요." 그녀가 말했다. "전 징역형을 선고받았어요."

이 끔찍한 말을 내뱉을 때 그녀의 입술이 파르르 떨렸다.

"나는 알고 있었습니다, 당신이 무고하다고 확신했어요." 네흘류도프가 말했다.

"당연하죠. 설마 제가 도둑이나 강도겠어요? 여기선 모두가 변호사에게 달렸다고 말해요." 그녀가 말을 이었다. "청원서를 내야 한대요. 그런데 돈이 많이 든다고……"

"그래요, 꼭 그래야 해요." 네흘류도프가 말했다. "내가 이미 변호사한테 얘기해뒀습니다."

"돈을 아끼지 말고 훌륭한 변호사에게 맡겨야 한대요." 그녀가 말했다.

"할 수 있는 일은 다 해볼 겁니다."

잠시 침묵이 흘렀다.

그녀는 다시 같은 미소를 지었다.

"부탁드릴 게 있어요…… 가능하시다면 돈을 조금만…… 10루블, 더 많이는 필요 없어요." 그녀가 불쑥 말했다.

"그래요, 그래요." 네흘류도프가 당황한 듯 말하고 지갑을 찾았다.

그녀는 방안에서 왔다갔다하는 부소장을 빠르게 힐끔 쳐다보았다.

"저 사람 있는 데서 말고, 저쪽으로 가거든 주세요, 안 그러면 뺏겨요."

네흘류도프는 부소장이 돌아서자마자 지갑을 꺼냈으나 10루블짜리 지폐를 건네기도 전에 부소장이 다시 그들 쪽으로 돌아섰다. 그는 지폐를 손에 움켜쥐었다.

'이미 죽은 여자다.' 한때 아름다웠지만 지금은 추하게 변해버린 부석한 얼굴을 보며, 부소장과 지폐를 움켜쥔 자기 손에 쏠린 채 불길하게 반짝이는 새까만 사시 눈을 보며 그는 생각했고, 그 순간 망설임이 일었다.

어젯밤 네흘류도프의 내면에서 끊임없이 속삭이던 유혹의 목소리가 또다시 그에게 무엇을 해야 하고, 그의 행위가 어떤 결과를 낳을 것이며 무슨 이득이 있겠느냐는 질문으로 다시 그를 이끌기 시작했다.

'너는 이런 여자를 상대로 아무것도 할 수 없어.' 이 목소리가 말했다. '뭔가 한다면 네 목에 돌을 매다는 격이 되어, 너를 물에 빠뜨리고 네가 다른 사람들에게 유익한 존재가 되지 못하도록 방해할 거야. 네가 가진 돈을 전부 주고 작별인사를 하고 모든 것을 영원히 끝내버리는 게 어때?' 그는 생각했다.

그러나 동시에 그는 지금 이 순간 자기 마음속에서 가장 중대한 뭔가가 꿈틀거리고 있고, 자신의 내적 삶이 자칫하면 어느 한쪽으로 기울어질 만큼 흔들리는 천칭 위에 놓여 있다고 느꼈다. 그래서 어제 마음으로 느꼈던 신을 부르며 애썼고, 그러자 곧 신이 응답해주었다. 그는 지금 당장 그녀에게 모든 것을 말하기로 결심했다.

"카튜샤! 나는 너에게 용서를 구하러 왔는데, 너는 나를 이미 용서했다고도, 언젠가 용서할 거라고도 말하지 않았어." 그는 갑자기 너라고 호칭을 바꿔 말했다.

그녀는 그의 말을 듣지 않고 그의 손과 부소장을 번갈아 보고 있었다. 부소장이 돌아서자 그녀가 재빠르게 손을 뻗어 지폐를 덥석 움켜쥐더니 허리춤에 숨겼다.

"이상한 말씀을 하시네요." 그녀는 그의 눈에 빈정거리는 것처럼 보이는 미소를 지으며 말했다.

네흘류도프는 그녀 안에 그에 대한 어떤 적의가 있고, 그것이 그녀를 지금의 상태로 지키면서 그녀의 마음에 닿지 못하도록 막고 있다고 느꼈다.

하지만 놀랍게도 그런 생각은 그를 밀어내기는커녕 오히려 더 특별하고 새로운 힘으로 더욱 그녀에게 끌어당겼다. 그는 그녀를 정신적으로 일깨워야 한다고, 그 일이 무척 어려울 거라고 생각하면서도 그 어려움 자체에 오히려 마음이 끌렸다. 그는 일찍이 그녀나 다른 누구에 대해 한 번도 경험한 적 없는 감정을 느꼈고, 그 감정에는 개인을 위한 것이라곤 없고 그가 자신을 위해 그녀에게서 바라는 것도 전혀 없었으며, 다만 그녀가 지금 같은 모습이 아니라 스스로 깨달아 예전의 그녀로 되돌아가기를 바랄 뿐이었다.

"카튜샤, 왜 그런 말을 해? 나는 너를 알아, 파노보에 살던 그때의 너를 난 기억해."

"옛날 일을 기억해서 뭐해요." 그녀가 건조하게 말했다.

"내 과오를 바로잡고 속죄하고 싶기 때문이야, 카튜샤." 그는 이렇게 말을 꺼내며 그녀와 결혼하겠다고 말하려 했지만, 시선이 마주치고 그녀의 눈에 떠오른 극도의 혐오감을 읽자 도저히 끝까지 말할 수 없었다.

이때 면회자들이 슬슬 나가기 시작했다. 부소장이 네흘류도프에게 다가와 면회 시간이 끝났다고 알렸다. 마슬로바가 일어나 자기를 내보내주기를 차분히 기다렸다.

"잘 있어요, 아직 당신에게 할말이 많지만, 보다시피 지금은 안 되겠군요." 네흘류도프가 이렇게 말하며 손을 내밀었다. "또 올게요."

"하실 말씀은 다 하신 것 같은데요……"

그녀는 손을 내밀었지만 그의 손을 잡지는 않았다.

"아니, 좀더 편안한 장소에서 다시 이야기할 수 있도록 노력할 거고, 그때는 당신에게 꼭 해야 할 아주 중요한 이야기를 할 생각입니다." 네흘류도프가 말했다.

"그렇다면, 오세요." 그녀는 마음을 사로잡고 싶은 남자에게 짓는 미소를 띠며 말했다.

"당신은 내게 누이보다 더 가까운 사람이에요." 네흘류도프가 말했다.

"이상하네요." 그녀는 이렇게 되씹고 고개를 갸웃하며 철망 안쪽으로 가버렸다.

44

첫 면회 때 네흘류도프는 카튜샤를 도우려는 자신의 의도와 참회하려는 마음을 그녀가 알면 기뻐하고 감동해서 다시 본래의 모습으로 돌아가리라 기대했지만, 끔찍하게도 카튜샤는 더이상 존재하지 않고 마슬로바만 존재한다는 사실을 깨달았다. 이것이 그를 당혹스럽고 두렵게 했다.

무엇보다 놀라웠던 것은 마슬로바가 자기의 처지, 즉 죄수라는 처지가 아니라(그녀도 이것은 부끄러워했다), 매춘부라는 처지를 부끄러워하기는커녕 만족하고 자랑스러워한다는 점이었다. 그러나 그것은 어쩔 수 없는 일이기도 했다. 누구나 어떤 일을 하기 위해서는 그 일이 중요하고 훌륭하다고 여길 필요가 있기 때문이다. 그래서 사람들은 어떤 처지에 놓이든 스스로 자기 일이 중요하고 훌륭하다고 생각하도록 그 처지에 맞는 인생관을 만들어버린다.

사람들은 도둑이나 살인자, 간첩, 매춘부는 자기 직업을 분명 나쁘게 여기고 부끄러워할 거라 생각한다. 그러나 사실은 정반대다. 운명으로든 죄나 실수로든, 사람들은 어떤 처지에 놓이면 아무리 정당하지 않은 일을 한다 해도 훌륭하고 존중받을 만하다고 보이도록 관념을 만들어낸다. 그 관념을 유지하기 위해 사람들은 저마다 자신의 삶이나 위치를 인정해주는 집단에 본능적으로 매달린다. 도둑이 솜씨를 자랑하고, 매춘부가 음탕함을 자랑하고, 살인자가 잔인성을 자랑하는 것을 보면 크게 놀라지 않을 수 없다. 그러나 우리가 놀라는 것은 그런 집단이 소수의 사람들로 한정되어 있는데다, 무엇보다 우리가 그 바깥에 있기 때문이다. 그런데 자신의 부, 즉 약탈을 자랑하는 부자들이나, 자신의 승리, 즉 살인을 뽐내는 사령관들이나, 자신의 권력, 즉 폭력을 자랑하는 권력자들 사이에서도 이와 똑같은 현상이 일어나고 있지 않은가? 우리는 이러한 사람들에게서는 그들의 처지를 정당화하는 인생관이나 선악에 대한 왜곡된 관념을 발견하지 못한다. 왜냐하면 이처럼 왜곡된 관념을 지닌 사람들의 집단은 훨씬 크고 우리 자신도 거기 속해 있기 때문이다.

마슬로바 역시 자신의 생활과 사회적 위치에 대해 그런 견해를 지니고 있었다. 그녀는 징역형을 선고받은 매춘부였음에도 자기 자신을 긍정하고, 자기 처지를 사람들 앞에서 자랑하기까지 하는 인생관을 스스로 형성했던 것이다.

그 인생관이란 늙건 젊건, 김나지움 학생이건 장군이건, 교육받은 사람이건 교육받지 못한 사람이건 예외 없이 모든 남자에게 최대의 행복은 매력적인 여자와 성적 접촉을 하는 것이고, 따라서 남자들은 저마다 일에 정신이 팔려 있는 척하지만 실은 오직 이것만을 원한다는 생각이다. 매력적인 여자는 그들의 그 욕망을 채워줄 수도 있고 채워주지 않을 수도 있으므로 중요하고 필요한 인간이다. 그녀의 과거와 현재의 생활은 이러한 견해의 정당성을 입증한다.

지난 십 년 동안 그녀는 네흘류도프나 늙은 경찰서장을 비롯해 교도소 간수에 이르기까지 어디서건 모든 남자가 자기를 필요로 하는 것을 보아왔다. 지금까지 그녀를 원하지 않는 남자는 본 적이 없었다. 그래서 그녀에게 온 세계는 정욕에 사로잡혀 사방에서 그녀를 노리고 가능한 모든 수단—속임수, 폭력, 돈, 계략—을 써서 차지하려 발버둥치는 인간들의 집합소로 여겨졌다.

마슬로바는 삶을 이렇게 이해했고, 이 관점에서 보자면 그녀는 막된 인간이라기보다 오히려 아주 중요한 인간이었다. 마슬로바는 그런 인생관을 삶에서 가장 소중히 여겼고 또 그러지 않을 수가 없었는데, 그 인생관을 바꿔버린다면 사람들 사이에서 그녀가 자신에게 부여한 의미를 잃게 되기 때문이었다. 그래서 그녀는 삶에서 자기 자신의 의미를 잃지 않기 위해 자신과 똑같은 인생관을 지닌 사람들의 집단을 본능적으로 옹호했다. 그녀는 네흘류도프가 자기를 다른 세계로 데려가려는 낌새를 알아챘고, 그가 끌어들이려는 세계로 들어가면 자신에게 긍지와 자존감을 부여하던 삶에서 자신의 자리를 잃게 되리라 예견했기 때문에 저항한 것이었다. 똑같은 이유로 그녀는 소녀 시절의 추억도, 네흘류도프와 첫 인연을 맺은 때의 추억도 마음에서 내몰았다. 이 추억들은 현재 그녀의 인생관과 맞지 않았으므로 기억에서 완전히 삭제되었거나, 마치 꿀벌들이 노동의 결과를 망치지 않기 위해 애벌레들이 있는 벌집을 밀봉해버리듯, 그녀의 기억 속 어딘가에 가둬진 채 보관되어 있었다. 따라서 그녀에게 지금의 네흘류도프는 한때 순수하게 사랑했던 남자가 아니라, 그녀가 이용해도 되고 이용해야 마땅한, 다른 모든 남자와 맺은 것과 똑같은 관계를 맺을 수 있는 부유한 신사일 뿐이었다.

'그래, 중요한 말을 하지 못했다.' 네흘류도프는 사람들과 함께 출구로 향하며 생각했다. '결혼하겠다는 말을 하지 못했다. 말은 못했지만 나는 그렇게 할 것이다.' 그는 생각했다.

간수들이 문가에 서서 면회자들을 내보내며 면회자 외에는 한 사람도 밖으로 나가지 못하도록, 또 면회자 중에 한 사람도 교도소에 남지 않도록 두 손으로 인원수를 셌다. 이번에도 간수가 그의 등을 툭 쳤지만 그는 모욕을 느끼지 않았고 심지어 알아채지도 못했다.

45

네흘류도프는 자신의 외적 생활을 바꾸고 싶었다. 커다란 저택을 세놓고, 하인들을 내보내고 거처를 호텔로 옮길 생각이었다. 하지만 아그라페나 페트로브나는 겨울 전까지 굳이 생활방식을 바꿀 필요가 없다면서, 여름에는 아무도 셋집을 구하지 않으며 어디에 살든 가구나 세간살이는 필요하다고 그를 설득했다. 그래서 외적 생활을 바꿔보려던 네흘류도프의 노력은(그는 학생처럼 간소하게 살고 싶었다) 다 흐지부지되고 말았다. 모든 것이 예전 그대로였을 뿐 아니라 오히려 집안일로 더 분주해졌다. 모직류와 모피류를 전부 내다가 바람을 쏘이고 햇볕에 소독하고 먼지를 터는 일에 집사와 마당지기, 식모, 코르네이까지 동원되었다. 처음에는 아무도 입거나 사용한 적 없는 제복이나 오래된 모피 옷을 들고나와 매놓은 줄에 걸었다. 집사와 마당지기는 양탄자와 가구를 들고 나와서는 소매를 걷어 드러낸 근육질의 두 팔로 박자를 맞추며 열심히 먼지를 털어냈다. 방마다 나프탈렌냄새가 진동했다. 네흘류도프는 마당을 지나가거나 창문으로 내다보면서 세간이 그토록 많은 것에 놀랐고, 모두 불필요한 것이라는 데 또 놀랐다. '이것들의 유일한 용도와 목적은 아그라페나 페트로브나와 코르네이, 집사, 마당지기, 겸 마당지기, 식모들에게 운동할 기회를 주는 것뿐이다.' 네흘류도프는 생각했다.

'마슬로바 문제가 해결되지 않은 지금 굳이 생활방식을 바꿀 필요는 없겠지.' 그는 계속 생각했다. '게다가 너무 힘들다. 어차피 그녀가 석방되거나 유형지에 가게 되면 내가 그녀를 따라갈 것이고 그때는 모든 게 저절로 바뀔 것이다.'

네흘류도프는 변호사 파나린이 지정한 날에 그를 만나러 갔다. 거대한 나무들, 여기저기 창문에 걸린 호화로운 커튼, 대체로 벼락부자들이 그렇듯 어리석은 인간임을, 불로소득으로 사들인 것임을 증명하는 듯한 고가의 가구류가 놓인 그의 저택으로 들어갔다. 응접실에는 많은 의뢰인이 마치 병원 대기실에서처럼 침울한 얼굴로 앉아, 무료함을 달랠 목적으로 삽화가 실린 잡지들을 놓아둔 탁자 앞에서 차례를 기다리고 있었다. 높다란 사무용 책상 앞에 앉은 변호사의 비서가 네흘류도프를 알아보고는 다가와 인사하고 곧바로 상사에게 알리겠다고 말했다. 그러나 비서가 채 가기도 전에 문이 열리더니 붉은 얼굴에 칙칙한 콧수염을 기르고 새로 맞춘 듯한 옷을 차려입은 땅딸막한 중년 남자와 파나린의 크고 활기찬 목소리가 들렸다. 두 사람의 얼굴에는 이득은 크지만 떳떳하지 못한 일을 이제 막 해치운 사람에게서나 볼 수 있는 표정이 떠올라 있었다.

"여보게, 그건 자네 잘못이야." 파나린이 싱글거리며 말했다.

"천국에 간다면 기쁘겠지만, 죄가 많아서 들여보내주지 않을걸."

"그래, 그래, 우린 다 알지."

두 사람은 부자연스럽게 웃었다.

"아, 공작, 어서 오십시오." 네흘류도프를 알아본 파나린이 방을 나가는 상인에게 다시 한번 고개를 끄덕인 뒤, 그를 화려한 사무실로 안내했다. "편하게 담배 피우시죠." 변호사가 네흘류도프의 맞은편에 앉더니 이제 막 끝낸 사건에서 거둔 성공이 너무 기뻐 새어나오는 미소를 억누르며 말했다.

"고맙습니다. 저는 마슬로바 사건에 대해 알아보러 왔습니다."

"네, 네, 잠시만요. 저런 장사치들은 여간 교활한 게 아닙니다." 그가 말했다. "그 남자 보셨습니까? 재산이 자그만치 1200만 루블이나 되죠. 그런데 푸샤옛*이라니요. 만일 누구한테서 25루블 딱지 한 장이라도 얻어낼 수 있다면 눈에 쌍불을 켜고 달려들 위인입니다."

'그 사람은 "푸샤옛"이라고 했다지만, 당신도 지금 "25루블 딱지"라고 하잖아.' 네흘류도프는 이렇게 생각하면서, 자신은 네흘류도프와 같은 부류이지만 이곳을 찾는 고객들이나 다른 계급 사람들과는 어쩔 수 없이 만날 뿐이라고 말하는 듯한 이 발막한 인간에게 억누르기 힘든 혐오감을 느꼈다.

"정말이지 그 작자에게 두 손 두 발 다 들었어요. 끔찍한 악당입니다.

---

* '들여보내다, 내보내다' 등의 뜻을 지닌 표준어 푸스카티(пускать)가 아니라 하층민들이 쓰던 옛날 말을 썼다는 뜻.

마침 기분전환이 필요하던 참이었습니다." 볼일과 상관없는 말에 대해 변명하듯 변호사가 말했다. "자, 그럼 의뢰하신 사건을…… 서류는 주의깊게 읽어보았습니다만, 투르게네프가 썼듯이 '그 내용에 찬성하지 않는다'*입니다. 즉 변호사가 시원찮아서 상고 이유를 모조리 놓친 거예요."

"그래서 어떤 결정을 내렸습니까?"

"잠깐만요. 그 사람에게 이렇게 말하게," 그가 들어온 비서에게 말했다. "내 말대로 하겠다면 하는 거고, 할 수 없겠다면 나도 안 된다고."

"그런데 그분이 그러려고 하지 않습니다."

"그럼 안 되는 거지." 변호사가 이렇게 대꾸했고, 그의 유쾌하고 선량한 표정이 갑자기 음울하고 표독스럽게 바뀌었다.

"사람들은 변호사들이 돈을 거저 번다고 말하죠." 그가 다시 유쾌한 표정을 지으며 말했다. "완전히 부당한 이유로 파산선고를 받은 사람을 구해줬더니, 이제 그런 사람들이 전부 저를 찾아옵니다. 그런데 그런 사건 하나하나가 정말 공이 많이 들어요. 어느 작가 말처럼 잉크병에 살점을 한 조각씩 던져넣으며 살아가는 겁니다. 자 그럼, 당신의 사건, 혹은 당신이 관심을 갖는 사건에 대해 말하자면," 그가 말을 이었다. "아주 서툴게 처리되어 상고할 적당한 이유를 찾기 힘들었지만, 어쨌든 시도해볼 수는 있다고 판단해 이렇게 써보았습니다."

그는 글을 빼곡히 적어놓은 종이를 집어들더니 흥미롭지 않고 형식적인 몇 대목은 대충 우물거리며 넘기고 어떤 대목은 특히 인상적으로

---

* 투르게네프의 단편 「잉여인간의 일기」 중 한 구절.

발음하며 읽어나갔다.

"원로원 형사부 운운, 운운. 그에 따라 여차저차 상고 운운. 성립된 판결에 의해 운운, 운운, 판결 운운, 마슬로바 모씨는 상인 스멜코프 독살 사건에서 유죄로 인정되어 형법 제1454조에 의거 운운, 여차저차 징역형을 선고받은바 운운."

그가 잠시 멈췄다. 늘 해오던 일일 텐데도 역시 자기 작업에 만족하며 음미하는 것이 분명했다.

"이 선고는 대단히 중대한 절차상의 위반과 오류의 결과이니만큼," 그가 인상적인 어조로 계속했다. "마땅히 파기되어야 함. '첫째, 본 사건 심리 때 스멜코프의 내부 검시 보고서 낭독을 재판장이 처음부터 중단시킨 점.' 이것이 하나의 이유입니다."

"그러나 그 낭독을 요구한 건 검사측이었습니다." 네흘류도프가 놀라며 말했다.

"마찬가지입니다. 변호인에게도 그걸 요구할 권리가 있으니까요."

"하지만 그 낭독은 전혀 필요하지 않았습니다."

"그래도 상고 이유가 됩니다. 계속하지요." 그가 계속 읽었다. "둘째, 마슬로바의 변호인이 변론할 때, 마슬로바의 특징을 설명하기 위해 그녀가 타락하게 된 내적 원인을 언급하자 재판장이 이 사건과 직접적인 관련이 없다는 이유로 그의 발언을 중지시켰음. 그러나 원로원에서도 누차 훈시하듯이, 형사 사건에서 피고의 성격이나 정신적 특징 전반을 설명하는 것은 피고의 책임 능력을 명확히 밝히기 위해서라도 아주 중대한 의미를 지님.' 이것이 또하나의 이유입니다." 그가 네흘류도프를 힐끗 쳐다보며 말했다.

"하지만 변호사의 변론이 서툴러서 무슨 말인지 전혀 이해할 수 없었습니다." 네흘류도프가 한결 더 의아해하며 말했다.

"아직 풋내기라서 조리 있게 말하지 못했을 겁니다." 파나린이 웃으며 말했다. "그러나 그것도 이유가 됩니다. 자, 그다음입니다. '셋째, 결론에서 재판장은 형사소송법 제801조 1항의 절대적 지시사항을 따르지 않았고, 유죄의 개념이 어떤 법률적 요소로 성립되는지 배심원들에게 설명하지 않았으며, 설령 마슬로바가 스멜코프에게 독물을 준 사실을 인정한다 하더라도 그녀에게 살해 의도가 없었다면 그 행위만으로 유죄로 판단해선 안 되며, 따라서 마슬로바의 죄는 형사상 범죄가 아니라 단순한 과실, 즉 상인의 죽음은 마슬로바로서도 예상치 못한 결과로 인한 과실치사라는 것을 배심원들에게 주지시키지 않았음.' 이것이 핵심입니다."

"하지만 배심원들도 그것은 알 수 있었습니다. 그건 우리의 과실입니다."

"마지막 넷째," 변호사는 계속했다. "마슬로바의 죄의 유무에 관한 법정 질문에 대해 배심원들은 명백한 모순을 내포한 답신서를 제출하였음. 마슬로바는 오로지 재물이 탐나 고의로 스멜코프를 독살했다는 혐의로 기소되었고, 살해 동기도 오직 이것에서 비롯된 것으로 기소되었는데도 배심원들은 답신서에서 마슬로바가 절도 목적으로 금품 절취에 가담했다는 혐의를 부정했음. 즉 그들은 피고에게 살해 의도가 없었음을 인정하려 한 것이었으나, 재판장의 불완전한 결론에서 기인한 오해로 답신서에 그 내용을 적절하게 표현하지 못한 것이 명백함. 그래서 배심원들의 답신서는 형사소송법 제816조와 제808조에 적용되어야

함. 즉 재판장은 배심원들에게 그들의 과실을 지적하고 답신서를 반환한 후, 피고의 죄의 유무에 대해 다시 심리하고 다시 답신서를 작성해 제출하도록 요구해야 했음.'" 파나린이 읽어나갔다.

"그런데 왜 재판장은 그러지 않았을까요?"

"저도 그게 궁금합니다." 파나린이 웃으며 대답했다.

"원로원이 오심을 인정해줄까요?"

"그건 어떤 어리석은 늙다리들이 회의에 출석하느냐에 달려 있습니다."

"어리석은 늙다리들이라니요?"

"양로원*의 어리석은 노인들이요. 아무튼, 그래서 말입니다. 그다음은 이렇습니다. '그러한 판결은 재판부에게'," 그는 빠르게 계속 읽었다. "'마슬로바를 형사 처분할 권리를 주지 않으며, 그러므로 그 사건에 형사소송법 제771조 3항을 적용하는 것은 우리 형법의 근본 원칙에 대한 중대한 위반임. 이상의 이유에 따라 본인은 형사소송법 제909조, 제910조, 제912조 2항, 제928조에 따라 운운, 운운, 본 판결을 폐기하고 재심을 위해 동일 법원 다른 부서로 이관할 것을 청원하는 바임.' 자, 이렇습니다만, 이걸로 제가 할 수 있는 일은 모두 한 셈입니다. 솔직히 말씀드려 성공할 확률은 낮습니다. 요컨대 모든 것은 원로원 담당 의원들에게 달려 있죠. 혹시 연줄이 있다면 미리 손을 써두십시오."

"몇 사람 있긴 합니다만."

"조금이라도 빨리 움직이시는 게 좋습니다. 그러지 않으면 다들 치

---

* 원로원을 비하한 말.

질을 치료한다며 떠나버릴 테니까요. 그렇게 되면 석 달을 기다려야 하죠…… 만일 그래도 성공하지 못할 때는 황제 폐하께 청원하는 방법이 남아 있습니다만, 이것 역시 이면공작에 달렸습니다. 그 경우에도 기꺼이 도와드리겠습니다. 이면공작이 아니라 청원서 작성을 말입니다."

"고맙습니다. 그런데 비용은……"

"비서가 청원서를 건네드릴 때 얘기할 겁니다."

"하나 더 여쭙겠습니다. 저는 검사가 써준 면회 허가증을 가지고 교도소로 찾아갔는데, 정해진 날짜와 시간 외에 다른 장소에서 면회하려면 도지사의 허가가 필요하다더군요. 그런 게 필요합니까?"

"네, 그럴 겁니다. 그런데 지금 도지사가 부재중이라 부지사가 직무를 대신하고 있습니다. 하지만 그 사람이 지독한 바보라서 말이 통할지 모르겠습니다."

"마슬렌니코프 말인가요?"

"그렇습니다."

"그 사람은 제가 압니다." 네흘류도프는 이렇게 말하고 돌아가기 위해 자리에서 일어났다.

이때 몸집이 왜소하고 앙상하며 밉상스러운 들창코에 얼굴빛이 누런 여자가 종종걸음으로 들어왔는데, 변호사의 아내였고, 그녀는 자신의 추한 외모에 전혀 개의치 않는 것 같았다. 밝은 노랑과 초록의 벨벳과 실크로 몸을 휘감은 옷차림이 범상치 않았고 숱이 적은 머리를 틀어올렸는데, 그녀 뒤를 따라 실크 깃이 달린 프록코트를 입고 흰 넥타이를 맨 얼굴이 흙빛인 키 큰 남자가 싱글거리며 들어왔다. 그는 작가였고 네흘류도프와도 안면이 있었다.

"아나톨*," 여자가 문을 열며 말했다. "제 방으로 가요. 세몬 이바노비치가 지금 자작시를 낭독해주신다니까 당신은 가르신**에 대해 들려주셔야 해요."

네흘류도프는 나가려고 했지만 변호사의 아내가 남편에게 귓속말을 소곤거리더니 곧 그에게 말을 걸었다.

"실례지만, 공작, 전 당신을 알아요. 그러니 소개는 필요 없겠네요. 우리가 하는 아침 문학 모임에 함께해주세요. 아주 흥미로우실 거예요. 아나톨이 낭독을 아주 잘하시거든요."

"보시다시피, 제가 좀 많은 일을 하고 있죠." 아나톨이 두 팔을 벌리고 웃으며 이렇게 매력적인 부인의 권유는 도저히 거스를 수 없다는 듯 말했다.

네흘류도프는 변호사의 아내에게 초대해준 데 대해 아주 정중하게 감사를 표하면서도 대단히 유감스럽다는 표정으로 그럴 시간이 없다고 사양하고 응접실로 나왔다.

"여간 까다로운 분이 아니네요!" 그가 나가자 변호사의 아내가 그에 대해 말했다.

응접실에서는 비서가 미리 준비한 청원서를 네흘류도프에게 건넸고, 비용이 얼마냐고 묻자 비서는 아나톨리 페트로비치***는 원래 이런 사건을 맡지 않는데 이번은 특별한 경우라고 설명하며 천 루블을 청구하라 지시했다고 전했다.

---

* '아나톨리'를 프랑스어식으로 부른 것.
** 브세볼로트 가르신(1855~1888). 러시아 작가.
*** 파나린의 이름과 부칭.

"이 청원서에는 누가 서명하는 겁니까?" 네흘류도프가 물었다.

"피고가 직접 하면 좋지만, 그게 어려우면 피고의 위임을 받아 아나톨리 페트로비치가 하실 수도 있습니다."

"아니, 내가 가서 본인 서명을 받겠습니다." 네흘류도프는 지정된 날짜 이전에 그녀를 면회할 기회가 생긴 것을 기뻐하며 말했다.

46

교도소에서는 여느 날과 같은 시각에 간수들의 호각소리가 온 복도에 울려퍼졌다. 찰카닥 쇳소리를 내며 복도와 감방의 문들이 열리자 맨발로 걷는 소리와 죄수화를 질질 끌며 걷는 소리가 들리기 시작했고, 변기통 담당 죄수들이 악취로 공기를 채우며 복도를 지나갔다. 남녀 죄수들이 세수를 하고 옷을 갈아입고는 점호를 위해 복도로 나와 섰고, 점호가 끝나자 차를 마시기 위해 뜨거운 물을 받으러 갔다.

이날은 차를 마시는 동안, 어느 감방이건 오늘 태형을 받게 된 두 남자 죄수 이야기를 하느라 시끌벅적했다. 한 사람은 글을 읽고 쓸 줄 아는 바실리예프라는 젊은 점원인데, 질투에 사로잡혀 자기 애인을 죽인 죄로 수감됐다. 그는 쾌활하고 잘 베푸는 성격에 간수들에게도 비굴하지 않아 감방 동료들의 호감을 샀다. 그는 법을 잘 알았고 간수들에게 법대로 실행해달라고 요구했다. 그래서 간수들은 그를 좋아하지 않았다. 삼 주 전 변기통 담당 죄수가 간수의 새 제복에 양배추 수프를 튀겼다는 이유로 얻어맞는 일이 있었다. 바실리예프는 법에 죄수를 때려도 된다는 조항은 없다며 변기통 담당 죄수를 감쌌다. 그러자 간수가 "네 놈에게 법을 가르쳐주지" 하며 바실리예프에게 욕설을 퍼부었다. 바실리예프도 가만있지 않았다. 간수는 급기야 주먹을 쳐들었지만 바실리예프가 그의 양팔을 삼 분쯤 꽉 붙들고 있다가 상대의 몸을 홱 돌려 문 밖으로 밀쳐냈다. 간수가 이 사실을 소장에게 알리자 소장은 바실리예프를 독방에 가두라고 지시했다.

한 줄로 늘어선 창고 같은 어두컴컴한 독방들은 밖에서 빗장을 지르게 되어 있었다. 어둡고 추운 독방에는 침상도 의자도 탁자도 없어서 여기 갇힌 사람은 더러운 바닥에 앉거나 누울 수밖에 없었고, 그러면 방에 우글거리는 쥐들이 몸을 타고 넘거나 기어올랐고, 쥐들이 어찌나 겁이 없는지 어둠 속에서 빵조차 지킬 수 없을 정도였다. 쥐들은 죄수 손에 있는 빵을 갉아먹고 죄수가 움직이지 않을 때는 몸에 달려들어 물어뜯기까지 했다. 바실리예프는 자기는 아무 잘못이 없다면서 독방에 들어가지 않겠다고 버텼지만, 간수들이 강제로 끌고 갔다. 그가 뿌리치려고 버둥거리자 같은 감방 죄수 둘이 힘을 합쳐 간수들을 밀어냈다. 그러나 곧 다른 간수들이 달려왔는데, 그중에는 힘이 세기로 유명한 페트로프가 있었다. 죄수들은 얻어맞고 모두 독방에 갇히게 되었다. 이 일은 무슨 폭동이라도 벌어진 양 도지사에게 곧바로 보고되었다. 그 결과 주동자 두 사람, 즉 바실리예프와 부랑자 네폼냐시에게 각각 서른 대씩 태형 명령이 내려졌다.

태형은 여자 죄수 면회소에서 집행될 예정이었다.

전날 저녁부터 교도소 내 모든 사람에게 이 소문이 퍼졌고, 어느 감방에서나 곧 집행될 징벌에 대해 떠들썩하게 이야기가 오갔다.

코라블료바와 예쁜이, 페도시야, 마슬로바는 한구석에 모여 앉아 요즈음 보드카를 입에서 떼지 않는 마슬로바가 아낌없이 나눠준 보드카를 들이켜고는 모두 발그레 들떠 있었다. 차를 마시면서 그들도 그 이야기를 했다.

"그 사람이 무슨 행패를 부렸겠어?" 코라블료바가 튼튼한 이로 작은 설탕 조각을 깨물며 바실리예프 편을 들었다. "그 사람은 동료를 편든 것뿐이잖아. 요즘은 함부로 사람을 때리지 못하게 되어 있다던데."

"착한 젊은이들이라고 하던데요." 페도시야가 찻주전자가 놓인 널빤지 침상 맞은편 장작개비 위에 앉아 머리를 양 갈래로 길게 땋으며 덧붙였다.

"미하일로브나, 그분에게 말해보면 어때." 건널목지기 여자가 '그분'이란 말로 네흘류도프를 암시하며 마슬로바에게 말했다.

"말해볼게. 그 사람은 나를 위해서라면 무슨 일이든 할 테니까." 마슬로바가 생긋 웃고 고개를 끄덕이며 대답했다.

"그런데 언제 오실까, 저들은 곧 끌려가게 생겼는데." 페도시야가 말했다. "아, 무서워라." 그녀가 한숨을 내쉬며 덧붙였다.

"전에 언젠가 면사무소에서 농부가 채찍으로 맞는 걸 봤어. 시아버지 심부름으로 촌장을 찾아갔다가 그 농부가……" 건널목지기 여자가 장황한 이야기를 시작했다.

건널목지기 여자의 이야기는 위층 복도에서 들리는 목소리와 발소리에 끊겼다.

여자들은 숨을 죽이고 귀를 기울였다.

"끌어내나보네, 망할 자식들." 예쁜이가 말했다. "죽도록 패겠지. 그 사람이 고분고분하지 않아서 간수들이 몹시 미워하는 모양이던데."

위층의 소란이 잦아들었고, 건널목지기 여자는 면사무소 헛간에서 농부가 채찍질당하는 것을 보았을 때 내장이 뒤집히는 듯이 놀랐다며 이야기를 마쳤다. 그러자 예쁜이는 채찍질을 당하면서도 비명 한 번 지르지 않았다는 셰글로프라는 남자에 대해 이야기했다. 이윽고 페도시야가 찻잔을 치웠고, 코라블료바와 건널목지기 여자는 바느질감을 손에 들었고, 마슬로바는 따분함에 우울해하며 침상에 앉아 무릎을 껴안았다. 그러다가 드러누워서 한잠 자려는데 여자 간수가 들어와 그녀에게 면회라며 사무실로 오라고 큰 소리로 말했다.

"우리 이야기도 꼭 해줘," 마슬로바가 수은이 반쯤 벗겨진 거울 앞에서 머릿수건을 매만질 때 멘쇼바* 노파가 말했다. "불을 지른 건 우리가 아니라 그 악당 놈이야, 일꾼도 봤어. 그 일꾼은 영혼을 더럽히는 짓은 하지 않는 사람이야. 그분에게 미트리를 만나 얘기를 들어봐달라고 말해줘. 미트리가 손바닥을 들여다보듯 남김없이 다 말씀드릴 거야. 이게다 대체 뭐냐 말이야. 아무 죄도 없는 우리는 감방에 처박히고 그 악당놈은 남의 아내와 붙어먹으며 술집에 앉아 있으니."

"그런 법은 없어!" 코라블리하가 맞장구쳤다.

"꼭 말할게요." 마슬로바가 대답했다. "용기를 내기 위해 한 잔 더 해야겠어." 그녀가 한쪽 눈을 찡긋하며 덧붙였다.

코라블리하가 그녀에게 보드카를 반잔 따라주었다. 마슬로바는 쭉 들이켜고 입가를 닦은 뒤 더없이 명랑한 기분으로 "용기를 내기 위해"

---

* 멘쇼프의 여성형.

하고 되풀이하며 고개를 끄덕이더니 싱글벙글 웃는 얼굴로 여자 간수를 따라 복도를 걸어갔다.

47

네흘류도프는 한참이나 현관 복도에서 기다렸다.

교도소에 도착한 그는 입구에서 벨을 눌러 당직 간수에게 검사의 허가증을 내보였다.

"누구를 만나려 하십니까?"

"여죄수 마슬로바입니다."

"지금은 안 됩니다. 소장님이 용무중이십니다."

"사무실에 계십니까?" 네흘류도프가 물었다.

"아니, 여기 면회소에 계십니다." 간수는 네흘류도프가 보기에 당황한 기색으로 대답했다.

"오늘은 면회가 되는 날인가요?"

"아닙니다, 특별한 용무가 있으셔서." 간수가 말했다.

"어떻게 하면 그분을 만날 수 있습니까?"

"곧 나오실 테니 그때 말씀하십시오. 잠시 기다리시죠."

그때 옆문에서 반짝거리는 금몰 제복에 번들거리는 얼굴, 갈색 콧수염에 담배냄새가 밴 상사가 나오더니 간수를 호되게 꾸짖었다.

"왜 여기로 사람을 들였나?…… 사무실로……"

"소장님이 여기 계신다고 들었습니다." 네흘류도프가 상사의 얼굴에 떠오른 당황한 기색을 읽으며 말했다.

그때 안쪽 문이 열리더니 얼굴이 땀에 흠뻑 젖고 벌겋게 달아오른 페트로프가 나왔다.

"이제 정신 차렸을 겁니다." 그가 상사를 보며 말했다.

상사가 눈짓으로 네흘류도프를 가리키자, 페트로프는 입을 다물고 얼굴을 찌푸리면서 뒷문으로 나가버렸다.

'누가 정신 차렸다는 걸까? 다들 왜 저렇게 당황할까? 왜 상사는 저 남자에게 이상한 눈짓을 했을까?' 네흘류도프는 생각했다.

"여기서 기다리시면 안 되니 사무실로 가시죠." 상사가 다시 네흘류도프에게 말을 건넸고 네흘류도프가 나가려 하는 순간, 소장이 부하들보다 더 당황한 얼굴로 씨근덕거리며 들어왔다. 그는 네흘류도프를 발견하자 간수를 돌아보았다.

"페도토프, 여자 감방 5호실에서 마슬로바를 데려오게." 소장이 말했다.

"가시죠." 그러고는 네흘류도프에게 말했다. 그들은 가파른 계단을 올라 창문이 하나뿐이고 책상 한 개와 의자 몇 개가 놓인 작은 방으로 들어갔다. 소장이 의자에 앉았다.

"참으로 힘든 직무입니다." 소장이 네흘류도프를 돌아보고 굵은 담배 한 개비를 꺼내며 말했다.

"피곤해 보이십니다." 네흘류도프가 말했다.

"이 직무의 모든 것에 지쳤습니다. 정말 힘든 직무예요. 좀 편해지면 좋겠는데 오히려 점점 더 나빠지기만 합니다. 그만둘 생각만 하고 있죠. 참으로 힘든 일입니다."

네흘류도프는 소장이 말하는 특별히 힘든 직무가 뭔지 알 수 없었지만, 오늘 그의 눈에 비친 소장의 모습은 불쌍해 보였고 어딘가 쓸쓸하고 절망적인 느낌이었다.

"네, 정말 힘든 일일 것 같습니다." 그가 말했다. "그런데 왜 이 일을 계속하시는 겁니까?"

"방법이 없잖습니까, 가족도 있고."

"하지만 그렇게 힘들다면……"

"그건 그렇죠, 감히 말씀드리자면, 저는 최선을 다해 사회에 공헌하고 있는 셈입니다. 다른 사람이라면 절대 이렇게까진 하지 못할 겁니다. 말로는 쉬운 일 같지만 아무튼 이천 명이 넘는 사람들, 더구나 죄수들 상대잖습니까. 그런 자들을 다룰 줄 알아야 합니다. 그들도 똑같은 인간인지라 가엾게 여겨야 하고요. 그렇다고 너무 느슨해서도 안 됩니다."

소장은 얼마 전 죄수들끼리 싸우다 일어난 살인 사건에 대해 이야기하기 시작했다.

그의 이야기는 간수를 선두로 마슬로바가 들어오면서 중단됐다.

네흘류도프는 미처 소장을 보지 못한 채 문으로 들어오는 그녀를 바라보았다. 그녀의 얼굴이 새빨갛다. 그녀는 간수 뒤에서 고개를 갸웃거리며 시종 얼굴에 미소를 머금고 활기차게 걸어왔다. 소장을 보자 그녀는 겁먹은 얼굴로 그를 보더니, 곧 태도를 고쳐 활발하고 쾌활한 목소리로 네흘류도프에게 인사했다.

"안녕하세요." 그녀가 미소 지으며 노래하는 듯한 목소리로 말했고, 지난번과 달리 그의 손을 꼭 잡았다.

"오늘은 청원서에 당신 서명을 받으러 왔습니다." 네흘류도프는 그녀가 오늘따라 생기 있는 얼굴로 자신을 맞자 적잖이 놀라며 말했다. "변호사가 작성한 청원서에 서명이 필요해요. 페테르부르크로 보낼 겁니다."

"그래요, 서명이야 어렵지 않죠. 뭐든 할 수 있어요." 그녀가 한쪽 눈을 찡긋하고 미소 지으며 말했다.

네흘류도프는 접은 서류를 호주머니에서 꺼내며 탁자로 다가갔다.

"여기서 서명해도 됩니까?" 네흘류도프가 소장에게 물었다.

"이리 와서 앉아." 소장이 말했다. "펜은 여기 있어. 읽고 쓸 줄 아나?"

"예전에는 알았지요." 그녀는 미소 지으며 대답했고, 치맛자락과 소맷자락을 매만지고는 탁자 앞에 앉아 탄력 넘치는 작은 손으로 어색하게 펜을 쥐더니 피식 웃으며 네흘류도프를 돌아보았다.

그는 그녀에게 서명할 자리를 알려주었다.

그녀는 조심스럽게 펜을 잉크에 찍고 잉크방울을 털고는 자기 이름을 썼다.

"더 해야 할 게 있나요?" 그녀가 네흘류도프와 소장을 번갈아 보면서 펜을 잉크병 위에 놓았다 종이 위에 놓았다 하며 물었다.

"할말이 좀 있는데." 네흘류도프가 그녀에게서 펜을 받아들며 말했다.

"네, 말씀하세요." 그녀가 이렇게 말하고는 뭔가가 생각났는지 아니면 졸음이라도 오는지 갑자기 진지한 얼굴이 되었다.

소장이 일어나 나갔고, 네흘류도프는 그녀와 마주보며 남게 되었다.

48

마슬로바를 데려왔던 간수는 탁자에서 조금 떨어진 창턱에 걸터앉았다. 네흘류도프에게 결정적 순간이 다가왔다. 그는 첫 면회 때 가장 중요한 말, 즉 그녀와 결혼하겠다는 말을 하지 못한 것을 줄곧 자책하던 터라 오늘은 꼭 하리라 단단히 벼르고 있었다. 그녀는 탁자 한쪽에 앉았고 네흘류도프는 맞은편에 앉았다. 방안은 밝았고 네흘류도프는 처음으로 가까운 거리에서 눈가와 입가의 주름이며 부은 두 눈까지 그녀의 얼굴을 자세히 보았다. 그러자 그녀가 전보다 더 가엾게 느껴졌다.

그는 창턱에 걸터앉은, 희끗희끗한 구레나룻을 기르고 있고 유대인으로 보이는 간수에게는 들리지 않고 그녀에게만 들리도록 탁자에 팔꿈치를 괴고 나직하게 말했다.

"만일 상고가 별 도움이 되지 않는다면 황제 폐하께도 청원할 겁니다. 할 수 있는 건 다 해봅시다."

"먼저도 변호사만 괜찮았더라면······" 그녀가 그의 말을 가로막았다. "그 변호사는 완전히 숙맥이었어요. 저한테 계속 알랑거리기만 하고." 그녀가 말하고 웃었다. "그때 제가 당신과 아는 사이란 걸 사람들이 알았다면 사정은 달라졌을 거예요. 그런데 어떤 줄 아세요? 모두 저를 도둑으로 생각해요."

'오늘 좀 이상하군.' 네흘류도프는 이렇게 생각하며, 뭔가 말하려 했으나 그녀가 다시 가로막았다.

"실은 말이죠. 우리 감방에 할머니가 한 명 있는데, 모두가 놀랄 정도로 아주 착하세요. 그런데 그 착한 할머니가 죄도 없이 감방에 들어와 있어요. 할머니도 그 아들도 모두 무고한데 방화죄를 뒤집어쓴 거예요. 실은 그 할머니가 제가 당신과 아는 사이란 말을 듣고," 마슬로바가 고개를 기울여 그의 얼굴을 살피며 말했다. "'그분에게 말씀드려줘, 아들을 불러서 자세한 이야기를 들어봐달라고 말씀드려줘' 하시는 거예요. 성은 멘쇼프예요. 어때요, 들어주실 건가요? 정말 좋은 사람이에요. 무고하다는 건 금방 알게 되실 거예요. 제발, 힘 좀 써주세요." 그녀가 그의 얼굴을 찬찬히 쳐다보다가 눈을 내리고 생긋 웃으며 말했다.

"좋아요, 그러죠, 얘기를 들어보겠습니다." 네흘류도프가 그녀의 거침없는 요구에 적잖이 놀라며 대답했다. "그런데 내 문제로 당신에게 할말이 있어요. 지난번에 당신에게 했던 말 기억합니까?" 그가 말했다.

"많은 말씀을 하셨잖아요. 그런데 무슨 말씀을 하셨더라?" 그녀가 미소를 거두고 고개를 갸우뚱하며 말했다.

"당신에게 용서를 구하러 왔다고 말했어요." 그가 대답했다.

"왜 자꾸만 용서하라, 용서하라 하시나요, 그런 게 무슨 소용이라고…… 그보다는 당신……."

"죗값을 치르고 싶습니다." 네흘류도프가 계속했다. "말로만 하는 게 아니라 행동으로 보상하고 싶어요. 나는 당신과 결혼할 생각입니다."

그녀의 얼굴에 별안간 두려움이 떠올랐다. 사시 눈은 그의 얼굴에 머물렀으나 그를 보는 것 같기도 하고 보지 않는 것 같기도 했다.

"왜 그렇게까지 해야 하는데요?" 그녀가 눈살을 찌푸리며 앙칼지게 말했다.

"신 앞에서 떳떳하기 위해서는 그래야 한다고 생각하니까요."

"신이라뇨, 어떤 신이요? 늘 엉뚱한 이야기만 하시는군요. 신이라고요? 어떤 신인데요? 신을 찾으려면 그때 찾았어야죠." 그녀는 여기까지 말하고 입을 벌린 채 말을 잇지 못했다.

네흘류도프는 그제야 그녀의 입에서 풍기는 독한 술냄새를 맡았고 그녀가 흥분한 까닭을 알았다.

"진정해요." 그가 말했다.

"진정하고 말고 할 것도 없어요. 내가 취한 것 같아요? 취했죠, 하지만 내가 무슨 말을 하고 있는지는 알아요." 그녀의 말이 갑자기 빨라졌고, 얼굴은 온통 붉어졌다. "나는 징역수이고…… 당신은 지주 나리이고 공작이죠. 괜히 나랑 얽혀서 당신을 더럽히지 말아요. 당신의 공작 영애에게나 가보라고요, 내 몸값은 빨간 지폐 한 장이에요."

"아무리 냉혹하게 말해도 당신은 내가 느끼는 감정을 표현 못해," 네흘류도프가 온몸을 떨면서 조용히 말했다. "내가 얼마나 큰 죄책감을 느끼는지 상상도 못할 거라고!……"

"죄책감을 느낀다……" 그녀가 앙칼지게 따라 했다. "그때는 그걸 느끼지 못하고 100루블을 찔러줬군요. 그게 내 몸값이라……"

"알아, 알아, 하지만 이제 와서 어쩌겠어?" 네흘류도프가 말했다. "앞으로 난 네 곁을 떠나지 않기로 결심했어," 그가 거듭 말했다. "내 말을 행동으로 옮길 거야."

"분명히 말해두지만, 당신은 절대로 그렇게 못할걸!" 그녀가 말하고 큰 소리로 웃었다.

"카튜샤!" 그가 그녀의 손을 잡으며 말했다.

"돌아가. 나는 징역수이고 당신은 공작이야, 여긴 당신이 올 곳이 아니라고." 분노로 얼굴빛이 돌변한 그녀가 그의 손을 뿌리치며 소리쳤다. "당신은 나를 구실로 구원받으려는 거야." 그녀는 마음속에서 끓어오른 모든 것을 내뱉으려고 속사포로 말했다. "이승에서는 나를 노리개로 삼고 저승에 가선 구원받고 싶다 그건가! 꼴도 보기 싫어, 그 안경도, 기름진 추한 낯짝도. 가라고, 꺼지라고!" 그녀는 거칠게 벌떡 일어나며 소리쳤다.

간수가 그들에게 다가왔다.

"왜 이렇게 난리야! 네까짓 게……"

"그냥 내버려두십시오." 네홀류도프가 말했다.

"주제를 알아야지." 간수가 말했다.

"아닙니다, 잠시만 기다려주십시오." 네홀류도프가 말했다.

마슬로바는 다시 앉아 눈을 내리깔고 양손을 굳게 깍지 끼었다.

네홀류도프는 어찌해야 할지 모른 채 그녀 옆에 서 있었다.

"나를 못 믿는군." 그가 말했다.

"나와 결혼을 하고 싶다? 그런 일은 절대 일어나지 않아. 차라리 목을 매겠어! 분명히 말했어요."

"그래도 너를 위해 최선을 다할 거야."

"뭐, 그거야 당신 맘이지. 하지만 난 당신이 전혀 필요하지 않아. 똑똑히 말해두겠어요." 그녀가 말했다. "내가 왜 그때 죽어버리지 않았을까?" 그리고 이렇게 덧붙이더니 애처롭게 울기 시작했다.

네홀류도프는 아무 말도 할 수 없었다. 그녀의 눈물이 그에게도 옮았다.

그녀는 눈을 들어 놀란 듯 그를 쳐다보더니 뺨에 흘러내린 눈물을 머릿수건으로 닦았다.

간수가 다시 다가와 시간이 다 됐다고 알렸다. 마슬로바는 일어섰다.

"오늘은 많이 흥분한 것 같아요. 가능하면 내일 다시 올 테니까 잘 생각해봐요." 네흘류도프가 말했다.

그녀는 아무 대답도 하지 않고 그를 외면한 채 간수를 따라 방을 나섰다.

"그래, 얘, 인생이 좀 풀리겠구나." 코라블료바가 감방에 돌아온 마슬로바에게 말했다. "너한테 홀딱 반했나보다. 그분이 찾아오는 동안 정신 바짝 차려야 해. 그분이 도와줄 거야. 부자들은 못하는 게 없으니까."

"그건 그래." 건널목지기 여자가 노래하는 듯한 목소리로 말했다. "가난뱅이는 색시를 얻어도 밤이 짧다지만 부자는 마음만 먹으면 못하는 게 없지. 우리 마을에도 그런 대단한 사람이 하나 있었는데, 그 사람이……"

"그나저나, 내 얘기도 했어?" 노파가 물었다.

그러나 마슬로바는 동료들의 물음에 대답하지 않고 널빤지 침상에 드러누워 사시 눈으로 한구석만 바라보며 밤까지 꼼짝도 하지 않았다. 내면에서 괴로운 싸움이 벌어지고 있었다. 네흘류도프가 한 말이 그녀를 그 고통의 세계, 이해하지 못한 채 증오하며 떠나버렸던 과거의 세계로 다시 불러들였다. 그녀는 지금까지 살아온 망각의 세계에서 눈을 떴지만, 과거를 또렷이 기억하며 산다는 건 너무 괴로운 일이었다. 그날 밤 그녀는 또 술을 사서 동료들과 취하도록 마셨다.

49

'그래, 그래서였다. 그런 거였어.' 네흘류도프는 교도소에서 나오면서 그제야 비로소 자신이 어떤 죄를 저질렀는지 온전히 깨달았다. 만일 그가 자신의 행위에 대해 보상하고 속죄하려 시도하지 않았다면, 그 죄가 얼마나 큰지 결코 깨닫지 못했을 것이다. 그뿐만 아니라 그녀도 자신이 겪은 죄악의 전모를 영원히 알지 못했을 것이다. 그제야 모든 것이 남김없이 드러났다. 오늘 그는 자신이 그녀의 영혼에 무슨 짓을 저질렀는지 명확히 알게 되었고, 그녀도 자신이 당한 일을 알게 되었다. 예전의 네흘류도프는 자신의 회한에 도취되어 그 감정을 즐겼지만 지금은 그저 두려웠다. 그는 이제 도저히 그녀를 버릴 수 없다고 또렷이 느꼈다. 그러나 한편으로는 그녀와의 관계가 결국 어떻게 될지 도무지 그려지지 않았다.

네흘류도프가 교도소 밖으로 막 나서려는데 십자가와 메달을 단 간수가 알랑거리는 불쾌한 표정을 지으며 다가와 은밀하게 봉투를 꺼냈다.

"어느 부인이 공작 각하께 전하라고 하셨습니다……" 그가 네흘류도프에게 봉투를 건네며 말했다.

"어떤 분이?"

"읽어보면 아실 겁니다. 수감된 정치범입니다. 제가 그 감방 담당 간수입니다. 그래서 부탁받았습니다. 이런 일은 하면 안 되지만, 인정상……" 간수가 부자연스러운 목소리로 말했다.

네흘류도프는 정치범 구역 간수가 교도소 안에서, 거의 모든 사람이 볼 수 있는 이런 장소에서 편지를 건네주는 데 깜짝 놀랐을 뿐, 이때는 그가 간수를 가장한 스파이임을 알지 못했다. 그는 편지를 받아들고 교도소 밖으로 나가자마자 읽어보았다. 예르 없이* 경쾌한 필체로 연필로 쓰인 편지 내용은 다음과 같았다.

당신이 어느 형사범에게 관심을 갖게 되어 교도소를 찾으신다는 소문을 듣고 만나뵙고 싶었습니다. 저를 면회해주십시오. 당신이라면 면회가 허락될 테니, 당신이 보호하시는 분에게도, 우리 그룹에게도 중요한 정보를 많이 전해드리겠습니다. 언제나 당신께 감사드리며, 베라 보고두홉스카야.

베라 보고두홉스카야는 네흘류도프가 언젠가 동료들과 곰사냥을 하러 갔었던 노브고로드 어느 벽촌의 여교사였다. 그녀는 전문학교에 진학하고 싶다며 네흘류도프에게 학비를 지원해달라고 부탁했었다. 네흘류도프는 돈을 주었고 곧 잊어버렸다. 그 여자가 지금 이곳에 정치범으로 수감되어 있었고, 그의 소문을 듣고 그를 돕겠다고 자청한 것이었다. 그 시절 모든 것이 얼마나 수월하고 단순했던가. 그러나 지금은 모든 것이 까다롭고 복잡해졌다. 네흘류도프는 기쁜 마음으로 그때의 일과 보고두홉스카야를 알게 된 기억을 생생하게 떠올렸다. 사육제를 앞둔 어느 날, 철도에서 60베르스타쯤 떨어진 벽촌에서였다. 사냥에 성공해 곰을 두 마리나 잡은 뒤 돌아갈 준비를 마치고 식사를 하고 있었는

---

* 혁명 전, 경자음을 표시하기 위해 붙이던 글자. 1880년대부터 진보주의적, 자유주의적 성향의 사람들은 이 불필요한 '예르(ъ)'를 대체로 붙이지 않았다.

데, 그들이 묵었던 농가의 주인이 찾아와 하급사제의 딸이 네흘류도프 공작을 만나고 싶어한다고 전했다.

"미인인가?" 누군가 물었다.

"어이, 그만해!" 네흘류도프는 진지한 표정으로 탁자에서 일어나 입을 닦고 그녀가 무슨 일로 자기를 찾는지 의아해하며 안채로 들어갔다.

방에는 펠트 모자를 쓰고 모피 외투를 입은 젊은 여자가 있었는데, 몸이 깡마르고 얼굴은 홀쭉하고 볼품없었지만 치켜올라간 눈썹 아래 빛나는 두 눈은 아름다웠다.

"오셨다, 베라 예프레모브나*, 말씀드리렴," 안주인 노파가 말했다. "이분이 그 공작님이셔. 나는 비켜주마."

"무슨 일입니까?" 네흘류도프가 물었다.

"저는……저는…… 그래요, 당신은 부자여서 쓸데없는 일에, 사냥 따위에 돈을 낭비하시지만," 그녀가 몹시 어색하게 운을 뗐다. "제가 바라는 건 오직 한 가지로, 사람들에게 유익한 존재가 되는 거예요. 하지만 아는 게 없어서 아무것도 할 수가 없어요."

진실하고 선량한 눈, 결연하면서도 수줍어하는 표정이 너무나 감동적이어서 네흘류도프는 전에도 종종 그랬듯 문득 그 처지에 마음이 끌리고 그녀가 이해되면서 측은함을 느꼈다.

"내가 할 수 있는 일이 무엇입니까?"

"저는 교사이고 전문학교에 진학하고 싶은데, 입학할 수가 없어요.

---

* 베라 보고두홉스카야의 부칭.

집에서 보내주지 않는 게 아니라 학비가 없어서죠. 저를 도와주시면, 학업을 마치고 갚겠습니다. 부자들은 곰을 죽이기도 하고, 농부들에게 술을 먹이기도 하는데, 저는 좋지 않은 일이라고 생각합니다. 부자들은 왜 선행을 하지 않는 걸까요? 저는 80루블만 있으면 돼요. 내키지 않으시면 안 주셔도 괜찮습니다." 그녀가 화난 듯이 말했다.

"천만에요, 오히려 나는 이런 기회를 준 걸 아주 고맙게 생각합니다…… 당장 가져오겠습니다." 네흘류도프가 대답했다.

그는 현관 복도로 나갔고, 거기서 그들의 대화를 엿듣던 동료를 발견했다. 그는 동료의 농담에 아무 대꾸도 하지 않고 가방에서 돈을 꺼내 돌아갔다.

"부탁이니, 고마워하지 말아요. 도리어 내가 당신에게 고마워할 일이니까요."

네흘류도프는 그 모든 일을 떠올리자 기분이 좋아졌다. 질 나쁜 농지거리를 하려던 장교와 거의 말다툼할 뻔했던 것, 다른 동료가 그의 편을 들어주었고 그래서 그와 더욱 친해졌던 것, 그날 사냥이 아주 잘 돼서 즐거웠던 것, 그날 밤 기차역으로 돌아갈 때 기분이 좋았던 것을 떠올리자 유쾌했다. 숲속 좁은 길을 따라 쌍두 썰매 행렬은 비스킷처럼 딱딱해진 눈덩이가 가지들을 짓누르는, 때로는 높고 때로는 낮은 가문비나무들 사이로 소리 없이 빠르게 나아갔다. 누군가 어둠 속에서 붉은 불꽃을 반짝이며 향긋한 담배를 피웠다. 곰 사냥꾼 오시프는 무릎까지 쌓인 눈밭을 헤치면서 이 썰매에서 저 썰매로 뛰어다녔고, 그맘때 깊은 눈밭을 돌아다니며 사시나무 껍질을 갉아먹고 있을 큰 사슴이며, 울창한 숲속 굴에 누워 공기구멍으로 따뜻한 숨을 내뿜으며 잠들어 있을

곰에 대해 이야기해주었다.

네흘류도프는 이 모든 것이, 특히 건강하고 활력 있고, 근심 걱정 없던 때의 행복감이 기억났다. 양쪽 폐는 짧은 모피 외투를 부풀리면서 찬 공기를 빨아들였고, 말 멍에에 걸린 나뭇가지는 얼굴로 눈을 떨어뜨렸으며, 몸은 따뜻하고 얼굴은 상쾌하고 영혼에는 아무런 걱정도 거리낌도 두려움도 욕망도 없었다. 얼마나 행복했던가! 그런데 지금은? 아, 모든 것이 얼마나 괴롭고 힘든가!……

분명 베라 예프레모브나는 혁명가가 되어 혁명운동을 하다 투옥되었을 것이다. 그녀를 꼭 만나야 했다. 무엇보다 그녀가 마슬로바의 처지를 개선할 정보를 주겠다고 암시했기 때문이다.

50

다음날 아침 잠에서 깬 네흘류도프는 전날 일을 모두 떠올리고 두려움에 사로잡혔다.

그러나 그는 두려움에도 불구하고 이전보다 더 확고하게 결심한 이상 끝까지 해내리라 마음먹었다.

이러한 의무감을 자각하며 집에서 나와 마슬렌니코프의 집으로 마차를 몰았는데, 마슬로바뿐만 아니라 그녀가 특별히 부탁한 멘쇼바 노파와 그 아들도 면회할 수 있도록 허가해달라고 부탁하기 위해서였다. 또한 그는 마슬로바에게 도움을 줄 수 있을 보고두홉스카야의 면회도 부탁할 작정이었다.

네홀류도프는 마슬렌니코프를 오래전 연대에서 복무할 때부터 알았다. 마슬렌니코프는 연대의 회계 담당이었다. 더없이 선량하고 실무 능력이 뛰어난 장교였던 그는 연대와 황실 외에는 세상일을 아무것도 몰랐고 알고 싶어하지도 않았다. 지금 네홀류도프는 연대 일을 도정道政으로 바꾼, 행정관 마슬렌니코프를 찾아가고 있었다. 그는 부유하고 사교적인 여자와 결혼했고, 아내의 강력한 설득에 군관에서 문관으로 자리를 옮겼다.

그의 아내는 그를 잘 길들인 동물처럼 놀리거나 쓰다듬었다. 네홀류도프는 지난겨울 그들 집을 방문했다가 이 부부가 무척이나 불쾌하게 느껴져 그뒤로 멀리해왔다.

네홀류도프를 보자 마슬렌니코프는 만면에 웃음을 띠었다. 불그레하고 기름진 얼굴도 그대로고, 뚱뚱한 몸집도, 말쑥한 차림새도 군대에 있을 때와 마찬가지로 여전했다. 예전부터 그는 언제나 가슴과 어깨가 꼭 맞는 최신 유행의 맵시 있는 군복이나 평복을 입었는데, 지금도 역시 살찐 몸과 넓은 가슴에 딱 맞는 최신 유행의 문관복 차림이었다. 오늘 그는 약식 문관복을 입고 있었다. 나이 차이가 있지만(마슬렌니코프는 마흔 살쯤 되었다) 두 사람은 '너나들이'하는 사이였다.

"이게 누구야, 정말 반갑네. 아내한테 가지. 마침 회의하기 전에 십분 정도 시간이 나거든. 지사가 부재중이야. 그래서 내가 도의 일을 보고 있어." 그가 기쁨을 감추지 않고 말했다.

"자네에게 볼일이 있어서 왔어."

"무슨 일인데?" 갑자기 마슬렌니코프가 경계하듯, 놀란 듯 다소 엄한 어조로 말했다.

"실은 이곳 교도소에 내가 큰 관심을 기울이고 있는 죄수가 한 명 있는데(교도소라고 하자 마슬렌니코프의 얼굴은 더 엄해졌다), 나는 일반 면회소가 아니라 사무실에서, 지정된 면회일뿐 아니라 다른 날에도 자주 면회를 했으면 해. 그러려면 자네의 허가가 있어야 한대서."

"물론이지, *친구*, 난 자네를 위해서라면 뭐든 해줄 용의가 있어." 마슬렌니코프가 자신의 위엄을 누그러뜨리려는 듯이 두 손을 네흘류도프의 무릎에 얹으며 말했다. "가능해, 그런데 보다시피 난 임시 칼리프일 뿐이야."

"그럼 그 여자와 만날 수 있도록 허가증을 써주겠나?"

"그 사람이 여자야?"

"응."

"그 여자 죄목이 뭔데?"

"독살. 그런데 그 여자는 부당한 판결을 받았어."

"그렇다니까, 그게 그자들이 말하는 정당한 재판이지, *그런 짓밖에 모르는 위인들이야.*" 그는 무엇 때문인지 프랑스어로 말했다. "자네가 내 말에 동의하지 않는 건 알지만, 그래도 어쩔 수 없어, *이건 내 확고한 신념이야.*" 그는 최근 일 년 동안 반동적인 보수계 신문에 여러 형태로 실린 의견들을 늘어놓으며 덧붙였다. "자네가 자유주의자라는 건 나도 알아."

"내가 자유주의자인지 아닌지는 나도 모르겠군." 네흘류도프는 미소를 지으며 말했는데, 누군가를 재판할 때는 그 사람의 말을 귀담아들어야 하고, 법 앞에서 우리 모두가 평등하며, 남을 괴롭히거나 폭력을 가해서는 안 되고, 특히 아직 유죄가 확정되지 않은 자에게는 더욱 그렇다고 주장한다는 이유로 사람들이 자신을 어떤 당파와 결부하거나 자유주의자라고 부르는 것을 평소부터 이상하게 생각했기 때문이다. "내가 자유주의자인지 아닌지는 모르겠네, 오늘날의 재판이 아무리 형편없다 해도 예전보다 낫다는 것쯤은 나도 알아."

"그런데 어느 변호사에게 의뢰했나?"

"파나린에게 의뢰했어."

"아, 파나린!" 마슬렌니코프는 파나린이 지난해 자신을 법정에 증인으로 불러 아주 정중한 태도로 삼십 분 동안 심문하며 웃음거리로 만들었던 일을 떠올리며 미간을 찌푸린 채 말했다. "나라면 그런 자와 엮이지 말라고 조언하겠네. 파나린은 *평판이 좋지 않아*."

"또 한 가지 부탁이 있어." 네흘류도프는 그의 말에 대답하지 않고 말했다. "아주 오래전에 알게 된 교사가 있어. 아주 가엾은 여자야. 그 여자도 같은 교도소에 있는데, 나를 만나고 싶어해. 그 여자를 면회할 허가증도 내줄 수 있겠나?"

마슬렌니코프는 고개를 갸우뚱하며 잠시 생각에 잠겼다.

"정치범인가?"

"응, 그렇다고 하더군."

"사실 정치범 면회는 일가친척에게만 허용되지만, 자네에게는 특별히 일반허가증을 내주지. *자네라면 그걸 악용하진 않을 테니까*…… 그 여자 이름이, 자네 *피보호자* 이름이 뭐지?…… *보고두홉스카야? 미인인가?*"

"*못생겼어.*"

마슬렌니코프는 이해할 수 없다는 듯이 고개를 젓고는 탁자로 다가가 표제가 인쇄된 용지에 능숙하게 글씨를 써내려갔다. "본 허가증 지참자 드미트리 이바노비치 네흘류도프 공작에게 수감중인 소시민 마슬로바 및 교사 보고두홉스카야를 교도소 내 사무실에서 면회하도록 허가함." 그는 이렇게 적고 막힘없이 서명했다.

"가보면 알겠지만 규율이 무척 엄격한 곳이야. 죄수들이 넘쳐나는데 대부분 이송 죄수들이라 질서를 유지하기가 대단히 어렵지. 어쨌든 나는 엄중히 감시하고 있고, 이 일을 좋아해. 자네도 알게 되겠지만 아무튼 그들은 좋은 대우를 받고, 모두들 만족하고 있어. 다만 그들을 다룰 줄 알아야 해. 얼마 전에도 불미스러운 일, 그러니까 명령 불복이 있었어. 다른 사람 같았으면 폭동으로 규정하고 여럿을 불행하게 만들었을 거야. 그런데 우리는 모든 걸 아주 잘 처리했지. 한편으로는 세심한 배려가 필요하고, 또 한편으로는 의연한 권력이 필요한 일이야." 그는 금색 단추가 달린 하얗고 빳빳한 커프스 밖으로 드러난 터키석 반지를 낀 피둥피둥하고 하얀 주먹을 움켜쥐며 말했다. "세심한 배려와 의연한 권력."

"글쎄, 난 그런 건 잘 몰라," 네흘류도프가 말했다. "그곳에 두 번 가봤지만 아주 답답한 기분이 들었어."

"아나? 자네는 파세크 백작부인을 만나봐야 해." 마슬렌니코프가 점점 이야기에 열을 올렸다. "그 백작부인은 이 일에 혼신의 힘을 다하고 있어. 좋은 일을 *많이 하셨지.* 쓸데없는 겸손을 빼고 말하자면, 내가 모든 면에서 교도소 환경을 개선할 수 있었던 것도 다 그 부인 덕분이야. 그전의 끔찍한 것들은 사라지고 죄수들의 생활 환경은 아주 좋아졌거든. 자네도 가보면 알 거야. 그리고 파나린 말인데, 그 사람을 개인적으로 알지도 못하고 또 사회적 지위로 보아 그 사람과 얽히는 일도 없겠지만, 확실히 그는 좋지 않은 사람이야. 더구나 법정에서 그런 무지막지한 말을 지껄이고 말이야, 그런 무지막지한 말을……"

"그래, 여러모로 고맙네." 네흘류도프는 서류를 집어들었고, 그의 말을 끝까지 듣지도 않고 옛 동료에게 작별인사를 했다.

"내 아내를 보러 가지 않겠나?"

"아니, 미안하네, 지금 그럴 시간이 없어."

"이런, 어떡한다, 아내가 날 그냥 두지 않을 텐데." 마슬렌니코프는 우선순위가 아니라 차순위 부류의 손님을 배웅하는 방식으로, 즉 옛 동료인 네흘류도프를 차순위로 분류하고 첫번째 계단참까지만 배웅하며 말했다. "아, 부탁이네, 잠깐이라도 들러줘."

하지만 네흘류도프는 단호했고, 하인과 수위가 달려와 외투와 지팡이를 건네고 마침 밖에서 지키던 순경이 문을 열어주자 그는 지금은 도저히 안 되겠다고 말했다.

"그럼 목요일에 꼭 와주게. 아내가 접객하는 날이거든. 내가 말해두겠네!" 마슬렌니코프가 계단에서 그에게 말했다.

51

그날 네흘류도프는 마슬렌니코프의 집에서 나와 곧장 마차를 타고 교도소로 가서 이제 익숙해진 소장의 관저로 향했다. 전과 마찬가지로 상태가 조악한 포르테피아노 연주 소리가 들렸는데, 이번에는 랩소디가 아니라 클레멘티*의 에튀드가 역시 아주 힘차고 또렷하고 빠르게 연주되고 있었다. 한쪽 눈에 안대를 한 하녀가 문을 열더니 소장이 집에 있다고 말한 뒤 네흘류도프를 작은 응접실로 안내했다. 소파와 탁자가 있고, 털실로 짠 탁자보 위에 장밋빛 종이 갓 한쪽이 불에 탄 은제 램프가 놓여 있었다. 소장이 피곤한 기색이 역력한 어두운 얼굴로 나왔다.

"실례지만, 무슨 일로 오셨습니까?" 그가 제복 중간의 단추를 채우며 물었다.

"방금 부지사를 만나 이 허가증을 받아왔습니다." 네흘류도프가 서류를 내밀며 말했다. "마슬로바를 만나고 싶습니다."

"마르코바요?" 소장이 연주 소리 때문에 잘 알아듣지 못하고 되물었다.

"마슬로바입니다."

"아, 네! 아, 그렇죠!"

소장이 일어나서 클레멘티 곡을 빠르게 연주하는 소리가 흘러드는 문으로 다가갔다.

"마루샤, 잠깐 멈춰다오." 그는 이 음악이 자신이 짊어진 인생의 십자가라도 되는 듯한 어조로 말했다. "아무 말도 들리지 않는구나."

연주 소리가 그치고 불만스러운 듯한 발소리가 나더니 누군가가 문 안쪽을 들여다보았다.

소장은 음악이 그쳐서 마음이 놓인 듯 독하지 않은 굵은 담배에 불

---

* 무치오 클레멘티(1752~1832). 이탈리아 작곡가, 피아니스트.

을 붙이고는 네흘류도프에게도 권했다. 네흘류도프는 사양했다.

"마슬로바를 만나고 싶습니다."

"마슬로바는 오늘 면회가 어렵습니다." 소장이 말했다.

"왜 그렇습니까?"

"그건, 당신이 잘못하신 겁니다." 소장이 가볍게 웃으며 말했다. "그 여자에게 직접 돈을 주어선 안 됩니다. 주려면 저에게 맡기세요. 그러면 다 그 여자 게 되니까요. 어제 돈을 주신 것 같던데, 그 여자가 그 돈으로 술을 구했습니다. 이런 악습은 좀처럼 근절할 수가 없습니다. 아무튼 오늘 잔뜩 취해 난동까지 부렸어요."

"사실입니까?"

"사실이고말고요. 결국 엄중한 조치를 취해야 했고 지금 다른 감방으로 옮긴 상태입니다. 평소에는 꽤 얌전한데, 그러니 제발 돈은 주지 마세요. 아무튼 그런 족속들은……"

네흘류도프는 어제 일이 뇌리에 생생히 떠올랐고 다시 섬뜩해졌다.

"그럼 정치범 보고두홉스카야는 만날 수 있습니까?" 네흘류도프가 잠시 침묵하다가 물었다.

"아마도, 될 겁니다." 소장이 말했다. "아니, 너 어떻게 된 거야." 그가 방에 들어온 대여섯 살쯤 된 여자아이에게로 고개를 돌렸고, 아이는 네흘류도프를 보더니 그에게서 눈을 떼지 않고 아버지에게 갔다. "넘어질라." 소장은 앞을 보지 않고 걷다 양탄자에 발이 걸려 비틀거리며 뛰어오는 아이를 보고 빙긋 웃으며 말했다.

"그렇다면, 면회하겠습니다."

"그러시죠, 좋습니다." 소장은 이렇게 대답하고는 줄곧 네흘류도프를 쳐다보는 아이를 끌어안고 일어나 부드럽게 한쪽으로 내려놓고 현관방으로 나갔다.

소장이 안대를 한 하녀가 건넨 외투를 걸치고 문을 나서기도 전에 클레멘티의 다급한 연속음이 들려오기 시작했다.

"저 아이는 음악학교에 다녔습니다, 규율이 아주 엉망인 곳이지만." 소장이 계단을 내려가며 말했다. "연주회에 나가고 싶어합니다."

소장과 네흘류도프는 교도소로 갔다. 소장이 다가가자 쪽문이 바로 열렸다. 간수들이 거수경례를 하고 그들이 걸어가는 것을 지켜보았다. 머리털이 절반만 깎인 남자 죄수 넷이 뭔가가 담긴 통을 메고 오다가 현관에서 소장과 마주치자 모두 움찔했다. 그중 하나는 유난히 등을 움츠리고 까만 눈을 번득이며 음울하게 인상을 찌푸렸다.

"물론 재능은 묵히지 말고 키워줘야죠. 하지만 보시다시피, 집이 좁아서 힘들 때가 많습니다." 소장이 죄수들은 거들떠보지도 않고 말했고, 지친 발을 끌며 네흘류도프와 면회소로 들어갔다.

"누구를 만난다고 하셨죠?" 소장이 물었다.

"보고두홉스카야입니다."

"탑에 있는 죄수 말이군요. 잠시 기다리십시오." 그가 네흘류도프에게 말했다.

"그사이에 멘쇼프 모자를 만나볼 수 있을까요, 방화죄로 수감되어 있다는."

"아, 21호 감방에 있죠. 좋습니다, 불러드리죠."

"멘쇼프를 그의 감방에서 직접 만날 수 있습니까?"

"면회소 쪽이 조용할 텐데요."

"아닙니다, 감방 쪽에 더 흥미가 있습니다."

"묘한 흥미로군요."

이때 옆문에서 멋쟁이 부소장이 나왔다.

"공작을 멘쇼프의 감방으로 안내해드리게. 21호실이야." 소장이 부소장에게 말했다. "그런 다음 사무실로 모시게. 그동안 호출해놓겠습니다. 이름이 뭐라고 하셨죠?"

"베라 보고두홉스카야입니다." 네흘류도프가 대답했다.

부소장은 콧수염을 염색하고 오드콜로뉴 꽃향기를 사방에 풍기는 금발의 젊은 장교였다.

"이쪽으로 오십시오." 그가 네흘류도프에게 친절한 미소를 지으며 말했다. "이 시설에 흥미가 있으십니까?"

"네, 무고하게 여기 갇혔다는 이 사람에게도 흥미를 갖게 됐습니다."

부소장은 어깨를 으쓱했다.

"네, 종종 있는 일이죠." 그는 악취를 풍기는 넓은 복도로 손님이 앞서 걷도록 정중하게 안내하며 말했다. "그런데 그들이 거짓말하는 경우도 종종 있습니다. 이쪽으로."

감방의 문들이 열린 채 죄수 몇 명이 복도에 나와 있었다. 부소장은 간수들에게 보일락 말락 가볍게 고개를 끄덕이면서, 그리고 벽에 바짝 기대거나 자기 감방으로 들어가거나 혹은 문 쪽에 서서 양손을 바지 솔기에 뻣뻣하게 붙이고 군대식으로 상관을 목송하는 죄수들을 곁눈질하면서 복도를 지나 쇠문으로 막힌 왼쪽의 다른 복도로 그를 안내했다.

이 복도는 처음의 복도보다 어둡고 악취도 더 심했다. 복도 양쪽으로 자물쇠가 채워진 문들이 줄지어 있었다. 그 문에는 속칭 눈이라 불리는, 직경 반 베르쇼크의 작은 구멍이 있었다. 복도에는 쭈글쭈글하고 우울한 얼굴의 늙은 간수 외에 아무도 없었다.

"멘쇼프는 어디 있나?" 부소장이 간수에게 물었다.

"왼쪽 여덟번째 방입니다."

52

"들여다봐도 됩니까?" 네흘류도프가 물었다.

"보십시오." 부소장은 기분좋은 미소를 지으며 대답하고 간수에게 뭔가 묻기 시작했다. 네흘류도프는 구멍 하나를 들여다보았는데, 속옷 바람에 짧고 검은 턱수염을 기른 키 큰 젊은이가 빠른 걸음으로 왔다 갔다하다가 문가에서 바스락거리는 소리가 나자 휙 돌아보고 미간을 찌푸리더니 다시 걷기 시작했다.

네흘류도프는 다른 구멍을 들여다보았다. 그러다 구멍으로 밖을 내다보던 죄수의 커다란 눈과 마주쳤다. 그는 황급히 옆으로 물러났다. 세번째 구멍을 들여다보니 죄수복을 머리까지 뒤집어쓰고 침상에 몸을 웅크린 채 누워 있는 키 작은 사람이 보였다. 네번째 감방에서는 얼굴이 넓적한 남자가 고개를 푹 수그리고 두 팔꿈치를 무릎에 얹은 채 앉아 있었다. 발소리가 나자 사내는 고개를 들고 문 쪽을 힐끔거렸다. 얼굴 전체에, 특히 커다란 눈동자에 우울과 절망이 어려 있었다. 그는 누가 자기를 구멍으로 들여다보든 말든 아무 관심이 없는 듯했다. 누가

276

들여다보든 좋은 일은 전혀 기대하지 않는 듯했다. 네흘류도프는 섬뜩함을 느껴 들여다보기를 멈추고 멘쇼프가 있다는 21호실로 다가갔다. 간수가 자물쇠를 풀고 문을 열었다. 선량한 둥근 눈, 짧은 턱수염, 목이 긴 근육질의 젊은이가 침상 옆에 서서 놀란 얼굴로 서둘러 죄수복을 걸치며 들어오는 사람들을 바라보았다. 미심쩍은 표정으로 겁먹은 듯 그에게서 간수에게로, 간수에게서 부소장에게로 황망히 시선을 옮기는 멘쇼프의 선량한 둥근 눈이 무척 인상적이었다.

"이분이 네 사건에 관해 묻고 싶어하신다."

"정말 고맙습니다."

"그래요, 당신 사건에 관해 대충 들었지만," 네흘류도프가 감방 깊숙이 들어가 쇠창살이 달린 지저분한 창가에 서서 말했다. "직접 듣고 싶어서 찾아왔어요."

멘쇼프도 창가로 다가와 처음에는 부소장의 얼굴을 살피며 여짓여짓하다 차츰 용기를 내어 말하기 시작했고, 부소장이 볼일이 있다며 복도로 나가자 더욱 용기를 낸 듯 거침없이 말을 이었다. 태도나 말투가 시골 젊은이답게 무척이나 선량하고 소박해서 네흘류도프는 수감되어 수치스러운 죄수복을 입은 죄수의 입에서 이런 이야기를 듣는다는 것이 기이하기까지 했다. 네흘류도프는 이야기를 들으며 밀짚이 깔린 낮은 나무 침상, 굵은 쇠창살이 달린 창, 더럽고 눅눅한 회벽, 죄수화를 신고 죄수복을 걸친 무기력하고 불행한 농부의 애처로운 몰골을 살펴보았고, 그러다보니 점점 우울해졌다. 그리고 이렇게 선량해 보이는 젊은이가 하는 이야기가 사실이라고 믿고 싶지 않았다. 아무 이유도 없이 단지 모욕을 주기 위해 죄도 없는 한 인간을 붙잡아 죄수복을 입히고 이런 비참한 공간에 집어넣었다고 생각하자 너무도 끔찍했기 때문이다. 그러나 한편으로는 이렇게 선량하고 진실해 보이는 젊은이의 이야기가 어쩌면 거짓말이거나 지어낸 것일지도 모른다고 생각하자 더욱 끔찍했다. 내용은 이러했다. 그는 결혼하고 얼마 지나지 않아 술집 주인에게 아내를 빼앗겼다. 그러자 여기저기 다니며 법에 호소했지만, 술집 주인은 그때마다 관리를 매수해 언제나 무죄 방면되었다. 한번은 강제로 아내를 데려왔는데, 다음날 보니 아내가 사라지고 없었다. 그는 아내를 돌려달라고 요구하러 갔다. 술집 주인은 여기 없다면서(하지만 젊은이는 술집에 들어갈 때 아내를 보았다) 당장 꺼지라고 소리쳤다. 그는 나가지 않았다. 술집 주인은 종업원과 합세해 그를 피투성이가 되도록 두들겨팼고, 다음날 그 술집에 불이 났다. 그와 어머니가 협의를 받았지만, 그는 불을 지르지 않았고 그 시간에 대부의 집에 가 있었다.

"정말로 불을 지르지 않았습니까?"

"그렇습니다 나리, 생각해본 적도 없습니다. 그 악당 놈이 제 집에 직접 불을 지른 게 틀림없어요. 사람들이 그러는데 바로 그 얼마 전에 그자가 보험을 들었다고 했습니다. 그런데도 그놈은 저와 어머니가 찾아와서 불을 지르겠다고 위협했다면서 우리에게 뒤집어씌웠습니다. 사실입니다. 분을 참지 못하고 그놈한테 욕을 퍼붓긴 했습니다. 하지만 불을 지르다니요. 그런 일은 생각해본 적도 없단 말입니다. 그리고 불이 났을 때 저는 거기 있지도 않았어요. 그런데 그놈이 저와 어머니가 그곳에 갔던 날 불이 난 것처럼 일부러 꾸며놓았습니다. 보험금을 노리고 제 손으로 불을 질러놓고는 우리에게 뒤집어씌운 겁니다."

"사실입니까?"

"그렇습니다. 하늘에 맹세합니다, 나리. 제발 도와주십시오!" 바닥에 엎드리려는 그를 네흘류도프가 간신히 말렸다. "살려주십시오. 아무 잘못도 하지 않았는데 인생 망치게 생겼습니다." 그가 말했다.

그는 별안간 양볼을 실룩거리다 울음을 터뜨렸고, 죄수복 소매를 걷어 더러운 소맷자락으로 눈물을 닦았다.

"끝났습니까?" 부소장이 물었다.

"네. 너무 낙담하지 말아요. 할 수 있는 데까지 해볼 테니." 네흘류도프는 이렇게 말하고 방을 나왔다. 간수는 문가에 서 있던 멘쇼프를 그대로 문으로 밀치며 문을 닫았다. 간수가 자물쇠를 채우는 동안에도 멘쇼프는 구멍으로 밖을 내다보고 있었다.

53

네흘류도프는 넓은 복도를 되돌아올 때(마침 점심때라 감방 문이 모두 열려 있었다) 옅은 노란색 죄수복에 짧고 펑퍼짐한 바지를 입고 방한화를 신은 채 뚫어지게 그들을 쳐다보는 죄수들을 지나치면서 대단히 기묘한 여러 감정, 즉 수감된 사람들에 대한 연민, 그들을 수감한 사람들에 대한 공포와 의혹, 그리고 그 광경을 태연히 바라보는 자신에 대한 까닭 모를 수치를 느꼈다.

복도에서 누군가가 방한화를 절벅거리며 감방 안으로 뛰어들어갔고, 그곳에서 죄수들이 쏟아져나와 네흘류도프 앞을 막아서며 절을 했다.

"존함은 모르겠지만, 관리 나리, 어떻게든 저희 일이 해결되도록 잘 좀 말씀해주십시오."

"난 관리가 아니라 아무것도 모릅니다."

"누구든 상관없습니다. 높은 사람들에게 말만 해주십시오." 불퉁스러운 목소리가 말했다. "아무 죄도 없이 두 달째 고통받고 있습니다."

"왜죠? 무엇 때문에요?" 네흘류도프가 물었다.

"그냥 이렇게 갇혔습니다. 벌써 두 달째이고, 우리도 이유를 모릅니다."

"사실입니다, 어쩌다 그렇게 되었죠," 부소장이 말했다. "이 사람들은 모두 여행증을 가지고 있지 않아 구금되었고 원래 자기네 도로 송환돼야 하는데, 그곳 교도소가 불에 타버리는 바람에 도청에서 보내지 말라는 전갈이 왔습니다. 다른 도 출신자들은 모두 보냈는데 이 사람들은 구금해두고 있습니다."

"뭐라고요, 단지 그 이유로요?" 네흘류도프가 문가에서 발을 멈추고 물었다.

죄수복을 입은 마흔 명가량의 죄수가 네흘류도프와 부소장을 에워쌌다. 여러 목소리가 한꺼번에 쏟아졌다. 부소장이 그들을 제지했다.

"누구든 한 사람이 대표로 말해."

무리 중 큰 키에 쉰 살쯤 되어 보이는 점잖은 농민이 나섰다. 그는 네흘류도프에게 자기들은 모두 여행증을 가지고 있지 않다는 이유로 붙잡혀 수감되어 있다고 설명했다. 사실 그들에게는 여행증이 있었고, 다만 이 주 정도 기한이 지났을 뿐이었다. 기한을 넘기는 일은 해마다 있었지만 그것으로 처벌받은 적은 없었는데 이번에는 체포되어 벌써 두 달째 죄인처럼 구금되어 있다는 것이었다.

"우리는 모두 같은 조합에 소속된 석공들입니다. 도 교도소가 불타 버렸다고 하는데, 그건 우리 잘못이 아니잖습니까. 자비를 베풀어주십시오."

네흘류도프는 점잖은 노인의 말을 듣고 있었지만 제대로 알아듣지 못했다. 점잖은 석공의 볼수염 사이를 기어다니는 크고 다리가 많이 달린 암회색 이에 온통 정신이 팔렸기 때문이다.

"어떻게 그런 일이? 정말 단지 그 이유 때문입니까?" 네흘류도프가 부소장을 돌아보며 물었다.

"그렇습니다, 당국의 실책이 있었습니다. 거주지로 돌려보내 거기 있게 하는 게 맞습니다." 부소장이 대답했다.

부소장이 말을 마치자마자 무리에서 체구가 왜소한 사내가 나오더니 입술을 부자연스럽게 실그러뜨리며 자신들은 이곳에서 아무 이유도 없이 고통을 겪고 있다고 말했다.

"개만도 못하게……" 그가 입을 열었다.

"어이, 어이, 쓸데없는 소리 그만하고 입 다물어. 그렇지 않으면, 알지……"

"알긴 뭘 알아." 왜소한 사내가 필사적으로 말했다. "대체 우리가 무슨 죄를 지었다는 거야?"

"입 다물어!" 부소장이 소리치자 왜소한 사내는 입을 다물었다.

'이건 또 무엇인가?' 네흘류도프는 문에서 내다보는 죄수들과 복도에서 마주친 죄수들의 수백 개나 되는 눈동자 대열에 내쫓기듯 감방들을 지나쳐 빠져나오며 속으로 중얼거렸다.

"정말로 아무 죄도 없는 사람들이 구금된 겁니까?" 네흘류도프가 복도를 벗어났을 때 말했다.

"그럼 어떻게 하겠습니까? 저들 중에는 거짓말을 하는 사람도 많습니다. 저들의 말을 듣다보면 죄지은 사람은 하나도 없습니다." 부소장이 말했다.

"하지만 저 사람들은 아무 죄도 없잖습니까."

"저들이야 그렇다고 할 수 있죠. 하지만 전부 닳고 닳은 교활한 놈들입니다. 엄격하게 다뤄야만 해요. 그중에는 간덩이가 부은 놈들도 있어서 한시도 마음을 놓을 수 없습니다. 어제만 해도 두 명을 처벌해야 했습니다."

"어떤 처벌을 했는데요?" 네흘류도프가 물었다.

"명령에 따라 채찍으로 태형을⋯⋯"

"하지만 태형은 폐지됐잖습니까."

"그건 권리를 박탈당하지 않은 자들에게나 해당하는 얘기입니다. 저 자들은 다릅니다."

네흘류도프는 어제 현관 복도에서 기다리는 동안 보았던 장면이 떠올랐고, 바로 그때 태형이 집행되고 있었다는 것을 깨달았다. 그러자 의문과 환멸과 회의, 그리고 육체에까지 전이되다시피 하는 정신적 욕지기가 뒤섞인 기이한 감정이 아주 강렬하게 그를 덮쳤다. 전에도 이런 기분을 느낀 적이 있었지만 이만큼 맹렬한 적은 없었다.

부소장의 말을 듣지도 않고 주변을 살펴보지도 않으며 그는 서둘러 복도를 빠져나와 사무실로 갔다. 소장은 복도에 있었는데 다른 일로 바빠 보고두홉스카야를 부르는 일을 잊고 있었다. 그는 네흘류도프가 사무실에 들어왔을 때에야 그녀를 불러주겠다고 한 약속이 생각났다.

"당장 그 여자를 데려오도록 사람을 보낼 테니, 잠시 앉아 계십시오."

그가 말했다.

54

사무실은 방 두 개로 이루어져 있었다. 칠이 벗겨진 채 벽에서 툭 튀어나온 커다란 페치카와 지저분한 창문이 두 개 있는 첫번째 방 한구석에 죄수의 키를 잴 때 쓰는 검은색 측정기가 있고, 다른 한쪽에는 사람들에게 괴로움을 주는 장소에 반드시 있기 마련인 커다란 그리스도 상이 그 가르침을 비웃기라도 하는 듯 걸려 있었다. 그리고 간수 몇이 서 있었다. 다른 방에는 스무 명쯤 되는 죄수들이 몇씩 무리를 짓거나 둘씩 짝을 이루고 벽을 따라 앉아 나직한 목소리로 이야기를 나누고 있었다. 창가에 책상이 놓여 있었다.

소장이 책상 앞에 앉으며 네흘류도프에게 그 옆에 놓인 의자에 앉으라 권했다. 네흘류도프는 앉아서 방안에 있는 사람들을 관찰했다.

가장 먼저 시선을 끈 사람은 짧은 재킷을 입은 인상 좋은 젊은이였는데, 그는 검은 눈썹의 중년 부인 앞에 서서 손짓을 해가며 무언가 열심히 이야기했다. 그 옆에는 파란색 안경을 낀 노인이 앉아 죄수복 입은 젊은 여자의 손을 맞잡고 말없이 이야기를 듣고 있었다. 실업학교 교복을 입은 소년은 겁먹은 얼굴로 한시도 노인에게서 눈을 떼지 않았다. 거기서 멀지 않은 한쪽 구석에는 연인인 듯한 남녀가 앉아 있었는데, 짧은 금발에 생기 있고 사랑스러운 얼굴의 앳된 아가씨는 요즘 유행하는 옷차림을 했고, 말쑥한 얼굴에 머리칼이 너울거리는 잘생긴 젊은이는 고무천 재킷을 걸쳤다. 그들은 구석에 앉아 사랑에 취한 듯 서로 속삭였다. 책상 가장 가까이에는 검은 옷을 입은 백발의 여자가 앉아 있었는데, 누군가의 어머니로 보였다. 그녀는 자신과 똑같은 재킷을 입은 폐병 환자 같은 젊은이를 물끄러미 바라보면서 뭔가 말을 하려다 눈물이 쏟아지는 바람에 그만두곤 했다. 젊은이는 두 손에 종잇조각을 쥔 채 어찌할지 몰라 성난 얼굴로 그것을 연신 구겼다. 그들 옆에는 통통하고 혈색 좋은 퉁방울눈의 아름다운 아가씨가 잿빛 옷에 얇은 숄을 감고 앉아 있었다. 그녀는 눈물짓는 어머니 옆에 앉아 어깨를 부드럽게 어루만지고 있었다. 그녀의 모든 것이 아름다웠다. 크고 하얀 손, 짧게 자른 곱슬머리, 오똑한 코와 입술, 그중에서도 가장 아름다운 건 어린 양처럼 선하고 진실해 보이는 암갈색 눈동자였다. 네흘류도프는 방에 들어선 순간 아름다운 눈으로 어머니를 바라보던 그녀와 눈이 마주쳤다. 하지만 그녀는 곧 얼굴을 돌려 어머니에게 무슨 말인가 했다. 사랑에 빠진 남녀와 멀지 않은 곳에는 검은 머리가 덥수룩한 남자가 침울한 표정으로 앉아 스콥치인 듯한 수염 없는 방문자에게 언성을 높이고 있었다. 네흘류도프는 소장 옆에 앉아 호기심에 찬 눈길로 주위를 둘러보았다. 짧은 머리 소년이 가까이 다가와 여린 목소리로 물으며 그의 주의를 돌렸다.

"아저씨는 누구를 기다리세요?"

네흘류도프는 그 질문에 놀랐지만, 소년의 신중하고 생기 넘치는 눈과 영리해 보이는 진지한 얼굴을 보고는, 아는 여자를 기다리고 있다고 성의 있게 대답했다.

"그럼, 아저씨 여동생이에요?" 소년이 물었다.

"아니, 여동생은 아니야." 네흘류도프가 놀라며 대답했다. "너는 누구하고 여기 왔니?" 그가 소년에게 물었다.

"엄마하고요. 엄마는 정치범이에요." 소년이 자랑스럽게 대답했다.

"마리야 파블로브나, 콜랴를 데려가." 네흘류도프와 소년의 대화를 위법이라 생각한 소장이 말했다.

네흘류도프의 주의를 끌었던 어린양 같은 눈의 아름다운 아가씨가 바로 마리야 파블로브나였다. 그녀는 늘씬한 몸을 죽 펴고 일어나더니 남자처럼 힘찬 걸음걸이로 성큼성큼 네흘류도프와 소년 쪽으로 다가왔다.

"이 아이가 뭘 물었죠? 당신은 누구세요?" 그녀는 살짝 미소를 머금고 자못 신뢰하는 듯한 눈빛으로 그의 눈을 바라보며, 마치 자신은 여태까지 모든 사람과 소탈하고 사이좋은 형제자매처럼 지내왔고 현재도 그렇고 앞으로도 그럴 거라고 의심의 여지 없이 확신하는 듯 물었다. "얘는 모든 걸 알고 싶어해요." 그녀가 이렇게 말하고 소년에게 더없이 선하고 따뜻한 미소를 짓자, 소년도 네흘류도프도 덩달아 환한 미소를 지었다.

"네, 누구를 기다리는지 묻더군요."

"마리야 파블로브나, 관계없는 분과 이야기해선 안 돼. 알고 있을 텐데." 소장이 말했다.

"네, 네." 그녀는 이렇게 말하고 자기를 바라보는 콜랴의 작은 손을 자신의 크고 하얀 손으로 잡고 폐병 환자의 어머니 옆으로 돌아갔다.

"저애는 누구의 아이입니까?" 네흘류도프가 소장에게 물었다.

"여자 정치범의 아이인데 이 교도소에서 태어났죠." 소장은 자신이 관리하는 시설에 있는 진기한 물건이라도 자랑하듯 약간의 만족감을 담아 말했다.

"정말입니까?"

"그럼요, 이제 곧 엄마와 함께 시베리아로 갑니다."

"그럼 저 아가씨는?"

"그건 대답해줄 수 없습니다." 소장이 어깨를 으쓱하며 말했다. "저기 보고두홉스카야가 오는군요."

55

작고 마른 몸에 얼굴이 누렇게 뜨고 머리를 짧게 자른 베라 예프레모브나가 선량한 눈을 빛내며 불안한 걸음걸이로 뒷문을 통해 들어왔다.

"아, 와주셔서 고맙습니다." 그녀가 네흘류도프의 손을 잡으며 말했다. "저를 기억하시겠어요? 앉으세요."

"이렇게 다시 만나리라곤 생각도 못했습니다."

"오, 정말 기뻐요! 너무 좋아서, 너무 좋아서 더 바랄 게 없을 정도예요." 베라 예프레모브나가 예전처럼 크고 선량해 보이는 둥근 눈으로 네흘류도프를 놀란 듯이 바라보면서 낡고 구겨지고 꾀죄죄한 짧은 재킷 깃 위로 보이는 힘줄이 불거진 가늘디가는 목을 갸웃거리며 말했다.

네흘류도프는 대체 어쩌다가 이렇게 되었는지 물었다. 그녀는 그의 물음에 아주 활기차게 자기 사정을 이야기하기 시작했다. 그 이야기에는 프로파간다니 디스오거니제이션이니 그룹이니 섹션이니 파트섹션이니 하는 외국어가 꽤 섞여 있었다. 그녀는 누구나 알 거라 확신하는 듯했지만 네흘류도프는 지금까지 거의 한 번도 들어보지 못한 용어들이었다.

그녀는 자신이 '인민의 의지'파* 활동의 온갖 비밀을 안다는 데 그가 큰 흥미와 즐거움을 느낀다고 확신하는 듯이 말했다. 그러나 네흘류도프는 그녀의 가녀린 목과 성기고 헝클어진 머리를 보며 이 여자가 무엇 때문에 그런 일을 했고 무엇 때문에 자신에게 그런 이야기를 하는지 의아스러웠다. 그는 그녀가 측은했지만, 악취가 진동하는 교도소에 죄도 없이 갇혀 있는 농부 멘쇼프를 측은히 여기는 마음과는 전혀 달랐다. 그녀가 측은한 건 무엇보다 그녀의 머릿속에서 소용돌이치는 명백한 사상적 혼란 때문이었다. 그녀는 스스로를 그 과업의 성공을 위해 목숨도 바칠 전사라고 생각하는 듯했지만, 그러면서도 그 과업의 본질이 무엇이고 성공이 어떤 결과를 가져오는지에 대해서는 설명하지 못했다.

베라 예프레모브나가 네흘류도프를 만나려 한 첫번째 이유는, 슈스토바라는 여성이 자기네 조직의 일원도 아닌데 단지 부탁을 받고 맡아둔 책과 문건이 그녀의 집에서 발견됐다는 이유로 다섯 달 전 체포되

---

* 1879년 '토지와 의지'파 분열 후 결성된 나로드니키(인민주의자) 일파. 전제정부 타도를 목적으로 알렉산드르 2세를 암살하는 등 과격한 테러 행위를 했다.

어 자신과 함께 페트로파블롭스크 요새*에 수감되었기 때문이었다. 베라 예프레모브나는 슈스토바의 수감에 자신도 일부 책임이 있다고 여겼고 인맥이 있는 네흘류도프에게 그녀의 석방을 위해 그가 할 수 있는 모든 일을 해달라고 간청했다. 또하나의 부탁은 역시 페트로파블롭스크 요새에 수감된 구르케비치가 부모님과 면회할 수 있도록, 또 그가 연구를 이어가는 데 필요한 학술서가 차입될 수 있도록 손을 써달라는 것이었다.

네흘류도프는 페테르부르크에 가게 되면 가능한 한 힘써보겠다고 약속했다.

베라 예프레모브나는 조산원 전문학교를 졸업하고 나서 인민의 의지파 사람들을 알게 되고 함께 활동하게 됐다며 살아온 이야기를 했다. 처음에는 모든 것이 순조로웠고, 선전문을 쓰고 공장에서 선전 활동도 했는데 간부급 한 명이 체포되며 모든 서류를 압수당하고 급기야 전원이 체포되기 시작했다.

"그렇게 저도 붙잡혔고, 곧 유형지로 간답니다……" 그녀는 자기 이야기를 이렇게 마무리했다. "하지만 아무렇지도 않아요. 오히려 전 뿌듯해요, 올림포스의 신이라도 된 기분이에요." 이렇게 말하는 그녀의 얼굴에 쓸쓸한 미소가 떠올랐다.

네흘류도프는 어린양 같은 눈을 가진 아가씨에 대해 물었다. 베라 예프레모브나가 말하길, 그녀는 장군의 딸로 벌써 오래전에 혁명당에 들어가 활동했는데, 헌병을 저격한 죄를 스스로 떠안고 수감된 것이었

---

* 페테르부르크에 있던 요새를 개조한 감옥. 주로 정치범들이 수감되었다.

다. 그녀는 인쇄기가 있는 아지트에서 살고 있었다. 그런데 한밤중에 가택수색을 하러 경관들이 들이닥쳤을 때, 아지트 동지들은 스스로를 지키려고 불을 끈 채 증거물들을 없애기 시작했다. 경관들이 들어오자 한 동지가 헌병을 쏘아 치명상을 입혔다. 총을 쏜 범인을 찾는 심문이 시작되자, 태어나서 지금까지 권총을 손에 쥐어보기는커녕 거미 한 마리 죽이지 못하던 그녀가 자신이 쏘았다고 나섰다. 사건은 그렇게 종결되었다. 그리고 그녀는 징역형을 선고받았다.

"이타적인 사람이죠……" 베라 예프레모브나가 그녀에 대해 호의를 담아 말했다.

베라 예프레모브나의 세번째 용건은 마슬로바에 관한 것이었다. 그녀의 말에 따르면, 교도소 안에서는 무슨 일이든 다 알려지기 마련이어서 마슬로바의 사연이나 그녀와 네흘류도프의 관계도 알게 되었는데, 마슬로바를 정치범 사동으로 옮기든가, 아니면 현재 교도소 부속병원에 환자가 넘쳐나 일손이 필요하니 잡역부로라도 옮길 수 있도록 청해보라고 조언했다. 네흘류도프는 그녀의 조언에 고맙다고 인사하고 되도록 그렇게 해보겠다고 말했다.

56

소장이 자리에서 일어나 면회 시간이 끝났다고 말하자 그들의 대화는 중단되었다. 네흘류도프는 일어나서 베라 예프레모브나와 작별하고 문 쪽으로 가다가 발을 멈추고 눈앞에서 벌어지는 광경을 좀더 유심히 지켜보았다.

"여러분, 시간이 됐습니다, 시간이 됐어요." 소장이 일어섰다 앉았다 하며 말했다.

방안에 있는 죄수들과 면회자들은 잠시 동요했을 뿐 아무도 헤어지려 하지 않았다. 몇몇은 일어선 채 대화를 계속했다. 또 몇몇은 여전히 앉은 채 이야기했다. 작별인사를 하며 우는 사람도 있었다. 폐병을 앓는 젊은이와 그 어머니의 모습은 특히 애틋했다. 계속 종잇조각을 만지작거리던 아들의 표정이 어머니의 감정에 휩쓸리지 않으려고 안간힘을 쓰는 듯 일그러졌다. 어머니는 시간이 끝났다는 말을 듣자 그의 어깨에 기대어 코를 훌쩍이며 흐느꼈다. 네흘류도프는 자기도 모르게 어린양 같은 눈을 가진 아가씨를 눈으로 좇고 있었는데, 그녀는 흐느끼는 어머니 앞에 서서 달래주고 있었다. 파란색 안경을 낀 노인도 일어선 채 딸의 손을 잡고 그녀의 말에 고개를 끄덕였다. 젊은 연인들은 일어나서 손을 맞잡고 말없이 서로의 눈을 바라보았다.

"즐거운 건 저 두 사람뿐이군요." 짧은 재킷을 입은 젊은이가 네흘류도프 옆에 서서 그와 마찬가지로 작별하는 사람들을 지켜보다가 연인들을 가리키며 말했다.

네흘류도프와 젊은이의 시선을 느낀, 고무천 재킷을 걸친 젊은 남자와 금발의 사랑스러운 여자가 맞잡은 손을 쭉 뻗고 몸을 뒤로 젖혀 소리 내어 웃으면서 빙빙 돌기 시작했다.

"저 두 사람은 오늘 저녁 이곳에서 결혼하고 여자도 남자를 따라 시베리아로 간답니다." 젊은이가 말했다.

"남자는 어떤 사람입니까?"

"징역수입니다. 저들이라도 즐거워야죠. 안 그래도 여기서 이런 소리들을 듣는 게 너무 고통스러운데요." 짧은 재킷을 입은 젊은이가 폐병을 앓는 젊은이의 어머니가 통곡하는 소리에 귀를 기울이며 덧붙였다.

"여러분! 자, 자! 엄한 조치를 취하게 만들지 마십시오." 소장이 같은 말을 여러 번 되풀이했다. "자, 자, 제발!" 그가 힘없이 주저하며 말했다. "왜들 이러십니까? 벌써 시간이 지났습니다. 이러면 안 돼요, 마지막으로 말합니다." 그가 메릴랜드산 담배를 피워 물었다 비벼 끄며 침울하게 되풀이했다.

책임을 느끼지 않으면서 남에게 악을 행할 수 있도록 사람들을 부추기는 논리가 제아무리 교묘하고 오래되고 관습적인 것이라 하더라도, 소장은 자신이 이 방을 가득 채운 슬픔을 야기한 책임자 중 하나임을 의식하지 않을 수 없었고, 그래서인지 몹시 괴로운 듯했다.

마침내 죄수들과 면회자들이 헤어지기 시작했다. 한쪽은 안쪽의 문으로, 또 한쪽은 바깥쪽의 문으로. 고무천 재킷을 걸친 젊은이도, 폐병을 앓는 젊은이도, 헝클어진 검은 머리의 남자도, 마리야 파블로브나도 감옥에서 낳았다는 아들과 나갔다.

면회자들도 떠나기 시작했다. 파란색 안경을 쓴 노인이 무거운 발걸음으로 터벅터벅 걸었고, 네흘류도프도 그 뒤를 따라 걸어갔다.

"정말이지, 놀라운 제도입니다." 말하기 좋아하는 젊은이가 네흘류도프와 나란히 계단을 내려가며 중단되었던 대화를 이어나갔다. "그래도 소장이 좋은 사람이라 규칙에 얽매이지 않아서 다행이죠. 실컷 말하고 나면 속이 홀가분해지잖아요."

"다른 교도소에는 이런 면회가 없습니까?"

"에이! 어림도 없죠. 한 사람씩 따로따로, 그것도 쇠창살을 사이에 두고 합니다."

네흘류도프가 메딘체프—말하기 좋아하는 젊은이는 이렇게 자기를 소개했다—와 이야기하며 현관 복도로 나왔을 때, 소장이 지친 표정으로 다가왔다.

"마슬로바를 만나고 싶다면 내일 와주십시오." 소장이 네흘류도프에게 친절히 대하려는 마음을 숨기지 않고 말했다.

"고맙습니다." 네흘류도프는 대답하고 서둘러 밖으로 나왔다.

멘쇼프가 무고하게 겪고 있는 고통은 무서운 것이었다. 육체적 고통이 무섭다기보다 아무 이유 없이 자신을 괴롭히는 사람들의 잔혹함을 보면서 선과 신에 대해 의혹과 불신을 겪어야 했고, 바로 이것이 무서운 것이었다. 또한 서류에 잘못 적힌 몇 글자 때문에 죄 없는 수백 명이 겪고 있는 모욕과 고통도 무서운 것이었다. 제 형제들을 괴롭히는 일에 종사하면서도 자신들은 훌륭하고 중요한 일을 하고 있다고 믿는, 불감증에 걸린 간수들의 처지도 무서운 것이었다. 그러나 무엇보다 가장 무서운 것은 늙은데다 건강도 좋지 않은 선량한 소장이 자신도 아이들의 아버지이면서 어쩔 수 없이 어머니들과 아들들을, 아버지들과 딸들을 떼어놓아야 한다는 것이었다.

'무엇을 위해서인가?' 네흘류도프는 교도소에 올 때마다 느끼던 욕지기를, 육체로까지 전이되는 정신적 욕지기를 생생하게 느끼면서 스스로에게 물었지만, 답은 결코 떠오르지 않았다.

57

다음날 네흘류도프는 변호사에게 가서 멘쇼프 모자 사건을 알리고 변호를 의뢰했다. 변호사는 이야기를 다 듣더니 일단 사건을 조사해보고 모든 것이 네흘류도프가 말한 그대로라면, 십중팔구 그럴 테지만, 무보수로 변호하겠다고 말했다. 내친김에 네흘류도프는 단순한 착오로 수감된 130명에 대해서도 이야기하고 이 일이 누구의 권한으로 결정되었고 누구의 책임인지 물었다. 변호사는 정확하게 답변해야 한다고 생각한 듯 잠시 침묵했다.

"누구 책임이냐고요? 누구 책임도 아닙니다." 그가 단호하게 말했다. "검사에게 말해보십시오. 그는 분명 도지사 책임이라고 할 겁니다. 하지만 도지사에게 말하면, 검사 책임이라고 할 겁니다. 그러니까 어느 누구의 책임도 아닌 거죠."

"당장 마슬렌니코프를 찾아가 말하겠습니다."

"글쎄요, 공연한 일일 겁니다." 변호사가 쓴웃음을 지으며 만류했다. "그 사람이 혹시 당신 친척이나 친구는 아니겠죠? 솔직히 말해서 그는 지독한 바보에 교활한 짐승입니다."

네흘류도프는 마슬렌니코프가 이 변호사에 대해 했던 말이 떠올라 아무 대꾸도 하지 않고 작별인사를 한 뒤 마슬렌니코프의 집으로 마차를 몰았다.

네흘류도프가 마슬렌니코프에게 부탁할 일은 두 가지였다. 하나는 마슬로바를 병원으로 옮기는 일이고, 또하나는 여행증 기한이 지났다는 이유로 무고하게 감옥에 갇힌 130명의 일이었다. 존경하지 않는 사람에게 뭔가를 부탁한다는 것이 무척 괴롭게 느껴졌지만 목적을 달성할 수단이 그것뿐이라면 그 일을 해야 했다.

마슬렌니코프의 집에 다다랐을 때, 마차 승강장에 프롤룟카, 콜랴스카*, 카레타** 등 승용마차 여러 대가 보였고, 네흘류도프는 오늘이 바로 마슬렌니코프가 와달라고 청했던, 그 아내의 접객일이란 것이 기억났다. 네흘류도프가 그 집에 도착했을 때 대형 유개마차가 현관 앞 승강장에 서 있었고 장식 달린 모자를 쓰고 짧은 망토를 걸친 하인이 현관 입구에서 마차에 오르는 귀부인을 돕고 있었다. 귀부인은 치맛자락을 들어올리며 단화 위로 검은 스타킹에 싸인 가녀린 복사뼈를 드러냈다. 그는 세워진 승용마차들 틈에서 코르차긴가의 란도***도 알아보았다. 머리가 희끗희끗하고 혈색이 좋은 마부가 정중하고 상냥하게, 전부터 안면이 있던 그에게 모자를 벗으며 인사했다. 네흘류도프가 현관지기에게 미하일 이바노비치(마슬렌니코프)는 어디에 있냐고 물으려던 순간, 계단참이 아니라 맨 아래 계단까지 내려와 배웅하는 귀빈이 있는지 그가 양탄자가 깔린 계단을 내려왔다. 귀빈인 군인이 계단을 내려오면서 도시에 지어질 고아원 기금 마련을 위해 발행하는 복권에 대해, 이 일은 상류사회 부인들에게도 좋은 소일거리가 될 거라고 프랑스어로 의견을 늘어놓았다. "부인들도 재미있어하고, 돈도 모일 겁니다."

"즐겁게 해주자는 거죠, 하느님도 축복하실 겁니다…… 아, 네흘류도프, 잘 지냈나요! 왜 그렇게 오랫동안 안 보이셨습니까?" 그가 네흘

---

* 대형 포장마차.
** 대형 유개마차.
*** 앞뒤 포장을 따로 개폐할 수 있는 사륜마차.

류도프에게 인사를 건넸다. "가서 안주인에게 인사하십시오. 코르차긴가 사람들도 와 있습니다. 나딘 북스게브텐도. 이 도시 미인들이 다 모였습니다." 그가 금몰이 장식된 제복 차림의 하인이 내미는 외투에 군인다운 어깨를 밀어넣고 살짝 들어올리며 말했다. "또 봅시다, 나의 친구!" 그는 다시 한번 마슬렌니코프의 손을 쥐었다.

"자, 위층으로 가지. 정말 잘 왔어!" 마슬렌니코프가 네흘류도프의 팔을 붙들더니 뚱뚱한 몸집이 무색할 정도로 빠르게 그를 잡아끌며 신이 난 어조로 말했다.

마슬렌니코프는 유난히 기뻐하고 들떠 있었는데, 그 중요한 인물이 그에게 보인 호의 때문이었다. 마슬렌니코프는 황실과 긴밀한 근위 연대에서 복무했던 터라 황족과의 교제가 익숙할 법도 한데 여전히 그렇지 못한 걸 보면 비굴함도 교제가 거듭될수록 강화되는지 아까 같은 호의에 완전히 들떠버린 모양이었다. 주인이 쓰다듬으며 다독거려주고 귓전을 긁어주면 좋아서 어쩔 줄 몰라하는 강아지들의 환희 같은 것이었다. 그럴 때면 강아지는 꼬리를 흔들거나 몸을 웅크리거나 몸을 비비꼬거나 귀를 비벼대거나 미친듯이 빙빙 돈다. 마슬렌니코프도 똑같은 짓을 할 준비가 되어 있었다. 그는 네흘류도프의 심각한 표정도 눈치채지 못하고, 그의 말에 귀를 기울이지도 않으며 억지로 응접실로 잡아끌었고, 네흘류도프는 마지못해 따라갔다.

"이야기는 나중에 하지. 뭐든 다 들어줄 테니까." 마슬렌니코프가 네흘류도프와 홀을 지나며 말했다. "장군 부인에게 네흘류도프 공작이 왔다고 말씀 올리게." 그가 걸어가며 하인에게 일렀다. 하인은 종종걸음으로 두 사람을 지나쳐 앞서갔다. "뭐든 분부만 하게. 아무튼 아내는 꼭 만나줘. 지난번에 자네를 데려오지 않았다고 내가 곤욕을 치렀어."

그들이 응접실에 들어갔을 때는 하인이 이미 전갈한 뒤라 부지사의 부인이자 스스로를 장군 부인이라 칭하는 안나 이그나티예브나는 소파 옆에서 그녀를 둘러싼 모자들과 머리들 너머로 네흘류도프를 쳐다보고 환한 미소를 지으며 고개를 숙였다. 응접실 다른 쪽 끝에 놓인 다탁 앞에 귀부인들이 앉고 무관들과 문관들은 서 있었는데, 남녀의 떠들썩한 목소리가 쉴새없이 들려왔다.

"드디어 뵙는군요! 왜 그렇게 우리를 피하셨나요? 우리가 무슨 결례라도 한 거예요?"

안나 이그나티예브나는 네흘류도프와 만난 적도 없으면서 친밀함을 과시하는 듯한 말로 그를 반갑게 맞았다.

"아시는 사이던가요? 아시죠? 이분은 마담 벨랍스카야이고, 이분은 미하일 이바노비치 체르노프예요. 좀더 가까이 앉으세요."

"미시, 우리 탁자로 와요. 차를 여기로 가져오게 할 테니까…… 그리고 당신도……" 그녀는 미시와 이야기하고 있던 장교의 이름은 잊어버린 듯 이렇게 말했다. "차 드시겠어요, 공작?"

"아니요, 아니요. 전 절대로 동의하지 않아요. 그 여자는 그저 사랑하지 않았을 뿐이에요." 한쪽 구석에서 여자 목소리가 들렸다.

"피로시키를 사랑한 거죠."

"늘 말장난을 하셔." 운두가 높은 모자를 쓰고 실크와 금은보석으로 치장한 다른 부인이 웃으며 끼어들었다.

"훌륭해요. 이 와플이요, 맛이 깔끔한데요. 좀더 주세요."

"그래, 곧 떠나시나요?"

"사실 우리는 오늘이 마지막날이죠. 그래서 이렇게 찾아왔어요."

"올봄은 정말 아름다워요. 지금 시골은 얼마나 아름다울까!"

모자를 쓰고 구김 하나 없이 가느다란 허리를 감싼 매끄러운 검은색 줄무늬 드레스 차림의 미시는 마치 그 옷을 입고 태어나기라도 한 듯 무척 아름다웠다. 그녀는 네흘류도프를 보고 얼굴을 붉혔다.

"난 당신이 벌써 떠난 줄 알았어요." 그녀가 그에게 말했다.

"떠날 뻔했지만," 네흘류도프가 말했다. "계속 일이 붙잡네요. 여기 온 것도 그 때문이고요."

"엄마에게도 들러주세요. 엄마가 당신을 무척 보고 싶어하세요." 그녀는 자신이 거짓말을 했고 그도 그것을 아는 것 같아 보이자 더욱 얼굴을 붉혔다.

"글쎄요, 들를 수 있을지." 네흘류도프는 그녀의 얼굴이 붉어진 것을 알아채지 못한 척하려고 애쓰며 침울한 어조로 대답했다.

미시는 화난 듯 미간을 찌푸리고 어깨를 으쓱하더니, 그녀의 손에서 빈 찻잔을 받아 안락의자에 사브르를 부딪쳐가며 남자다운 동작으로 다른 탁자로 옮긴, 우아하게 생긴 장교에게로 고개를 돌렸다.

"당신도 고아원에 기부하셔야 해요."

"물론 거절하지 않겠습니다만, 복권 추첨을 할 때까지 제 관대함은 아껴두고 싶군요. 그때 가서 저라는 인간의 저력을 보여드리겠습니다."

"두고 보지요!" 억지스럽고 어색한 웃음소리가 들렸다.

이날의 접객은 대성공이었고 안나 이그나티예브나는 무척 기뻐했다.

"그이가 당신이 요즘 교도소 일로 바쁘시다고 하더군요. 저는 충분히 이해해요." 그녀가 네흘류도프에게 말했다. "미카(그녀의 뚱뚱한 남편 마슬렌니코프)에게도 단점이 여럿 있을 테지만, 그이가 얼마나 선량한 사람인지는 당신도 잘 아실 거예요. 불행한 죄수들을 자식처럼 아끼잖아요. 그이는 그 사람들을 다르게 보지 않지요. *천성적으로 선량해서……*"

그녀는 죄수들에게 채찍질을 하라고 명령하는 남편의 *선량함*을 표현할 단어를 찾지 못해 잠시 입을 다물었다. 그러다가 때마침 라일락색 리본을 맨 주름투성이 노부인이 응접실에 들어오자 그쪽을 돌아보며 미소 지었다.

예의에 어긋나지 않을 만큼만 형식적인 대화를 나누다가 네흘류도프는 자리에서 일어나 마슬렌니코프에게 다가갔다.

"자, 이제 내 말을 좀 들어주겠나?"

"아, 그렇지! 그래, 무슨 일인가? 저기로 갈까."

그들은 마슬렌니코프의 작은 일본풍 서재로 들어가 창가에 걸터앉았다.

58

"자, *뭐든 말하게.* 담배 피우겠나? 잠깐만, 담뱃재로 더럽혀지면 안 되니까." 그는 말하고 재떨이를 가져왔다.

"자네한테 두 가지 부탁이 있어."

"그렇군."

마슬렌니코프의 얼굴이 침울하고 어두워졌다. 그는 귀 뒤를 긁어주는 주인의 손길에 흥분한 강아지 같은 상태에서 완전히 깨어났다. 응접실에서는 여러 목소리가 들려왔다. 여자의 목소리가 말했다. "*절대로, 절대로 믿지 않겠어요.*" 다른 쪽 끝에서는 남자의 목소리가 '*보론초바 백작부인과 빅토르 아프락신*'이라는 이름을 줄곧 입에 올리며 뭔가 이야기했다. 또다른 쪽에서는 왁자한 말소리와 웃음소리가 들렸다. 마슬렌니코프는 응접실에서 벌어지는 일에도 귀를 기울이면서 네흘류도프의 말을 들었다.

"또 그 여자에 관한 건데." 네흘류도프가 말했다.

"응, 죄가 없는데 부당한 판결을 받았다는 여자 말이지. 알지, 알아."

"그 여자를 병원 잡역부로 옮겨주면 좋겠어. 그런 건 할 수 있다고들 하던데."

마슬렌니코프는 입술을 오므리고 생각에 잠겼다.

"글쎄, 할 수 있으려나." 그가 말했다. "아무튼 말해보고, 자네한테 전보로 알려주겠네."

"환자가 많아서 간호사를 도울 일손이 많이 필요하다던데."

"응, 맞아, 그렇지. 아무튼 결과를 알려주겠네."

"부탁해." 네흘류도프가 말했다.

응접실에서 모두의 웃음소리가, 심지어 자연스러운 웃음소리까지 흘러나왔다.

"저건 빅토르야." 마슬렌니코프가 미소 지으며 말했다. "저 친구는 사람들을 즐겁게 하는 데 재간꾼이야."

"한 가지 부탁이 더 있어." 네흘류도프가 말했다. "지금 그 교도소에 여행증 기한이 지났다는 이유로 백삼십 명이나 되는 사람이 구금돼 있어. 벌써 한 달이나."

그러고는 그들이 이곳에 억류된 이유를 설명했다.

"자넨 그걸 어떻게 알았나?" 마슬렌니코프가 물었고, 그의 얼굴에는 갑자기 불안감 섞인 불만이 드러났다.

"어느 죄수를 면회 갔는데, 복도에서 그들이 나를 둘러싸고 하소연을……"

"죄수라니 누구?"

"무고하게 기소당한 농민인데, 내가 그 사람에게 변호사를 붙여줬어. 하지만 내가 말하고 싶은 건 그게 아니야. 아무 죄도 없는 사람들을 여행증 기한이 지났다는 이유만으로 가둬둘 수 있냐는 거야, 그리고……"

"그건 검사의 일이야." 마슬렌니코프가 짜증이 난 듯 네흘류도프의 말을 잘랐다. "그게 바로 자네가 말하는 신속하고 공정한 재판이라는 거지. 검사보의 임무 중 하나는 교도소를 방문해서 죄수들이 적법하게 수감되어 있는지 확인하는 거야. 하지만 그자들은 아무것도 하지 않아. 빈트*나 할 뿐."

"그럼 자네는 아무것도 할 수 없다는 건가?" 네흘류도프는 도지사가 검사에게 책임을 떠넘길 거라던 변호사의 말을 떠올리며 어두운 표정으로 물었다.

"아니, 해볼게, 곧 알아보겠네."

---

* 카드놀이의 일종.

"오히려 그 여자에게는 더 좋지 않아요. *그 여자는 수난자라고요.*" 말은 이렇게 하지만 사실은 자기가 하는 말에 조금도 관심이 없는 듯한 여자의 목소리가 응접실에서 들려왔다.

"차라리 잘됐네요, 전 이것을 갖겠습니다." 장난기 섞인 남자의 목소리와 그에게 뭔가를 내놓지 않으려는 여자의 장난스러운 웃음소리가 다른 쪽에서 들려왔다.

"안 돼요, 안 돼요, 절대 안 돼요." 여자가 말했다.

"좋아, 전부 해보겠네," 마슬렌니코프가 터키석 반지를 낀 하얀 손으로 담배를 비벼 끄며 되풀이했다. "자, 이제 부인들에게 돌아가지."

"아, 한 가지가 더 있어." 네흘류도프가 응접실로 들어가지 않고 문 앞에서 발을 멈추곤 말했다. "어제 교도소에서 태형이 있었다고 하던데. 사실인가?"

마슬렌니코프는 얼굴을 붉혔다.

"아니, 그런 것까지? 이봐, 친구, 그렇게 모조리 다 문제삼을 거라면, 자넬 교도소에 출입 못하게 해야겠는데. 자, 가지, 가자고, *아네트*가 우리를 부르는군." 그는 네흘류도프의 팔을 붙잡고 아까 귀빈이 호의를 베풀었을 때처럼 흥분한 빛을 띠며 말했지만, 이번에는 기뻐서가 아니라 불안해서였다.

네흘류도프는 그에게 붙잡힌 팔을 빼내고 아무에게도 인사하지 않은 채 말없이 침통한 표정으로 응접실을 가로질렀고, 때마침 달려온 하인도 지나친 뒤 현관방을 지나 거리로 나왔다.

---

* '안나'를 프랑스어식으로 부른 것.

"저분은 왜 저러시죠? 당신, 저 사람에게 무슨 짓을 한 거예요?" *아네트가 남편에게 물었다.*

"저런 게 프랑스식이죠." 누군가 말했다.

"프랑스식이라니요, 저건 줄루*식이죠."

"저 사람은 늘 저런 식인걸 뭐."

누군가 일어나고, 누군가 도착하고, 이야기 소리가 끊임없이 이어졌고, 사람들은 네흘류도프의 일화를 이날의 초대 모임에 알맞은 편한 화젯거리로 삼았다.

다음날 네흘류도프는 문장과 봉인이 찍힌 두껍고 매끄러운 종이에 노련한 글씨체로 쓰인 부지사 마슬렌니코프의 편지를 받았는데, 마슬로바를 병원으로 옮기는 문제에 대해 의사에게 편지를 보냈으니 아마 그의 바람대로 될 거라고 적혀 있었다. "자네를 사랑하는 오래된 벗"이라 적혀 있었고, '마슬렌니코프'라는 서명 밑에는 놀랍도록 정교하고 큼직한 수결手決이 있었다.

"멍청한 자식!" 네흘류도프는 이렇게 내뱉지 않을 수가 없었는데, 특히 '벗'이라는 말에서 마슬렌니코프가 관대함을 생색내려 한 것이 느껴졌고, 도덕적으로 더없이 추악하고 부끄러운 직무를 수행하는 주제에 스스로를 대단히 중요한 인물로 여긴다는 것이, 아부까지는 아니지만 그가 스스로를 벗이라 칭함으로써 자신의 훌륭함을 그리 대단하게 여기지 않는다는 걸 드러내려 한 것이 느껴졌기 때문이었다.

---

* 남아프리카 토착 원주민 종족.

 가장 흔하고 널리 퍼진 미신 중 하나는, 인간에게 저마다 고유한 성질이 있다는 것이다. 즉 선한 사람, 악한 사람, 지혜로운 사람, 어리석은 사람, 활동적인 사람, 무기력한 사람 등등이 있다고 생각하는 것이다. 우리는 한 사람에 대해 악할 때보다는 선할 때가 많다, 어리석을 때보다는 지혜로울 때가 많다, 무기력할 때보다는 활동적일 때가 많다, 또는 그 반대로도 말할 수 있다. 하지만 한 사람에 대해 선하다, 지혜롭다, 악하다, 어리석다 하며 하나로만 말하는 것은 진실이 아니다. 우리는 늘 이런 식으로 사람들을 나눈다. 그러나 사실이 아니다. 사람은 강과 같기 때문이다. 어느 강이나 물은 물로서 똑같지만, 좁고 물살이 빠른 곳이 있는가 하면 넓고 물살이 느린 곳도 있고, 맑은 곳이 있는가 하면 흐린 곳도 있고, 따뜻한 곳이 있는가 하면 찬 곳도 있기 마련이다. 사람도 마찬가지다. 사람은 저마다 자기 안에 사람이 가질 수 있는 모든 성질의 맹아들을 지니고 있어서 이따금 하나가 돌출하면 평소와는 전혀 다른, 종종 엉뚱한 사람이 되곤 한다. 그런데 이런 변화가 유달리 강하게 나타나는 사람들이 있다. 네흘류도프도 이런 부류였다. 그의 경우에는 이 변화가 정신과 육체 양면에서 일어나곤 했다. 바로 지금 그러한 변화가 그에게 일어났다.
 재판 이후 카튜샤와 처음 만났을 때 느꼈던 참회의 기쁨과 부활의 환희는 흔적도 없이 사라져버렸고, 최근에 그녀와 만난 뒤로는 그 감정이 두려움으로, 심지어 혐오감으로 바뀌었다. 그는 절대 그녀를 버리지 않겠다고, 그녀가 원하면 결혼도 불사한다는 마음을 바꾸지 않겠다고 했지만 지금 그 결심은 극심한 중압감으로 그를 괴롭혔다.

마슬렌니코프를 찾아간 다음날 그는 다시 그녀를 만나러 교도소에 갔다.

소장은 면회를 허락했지만 이번에는 사무실도 변호사실도 아닌 여자 죄수 면회소에서 만나게 했다. 여전히 선량하긴 했지만 전보다 그를 더 경계했다. 마슬렌니코프에게서 이 면회자에게는 특별히 신중한 태도를 취하라는 명령을 받은 듯했다.

"만나는 건 좋습니다만," 그가 말했다. "다만 돈은, 지난번에도 부탁 드렸듯이…… 그 여자를 병원으로 옮기는 문제는 지사 각하가 편지에 쓰신 대로 될 것이고, 의사도 동의했습니다. 다만 마슬로바 본인이 원하지 않습니다. '내가 왜 더러운 병자들 변기통을 비워야 하느냐……' 그러면서요. 공작, 그자들이 다 그렇죠, 뭐." 그가 덧붙였다.

네흘류도프는 아무 대답도 하지 않았고, 면회하게 해달라고 부탁했다. 소장이 간수를 보냈고, 네흘류도프는 그를 뒤따라 텅 빈 여자 죄수 면회소로 들어갔다.

마슬로바는 이미 와 있다가 쇠창살 안쪽에서 조용히 머뭇거리며 나왔다. 그녀가 네흘류도프 가까이로 다가와 곁눈질하며 나지막이 말했다.

"용서하세요, 드미트리 이바노비치, 그저께는 제가 너무 함부로 말했어요."

"용서할 사람은 내가 아니라……" 네흘류도프가 말을 꺼내려 했다.

"아무튼 전 그냥 내버려두세요." 그녀가 덧붙였고, 그는 자신을 쳐다보는 그녀의 매서운 사시의 눈동자에서 또다시 팽팽한 적의를 읽었다.

"왜 당신을 내버려둬야 하죠?"

"이미 어쩔 수 없어요."

"왜 그래야 해요?"

그녀가 또다시 적의에 찬 눈길로 쳐다보았다.

"뭐, 어쨌든," 그녀가 말했다. "그냥 내버려두시라고요. 진심이에요. 그렇게 할 수 없어요. 하시려는 일을 모두 그만두세요." 그녀는 떨리는 입술로 말하다가 잠시 침묵했다. "진심이에요. 차라리 목을 매는 게 낫겠어요."

네흘류도프는 그녀의 거절 속에 그에 대한 증오와 용서되지 않는 원망이 있지만 그 외에 다른 뭔가가, 더 의미 있고 중요한 뭔가가 숨어 있음을 느꼈다. 완전히 차분한 상태에서 이전의 거절을 거듭 입에 올리는 그녀의 모습이 네흘류도프의 마음속에 일던 모든 의혹을 날리고 그를 이전의 진지하고 엄숙한 감동의 상태로 되돌려놓았다.

"카튜샤, 나는 전에도 말했지만 지금도 같은 말을 하고 싶어." 그는 더욱더 진지하게 말했다. "나와 결혼해줘. 만일 네가 싫다고 한다면, 싫다고 하지 않을 때까지 네가 어디로 가든 널 따라갈 거야."

"마음대로 하세요. 더이상 아무 말도 하지 않겠어요." 그녀가 말했고 다시 입술이 파르르 떨렸다.

그 역시 말할 기분이 아니어서 침묵했다.

"나는 지금 영지에 들렀다가 페테르부르크로 갈 겁니다." 그가 이윽고 평정을 되찾고 말했다. "가서 당신, 아니 우리 문제를 위해 손을 써볼 생각이에요. 판결은 반드시 파기될 겁니다."

"파기되지 않더라도 마찬가지예요. 저는 그 일이 아니더라도 그만한 벌을 받아 마땅한 일을 했으니까요……" 그녀가 말했다. 눈물을 참으려 갖은 애를 쓰는 것이 그의 눈에 역력했다. "그런데 멘쇼프는 만나보셨어요?" 그녀가 자신의 동요를 숨기려는 듯 갑자기 물었다. "그 사람들에게 죄가 없다는 게 사실이죠?"

"네, 나도 그렇게 생각해요."

"정말 좋은 할머니예요." 그녀가 말했다.

그는 멘쇼프에게 들은 자초지종을 들려주었고, 그녀에게 필요한 건 없는지 물었다. 그녀는 아무것도 없다고 대답했다.

두 사람은 다시 침묵했다.

"저, 병원으로 옮기는 건," 그녀가 갑자기 사시의 눈으로 그를 쳐다보며 말했다. "당신이 원하신다면 갈게요, 술도 마시지 않을게요……"

네홀류도프는 잠자코 그녀의 눈을 바라보았다. 그 눈은 웃고 있었다.

"아주 좋은 생각이에요." 그는 겨우 이렇게 말하고 그녀와 작별했다.

'그래, 그렇다, 완전히 다른 사람이 되었어.' 네홀류도프는 이전에 느꼈던 여러 의혹 뒤에 찾아온, 일찍이 경험해본 적 없는 사랑의 절대적인 힘을 확신하면서 이렇게 생각했다.

면회를 마치고 악취 나는 감방으로 돌아오자 마슬로바는 죄수복을 벗고 널빤지 침상에 앉아 무릎에 두 손을 내려놓았다. 감방에는 폐병 환자, 갓난아이를 안은 블라디미르 출신 여자, 멘쇼바 노파, 두 아이를 데리고 있는 건널목지기 여자뿐이었다. 하급사제의 딸은 어제 정신병을 진단받고 병원으로 이송되었다. 나머지 여자들은 모두 빨래를 하고 있었다. 노파는 널빤지 침상에 누워 자고 있었다. 어린아이들은 감방

문이 열려 있어 복도에서 놀고 있었다. 갓난아이를 안은 블라디미르 출신 여자와 빠른 손놀림으로 쉴새없이 긴 양말을 뜨는 건널목지기 여자가 마슬로바에게 다가왔다.

"그래, 어때, 만났어?" 여자들이 물었다.

높다란 널빤지 침상에 앉은 마슬로바는 대답은 하지 않고 바닥까지 미치지 않는 두 발만 흔들었다.

"어째서 우는 거야?" 건널목지기 여자가 물었다. "무엇보다도 낙담하지 않는 게 중요해. 애, 카튜하*! 자!" 그녀가 능숙하게 손가락을 놀리며 말했다.

마슬로바는 대답하지 않았다.

"다들 빨래하러 갔어. 오늘 얻어먹을 것이 많다던데. 많이 들어왔대." 블라디미르 출신 여자가 말했다.

"피나시카!" 건널목지기 여자가 문을 향해 외쳤다. "어디 갔지, 이 말썽꾸러기가."

그녀는 뜨개바늘을 하나 뽑아 실뭉치와 양말에 꽂더니 복도로 나갔다.

이때 복도에서 요란한 발소리와 여자들 말소리가 들리고 맨발에 죄수화를 신은 죄수들이 우르르 돌아왔다. 저마다 흰 빵을 하나씩 들었는데 두 개 든 사람도 있었다. 페도시야가 얼른 마슬로바에게 다가왔다.

"왜 그래, 안 좋은 일이라도 있어?" 페도시야가 맑은 하늘색 눈으로 마슬로바를 걱정스러운 듯이 바라보며 물었다. "그러지 말고, 우리 차

---

* 카튜샤의 애칭.

라도 마시자." 그녀는 흰 빵을 선반에 얹어놓았다.

"뭐야, 그 사람이 결혼을 단념하기라도 한대?" 코라블료바가 물었다.

"아니에요, 그 사람 마음은 변함없지만, 내가 싫어요." 마슬로바가 대답했다. "그렇다고 말했어요."

"이런 바보!" 코라블료바가 낮은 목소리로 말했다.

"하긴, 어차피 같이 살지 못할 바에 뭐하러 결혼을 해?" 페도시야가 말했다.

"그래도 네 남편은 너와 같이 가잖아." 건널목지기 여자가 말했다.

"그야 우리는 정식으로 결혼을 했으니까요." 페도시야가 대꾸했다. "하지만 그 사람과는 같이 살 수도 없는데 뭐하러 정식 결혼을 해요?"

"바보야! 왜 하느냐니? 결혼하면 이애가 호강할 거 아니냐."

"그 사람이 그랬어요. '네가 어디로 가든 널 따라갈 거야.'" 마슬로바가 말했다. "오면 오는 거고 싫으면 마는 거죠 뭐. 난 사정하지 않을 거예요. 그 사람이 곧 페테르부르크로 가서 일이 해결되도록 손을 써보겠다고 했어요. 그분 친척들이 모두 고관이래요." 그녀가 말을 이었다. "그렇더라도 난 역시 그 사람이 필요 없어요."

"그야 그렇지!" 코라블료바가 갑자기 자루를 뒤적이며 다른 생각에 빠진 모습으로 맞장구를 쳤다. "어때, 술이나 마실까?"

"난 안 마실래요." 마슬로바가 대답했다. "당신들끼리 드세요."

제2부

—
상

1

이 주 뒤 원로원에서 심리가 열릴 것으로 예상되었으므로 네흘류도
프는 그전에 페테르부르크에 가서, 원로원 상고가 성공하지 못할 경우
청원서를 작성해준 변호사의 권고대로 황제에게 청원할 작정이었다.
변호사는 상고 이유가 너무 빈약하기 때문에 기각을 각오해야 한다고
했는데, 마슬로바가 속한 징역수 무리가 6월 초에 출발할 수도 있었으
므로 네흘류도프가 굳게 마음먹은 대로 마슬로바를 따라 시베리아로
가기 위해서는 당장에 영지를 돌아다니며 일들을 정리해두어야 했다.
　네흘류도프는 우선 주요 수입원이자 가장 가깝고 비옥한 영지인 쿠
즈민스코예로 갔다. 그는 그곳에서 유년기와 청년기를 보냈고, 성인이
된 후에도 두 번이나 갔고 그중 한번은 어머니의 부탁으로 독일인 관
리인과 동행해 관리 상태를 점검하기까지 했기 때문에 이미 영지 상황

이나 사무소, 즉 지주와 농민들의 관계를 잘 알고 있었다. 농민과 지주의 관계란 좋게 말하면 농민이 지주에게 완전히 의존하는 관계였고 단도직입적으로 말하면 사무소의 노예나 다름없었다. 그것은 1861년에 폐지된 농노제처럼 특정 개인들이 특정 주인에게 예속되는 형태가 아니라, 가진 땅이 전혀 없거나 아주 조금밖에 없는 농민이 대지주에게 예속되는 방식이었고, 때로는 농민들이 살고 있는 지역 지주에게만 예속되는 경우도 종종 있었다. 이처럼 농업은 노예 상태를 기초로 운영되었고, 네흘류도프도 그런 방식의 농업에 협력해온 셈이니 그 사실을 모를 리 없었다. 한편 그런 방식이 불합리하고 잔인하다는 것도 헨리 조지의 학설에 공감하고 그의 학설을 널리 알리던 대학 시절부터 이미 잘 알고 있었고, 오늘날 개인의 토지 소유는 오십 년 전 농노를 소유하던 것과 다름없는 큰 죄악이라고 생각해 아버지에게서 유산으로 받은 토지를 농민들에게 나눠주기도 했었다. 하지만 군복무를 하며 매해 약 2만 루블을 쓰는 데 익숙해지자 차츰 무뎌졌고 그 이론은 머릿속에서 아예 잊혔으며, 재산에 대한 자신의 입장을 정리해보지도 않았고, 어머니가 주는 돈이 어디서 나오는 건지 생각하지도 않았고 가능하면 생각하지도 않으려 애썼다. 그러나 어머니가 사망한 뒤 유산 상속으로 자기 재산이 된 토지를 관리할 필요가 생겨나자 다시금 토지 소유에 대해 입장을 정해야겠다는 생각이 고개를 든 것이다. 한 달 전의 네흘류도프라면, 자신에게 기존의 질서를 바꿀 힘이 없을 뿐 아니라 영지 관리는 제 일이 아니라고 자기변명을 하며 영지에서 멀리 떨어진 곳에 살면서 거기서 나오는 돈으로 마음 편히 지낼 수도 있었을 것이다. 그러나 지금 그는 곧 시베리아로 떠날 예정이고, 돈을 필요로 하는 교도소 사람들과의 관계가 복잡하고 어렵긴 하지만 일을 종전의 상태대로 방치할 수 없으며 손해를 보더라도 완전히 새롭게 정리해야겠다고 결심했다. 그러기 위해 그는 일꾼을 써서 직접 땅을 경작하는 것이 아니라 농민들에게 싼값에 땅을 빌려줘 지주로부터 독립할 기회를 주기로 계획했다. 네흘류도프는 토지 소유자와 농노 소유자의 상황을 여러 번 비교하며, 일꾼들을 써서 땅을 경작하는 것이 아니라 농민들에게 땅을 빌려주는 것은 농노 소유자가 농노에게 부역 대신 소작료를 물리는 것과 같다고 생각했다. 물론 그런다고 문제가 해결되는 건 아니지만, 해결을 향한 첫걸음이기는 했다. 말하자면 더 조야한 형식의 압제에서 덜 조야한 형식의 압제로 이행하는 것이었다. 그래서 그는 그렇게 하기로 했다.

네흘류도프는 정오쯤 쿠즈민스코예에 도착했다. 그는 모든 면에서 자신의 생활을 간소화하려는 마음으로 전보도 치지 않고 역에서 쌍두 타란타스*를 잡아탔다. 난징 무명 반외투를 입고 허리선 아래 잡힌 주름을 따라 허리띠를 두른 작은 몸집의 젊은이는 마부답게 마부석에 비스듬히 걸터앉아 자못 즐겁게 나리와 대화할 줄 알았고 그들이 대화하는 동안 지친 절름발이 흰 주마主馬와 숨을 헐떡거리는 부마副馬는 아마도 언제나 바라왔겠지만 달리지 않고 천천히 걸을 수 있었다.

마부는 자기가 태운 손님이 지주인지도 모르고 쿠즈민스코예의 관리인에 대해 지껄이기 시작했다. 네흘류도프는 부러 밝히지 않았다.

"그 번지르르한 독일인은," 한때 시내에서 살았고 소설 따위도 읽어

---

* 주로 여행마차로 쓰이는 사륜유개마차.

본 마부가 말했다. 그는 손님 쪽으로 반쯤 몸을 틀고 앉아 긴 채찍의 밑을 잡았다 위를 잡았다 하며 자신의 교양을 자랑하고 있었다. "밤색 말 트로이카*를 장만해 자기 마누라를 태우고 돌아다니죠. 그게 뭐하는 겁니까!" 그가 계속했다. "지난겨울 성탄절 때 손님들을 태우고 그 큰 저택에 가서 보니 전나무에 장식을 해놓았더군요. 깜빡깜빡 전구 불빛이 빛났어요. 도청 소재지에 가도 그런 구경은 못할 겁니다! 돈을 얼마나 뜯어냈는지 몰라요ㅡ억척같이! 그자한테 뭐가 어렵겠습니까. 뭐든 다 자기 마음대로인데. 듣자하니 좋은 영지도 하나 샀나보던데요."

네흘류도프는 자기 영지를 그 독일인이 어떻게 관리하건 어떻게 이용하건 전혀 관심 없었다. 하지만 허리가 긴 마부의 이야기를 듣자니 불쾌했다. 그는 화창한 날씨, 때때로 해를 가리는 짙은 먹구름, 여기저기 농부들이 쟁기를 뒤따르며 갈아엎고 있는 귀리밭, 종달새들이 날아오르는 짙푸른 채소밭, 철늦은 떡갈나무들을 제외하면 온통 싱그럽고 푸른 초목으로 뒤덮인 숲, 가축들과 말들이 알록달록 무늬를 이루는 풀밭, 밭 가는 사람들의 모습 등을 넋을 놓고 바라보았다. 그러나 불쾌한 생각이 불쑥불쑥 머릿속을 어지럽혔다. 무엇이 불쾌한지 자문할 때마다 그는 독일인이 쿠즈민스코예에서 주인 행세를 하고 있다는 마부의 이야기가 떠올랐다.

그러나 쿠즈민스코예에 도착해 일을 시작하자 그런 기분은 싹 사라졌다.

사무소의 장부를 살펴보고, 농민들이 경작할 수 있는 땅이 적고 지

---

* 삼두마차.

주의 땅으로 둘러싸여 있어야 아무래도 이득이 늘어난다느니 하며 관리인이 숫접게 늘어놓는 설명을 듣자, 네흘류도프는 직접 경작하는 것은 그만두고 땅을 전부 농민들에게 부치도록 해야겠다고 더욱 마음을 굳혔다. 그는 장부를 점검하고 관리인과 대화를 나누면서, 예전의 방식대로 비옥한 경작지의 3분의 2는 일꾼들을 써서 개량된 농기구로 경작하고, 나머지 3분의 1은 농민들이 1데샤티나당 5루블의 소작료를 내며 경작하고 있다는 것을 알았는데, 즉 농민은 그 5루블을 내기 위해 1데샤티나 땅을 세 번 갈고 세 번 써레질하고 씨앗을 뿌리고 베고 다발 짓고 타작마당으로 실어 날라야 하는, 요컨대 아무리 싼 놉일지라도 최소한 1데샤티나에 10루블을 거둬들일 만큼의 일을 해야만 했다. 또한 농민들은 사무소에서 받아 쓰는 농기구 등 필수품에 대해서도 모두 노동으로 가장 비싼 값을 치렀다. 더구나 그들은 목초지, 숲의 목재, 감자 순과 줄기까지도 일단 사용하면 모두 노임으로 갚아야 했기 때문에 거의 모두가 사무소에 빚을 지고 있었다. 그래서 경지 밖의 토지까지 농민들에게 부치게 할 경우, 가령 1데샤티나가 5부의 이윤을 낸다 하더라도 실제로는 그 네 배의 이익을 약취하는 셈이었다.

　네흘류도프는 모든 것을 이미 알고 있었지만, 이 문제를 지금 새삼 밝히고보니 자신은 물론이고 자신과 같은 입장에 있는 모든 사람이 이처럼 부당한 관계를 왜 지금껏 파악하지 못했는가가 그저 놀라울 뿐이었다. 관리인은 농민들에게 땅을 양도한다면 가축이나 농기구가 다 쓸모없게 되어서 팔아도 원가의 4분의 1도 못 받을 거라고, 농민들이 땅을 죄다 버려놓을 거라고, 요컨대 농민들에게 땅을 양도하면 큰 손해를 보게 된다고 주장했지만, 오히려 네흘류도프는 자기 수입의 대부분을 잃더라도 반드시 그렇게 해야겠다고 더욱 마음을 굳혔다. 그는 영지에 온 김에 당장 일을 매듭짓기로 마음먹었다. 이미 파종된 곡물을 수확하고 가축이나 농기구나 불필요한 건물을 매각하는 일 따윈 나중에 관리인을 시키면 되었다. 그래서 그는 자신의 뜻을 농민들에게 발표하고 소작료 등을 협의하기 위해, 내일 당장 쿠즈민스코예 땅을 둘러싼 세 마을에 사는 농민들을 소집하라고 관리인에게 일렀다.

관리인의 설득에도 결심을 굽히지 않고 농민들을 위해 희생하겠다는 각오를 굳혔다는 생각에 유쾌해진 네흘류도프는 사무소를 나와 눈앞에 닥친 일들을 따져보며 집 주변을 한 바퀴 돌았다. 올해 손질하지 않아 황폐한 꽃밭(꽃밭은 관리인의 집 맞은편에 있었다), 치커리가 무성히 자란 론*테니스코트*, 그리고 그가 시가를 피우며 종종 거닐었고 삼년 전 어머니를 찾아온 미모의 키리모바가 그의 마음을 얻기 위해 교태를 부렸던 보리수 가로숫길이 있었다. 네흘류도프는 내일 농민들에게 발표할 내용을 대충 정리하고서 관리인에게 갔고, 그와 차를 마시며 직접 경작하는 것을 그만두는 문제를 다시 한번 검토했다. 그런 뒤 이일에 대해 완전히 마음을 놓고는 그의 방으로 준비된, 손님용으로 늘 개비해놓는 안채의 방으로 들어갔다.

그리 크지 않은 아담한 방에는 창문 두 개 사이에 베네치아 풍경화 몇 점과 거울이 걸렸고, 깨끗한 용수철 침대와 그 옆 작은 탁자에 물병과 성냥과 스너퍼* 등이 놓여 있었다. 거울 옆 큰 탁자 위에는 그의 여행가방이 열린 채 있었는데, 여행용 화장품 세트와 가져온 책들이 보였

---

* 촛불 끄는 도구.

다. 그중 하나는 러시아어로 쓰인 형법연구론인데, 같은 주제의 독일어 책과 영어 책이 한 권씩 더 있었다. 여행하는 동안 틈틈이 읽을 생각이 었지만 오늘은 그럴 짬이 없었다. 그는 내일 농민들과 이야기하기에 앞서 일찍 일어나 준비해야겠다고 생각하며 잠자리에 들기로 했다.

방 한구석에 상감 세공된 예스러운 마호가니 안락의자가 놓여 있었다. 생전 어머니 침실에 있던 이 안락의자를 보자 예기치 못한 감정이 고개를 들었다. 그는 곧 허물어질 집과 황폐해질 정원, 벌채될 숲, 그리고 비록 그 자신이 이룬 건 아니지만 그도 알다시피 사람들이 많은 노력을 들여 늘리고 유지해왔던 축사와 마구간, 농기구 창고, 농기구, 말과 소 같은 모든 게 아깝게 느껴졌다. 얼마 전까지만 해도 전부 다 쉽사리 버릴 수 있을 것 같았는데 지금은 그것들뿐만 아니라 땅에도, 앞으로 더욱 필요해질지 모를 나머지 반절의 수입에도 미련이 생겼다. 그러자 그런 기분을 부추기기라도 하듯 땅을 농민들에게 빌려주면서 영지 경영을 중단하는 건 경솔한 결정이고 그래선 안 된다는 생각이 들었다.

'토지를 소유해선 안 된다. 그러나 토지를 소유하지 않고는 경제적으로 이만큼 유지할 수 없다. 하지만 곧 시베리아로 떠나니 집도 영지도 필요 없다.' 한 목소리가 말했다. '그건 그렇다.' 다른 목소리가 말했다. '하지만 무엇보다도 너는 시베리아에서 한평생 살지 않을 것이다. 만일 네가 결혼을 한다면 자식들이 태어날 것이다. 그렇게 되면 네가 잘 관리된 영지를 물려받았듯이 너도 자식들에게 그래야 할 것이다. 토지에 대한 의무가 있다. 토지를 나눠줘 망치게 하는 건 쉽지만 재산을 다시 모으는 건 대단히 어렵다. 요컨대 너는 삶에 대해 신중하게 생각해야 하고, 앞으로 어떻게 살아갈지 결정하고 그에 따라 재산을 처리해야 한다. 네가 마음속으로 내린 결정은 확고한가? 너는 양심을 좇아 진실로 그렇게 하길 바라는 것인가, 아니면 세상 사람들에게 보이기 위해서, 그들에게 자랑하기 위해서 그러는 것인가?' 네흘류도프는 반문하면서 사람들의 말이 자신의 결정에 영향을 주고 있음을 인정하지 않을 수 없었다. 생각을 거듭할수록 문제는 점점 더 늘어났고 점점 더 해결할 수 없는 것이 되었다. 그는 우선 이러한 생각들에서 벗어나 다음날 맑은 머리로 헝클어진 문제들을 풀기 위해 산뜻한 침대에 누워 잠을 청했다. 그러나 오랫동안 잠들 수 없었다. 활짝 열린 창문으로 신선한 공기와 밝은 달빛과 개구리 울음소리가 어우러져 흘러들었고, 멀리 공원에서 우짖는 꾀꼬리 여러 마리와 창문 아래 활짝 핀 라일락 덤불에 앉은 꾀꼬리 한 마리의 울음소리가 이따금 개구리 울음소리를 덮었다. 꾀꼬리와 개구리 소리를 들으면서 네흘류도프는 교도소장의 딸이 연주하던 선율이 생각났다. 교도소장을 생각하자 마슬로바가 개구리가 울 때처럼 입술을 떨며 "그냥 내버려두세요"라고 말하던 모습이 생각났다. 이윽고 독일인 관리인이 개구리가 있는 곳으로 내려갔다. 그를 불러 세워야겠다고 생각했지만 이미 언덕길을 내려가버린 뒤였고 이윽고 그가 마슬로바로 바뀌더니 "나는 징역수이고 당신은 공작이죠!" 하고 네흘류도프를 비난했다. '아니, 난 지지 않겠어.' 네흘류도프는 이렇게 정신을 가다듬고 스스로에게 물었다. '대체 내가 잘하고 있는 건가 잘못하고 있는 건가? 도무지 모르겠다. 하지만 아무래도 좋다. 어차피 마찬가지니까. 아무튼 지금은 좀 자둬야 한다.' 그도 관리인과 마슬로바가 내려간 쪽으로 내려가기 시작했고, 거기서 모든 것이 끝났다.

2

다음날 네흘류도프는 아침 아홉시에 잠에서 깼다. 주인의 시중을 들게 된 젊은 사무원이 그의 기척을 듣고 전에 없이 반짝반짝 윤이 나도록 닦은 구두와 더없이 시원하고 깨끗한 샘물을 가지고 와서는 농민들이 와 있다고 알렸다. 네흘류도프는 정신이 번쩍 들어 침대에서 벌떡 일어났다. 땅을 빌려주고 영지 경영을 그만두는 데 대한 어제의 감정은 흔적도 없이 사라졌다. 그 감정이 다소 의아할 정도였다. 그는 눈앞에 닥친 일에 기뻐하며 자기도 모르게 그 일을 자랑스러워하고 있었다. 그의 방 창문으로 치커리가 무성히 자란 론테니스코트가 보였고 관리인이 지시한 대로 그곳에 농민들이 모여들고 있었다. 개구리들이 간밤에 괜히 울어댄 것이 아니었다. 날씨가 잔뜩 흐렸다. 아침부터 바람도 없이 조용하고 따사로운 보슬비가 내려 나뭇잎이며 나뭇가지며 풀잎에 물방울이 맺혀 있었다. 창을 통해 신록의 복욱한 향기 외에도 비를 더 바라는 흙냄새가 풍겨왔다. 네흘류도프는 옷을 갈아입으면서 몇 번이고 창밖으로 농민들이 모여드는 모습을 내다보았다. 그들은 모자를 벗어 인사를 나누고 지팡이에 몸을 기댄 채 빙 둘러섰다. 근육질에 체격이 좋고 힘이 넘치는 젊은 관리인이 큰 단추가 달린 정장을 입고 녹색 깃을 세우고 네흘류도프의 방에 들어와서, 모두 모였지만 잠시 기다리게 할 테니 일단 커피나 홍차부터 드시라고, 어느 쪽이든 준비가 되어 있다고 말했다.

"아니, 저들에게 먼저 가는 게 낫겠네." 네흘류도프는 농민들과의 대화를 앞두고 전혀 예기치 못한 어색함과 부끄러움을 느끼며 말했다.

그는 농민들이 실제로 이루어지리라고 감히 상상조차 할 수 없던 꿈을 실현해주기 위해, 즉 낮은 소작료로 땅을 부치게 해주기 위해 가는 것이었다. 다시 말해 그들에게 은혜를 베풀러 가는 것이지만 그는 왠지 부끄러웠다. 네흘류도프는 한자리에 모인 농민들에게 다가갔고 그들이 모자를 벗어 아마색 머리, 곱슬머리, 대머리, 백발을 드러내자 별안간 어리둥절해져 한동안 아무 말도 할 수 없었다. 여전히 보슬비가 내리는 바람에 농민들의 머리와 턱수염, 보풀 인 카프탄에 방울방울 빗물이 맺혔다. 농민들은 주인을 쳐다보며 그가 말하기를 기다렸지만, 그는 당황한 나머지 아무 말도 꺼낼 수 없었다. 스스로 러시아 농민 전문가라고 여기고 러시아어도 능숙하게 구사하는 침착하고 자신만만한 독일인 관리인이 곤혹스러운 침묵을 깼다. 네흘류도프와 마찬가지로 잘 먹어서 힘이 넘치는 관리인은 농민들의 야위고 쭈글쭈글한 얼굴, 카프탄 겉으로도 확연한 앙상한 어깨뼈와 놀라운 대조를 이루었다.

"공작께서 여러분에게 좋은 일을 하려고 하십니다. 땅을 나눠주려고 하신단 말입니다. 여러분에겐 분에 넘치는 일이지만." 관리인이 말했다.

"뭐가 분에 넘친단 말입니까, 바실리 카를리치, 우리가 당신이 시키는 일을 안 하기라도 했단 말입니까? 우리는 돌아가신 마님께, 부디 천국에서 편히 쉬시길, 큰 은혜를 입었습니다. 그리고 젊은 공작께서도 우리를 저버리지 않으시니, 그저 감사드릴 따름입니다." 머리털이 불그스름한 입담 좋은 농부가 말했다.

"바로 그 때문에 여러분을 불렀습니다. 여러분이 원한다면 나는 땅을 전부 여러분에게 넘길 생각입니다." 네흘류도프가 말했다.

농부들은 이해가 가지 않아서인지 믿기지 않아서인지 잠자코 있었다.

"땅을 넘긴다니 그게 무슨 말입니까?" 반외투를 입은 중년의 농부가 물었다.

"여러분에게 싸게 빌려주어 농사짓도록 하겠다는 겁니다."

"그것참 고마운 일입니다." 한 노인이 말했다.

"소작료를 낼 수만 있다면야." 다른 사람이 말했다.

"땅을 마다할 사람이 어디 있겠어!"

"당연하지, 땅으로 먹고사는 판에!"

"나리도 그편이 속 편하실걸. 소작료만 받으면 되니까. 안 그러면 골치 아픈 일만 잔뜩 생기겠지!" 여럿이 말했다.

"골치 아프게 하는 건 당신들이지." 독일인이 말했다. "당신들이 똑바로 일하고 규칙을 잘 지킨다면……"

"그렇게 말하면 안 되네, 바실리 카를리치," 뾰족한 코의 깡마른 노인이 말했다. "자네는 왜 말을 귀리밭에 풀어놨느냐, 누가 그랬느냐 탓했지. 하루가 일 년 같을 정도로 온종일 낫질을 하다보면 야번 때 깜빡 곯아떨어지기 마련이야. 그사이에 말이 자네 귀리밭에 들어간 건데, 자네는 나를 잡아먹을 듯이 몰아붙였고."

"그러니까 규칙을 지켰어야죠."

"규칙, 규칙 하는데, 말이야 쉽지만 우리에겐 힘든 일이야." 훤칠한 키에 머리가 검고 얼굴에 털이 덥수룩한 중년의 농부가 말했다.

"그러니까 말했잖아요, 목책을 치면 좋겠다고."

"그럼 목재를 주든가." 뒤쪽에서 몸집이 작은 추레한 농부가 끼어들었다. "내가 지난여름에 목책을 치려고 했더니 자넨 날 석 달 동안이나 감옥에 처넣어 이의 밥이 되게 했어. 목책을 치려고 하면 그런 꼴을 당한다니까."

"저 사람이 무슨 말을 하는 건가?" 네흘류도프가 관리인에게 물었다.

"*저자는 마을에서 첫째가는 도둑입니다.*" 관리인이 독일어로 대답했다. "해마다 숲속에서 붙잡히죠. 이봐, 당신은 남의 것을 소중히 여기는 법을 배워야 해." 관리인이 말했다.

"우리가 자네를 존중하지 않는단 소린가?" 노인이 말했다. "우리가 자네를 존중하지 않을 수 있겠나, 모두 자네 손아귀에 있는데. 자네가 우리 목줄을 잡고 굴리는데."

"허, 누가 당신들을 괴롭힌다고 그래요. 당신들이나 나를 괴롭히지 않았으면 좋겠어요."

"뭐, 우리를 괴롭히지 않는다고! 지난여름에 내 콧잔등을 부러뜨린 게 누군데. 그래도 난 내버려둘 수밖에 없었어. 부자들하고 이러쿵저러쿵해봐야 빤하니까."

"두말할 필요 없어요. 규칙대로만 하라고."

이런 식으로 말다툼이 계속되었는데 정작 당사자들은 무엇 때문에 말다툼하는지, 자기들이 무슨 말을 하고 있는지 잘 모르는 것 같았다. 다만 한편에서는 두려움에 짓눌린 분노가, 다른 한편에서는 자신의 우월함과 권력에 대한 의식이 보일 뿐이었다. 네흘류도프는 듣고 있기가 괴로웠고 본래의 문제, 즉 소작료와 지불 기한을 정하는 문제로 돌아가려 애썼다.

"그럼, 땅은 어떻게 하겠습니까? 여러분도 땅을 그렇게 하길 바라는 건가요? 땅을 모두 빌려준다면, 소작료는 얼마면 되겠습니까?"

"나리 거니까 소작료도 나리가 정하셔야죠."

네흘류도프는 값을 말했다. 네흘류도프가 매긴 값은 근방의 소작료
보다 훨씬 낮았지만, 언제나 그렇듯 농민들은 높다며 값을 깎기 시작했
다. 자기의 제안이 기꺼이 받아들여질 거라는 네흘류도프의 기대와는
달리 농민들의 얼굴에서 만족하는 기색은 전혀 찾아볼 수 없었다. 다만
그의 제안이 그들에게 유리하다는 것만은 확실했는데, 누가 땅을 부칠
것인지 하는 이야기가 벌써 오가고 있었기 때문이다. 농민들이 다 함께
땅을 부칠지, 아니면 조합을 만들어서 부칠지 하는 이야기에 이르자,
소작료를 낼 능력이 안 되는 사람들을 제외하려는 농민들과 제외당하
는 농민들 사이에 격렬한 논쟁이 벌어졌다. 마침내 관리인이 중재해 소
작료와 지불 기한이 결정되자 농민들은 왁자지껄하게 떠들면서 언덕
아래 마을 쪽으로 내려갔고, 네흘류도프는 관리인과 계약서 초안을 작
성하기 위해 사무소로 갔다.

모든 것이 네흘류도프가 바라고 기대하던 대로 되었다. 농민들은 근
방의 소작료보다 3할이나 싸게 땅을 빌리게 되었고, 그 결과 영지 수입
은 거의 반으로 줄게 되었지만 그만큼으로도 그는 충분했으며, 숲을 판
대금과 농기구를 판 돈을 더해 메꾼다면 더더욱 충분했다. 이렇게 모든
일이 더할 나위 없이 잘 처리된 듯싶었으나 네흘류도프는 줄곧 뭔가가
꺼림칙하고 짓쩍은 느낌이 들었다. 농민들 중 몇몇은 그에게 감사를 표
했지만, 대부분은 불만을 품고 더 큰 것을 기대하는 기색을 보였기 때
문이다. 그는 많은 것을 자발적으로 내놓았는데도 농민들의 기대에는
못 미친 꼴이 되었다.

다음날 가계약서에 서명을 한 네흘류도프는 대표로 찾아온 마을 노인들의 배웅을 받으며 왠지 일을 다 마치지 못한 듯한 불쾌한 기분으로, 전날 역에서 잡아탄 마차의 마부에게서 들은 관리인의 호사스러운 트로이카에 올라타 미심쩍고 불만스러운 듯 고개를 갸웃거리는 농민들에게 작별인사를 하고 역으로 출발했다. 네흘류도프도 스스로에게 불만이었다. 뭐가 불만인지는 알 수 없었지만 줄곧 서글프고 점직스러웠다.

3

네흘류도프는 쿠즈민스코예를 떠나 고모들에게 유산으로 받은 영지로, 그가 처음 카튜샤를 만난 그곳으로 갔다. 이 영지에서도 쿠즈민스코예에서 했던 대로 토지 문제를 처리할 작정이었다. 그뿐만 아니라 그는 카튜샤에 대해서, 그녀와 자기의 아이에 대해서 알아보고 싶었다. 아이가 죽은 것이 사실인지, 그게 사실이라면 어떻게 죽었는지 자세히 알고 싶었다. 아침 일찍 파노보에 당도해 마차를 몰고 안마당으로 들어갔을 때 가장 먼저 그를 놀라게 한 것은 모든 건물이 무너지고 황폐해졌다는 것, 특히 본채의 상태였다. 녹색이던 함석지붕은 오랫동안 칠을 하지 않아 벌겋게 녹이 슬었고, 함석 몇 장은 폭풍우 때문인 듯 휘어서 들려 있었다. 외벽에 붙인 판자들은 군데군데 뜯겨 있었는데, 못들이 녹슬어 뜯기 쉬워진 부분들만 사람들이 뜯어간 모양이었다. 계단은 양쪽 다, 그러니까 전면의 계단도, 그에게 특히 많은 추억을 남긴 집 뒤쪽의 계단도 썩어 부서지고 토대만 남아 있었다. 몇몇 창문에는 유리 대신 얇은 널빤지가 붙어 있었고 관리인이 살던 곁채도, 주방과 마구간도 모두 낡아 잿빛이었다. 그러나 정원만은 황폐해지지 않고 초목이 무성하게 어우러져 자랐고 온갖 꽃이 만발해 있었다. 담장 너머에는 꽃이 활짝 핀 벚나무, 사과나무, 자두나무가 흰구름처럼 퍼져 있었다. 라일락 산울타리는 네흘류도프가 열여덟 살의 카튜샤와 술래잡기를 하다가 넘어져 쐐기풀에 찔렸던 십이 년 전처럼 여전히 꽃이 활짝 피어 있었다. 소피야 이바노브나가 저택 옆에 심은 낙엽송은 그저 작대기만했는데 지금은 대들보로 써도 좋을 만큼 큰 나무로 자라 황록색 솜털처럼 부드럽고 뾰족한 잎들에 덮여 있었다. 기슭을 따라 강물이 잔잔히 흐르고 강둑의 물레방아에서 떨어지는 물소리만 요란했다. 강 건너 풀밭에 농가의 알락달락한 가축떼가 풀을 뜯고 있었다. 신학교를 중퇴한 관리인이 싱글거리면서 안마당으로 나와 네흘류도프를 맞았고, 그를 사무소로 안내하고는 무슨 특별한 약속이라도 하는 듯 내내 미소를 머금은 채 칸막이 뒤로 사라졌다. 칸막이 뒤에서 소곤거리는 소리가 나더니 이내 조용해졌다. 마부가 팁을 받고 방울소리를 요란하게 울리며 안마당을 빠져나가자 주위는 완전히 괴괴해졌다. 잠시 후 수놓은 루바시카를 입고 술 달린 귀걸이를 한 맨발의 아가씨가 창문 옆으로 뛰어 지나갔고, 한 농부가 그 뒤를 이어 사람들 발길에 잘 다져진 오솔길로 투박한 장화 징을 울리며 달려갔다.

네흘류도프는 창가에 앉아 정원을 바라보며 귀를 기울였다. 상쾌한 봄 공기와 갈아엎은 흙냄새가 여닫이 창문으로 흘러들어와 땀에 젖은 그의 이마 위로 흘러내린 머리카락과 여기저기 칼자국이 난 창턱에 놓인 종잇장들을 가볍게 흔들었다. 강 쪽에서 아낙들이 두드리는 빨랫방망이 소리가 트라-파-타프, 트라-파-타프 하고 들려오더니 햇빛에 반짝이는 강의 깊은 곳 수면으로 울려퍼졌다. 물방앗간에서 물 떨어지는 소리가 규칙적으로 들려오고 파리 한 마리가 놀란 듯 윙윙거리며 귓전을 스치고 날아갔다.

문득 네흘류도프는 오래전 어리고 순수하던 시절에도 지금과 똑같이 물방앗간의 규칙적인 물소리 사이사이로 빨랫방망이 소리가 들려왔고, 그의 젖은 이마로 흘러내린 머리카락과 여기저기 칼자국이 난 창턱에 놓인 종잇장이 봄바람에 흔들렸으며, 귓전으로 파리가 요란한 소리를 내며 스쳐 날아가던 것이 기억났다. 열여덟 살 소년의 기분으로 회상한 건 아니었지만, 그는 자신이 그때와 똑같이 젊고 순결하고 커다란 가능성을 품은 사람이 된 것만 같았고, 그러나 동시에 꿈에서 깰 때 흔히 그렇듯 그것이 이미 현실이 아님을 깨닫고는 적이 서글퍼졌다.

"식사는 언제 하시겠습니까?" 관리인이 미소 지으며 물었다.

"아무때나 좋을 대로 하게. 아직 시장하지 않아. 마을이나 한 바퀴 돌아볼까 하네."

"그럼 집안을 둘러보시는 건 어떻습니까, 내부는 잘 정돈해두었거든요. 외관은 좀 그렇습니다만……"

"아니, 나중에 보지. 그보다 이 마을에 마트료나 하리나라는 여자가 산다는데 혹시 아나?"

그녀는 카튜샤의 이모였다.

"그럼요, 이 마을에 삽니다. 정말 구제불능이죠. 밀주를 팔거든요. 제가 가끔 증거를 잡아 야단치기는 하는데, 고발을 하자니 불쌍해서 말이죠. 어린 손자들까지 맡아 키우는 할멈이거든요." 관리인이 여전히 미소를 띠며 말했는데, 주인에게 호감을 주고 싶은 바람과, 그의 주인도 이 근방에서 일어나는 일에 대해서는 뭐든 다 자기처럼 생각하리란 확신이 드러나는 미소였다.

"어디 살지? 좀 만나보고 싶은데."

"마을 변두리 끝에서 세번째 집입니다. 왼쪽에 벽돌집이 있고, 그 뒤쪽이 할멈이 사는 오두막이죠. 제가 모셔다드리는 게 낫겠습니다." 관리인이 기쁜 듯이 미소 지으며 말했다.

"아니, 고맙지만 내가 찾을 수 있을 거야. 그보다 자네는 내가 토지에 대해 할 이야기가 있으니까 농민들에게 다 모이라고 일러주게." 네흘류도프는 쿠즈민스코예에서 했던 것처럼 이 마을 농민들과도 만나 가능하면 오늘밤 안으로 일을 매듭지을 생각으로 말했다.

4

대문밖으로 나온 네흘류도프는 질경이와 냉이가 무성하게 자란 목장의 잘 다져진 오솔길에서 알록달록한 무늬의 앞치마를 두르고 술 달린 귀걸이를 하고 통통한 맨발을 빠르게 놀리며 걸어오는 농가의 아가씨와 마주쳤다. 집으로 돌아가는 길인 그녀는 왼팔은 휘휘 내젓고, 오른팔로 붉은 수탉을 배에 꽉 붙여 끌어안고 있었다. 붉은 벼슬이 흔들거리는 수탉은 아주 얌전히 있었지만 이따금 눈을 끔벅거리며 검은 한쪽 발을 내밀었다 올렸다 하면서 발톱으로 그녀의 앞치마를 긁어댔다.

나리가 있는 쪽으로 다가올수록 그녀는 처음에는 달음질치다시피 하다가 보통 걸음으로 옮겼고 그와 나란히 서게 되자 발을 멈추고 고개를 발딱 뒤로 젖혔다가 꾸벅 절을 했다. 그러고는 네흘류도프가 지나가자마자 수탉을 끌어안고 또다시 달음질쳐갔다. 우물 쪽으로 내려가던 네흘류도프는 지저분한 루바시카를 입고 굽은 등에 물이 가득한 무거운 통을 진 노파와 마주쳤다. 노파는 조심스럽게 통을 내려놓고 아까와 마찬가지로 고개를 뒤로 젖혔다가 그에게 인사했다.

우물 뒤부터 마을이 시작되었다. 맑고 무더운 날씨라 오전 열시인데도 벌써 찌는 듯했고 이따금 구름이 모여 해를 가렸다. 큰길에서는 불쾌할 정도는 아니지만 코를 찌르는 두엄냄새가 풍겼다. 그 냄새는 반들거리는 탄탄한 길을 따라 산 쪽으로 늘어서 있는 텔레가*들에서도 풍겨나왔지만, 주로 대문을 열어둔 집 안마당에 파헤쳐진 두엄에서 풍겼다. 두엄물이 묻은 바지에 루바시카를 입고 맨발로 짐마차들 뒤를 따라 언덕길을 오르던 농부들은 키가 크고 살집이 있는 주인이 햇빛에 반짝이는 실크 리본이 달린 회색 모자를 쓰고 한 걸음 옮길 때마다 손잡이가 반짝이는 지팡이로 가볍게 땅을 짚으며 마을로 올라오는 모습을 신기한 듯 돌아보았다. 달리는 빈 짐마차에 앉아 덜컹덜컹 흔들리면서 밭에서 돌아오던 농부들은 마을 큰길을 걸어가는 낯선 신사를 보고 모자를 벗으며 놀란 눈으로 좇았다. 아낙들은 대문 밖이나 현관 계단으로 나와 서로 그를 가리키며 눈으로 배웅했다.

네흘류도프는 네번째 집 대문을 지나칠 때 안에서 삐걱거리며 나오

---

* 사륜 짐마차.

는 짐마차에 발을 멈췄다. 산더미처럼 높이 쌓아올린 두엄 위에는 사람이 앉도록 거적이 깔려 있었다. 여섯 살쯤 된 남자아이가 자기도 탈 수 있다는 부푼 기대를 안고 짐마차 뒤를 따라왔다. 나무껍질 신발을 신은 젊은 농부가 발을 경중경중 떼며 대문 밖으로 말을 내몰고 있었다. 다리가 길고 털빛이 푸른 망아지가 대문 밖으로 훌쩍 뛰어나왔다가 네흘류도프를 보고 깜짝 놀라 짐마차 옆으로 몸을 붙이느라 바퀴에 발을 부딪혔고, 무거운 짐마차를 끌고 나오면서 걱정하듯 히힝거리는 어미에게로 뛰어갔다. 그 뒤를 이어 줄무늬 바지에 길고 지저분한 웃옷을 입고 어깨뼈가 등 위로 튀어나온, 역시 맨발에 삐쩍 말랐지만 힘이 좋은 노인이 다른 말을 끌고 나왔다.

말들이 불에 탄 머리 같은 잿빛 두엄이 흩어져 있는 판판한 길로 가까스로 빠져나오자 노인은 대문 쪽으로 되돌아와 네흘류도프에게 절을 했다.

"돌아가신 마님들의 조카분 아니십니까?"

"네, 그분들의 조카입니다."

"잘 오셨습니다. 그런데 무슨 일로, 우리를 보러 오셨나요?" 말하기 좋아하는 노인이 말문을 열었다.

"네, 네. 그런데 사는 건 좀 어떻습니까?" 네흘류도프는 무슨 말을 해야 할지 몰라 이렇게 물었다.

"사는 게 어떠냐 말입니까! 아주 형편없지요." 수다스러운 노인이 만족스럽기라도 한 듯 노래하는 것처럼 말끝을 길게 뺐다.

"어째서 그렇습니까?" 네흘류도프가 대문 안으로 들어서며 말했다.

"이게 사는 겁니까? 이보다 못한 생활도 없을 겁니다." 그가 네흘류도프를 뒤따라 땅바닥이 드러나도록 두엄을 말끔히 치운 처마 밑으로 걸어가며 말했다.

네흘류도프도 그를 따라 처마 밑으로 갔다.

"저는 식구를 열두 명이나 거느리고 있습니다." 노인은 아직 다 치우지 못한 두엄더미 위에서 쇠스랑을 들고 서 있던, 땀에 젖고 머릿수건이 벗겨진 채 옷자락을 걷어붙이고 장딴지 중간까지 두엄물로 더러워진 두 여자를 가리키며 말했다. "매달 6푸드의 양식을 사야 하는데 그 돈이 어디서 나옵니까?"

"영감 밭에서 나는 걸로는 부족합니까?"

"제 밭이요?!" 노인이 어처구니없다는 듯 말했다. "우리 땅에서 나오는 건 기껏해야 세 사람 분입니다. 올해는 여덟 가리밖에 안 나와서 성탄절 때까지는 어림도 없습니다."

"그럼 어떡합니까?"

"뭐 별수 있나요, 그냥 하루하루 살아야지요. 자식 한 놈은 머슴으로 보내고, 마님한테서는 빚을 냈습죠. 그런데 그것도 사순절 전에 다 써버리고 아직 소작료도 내지 못했습니다."

"소작료가 얼마인데요?"

"우리는 넉 달에 17루블씩 내고 있습니다. 아아, 정말이지 이건 사는 게 아닙니다. 어떻게 살아가야 할지 모르겠어요!"

"집안에 들어가봐도 됩니까?" 두엄이 말끔히 치워진 곳에 서 있던 네흘류도프가 아직 손을 대지 않은 채 쇠스랑으로만 흩어놓은, 코를 찌르는 냄새가 풍기는 싯누런 두엄더미 쪽으로 걸음을 옮기며 물었다.

"물론이죠, 들어오십시오." 노인은 이렇게 말하고 발가락 사이로 두

엄물이 비어져나오는 맨발로 재빨리 네흘류도프를 앞질러 가 문을 열어주었다.

아낙들은 머릿수건을 바로잡고 치맛자락을 내리면서, 소맷부리에 금단추가 달린 말쑥한 신사가 자기들 집에 들어가는 모습을 호기심과 두려움 어린 표정으로 지켜보았다.

오두막에서는 루바시카 바람의 여자아이 둘이 뛰어나왔다. 네흘류도프는 모자를 벗고 허리를 숙여 현관을 지나친 뒤 베틀 두 대가 놓여 있고 시큼한 음식냄새가 풍기는 지저분하고 좁은 집안으로 들어갔다. 페치카 옆에는 걷어올린 소매 밖으로 힘줄이 불거지고 햇볕에 그을린 야윈 팔을 드러낸 노파가 서 있었다.

"나리께서 우리집에 들러주셨어." 노인이 말했다.

"아이고, 잘 오셨습니다." 노파가 소매를 끌어내리며 상냥하게 말했다.

"어떻게 사는지 보고 싶어서 왔습니다." 네흘류도프가 말했다.

"보시다시피 이런 꼴로 살고 있지요. 집이 곧 허물어질 지경이라 언제 누가 깔려죽을지 모른답니다. 그런데도 영감은 괜찮다고 하지요. 그래서 그냥 살고 있어요, 차르*처럼." 팔팔한 노파가 신경질적으로 고개를 흔들며 말했다. "마침 점심을 준비하려던 참이었어요. 일하는 사람들을 먹여야 해서요."

"뭘 먹습니까?"

"뭘 먹느냐고요? 훌륭한 걸 먹지요. 첫번째 코스는 크바스**와 빵, 그

---

* 제정러시아의 황제 칭호.

** 엿기름, 보리, 호밀 등을 발효시키고 탄산을 넣은 러시아 전통 음료.

다음 코스는 빵과 크바스." 노파가 반쯤 썩은 이를 드러내며 말했다.

"아니, 농담은 말고, 오늘 뭘 먹는지 보여주십시오."

"먹는 거 말입니까?" 노인이 웃으며 말했다. "우리가 먹는 거야 간단하지요. 할멈, 보여드려."

노파는 고개를 저었다.

"우리 농투성이들이 뭘 먹는지 궁금하십니까? 나리는 참으로 호기심이 많으시군요. 그렇게 보이십니다, 뭐든 다 알지 않고는 못 배기시나보군요. 아까 할멈이 말한 대로 빵과 크바스뿐입죠, 수프 조금하고요. 어제 여자들이 뜯어온 산미나리로 수프를 끓였습니다. 하지 감자도 좀 있고."

"더 없습니까?"

"뭐가 더 있겠어요, 우유로 하얗게 색이나 내는 정도죠." 노파가 웃는 얼굴로 문 쪽을 바라보며 말했다.

문이 열려 있고 현관에 사람들이 잔뜩 몰려와 있었다. 남자아이들과 여자아이들, 갓난아이를 안은 여자들이 문가에 모여서, 농투성이들이 뭘 먹는지 알아내려는 특이한 신사를 바라보며 밀치락달치락했다. 노파는 귀족 나리를 상대하는 자신을 뽐내는 듯했다.

"네, 나리, 사는 게 참으로 끔찍합니다, 말로 설명할 수 없을 만큼요." 노인이 말했다. "어딜 기어들어와!" 그가 문가에 서 있는 사람들에게 소리쳤다.

"그럼 이만 가보겠습니다." 네흘류도프는 까닭 모를 거북함과 부끄러움을 느끼며 말했다.

"찾아주셔서 정말 고맙습니다." 노인이 말했다.

현관에 바짝 붙어 있던 사람들이 서로 밀치며 그에게 길을 내주었고, 그는 큰길로 나와 비탈길을 올라갔다. 현관에서 두 남자아이가 맨발로 그를 뒤따라 달려나왔다. 형인 듯한 아이는 본디 흰색이었을 꾀죄죄한 루바시카를 입었고, 또 한 아이는 낡고 색이 바랜 장미색 루바시카를 입고 있었다. 네홀류도프가 아이들을 돌아보았다.

"이번엔 어디 가요?" 흰색 루바시카를 입은 아이가 물었다.

"마트료나 하리나 집에," 그가 말했다. "어딘지 아니?"

장미색 루바시카를 입은 손아래 아이는 뭐가 우스운지 웃어댔고, 손위 아이는 차분하게 되물었다.

"어떤 마트료나요? 할머니요?"

"그래, 할머니."

"아아아," 손위 아이가 말끝을 끌며 말했다. "세묘니하예요, 그 할머니는 마을 끝에 살아요. 우리가 알려줄게요. 야, 페디카, 아저씨를 데려다주자."

"말은 어떡하고!"

"뭐, 괜찮을 거야!"

페디카가 찬성했고 세 사람은 마을 위쪽으로 갔다.

5

네홀류도프는 어른들보다 아이들과 있는 편이 훨씬 마음이 편해서 길을 걷는 내내 두 아이와 이런저런 이야기를 나누었다. 장미색 루바시카를 입은 손아래 아이도 더이상 웃어대지 않고 손위 아이처럼 영리하고 차분하게 말했다.

"그래, 이 마을에서 누가 가장 가난하지?" 네흘류도프가 물었다.

"누가 가장 가난하냐고요? 미하일라가 가난하고, 세묜 마카로프도 그렇고, 마르파도 엄청 가난해요."

"아니시야가 더 가난해. 아니시야는 암소도 없어서 동냥하면서 살잖아." 손아래 페디카가 말했다.

"암소는 없지만 식구가 셋뿐이잖아, 마르파네는 다섯이란 말이야." 손위 아이가 반박했다.

"하지만 아니시야는 과부잖아." 장미색 손아래 아이는 주장을 굽히지 않았다.

"넌 아니시야가 과부라고 하지만 마르파도 과부나 마찬가지야." 손위 아이가 말을 이었다. "마찬가지라고─남편이 집에 없으니까."

"남편이 어디 갔는데?" 네흘류도프가 물었다.

"감옥에서 이를 기르고 있어요." 손위 아이가 어른들이 흔히 쓰는 표현을 끌어다 말했다.

"지난여름에 지주네 숲에서 자작나무 두 그루를 벴다가 감옥에 갔어요." 장미색 손아래 아이가 얼른 말했다. "지금 여섯 달째 거기 있고 마르파는 동냥하러 다녀요. 아이가 셋인데다 할머니는 몸이 안 좋거든요." 아이가 자세히 말했다.

"그 여자는 어디 살지?" 네흘류도프가 물었다.

"바로 이 집이에요." 아이가 한 집을 가리키며 말했다. 네흘류도프가 걸어가고 있는 오솔길 위 그 집 앞에 머리가 희고 아주 작은 아이가 두 무릎이 휜 밭장다리로 가까스로 몸을 받치고 비틀거리며 서 있었다.

"바스카, 요 장난꾸러기, 어디로 도망치는 거야?" 마치 재를 뒤집어 쓴 듯 더러운 회색 루바시카를 입은 여자가 통나무집에서 달려나와 외치더니, 깜짝 놀란 얼굴을 하고 네흘류도프 앞으로 뛰어들어 마치 그가 자기 자식에게 무슨 짓이라도 할까봐 두려운 듯 아이를 덥석 붙잡고 집안으로 사라졌다.

이 여자가 바로 네흘류도프의 숲에서 자작나무를 베었다는 죄목으로 감옥에 갇힌 남자의 아내였다.

"그럼, 마트료나 그 사람도 가난하니?" 세 사람이 마트료나의 작은 통나무집에 거의 다다랐을 때 네흘류도프가 물었다.

"가난하긴 뭐가 가난해요. 술을 파는데." 장미색 루바시카를 입은 깡마른 아이가 잘라 말했다.

마트료나의 작은 통나무집에 도착하자 네흘류도프는 아이들을 돌려보내고 현관을 지나 집안으로 들어갔다. 마트료나 노파의 집은 한쪽이 6아르신밖에 되지 않고 페치카 뒤의 침대는 어른이 누우면 다리도 죽 뻗지 못할 크기였다. '바로 저 침대에서,' 그는 생각했다. '카튜샤가 아이를 낳고 병을 앓았구나.' 베틀 한 대가 집안을 거의 다 차지하고 있었다. 네흘류도프가 낮은 문에 머리를 부딪쳐가며 들어섰을 때 노파는 큰 손녀와 베틀을 손보던 참이었다. 다른 두 손주는 나리가 들어오자 쏜살같이 따라 들어와 두 손으로 문중방을 잡고 그의 뒤에 섰다.

"누구를 찾나?" 베틀이 마음대로 움직이지 않아 짜증이 난 노파가 불퉁하게 물었다. 그녀는 밀주를 파는 까닭에 평소에도 낯선 사람을 몹시 경계했다.

"나는 지주입니다. 잠시 이야기 나누고 싶은데요."

노파는 잠시 말없이 뚫어져라 쳐다보더니 갑자기 태도를 싹 바꿨다.

"아이고, 젊은 나리, 제가 바보처럼 알아보지 못했네요. 저는 또 지나가는 사람인 줄만 알고." 그녀가 꾸민 듯 살가운 목소리로 말했다. "아이고, 우리 잘생기신 나리가……"

"사람들이 없는 데서 이야기하고 싶은데요." 네흘류도프가 열린 문쪽을 보며 말했는데, 문가에는 아이들이 서 있었고, 헝겊 쪼가리로 만든 모자를 쓰고 병 때문인지 비쩍 마르고 안색이 창백한데도 내내 생글거리는 아기를 안은 여자가 그 뒤에 서 있었다.

"뭘 그렇게 보고 있어, 혼나볼래, 거기 몽둥이 이리 줘!" 노파가 문가에 선 여자와 아이들에게 소리쳤다. "문 닫지 못해!"

아이들은 달아나고, 갓난아이를 안은 여자가 문을 닫았다.

"누가 왔나 했네요. 그런데 다른 사람도 아니고 우리 나리라니, 정말 귀하신 분께서 말이죠!" 노파가 말했다. "이런 누추한 델 마다않고 찾아주시다니 정말 감사합니다! 여기 앉으세요, 공작 나리, 여기, 코니크*에." 그녀가 앞치마로 의자를 닦아대며 말했다. "또 어떤 망나니가 기어들어오나 했는데 이렇게 공작 나리가 친히 오셨네, 우리 생명의 은인 같은 귀하고 훌륭하신 나리가. 늙어빠진 이 바보를 용서하세요. 이제 눈도 제대로 안 보이나봅니다."

네흘류도프가 앉자 노파는 그 앞에 선 채 오른손을 뺨에 대고 왼손으로 뾰쪽한 오른쪽 팔꿈치를 받치고 노래하는 듯한 목소리로 말하기

---

* 러시아 농가에서 사용하던, 밑에 서랍이 달린 긴 의자.

시작했다.

"공작 나리도 나이가 드셨군요. 우엉꽃처럼 아름다우셨는데, 지금은 왠지 그래 보입니다! 걱정이 있으신 것도 같고."

"실은 물어볼 게 있어서 왔어요. 혹시 카튜샤 마슬로바를 기억합니까?"

"카테리나요? 어떻게 기억을 못하겠어요. 제 조카인데…… 기억 못할 리가 없지요. 그애 때문에 얼마나 눈물을 뺐는데요. 그애 일은 다 압니다. 나리, 하느님 앞에서, 차르 앞에서 죄 없는 사람이 있겠어요? 젊은 두 사람이 차도 마시고 커피도 마시고 하다보면 악마의 유혹에 빠지게 되는 법 아니겠어요, 악마의 힘이 좀 세야 말이죠. 하지만 뭘 어떡하겠어요! 나리가 그애를 버리셨다지만 100루블이나 선뜻 건네며 보상하셨으니 도리는 다하신 거지요. 그런데 그애가 분별없는 짓만 했어요. 제 말만 들었더라도 잘 살아갈 수 있었을 텐데. 조카이긴 하지만 그애는 사실 제멋대로였어요. 제가 그뒤에 꽤 괜찮은 일자리를 소개해줬는데 그애가 주인에게 건방지게 대들었지 뭡니까. 뭐, 우리 같은 것들이 주인에게 대드는 게 가당키나 한가요? 그래서 쫓겨났지요. 그후에 삼림 관리인 집에서 계속 살 수도 있었는데 거기서도 붙어 있질 못했답니다."

"아이에 관해 묻고 싶습니다. 여기서 낳았다는 게 사실인가요? 아이는 어디 있습니까?"

"아이 말이군요, 나리, 그때 저도 정말 골치를 앓았습니다. 그애가 아이를 낳고 몸이 너무 나빠져서 좀처럼 일어날 수 없을 것 같아 전 나름대로 아이에게 세례를 받게 해주고는 보육원으로 보냈지요. 어미가 다

죽어가는데 죄도 없는 어린 영혼에게 고통을 줄 수 있겠습니까. 다른
사람들은 젖도 먹이지 않고 내버려두어 굶어죽이는 짓도 하지만, 저는
제가 좀 힘들더라도 보육원에 보내는 게 낫다고 생각했지요. 마침 돈도
있고 해서 데려다줬습니다."

"그럼 거기서 번호를 받지 않았나요?"

"번호는 받았지만, 아이가 바로 죽어버렸어요. 그 여자 말로는 거기
가자마자 죽었답니다."

"그 여자라니 누구 말입니까?"

"스코로드노예에 살던 여자지요. 그 여자가 그런 일을 했어요. 말라
니야라고, 지금은 죽고 없지만. 똑똑한 여자였어요, 얼마나 일을 잘했
다고요! 누가 갓난아이를 데려오면 맡아서 당분간은 자기 집에서 잘
키웠어요. 그렇게, 나리, 어느 정도 머릿수가 찰 때까지 키웠단 말이에
요. 그러다 서넛이 모이면 한꺼번에 데려갔지요. 암튼 야무지게 일을
잘했어요. 이인용 침대 비슷하게 생기고 손잡이가 달린 커다란 흔들 요
람을 장만해놓고는 아기들을 눕혔지요. 데려갈 때면 아기들 머리는 다
따로 두고 발만 가운데 모이게 넷을 눕혀 한꺼번에 데려갔어요. 공갈
젖꼭지만 물려놓으면 아기들은 가만히 있었지요, 불쌍한 것들이 말이
에요."

"아, 그래서 어떻게 되었습니까?"

"뭐, 카테리나의 아기도 그랬었단 거지요. 분명 이 주 정도 그 집에
있었을 거예요. 아기는 그 집에 있을 때부터 시름시름하기 시작했답
니다."

"귀여운 아기였습니까?" 네흘류도프가 물었다

"정말 어디서 또 보지 못할 만큼 잘생긴 아기였지요. 나리를 쏙 빼닮았고요." 노파가 늙은 한쪽 눈을 찡긋하며 말했다.

"왜 허약해졌을까요? 잘 못 먹어서였겠죠?"

"뭘 먹였겠어요! 그저 먹이는 시늉만 했겠지요. 뻔하죠, 자기가 낳은 자식도 아니니까요. 그곳에 데려갈 때까지 살아만 있으면 됐을 테죠. 그 여자 말로는 모스크바까지는 겨우 데리고 갔는데 가자마자 죽어버렸답니다. 증명서까지 받아왔더라니까요. 제대로 처리한 거지요. 정말 똑똑한 여자였어요."

그것이 네흘류도프가 자기 자식에 대해 알아낼 수 있었던 전부였다.

6

통나무집 안쪽 문과 현관문에 다시 머리를 부딪쳐가며 네흘류도프는 집밖으로 나왔다. 잿빛이 되어가는 흰색 루바시카를 입은 아이와 장미색 루바시카를 입은 아이가 그를 기다리고 있었다. 새 얼굴도 몇몇 보였다. 갓난아이를 안은 여자들도 있었다. 쪼가리천 모자를 쓴 창백한 갓난아이를 가볍게 한 손으로 안고 있던 핼쑥한 여자도 있었다. 갓난아이는 노인 같은 묘한 미소를 만면에 띤 채 굽은 엄지손가락을 줄곧 부자연스럽게 꼼지락거렸다. 네흘류도프는 그것이 고통의 미소라는 걸 알아보았다. 그가 저 여자는 누구냐고 물었다.

"아까 말한 아니시야예요." 손위 남자아이가 대답했다.

네흘류도프는 아니시야를 돌아보았다.

"사는 건 어떻습니까?" 그가 물었다. "뭘 먹고 살아요?"

"사는 게 어떠냐고요? 구걸로 먹고살고 있어요." 아니시야가 말하고는 울기 시작했다.

노인 같은 얼굴의 갓난아이는 지렁이처럼 가느다란 다리를 구부리며 활짝 웃었다.

네흘류도프는 지갑에서 10루블 한 장을 꺼내 여자에게 주었다. 그가 두 걸음도 떼기 전에 갓난아이를 안은 다른 여자가 따라붙었고, 이윽고 노파와 또 한 여자도 달라붙었다. 모두 입을 모아 자신들의 궁핍한 처지를 호소하며 도움을 청했다. 네흘류도프는 지갑에 있는 60루블을 전부 내준 후 깊은 슬픔에 잠긴 채 관리인의 곁채로 돌아왔다. 관리인이 싱글벙글하며 그를 맞더니, 오늘 저녁에 농민들이 모이기로 했다고 알렸다. 네흘류도프는 고맙다고 말하고는 방으로 들어가는 대신에 풀이 무성하고 하얀 사과꽃잎들이 흩뿌려진 오솔길을 거닐며 오늘 하루 자신이 봤던 것을 전부 곰곰이 생각해보기 위해 정원으로 향했다.

처음에는 주위가 조용했지만, 관리인이 사는 곁채에서 상대의 말을 가로막으며 다투는 여자들의 앙칼진 목소리가 들려왔다. 욕설 사이로 빙글거리며 웃는 듯한 관리인의 차분한 목소리도 들렸다. 네흘류도프는 귀를 기울였다.

"이제 내 힘으론 어쩔 수 없다고. 왜 내 목에서 십자가까지 채가려는* 거야?" 여자가 앙칼진 목소리로 말했다.

"잠깐 들어갔을 뿐이잖아." 다른 목소리가 말했다. "돌려줘. 이러면

---

* 세례를 받은 정교도는 십자가 목걸이를 걸었다. 남의 목에 걸린 십자가까지 가져간다는 의미.

소도 굶어죽고 아이들에게 우유도 못 먹인다고."

"그러니까 돈을 내든가 일로 때우든가 해." 관리인이 차분한 목소리로 대답했다.

네흘류도프는 정원에서 벗어나 현관 계단 쪽으로 다가갔는데, 계단 옆에 머리가 헝클어진 두 여자가 서 있었고 한 여자는 분명 만삭 같았다. 계단 위에는 무명 외투 주머니에 두 손을 찔러넣은 관리인이 서 있었다. 주인을 보자 여자들은 입을 다물고 흘러내린 머릿수건을 고쳐 썼고 관리인은 주머니에서 손을 빼고 빙긋 웃었다.

관리인의 말에 따르면, 농민들이 습관처럼 자기네 송아지나 암소까지 지주의 풀밭에 일부러 풀어놓는 것이 문제였다. 이번에도 이 여자들이 기르는 암소 두 마리가 풀밭에 있다가 잡혀 외양간에 갇혀 있었다. 그래서 관리인은 소 한 마리에 30코페이카씩 벌금을 내든가, 이틀 동안 일을 하든가 둘 중 하나를 선택하라고 요구했다. 한편 여자들도 주장하고 있었는데, 첫째, 암소들은 잠깐 들어갔을 뿐이고, 둘째, 벌금을 낼 돈이 없으며, 셋째, 일로 갚을 테니 아침부터 아무것도 먹지 못하고 뙤약볕 아래서 애처롭게 울고 있는 암소들을 당장 돌려달라는 것이었다.

"벌써 몇 번이나 주의를 줬잖아." 관리인이 증인이라도 되어달라는 듯이 네흘류도프를 싱글거리는 낯으로 돌아보며 여자에게 말했다. "낮에 풀을 먹이려고 소를 내놨으면 잘 지켜보라고."

"아기를 보러 잠시 뛰어갔다 온 사이에 없어진 거라니까요."

"소를 지키려면 옆에서 떠나지 말았어야지."

"그럼 아기 젖은 누가 먹여? 당신이 젖을 물려줄 것도 아니잖아."

"우리 소들이 풀밭을 전부 망쳐놨다면 몰라도 잠깐 들어갔을 뿐이잖아." 다른 여자가 말했다.

"풀밭을 온통 짓밟아놨습니다." 관리인이 네홀류도프를 돌아보며 말했다. "단단히 혼내두지 않으면 건초는 아예 만들지도 못할 겁니다."

"참나, 별받을 소리 말라고." 임신한 여자가 소리쳤다. "우리 소는 여태 한 번도 거기서 잡힌 적 없어."

"아무튼 잡혔잖아, 돈을 내든가 일을 하든가 해."

"그럼, 일을 해서 갚을 테니까 소는 풀어줘, 굶겨 죽이지 말고!" 그녀가 표독스럽게 외쳤다.

"안 그래도 밤낮으로 쉴새없이 일만 한다고. 시어머니는 앓아누우셨지, 남편은 놀러 나가버렸지, 하나부터 열까지 혼자서 다 해야 하니 힘이 하나도 없어. 그런데 일을 해서 갚으라니, 나보고 죽으라는 소리지."

네홀류도프는 소를 내주라고 관리인에게 이르고는 생각을 정리하려고 다시 정원으로 갔지만, 이제 더 생각할 것도 없었다. 지금 그에게는 모든 것이 명료해졌는데, 이렇게 명약관화한 것을 왜 사람들이 보지 못하는지, 그 자신도 어떻게 이렇게 오랫동안 보지 못했는지 그저 어처구니없을 뿐이었다.

'민중은 시나브로 죽어가고 있고 이제 그 과정에 익숙해져 그들에게는 죽음의 과정 특유의 생활방식이 생겨버렸다. 아이들의 죽음, 여자들의 과중한 노동, 모든 이들, 특히 노인들의 부족한 식사. 그들은 이런 상태에 익숙해져 정작 그 무서움을 전혀 자각하지 못하고 하소연할 생각도 하지 않는다. 그래서 우리도 그런 모습이 자연스럽고 당연하다고 여기는 것이다.' 이제야 모든 것이 대낮처럼 명료해졌다. 민중도 자각하고 언제나 말하는 궁핍의 주요 원인은 그들이 생계를 꾸릴 유일한 수단인 땅을 지주들에게 빼앗겼다는 데 있었다. 실제로 수많은 아이들과 노인들이 죽어가는 건 우유가 없기 때문이고, 우유가 없는 건 가축을 기르고 곡식과 건초를 수확할 땅이 없기 때문이라는 게 자명한 사실이었다. 민중의 모든 불행은, 적어도 가난의 가장 주된 원인은 그들을 먹여 살릴 땅이 그들 수중이 아니라 민중의 노동으로 살아가면서 땅에 대한 권리를 향유하는 사람들에게 있기 때문이라는 것도 자명한 사실이었다. 땅 없이는 생계를 유지할 수 없는 농민들이 경작한 수확물은 외국으로 팔려나가고, 땅을 가진 사람들은 그것으로 모자나 지팡이, 사륜마차, 청동 제품을 사들인다. 목책 안에 갇혀 발밑의 풀을 모두 먹어치운 말들이 새로 풀을 뜯어먹을 수 있는 들판으로 나가지 못하는 이상 야위고 굶주려 결국 죽을 게 뻔하듯 자명한 사실이었다…… 이는 등골을 오싹하게 하는 일이고 도저히 있을 수도 없고 있어서도 안 될 일이었다. 그러니 그런 일이 일어나지 않도록, 최소한 자신만이라도 그러지 않도록 수단을 찾아야만 했다. '나는 기필코 그 수단을 찾아내겠어.' 그는 근처 자작나무 길을 왔다갔다하며 생각했다. 학회나 정부기관이나 신문에서는 농민들의 궁핍한 생활의 원인이나 그 생활을 향상할 방법을 열심히 논의하지만 농민들의 사기를 북돋고 농민들에게 필요한 땅을 빼앗는 짓을 멈추게 할 확실한 방법에 대해서는 설명하지 않는다. 그는 헨리 조지의 근본 사상과 그의 사상에 품었던 열정을 생생히 떠올렸고, 자신이 그것을 깡그리 잊었다는 데 적이 놀랐다. '토지는 사유의 대상이 될 수 없고, 물이나 공기나 햇빛처럼 사고파는 대상이 될 수 없다. 땅이 인간에게 베푸는 모든 혜택을 인간은 똑같이 누려야 한다.' 그는 그제야 쿠즈민스코예에서 부끄러워졌던 이유를 깨달았다. 그는 자기 자신을 속이고 있었다. 인간은 땅에 대한 권리를 가질 수 없다는 것을 알면서도 그는 자신에게 그 권리가 있다고 인정했고, 동시에 마음속 깊은 곳에서는 자신에게 그 권리가 없음을 깨달았기에 자기 땅의 일부를 농민들에게 나눠주었던 것이다. 그는 이제 그렇게 하지 않겠다고, 쿠즈민스코예에서 자신이 한 일을 바로잡겠다고 생각했다. 땅을 농민들에게 부치게 하고 소작료를 받더라도 그 돈을 농민들의 공동 재산으로 돌려 세금 납부나 공공사업에 쓰도록 한다는 계획이었다. 토지 단일세*에까지 이르는 것은 아니지만 현재의 질서에서는 그것에 가장 근접한 것이었다. 일단 그가 토지 사유의 권리를 스스로 포기했다는 점이 중요했다.

그가 집에 돌아오자 관리인이 유난히 활짝 웃으며 식사를 권했고, 자기 아내가 술 달린 귀걸이를 한 아가씨와 함께 장만한 음식이 너무 끓여 졸았거나 타지 않았는지 걱정했다.

거친 식탁보가 깔린 식탁에는 냅킨 대신에 수놓인 수건이 놓여 있었고 손잡이가 떨어진 *작센 도자기* 수프 접시에는 아까 검은색 발을 뻗던 수탉을 토막 내서 요리한 감자 수프가 군데군데 털이 남은 채 담겨 있었다. 수프 다음에는 털도 뽑지 않은 채 그 수탉을 구워낸 요리와, 버터와 설탕이 듬뿍 들어간, 응유로 만든 케이크가 나왔다. 어느 것도 입맛에는 맞지 않았으나 네흘류도프는 무엇을 먹는지조차 모른 채 마구 씹어댔다. 그만큼 그는 마을에서 품고 돌아온 우수를 단번에 날려보내

---

* 헨리 조지는 토지세만으로 국가의 재정을 충분히 확보할 수 있다고 주장했다.

준 생각에 사로잡혀 있었다.

관리인의 아내는 술 달린 귀걸이를 한 아가씨가 잔뜩 긴장한 얼굴로 식탁에 음식을 내는 모습을 문틈으로 들여다보고 있었고, 관리인은 아내의 솜씨를 자랑스러워하며 무척 기쁜 듯이 싱글거렸다.

식사를 마친 후 네흘류도프는 자신의 마음가짐을 확인하고, 또 머릿속의 생각을 누군가에게 털어놓고 싶은 마음에 억지로 관리인을 앉혀놓고는 농민들에게 땅을 직접 부치게 하려는 자기 계획을 이야기하고 의견을 물었다. 관리인은 자기도 오래전부터 똑같이 생각해왔고 그의 이야기를 들어 무척 기쁘다는 듯 미소 지었지만, 실제로 그는 아무것도 이해하지 못했다. 네흘류도프가 애매하게 설명했기 때문이 아니라, 이 계획대로라면 네흘류도프는 다른 사람들의 이익을 위해 자신의 이익을 거부하는 셈이기 때문이었다. 무릇 인간이란 다른 사람들의 이익은 무시하더라도 오로지 제 이익만은 취한다는 진리가 관리인의 의식에 깊이 뿌리박혀 있었으므로 네흘류도프가 땅에서 생기는 수입 전부를 농민들의 공동 자금으로 쓰게 할 거라고 말했을 때는 잘못 들은 게 아닌지 제 귀를 의심했다.

"알겠습니다. 그러니까 말하자면 나리는 그 자금에서 이자를 받으시겠다는 거죠?" 그가 얼굴이 환해지며 말했다.

"아니, 그렇지 않네. 땅은 사유의 대상이 될 수 없다는 이야기지."

"그건 그렇습니다!"

"따라서 땅이 주는 모든 것은 모두의 것이어야 하네."

"그러면 나리에게는 수입이 없게 되잖습니까?" 관리인이 미소를 거두고 물었다.

"그래, 나는 그걸 포기할 작정일세."

관리인은 한숨을 깊게 내쉬고는 이윽고 다시 싱글거렸다. 그제야 지주의 계획을 이해했던 것이다. 그는 네흘류도프가 제정신이 아니라고 생각하면서 땅을 포기한다는 그 계획에서 자기가 이익을 얻을 방법은 없는지 머리를 굴려보았고, 분여하는 땅 중에 자기 몫도 있을 가능성을 찾으려 애썼다.

그러나 이내 그것이 불가능하다는 걸 깨닫자 그는 완전히 낙담해 그 계획에 흥미를 잃어버렸고, 다만 주인의 비위를 맞추기 위해 쉴새없이 싱글거렸다. 관리인이 자기 말을 이해하지 못한다는 것을 알자 네흘류도프는 그를 내보냈고, 칼자국이 나고 잉크로 얼룩진 책상 앞에 앉아 계획을 종이에 적기 시작했다.

해는 이제 막 싹을 틔우기 시작한 보리수 뒤로 사라졌고 모기들이 떼지어 방안으로 날아들어와 네흘류도프를 물어뜯었다. 필기를 마치자 마을 쪽에서 가축들 울음소리, 대문이 여닫히며 삐걱거리는 소리, 한곳에 모여드는 농민들의 말소리가 들렸고, 네흘류도프는 관리인에게 농민들을 사무소로 부르지 말라고, 자신이 직접 마을로 가 그들이 모이는 곳으로 가겠다고 일렀다. 관리인이 권하는 차를 서둘러 마시고 네흘류도프는 마을로 향했다.

7

촌장 집 안마당에 모인 농민들은 왁자하게 떠들다가 네흘류도프가 도착하자 바로 잠잠해졌고, 쿠즈민스코예에서와 마찬가지로 다들 잇따라 모자를 벗어 들었다. 이 마을 농민들은 쿠즈민스코예 농민들보다 훨씬 더 행색이 남루했다. 아가씨들과 아낙들은 술 달린 귀걸이를 하고 있었고, 남자들은 대부분 나무껍질 신발을 신고 집에서 지은 루바시카에 카프탄을 입고 있었다. 개중 몇몇은 일터에서 막 돌아온 듯 맨발에 루바시카 차림이었다.

네흘류도프는 마음을 다잡은 뒤, 농민들에게 땅을 나눠주겠다는 계획을 발표하며 말을 시작했다. 농민들은 아무 말이 없었고 표정에도 아무런 변화가 없었다.

"왜냐하면," 네흘류도프가 얼굴을 붉히며 이야기했다. "땅은 그 땅에서 일하지 않는 사람이 소유해선 안 되며, 땅을 이용할 권리는 누구에게나 있다고 생각하기 때문입니다."

"물론 그렇습죠. 참으로 지당한 말씀입니다." 농민들 목소리가 들렸다.

네흘류도프는 토지에서 나오는 수입은 모두에게 공평하게 분배되어야 하므로 그들이 다 같이 땅을 임대하고, 그들 스스로가 정한 소작료를 공동 자금으로 모았다가 쓰는 것이 어떻겠냐고 말을 이었다. 동의나 찬성의 말소리가 간간이 들렸지만, 농민들의 진지하던 표정은 점점 어두워지고 이제까지 주인 나리를 바라보던 눈들이 바닥을 향했는데, 모두가 그의 꿍꿍이를 알지만 아무도 속진 않을 거라는 속마음을 군이 내비쳐 주인을 무안하게 하지 않으려는 듯했다.

네흘류도프는 꽤 분명하게 말했고 농민들은 이해가 빠른 사람들이었다. 그러나 관리인이 오랫동안 이해하지 못했던 이유와 같은 이유로 농민들 역시 그를 이해하지 못했고 이해할 수도 없었다. 그들은 인간이란 누구나 자기 이익을 지키려 한다고 굳게 믿고 있었다. 특히 몇 세대에 걸친 오랜 삶을 통해 경험으로 깨우친바 그들은 지주란 언제나 농민들에게 손해를 입히며 자기 이익만 도모한다는 것도 알았다. 따라서 지주가 그들을 불러모아 뭔가 새로운 것을 제안한다면, 그것은 새로운 방법으로 더욱 교활하게 그들을 속이기 위함이 분명했다.

"그런데 소작료는 얼마로 하면 좋겠습니까?" 네흘류도프가 물었다.

"그걸 어떻게 우리가 정합니까? 그럴 순 없습니다. 나리 땅이니까 나리 좋을 대로 하셔야죠." 무리 속에서 몇몇이 대답했다.

"아니, 그렇지 않습니다. 여러분 공동의 필요를 위해 돈을 쓰게 될 테니까요."

"우리는 그럴 수 없습니다. 공동은 공동이고 이건 다른 문제니까요."

"잘 들어봐요," 네흘류도프를 뒤따라온 관리인이 쉽게 설명하려고 미소를 띠며 말했다. "공작님은 당신들에게 땅을 부치도록 소작료를 매겨 빌려주시려는 것이고, 그 돈을 다시 당신들의 자금으로, 다시 말해 공동 자금으로 사용하게 해주신다는 말씀이오."

"그건 우리도 잘 알아들었네." 이가 없는 성마른 노인이 눈을 내리깐 채 말했다. "말하자면 우리는 은행처럼 정해진 날짜에 돈을 꼬박꼬박 내야 하는 거지. 그런 건 딱 질색이야. 지금도 이만저만 힘든 게 아닌데 그렇게까지 하면 완전히 거덜이 날걸."

"복잡하게 할 것 없어. 예전대로 하는 게 나아." 불만스러운, 심지어 거칠기까지 한 목소리가 들렸다.

마침내 네흘류도프가 계약서를 만들어 자신과 그들이 서명해야 한다는 말을 꺼내자, 반대의 목소리가 점점 거세졌다.

"뭘 서명한단 말입니까? 우리는 여태까지 일해왔던 대로 앞으로도 그렇게 일하겠습니다. 대체 뭐 때문에 그래야 합니까? 우린 다 까막눈들인데."

"우리는 동의 못합니다. 지금껏 그렇게 한 적이 없습니다. 지금처럼 그냥 그렇게 해요. 다만 씨앗만큼은 면해주시면 좋겠습니다."

씨앗을 면해달라는 것은 지금의 제도에서는 수확량 절반을 지주에게 바치는 식으로 소작할 경우 파종할 씨앗을 농민이 부담해야 하는데 그것을 지주에게 부담해달라는 것이었다.

"그러니까 여러분은 거부하는 거군요, 땅을 받고 싶지 않습니까?" 네흘류도프가 맨발에 누더기가 된 카프탄을 걸치고 쾌활한 표정을 짓는 중년의 농부를 돌아보며 물었다. 그는 병사들이 구령에 따라 모자를 벗어 들듯 낡은 모자를 구부린 왼팔에 유달리 반듯하게 들고 있었다.

"그렇습니다." 군대 시절의 최면에서 아직 완전히 풀려나지 못한 듯한 이 농부가 말했다.

"당신들에게 땅이 충분하다는 겁니까?" 네흘류도프가 물었다.

"아닙니다, 그렇진 않습니다." 병사 출신 농부가 부자연스러울 정도로 쾌활한 표정을 지으면서, 원하면 누구에게라도 건넬 것처럼 낡은 모자를 가슴 앞에 꼭 쥔 채 대답했다.

"어쨌든 내가 한 말을 잘 생각해보세요." 네흘류도프가 어이없다는 듯이 다시 한번 자기 제안을 되풀이했다.

"생각하고 말고 할 것도 없습니다. 아까 말씀드린 대로 할 겁니다." 이가 없는 음울한 노인이 불퉁스레 말했다.

"난 내일 하루 더 이곳에서 머물 테니, 생각이 바뀌거든 누구든지 사람을 보내 내게 알려주십시오."

농민들은 아무 대답도 하지 않았다.

네흘류도프는 아무 소득도 없이 사무소로 돌아왔다.

"한 가지 말씀드리겠습니다, 공작님." 그들이 집으로 돌아왔을 때 관리인이 말했다. "나리가 아무리 말씀하셔도 저들과는 타협점을 찾지 못하실 겁니다. 워낙에 고집불통들이죠. 모임에 나오기만 하면 어쩌나 막무가내로 자기 주장만 앞세우고 우겨대는지, 요지부동이에요. 뭐든 다 두려워하기 때문입니다. 그 농민들 있잖습니까, 아까 동의하지 않는다던 백발 영감도 그렇고 검은 머리 남자도 그렇고 모두 영리한 사람들입니다. 사무소에 오면 잠시 앉혀놓고 차라도 마시면서 이야기 나눠보시는 게 어떨까 합니다." 관리인이 싱글거리며 말했다. "아주 지혜로운 사람들이죠. 장관 저리 가라죠. 무슨 일이든 그럴듯한 의견을 내놓습니다. 그런데 모임에서는 전혀 딴사람이 되어서 똑같은 말만 끈질기게 되풀이하고……"

"그럼, 말이 통하는 사람으로 몇 명만 불러주면 좋겠군." 네흘류도프가 말했다. "그 사람들에게 다시 알아듣도록 설명해주고 싶네."

"그건 어렵지 않습니다." 관리인이 싱글거리며 말했다.

"그럼, 내일이라도 좀 불러주게."

"여부가 있겠습니까, 내일 모아보겠습니다." 관리인이 이렇게 말하고 한층 더 기쁜 미소를 지었다.

"보라고, 얼마나 능갈친 작자인가!" 한 번도 빗지 않아 덥수룩한 턱수염이 엉킨 검은 머리 농부가 살찐 암말에 올라타 말 다리에 채운 쇠줄을 철거덕거리면서, 옆에서 나란히 말을 타고 가는 누더기가 된 카프탄을 걸친 늙고 야윈 농부에게 말했다.

농부들은 밤마다 말을 끌고 나와 큰길에서 풀을 먹이거나 몰래 지주의 숲으로 끌고 들어가기도 했다.

"서명만 하면 땅을 거저 준다고 했나. 어디 우리 형제들을 한두 번 속였냐 말이야. 그렇게는 안 돼, 어림 반푼어치도 없지. 누가 그렇게 호락호락 넘어갈 줄 아나. 요샌 우리도 알 건 다 알아." 그가 이렇게 덧붙이고는 무리에서 뒤처진 망아지를 불렀다. "코냐시, 코냐시!" 그는 가던 말을 세우고 뒤를 돌아보며 외쳤는데 망아지는 뒤처진 게 아니라 옆으로 새서 풀밭으로 들어간 것이었다.

"에잇, 망할 것, 또 지주네 풀밭으로 가버렸군." 뒤처진 하릅망아지가 향기로운 습지 냄새를 머금은 이슬 젖은 풀밭 쪽에서 승아 줄기를 부러뜨리며 뛰어오는 소리를 듣고 턱수염이 엉킨 검은 머리 농부가 말했다.

"좀 봐, 풀이 무성하게 자랐어. 쉬는 날에 여자아이들을 시켜 좀 베야겠는걸." 누더기가 된 카프탄을 걸친 야윈 농부가 말했다. "안 그러면 낫을 망치겠어."

"서명을 하라니," 엉킨 턱수염의 농부는 지주의 말에 대한 자기 의견을 계속 말했다. "서명을 했다가는 산 채로 집어삼켜지고 말걸요."

"그렇고말고." 늙은 농부가 말했다.

그리고 두 사람은 아무 말도 하지 않았다. 단단한 길을 달리는 말발굽소리만 들렸다.

8

집에 돌아온 네흘류도프는 잠자리가 마련된 사무소에서 깃털이 두 툼하게 채워진 침대를 보았다. 그 위에 베개 두 개와 정교한 꽃무늬 자 수가 놓인 진홍색 이인용 실크 이불이 깔려 있었는데, 침구는 관리인 아내의 혼수품인 듯했다. 관리인은 네흘류도프에게 점심때 남은 음식 을 권했지만 그가 거절하자 빈약한 식사와 세간에 대해 용서를 구하고 는 네흘류도프를 두고 물러갔다.

네흘류도프는 농민들의 거절에 조금도 당혹스러워하지 않았다. 쿠 즈민스코예 사람들이 그의 제안을 받아들이며 내내 감사의 말을 했던 것과 다르게 여기 사람들은 오히려 그를 믿지 못하고 심지어 적의까지 보였지만 그는 만족했고 편안했다. 사무소 안은 후덥지근하고 지저분 했다. 네흘류도프는 정원으로 나가려다가 문득 그날 밤, 하녀방의 창문 과 뒤쪽 현관 계단을 떠올렸다. 죄악의 기억으로 더럽혀진 곳을 거닐자 니 불쾌해졌다. 그는 다시 현관 계단에 걸터앉아 후덥지근한 대기를 가 득 채운 어린 자작나무 잎사귀들의 진한 향기를 들이마시며 어둑해지 는 정원을 한참 바라보고, 물레방아 소리와 꾀꼬리 소리, 또 현관 계단 바로 옆 덤불 속에서 단조롭게 지저귀는 이름 모를 새 소리에 귀를 기 울였다. 관리인의 방 창문에서 불빛이 사라졌고 동쪽으로 헛간 뒤쪽에 서 어스레하게 달이 떠오르며 달빛이 비치기 시작했다. 저멀리서 번개 가 치면서 정원의 우거진 풀과 만개한 꽃과 허물어진 집을 더 환하게 비쳤다. 멀리서 우르릉 천둥소리가 들리더니 하늘의 3분의 1이 먹구름 으로 뒤덮였다. 꾀꼬리와 이름 모를 새들도 노래를 그쳤다. 물레방아의

요란스러운 소리와 뒤섞여 꽥꽥거리는 거위들 울음소리, 이윽고 마을
과 관리인의 집 마당에서 때이른 닭 울음소리가 들려왔다. 소나기가 퍼
부을 것 같은 무더운 밤이면 닭들은 일찍 울어댄다. 즐거운 밤에는 수
탉들도 일찍 홰를 치며 운다는 속담이 있다. 네흘류도프에게 이 밤은
더없이 즐거운 밤이었다. 그에게는 즐겁고 행복한 밤이었다. 상상의 세
계로 빠져든 그는 순수한 청년 시절의 행복했던 여름의 추억을 떠올렸
고, 지금도 그때처럼 자기 삶에서 가장 행복한 순간이라고 생각했다.
지금 그는 진리를 구하며 하느님에게 빌던 열네 살 소년으로, 어머니와
헤어지면서 언제나 착한 사람이 될 것이며 어머니를 슬프게 하는 짓은
절대 하지 않겠다고 약속하면서 그 무릎 위에 엎드려 울던 어린아이로,
언제나 선한 생활을 하며 서로의 버팀목이 되고 모든 사람을 행복하게
만들기 위해 노력하자고 니콜렌카 이르테네프와 맹세하던 학생 시절
로 돌아간 기분이었다.
   그는 쿠즈민스코예에서 미혹에 빠져 집과 숲과 농장과 땅을 아까워
하던 자신을 떠올리고는 지금도 그런 마음인지 스스로에게 물었다. 그
러자 자신이 왜 그랬는지 이상한 기분마저 들었다. 그는 오늘 보았던
것을 모두 떠올렸다. 남편이 네흘류도프의 숲에서 몰래 나무를 베다
가 감옥에 갇히게 되어 홀로 아이들을 키우게 된 여자, 자기 같은 여자
는 지주의 정부가 되는 게 당연하다고 생각하는, 아니 적어도 입으로
는 그렇게 말하던 무서운 마트료나, 아이들에 대한 그녀의 태도, 아이
들을 고아원에 보내는 방식, 먹을 것이 없어 거의 죽어가던, 쪼가리천
모자를 쓰고 불행한 노인 같은 얼굴로 생글거리던 갓난아이, 고된 노동
에 지쳐 굶주린 암소를 제대로 지키지 못하고 네흘류도프에게 노동으

로 변상해야 하는 허약한 임산부를 떠올렸다. 교도소, 머리를 깎인 죄수들, 감방, 역한 악취, 쇠사슬도 머릿속에 떠올랐고, 동시에 그 자신을 포함해 도시에 살고 있는 모든 귀족이 누리는 분별없고 사치스러운 생활이 떠올랐다. 모든 것이 의심의 여지도 없이 너무나 명백했다.

거의 차오른 밝은 달이 헛간 뒤쪽에서 떠오르자 검은 그림자가 정원을 가로질러 비스듬히 누웠고, 무너져가는 집의 함석지붕이 환히 드러났다.

그러자 이 빛을 놓치지 않으려는 듯, 울음을 멈췄던 꾀꼬리가 정원에서 다시 울기 시작했다.

네흘류도프는 쿠즈민스코예에서 자신의 생활에 대해 생각하며 앞으로 어떻게 할 것인지 문제를 풀어가려다가 길을 잃고 결국 답을 찾지 못했던 일이 생각났다. 문제 하나하나에 많은 상념이 뒤따랐다. 그는 그 문제들을 스스로에게 다시 질문해보았고 전부 단순한 문제였다는 사실에 깜짝 놀랐다. 앞으로 무슨 일이 일어날지 생각하지 않고 오직 무엇을 해야 할지에 대해서만 생각하자 모든 것이 단순해졌다. 놀랍게도, 자신에게 무엇이 필요한가 하는 문제는 도저히 해결할 수 없었지만, 다른 사람들을 위해 무엇을 해야 하는가는 뚜렷이 알 수 있었다. 이제 그는 토지를 독점하는 것은 악행이기 때문에 농민들에게 넘겨주고 그들이 직접 부치게 해야 한다는 것을 분명히 알았다. 카튜샤를 버리지 않고 도와야 한다는 것도, 그녀에게 저지른 죄를 씻기 위해서는 어떤 일이든 감수해야 한다는 것도 분명히 알았다. 그는 재판 과정에서 다른 사람들은 보지 못하는 것이 자신에게는 보인다고 느꼈고, 재판과 관련된 모든 일을 검토하고 분석하고 밝혀서 이해해야 한다는 것도 확실히 알았다. 이 모든 일에서 어떤 결과가 나올지는 모르지만 이 세 가지를 해야 한다는 것만큼은 뚜렷이 깨닫고 있었다. 그리고 이 확고한 신념이 그에게 기쁨을 주었다.

먹구름이 어느새 하늘을 뒤덮었고, 이제 가까운 곳에서 번쩍이는 번갯불은 안마당과 부서진 현관 계단과 무너져가는 집을 환하게 비췄으며, 천둥소리는 머리 위에서 들렸다. 새들이 일제히 울음을 멈추자 나뭇잎들이 술렁였고 그가 앉아 있는 현관 계단까지 바람이 휘몰아쳐 머리카락을 흩날렸다. 이윽고 한 방울 두 방울 빗방울이 떨어지며 우엉잎과 함석지붕을 후드득후드득 때리기 시작했고 온 하늘이 번쩍이며 한순간 환해졌다. 이윽고 사위가 괴괴히 잦아들고, 네흘류도프가 셋을 채 세기도 전에 머리 위에서 번개가 무서운 굉음과 함께 갈라지더니 하늘을 찢고 날아갔다.

네흘류도프는 집안으로 들어갔다.

'그래, 그렇다.' 그는 생각했다. '우리 삶에서 일어나는 모든 일, 그 모든 일의 의미는 내가 알 수 있는 것이 아니다. 고모들은 왜 존재했는가, 왜 니콜렌카 이르테네프는 죽고 나는 살아 있는가? 카튜샤는 왜 세상에 태어났는가? 그리고 나는 왜 광기에 사로잡혔는가? 그 전쟁은 왜 일어났는가? 그뒤 나는 왜 그렇게 방종한 생활을 했는가? 이 모든 것, 나의 주인이 하시는 모든 일을 이해하는 건 내 능력 밖의 일이다. 그러나 내 양심에 새겨진 그분의 뜻을 이루어나가는 일은 내 힘으로 할 수 있고, 나는 그것만을 확실히 안다. 그리고 그 일을 행할 때 나는 분명 평온해질 것이다.'

빗줄기가 어느새 더욱 거세게 들이치며 지붕에서 홈통으로 콸콸 흘

러내렸다. 번개는 아까보다는 한결 뜸하게 정원과 집을 비췄다. 네흘류
도프는 방으로 돌아와 옷을 벗고 침대에 누웠지만 군데군데 찢어진 더
러운 벽지를 보자 빈대가 있을 것 같아 불안했다

'그래, 나는 주인이 아니라 하인이다, 그렇게 생각하자.' 그는 이렇게
생각하고는 기쁨을 느꼈다.

그의 불안은 적중했다. 그가 촛불을 끄자마자 벌레들이 슬슬 기어나
와 그를 물기 시작했다.

'땅을 나눠주고 시베리아로 가자. 벼룩, 빈대, 불결한 생활…… 그래
도 견뎌야 한다면 견뎌야지.' 이렇게 다짐했음에도 그는 벌레들을 견뎌
내지 못했고, 열린 창가에 앉아 걷혀가는 먹구름과 다시 얼굴을 드러낸
달을 바라보았다.

9

샐녘에야 겨우 잠든 네흘류도프는 다음날 늦잠을 잤다.

정오가 되자 관리인이 부른 농민 대표 일곱 명이 과수원 사과나무
아래로 모였고, 관리인은 땅에 말뚝들을 박고 그 위에 나무판자를 올려
탁자를 만들고 의자도 몇 개 가져다놓았다. 그는 농민들을 설득해 모
자를 쓴 채 의자에 앉히느라 한참이나 애를 먹었다.[*] 병사 출신 농부는
깨끗한 각반을 감고 나무껍질 신발을 신고 '군대 장례식'에서처럼 낡

---

[*] 지주 앞에서는 모자를 벗는 것이 예의지만 굳이 예의를 차리지 않아도 된다고 설득했
다는 의미.

은 모자를 가슴 앞에 집요하게 받쳐 쥐고 있었다. 점잖고 조쌀한 용모에 어깨가 떡 벌어진 노인은 커다란 모자를 쓰고 집에서 만든 새 카프탄 앞자락을 여미며 벤치에 앉았는데, 미켈란젤로가 그린 모세처럼 반백의 고불고불한 턱수염이 있었고, 그을린 얼굴과 벗어진 이마 언저리에는 숱 많은 백발의 곱슬머리가 물결쳤다. 나머지 사람들도 모두 그를 따라 앉았다.

모두 자리에 앉자 네흘류도프가 그 맞은편에 앉아 계획안을 탁자에 올려놓고 팔꿈치를 괸 채 설명하기 시작했다.

농민들 수가 적기 때문인지 아니면 그가 자신을 잊고 이 문제에 집중한 덕분인지 네흘류도프는 이번에는 그 어떤 혼란도 느끼지 않았다. 그는 고불고불한 하얀 턱수염에 어깨가 떡 벌어진 노인 쪽으로 자기도 모르게 시선을 돌리면서 그에게서 찬반 의견을 기대했다. 그러나 네흘류도프의 예상은 빗나갔다. 조쌀한 이 노인은 찬성한다는 듯이 그 예스럽고 아름다운 머리를 끄덕이거나 다른 사람들이 반대할 때면 얼굴을 찌푸리면서 고개를 가로젓기도 했지만, 정작 네흘류도프의 이야기를 이해하지 못했고, 다른 농민들이 네흘류도프의 말을 자기네 말로 바꿔 말할 때만 이해하는 듯했다. 오히려 네흘류도프의 말을 잘 이해한 사람은 예스러운 노인과 나란히 앉은 몸집이 작고 한쪽 눈이 보이지 않는 노인이었다. 누덕누덕 기운 목면 외투를 허리띠로 꽉 죄어 걸치고 한쪽 굽을 꿰맨 낡은 장화를 신은 노인은 수염이 거의 없었고, 나중에 듣고 보니 페치카 직공이었다. 그는 눈썹을 빠르게 움직이며 열심히 듣다가 네흘류도프의 이야기를 바로 옆 사람들에게 자기네 말로 옮겨주었다. 그리고 또 한 사람, 땅딸막하고 하얀 턱수염에 눈이 반짝거리고 영리해 보이는 노인이 이해가 빨랐는데, 그는 기회가 있을 때마다 네흘류도프의 말에 쾌사스러운 익살을 섞어 한마디씩 덧붙였고, 이로써 자신을 과시하고 싶은 듯했다. 병사 출신 농부도 군생활로 바보가 되어 쓸데없이 군대식 말투로 횡설수설하지만 않았다면 꽤 이해할 수 있었을 것이다. 누구보다도 가장 진지한 태도를 보인 사람은 코가 길고 턱수염을 짧게 기른 키 큰 농부였는데, 그는 집에서 지은 옷에 새 나무껍질 신발을 신었고, 굵고 낮은 목소리로 말했다. 이 사람은 모든 내용을 이해한 듯했고, 필요할 때만 입을 열었다. 나머지 두 노인—어제 모임에서 네흘류도프가 제안한 모든 것을 단호히 반대했던 이가 없는 노인과, 큰 키에 피부가 희고 비쩍 마른 정강이에 각반을 단단히 차고 가죽장화를 신은 온화한 인상의 절름발이 노인은 주의를 기울이며 듣긴 했지만 내내 침묵을 지켰다.

네흘류도프는 먼저 토지 사유에 대한 의견을 밝혔다.

"내 생각에 땅은," 그가 말했다. "사고팔고해선 안 되는 것입니다. 땅을 사고파는 것이 허용되면 돈 있는 사람들이 모조리 땅을 사들여 땅 없는 사람들이 땅을 이용해야 할 때 멋대로 돈을 받으려 할 것이기 때문이죠. 나중에는 땅에 발을 딛고 서 있기만 해도 돈을 내라고 할 겁니다." 그는 스펜서의 주장을 인용하며 덧붙였다.

"날개를 달고 날아다니는 수밖에 없겠군." 눈가에 웃음을 머금은 하얀 턱수염의 노인이 말했다.

"그렇고말고." 코가 긴 농부가 굵고 낮은 목소리로 말했다.

"정말 그렇겠네요." 병사 출신 농부가 말했다.

"젊은 아낙이 암소에게 풀 좀 먹였다가 감옥에 처박혔잖은가." 온화한 인상의 절름발이 노인이 말했다.

"우리 땅은 5베르스타나 떨어져 있어서 땅을 빌리고 싶어도 소작료가 너무 비싸 엄두도 못 내고 있어." 이가 없는 성마른 노인이 덧붙였다. "우리를 자기들 멋대로 새끼 꼬듯 하려는 거야. 농노제 때 부역보다도 못해."

"나도 여러분과 같은 생각입니다." 네흘류도프가 말했다. "땅을 소유하는 것은 죄악이라고 생각해요. 그래서 이렇게 나눠주려는 거고요."

"고마운 일이다마다요." 모세처럼 고불고불한 턱수염의 노인이 네흘류도프가 분명 비싼 값에 땅을 빌려주려는 거라 의심하며 말했다.

"그래서 내가 온 겁니다. 이제 나는 땅을 갖고 싶지 않아요. 그래서 어떻게 나눠주어야 할지 잘 의논해보고 싶습니다."

"이러고저러고 할 것 없이 그냥 농민들에게 넘기면 그만입니다." 이가 없는 성마른 노인이 말했다.

네흘류도프는 이 한마디에서 자기 계획의 진실성을 의심받는다고 느끼고는 순간 언짢았다. 그러나 이내 마음을 다잡고 하려던 이야기를 마저 하기 위해 노인의 지적을 기회로 활용했다.

"기꺼이 나눠주겠습니다." 그가 말했다. "그런데 누구에게 어떤 식으로 할까요? 어떤 농민들에게요? 이 마을 사람들에게는 나눠주고 됴민스코예(손바닥만한 땅뙈기밖에 없는 이웃마을이다) 사람들에게는 나눠주지 말아야 할까요?"

모두 꿀 먹은 벙어리가 되었다. 병사 출신 농부가 말했다.

"그렇습니다."

"그렇다면," 네흘류도프가 말했다. "의견을 말해보세요. 만일 황제께서 지주들에게서 땅을 몰수해 농민들에게 나눠주라고 말씀하신다면⋯⋯."

"그런 소문이 있습니까?" 아까 그 노인이 말했다.

"아니, 황제는 그런 말씀을 하지 않으셨습니다. 그냥 내가 하는 말입니다. 만일 황제께서 지주들에게서 땅을 빼앗아 농민들에게 나눠주라고 하신다면, 여러분은 어떻게 하겠습니까?"

"어떻게 하겠냐고요? 그야 물론 모두에게 골고루, 농민이든 지주든 똑같이 나눠 가지면 되죠." 페치카 직공이 눈썹을 빠르게 올렸다 내렸다 하며 말했다.

"별다른 방법이 있겠습니까? 사람 머릿수대로 나누어야죠." 하얀 각반을 찬 온화한 인상의 절름발이 노인이 맞장구쳤다.

모두가 이 해결책에 동조했다.

"머릿수대로라니, 어떻게요?" 네흘류도프가 물었다. "하인들에게도 나눠줘요?"

"천만에요. 절대 안 됩니다." 병사 출신 농부가 쾌활한 표정을 지으려 애쓰면서 말했다.

그러나 키 크고 분별력 있는 농부는 동의하지 않았다.

"나눠준다면 모두에게 골고루 가게 해야죠." 키 큰 농부가 잠깐 생각한 뒤 굵고 낮은 목소리로 말했다.

"그건 안 될 일입니다." 미리 반론을 준비한 네흘류도프가 말했다. "만일 모두에게 골고루 나눠준다면 지주나 하인, 요리사, 관리, 서기같이 직접 땅에서 일하지 않는 도시 사람들은 자기 몫을 받아두었다가 돈 있는 사람들에게 팔 것이고, 그러면 땅은 또다시 돈 많은 사람들 차지가 될 겁니다. 그런데다 자기 몫의 땅으로 농사를 짓는 사람들은 식솔이 아무리 늘어도 땅을 더 받을 수 없겠죠. 그러면 돈 많은 사람들이 다시 땅을 필요로 하는 사람들을 손아귀에 넣게 될 겁니다."

"옳은 말씀입니다." 병사 출신 농부가 서둘러 맞장구쳤다.

"땅을 못 팔도록 금지하고, 직접 경작하는 사람에게만 나눠줘야 합니다." 페치카 직공이 화가 난 듯 병사 출신 농부의 말을 가로막았다.

이 말에 네흘류도프는 누가 자신을 위해 경작하고 누가 다른 사람을 위해 경작하는지 분간하기는 불가능하다고 반박했다.

그때 키 크고 분별력 있는 농부가 조합을 만들어 경작하면 좋겠다고 제안했다.

"그래서 경작하는 사람에게는 나눠주고 경작하지 않는 사람에게는 하나도 주지 않는 겁니다." 그가 단호하고 낮은 목소리로 말했다.

이 공산주의적인 제안에 대해서도 네흘류도프는 반박을 준비하고 있었는데, 이 제안대로 하기 위해서는 모두가 쟁기를 가지고 있어야 하고, 똑같은 말을 가지고 있어야 하며, 남보다 일이 뒤처지는 사람이 없어야 하고, 말이며 쟁기며 도리깨며 그 밖의 세간에 이르기까지 모든 것을 공동 소유로 해야 하는데, 이를 실행하기 위해서는 모두의 동의가 필수라고 설명했다.

"우리 농부들이 평생 남들하고 의견이 맞을 리가 있나." 성마른 노인이 말했다.

"언제나 쌈질만 해댈 겁니다." 하얀 턱수염의 노인이 눈웃음 지으며 말했다. "여편네들은 서로 할퀴어댈 거고."

"그리고 토질에 따라서는 어떻게 나누어야 할까요." 네흘류도프가 말했다. "무슨 기준으로 누구에게는 좋은 흑토를 주고, 누구에게는 점토나 사토를 주죠?"

"모두에게 골고루 돌아가도록 땅을 잘게 쪼개면 되잖습니까." 페치카 직공이 말했다.

이에 대해서도 네흘류도프는 한 마을의 조합이 아니라 여러 도에 걸친 거대한 토지 분배가 문제라고 반박했다. 땅을 농민들에게 무상으로 나눠줄 경우 무슨 기준으로 어떤 사람에게는 좋은 땅을 주고, 또 어떤 사람에게는 나쁜 땅을 줄 것인가? 모두가 좋은 땅을 원한다.

"그렇죠." 병사 출신 농부가 말했다.

나머지 사람들은 잠자코 있었다.

"그러니까 생각만큼 간단한 일이 아닙니다." 네흘류도프가 말했다. "이건 우리뿐만 아니라 많은 사람들이 생각하는 문제예요. 조지라는 미국인이 한 가지 제안을 했는데, 나도 그의 의견에 동의합니다."

"나리가 주인이시니 나리가 알아서 나눠주시면 그만이죠. 이러고저러고 할 것 없이 나리 마음대로 하시지요." 성마른 노인이 말했다.

갑작스러운 참견에 네흘류도프는 당황스러웠으나 이 같은 참견에 불만을 느낀 것이 자신만이 아님을 눈치채고는 기뻐했다.

"잠깐만요, 세묜 아저씨, 나리 말씀을 들어봐요." 분별력 있는 농부가 단호하고 낮은 목소리로 말했다.

그의 격려에 네흘류도프는 용기를 내어 헨리 조지의 단일세 개념을 설명하기 시작했다.

"땅은 누구의 것도 아니고 하느님의 것입니다." 그가 말문을 열었다.

"그야 그렇죠. 그렇고말고." 몇 사람이 호응했다.

"땅은 공공의 것입니다. 사람은 누구나 땅에 대해 평등한 권리를 갖습니다. 그러나 땅은 더 좋고 나쁜 게 있죠. 그리고 누구나 좋은 땅을 갖길 바라고요. 평등하려면 어떻게 해야 하겠습니까? 좋은 땅을 차지하는 사람이 그 땅에 해당하는 값을 그 땅을 갖지 못한 사람에게 지불하면 됩니다." 네흘류도프는 스스로 묻고 답했다. "그러나 누가 누구에게 지불해야 하는지 정하기도 어렵고, 공동의 필요를 위해 돈을 모을 필요도 있기 때문에 땅을 가진 사람이 조합에 땅의 값어치만큼의 돈을 내면 되는 겁니다. 그러면 모두에게 평등해지죠. 땅을 갖고자 한다면 좋은 땅에는 돈을 더 많이 내고 나쁜 땅에는 덜 내는 거예요. 그러나 땅을 갖고 싶지 않다면 아무것도 내지 않아도 되고, 공동의 필요를 위해 내는 돈은 땅을 가진 사람이 그를 대신해 지불하는 겁니다."

"맞는 말씀입니다." 페치카 직공이 눈썹을 움직이며 말했다. "좋은 땅을 가진 사람이 더 내는 거지."

"머리가 여간 좋은 사람이 아니었나봐, 그 조지라는 사람." 고불고불한 턱수염의 조쌀한 노인이 말했다.

"지불할 금액이 부담스럽지만 않다면야." 키가 큰 농부는 벌써 이야기가 어떻게 흘러갈지 분명히 예측한 듯 낮은 목소리로 말했다.

"다만 그 비용은 너무 높지도 낮지도 않아야 해요…… 너무 높으면 돈을 낼 수 없어 손해를 볼 것이고 너무 낮으면 서로 사고팔면서 땅장사를 하게 될 겁니다. 바로 이것이 내가 여러분의 마을에서 하고자 하는 일입니다."

"옳습니다. 맞는 말씀이에요. 뭐, 좋습니다." 농부들이 말했다.

"머리가 여간 좋은 게 아니야." 어깨가 떡 벌어진 고불고불한 수염의 노인이 되풀이했다. "그 조지라는 사람! 그런 생각을 해내다니."

"그럼, 저도 땅을 갖길 바란다면 어떻게 좀 되겠습니까?" 관리인이 빙그레 웃으며 말했다.

"빈 땅이 생기면 그걸 얻어서 경작하면 될 걸세." 네흘류도프가 말했다.

"당신이 왜? 그렇지 않아도 배 두드리며 잘살면서." 노인이 웃는 눈으로 말했다.

그렇게 논의는 끝났다.

네흘류도프는 자기 제안을 다시 한번 설명하고는 이 자리에서 바로 대답하지 않아도 좋으니 함께 의논해서 결과를 알려달라고 부탁했다.

농민들은 그러겠다고 말한 뒤 작별인사를 하고 한껏 들떠 자리를 떠났다. 그들이 길을 따라 서서히 멀어져가며 서로 떠들썩하게 이야기하는 소리가 오랫동안 들려왔다. 그리고 그 소리는 밤늦게까지 마을에서 강을 따라 실려왔다.

다음날 그들은 일을 쉬고 지주의 제안을 논의했다. 마을 공동체는 두 패로 갈렸다. 한 패는 지주의 제안이 미심쩍기는커녕 유리하다고 인정했고, 다른 한 패는 간책이 숨겨져 있으며 그 꿍꿍이를 이해할 수 없다며 겁을 냈다. 그러나 사흘째 되던 날 그들은 제안받은 조건을 받아들이기로 합의했고, 마을 공동체 전체의 결의를 네흘류도프에게 설명하러 찾아왔다. 이 합의를 이끌어내는 데 어느 노파의 발언이 크게 작용했고 그녀의 말에 늙은 농민들은 의심을 떨치게 되었다. 그녀가 지주 나리는 영혼에 대해 생각하게 됐고 자기 영혼을 구제하기 위해 그렇게 행동하는 것이 분명하다고 말한 것이다. 네흘류도프가 파노보 마을에 머물 때 거지들에게 꽤 큰돈을 주었다는 사실도 뒷받침이 되어주었다. 네흘류도프는 이곳에서 처음으로 농민들의 빈곤과 비참한 생활상을 알고 충격을 받았고, 그랬기 때문에 현명한 행동이 아님을 스스로 알면서도 돈을 주지 않을 수 없었다. 더구나 그의 수중에는 지난해 쿠즈민스코예의 숲을 매각한 대금과 농기구를 판 선금까지 돈이 꽤 있었다.

지주 나리가 어려운 사람들에게 돈을 준다는 소문이 퍼지자 사방에서 사람들이, 특히 여자들이 떼 지어 몰려와 도움을 청하기 시작했다. 그는 그들을 어떻게 대해야 할지, 누구에게 얼마를 주어야 할지, 어떤 기준으로 정해야 좋을지 전혀 알 수 없었다. 수중에 많은 돈이 있으니 도움을 청하는 사람들을, 특히나 가난한 사람들을 외면해선 안 된다고 느꼈다. 그러나 도움을 청한다고 무조건 돈을 주는 것도 무의미한 일이었다. 이런 난처한 상황에서 벗어나는 유일한 방법은 떠나는 것이었다. 그는 바로 실행에 옮겼다.

파노보 마을에서의 마지막날 네흘류도프는 본채의 거실로 들어가 남아 있는 물건들을 살펴보았다. 그러다가 전에 고모들이 쓰던, 사자 머리 장식이 있고 가운데 부분이 불룩하고 청동 고리가 달린 낡은 마호가니 장롱 서랍에서 편지 다발을 발견했는데, 그중에 소피야 이바노브나와 마리야 이바노브나, 대학생 시절의 그, 청초하고 상큼하고 삶의 기쁨이 넘치는 카튜샤가 함께 찍은 사진이 한 장 있었다. 본채의 물건들 중에서 네흘류도프는 그 편지들과 사진 한 장만 챙겼다. 그리고 나머지는 늘 싱글거리는 관리인의 주선으로, 이 집을 다른 데로 옮겨 짓는다며 집과 세간 일체를 시세의 10분의 1의 헐값으로 매입한 방앗간

주인에게 넘겨버렸다.

　네흘류도프는 쿠즈민스코예에서 재산을 처분하고 아쉬워했던 기억을 떠올리며 그때 자신이 왜 그렇게 생각했는지 오히려 의아했다. 그는 멈추지 않는 해방의 기쁨, 미지의 대륙을 발견한 탐험가가 느꼈을 법한 새로움이라는 감정을 느끼고 있었다.

(2권으로 이어집니다)

문학동네 세계문학전집 발간에 부쳐

세계문학은 국민문학 혹은 지역문학을 떠나 존재하는 문학이 아니지만 그것들의 총합도 아니다. 세계문학이라는 용어에는 그 나름의 언어와 전통을 갖고 있는 국민문학이나 지역문학의 존재를 인정하면서 그것을 넘어서는 문학의 보편적 질서에 대한 관념이 새겨져 있다. 그 용어를 처음 고안한 19세기 유럽인들은 유럽 문학을 중심으로 그 질서를 구축했지만 풍부한 국민문학의 전통을 가지고 있는 현대의 문학 강국들은 나름의 방식으로 세계문학을 이해하면서 정전(正典)의 목록을 작성하고 또 수정한다.

한국에서도 세계문학 관념은 우리 사회와 문화의 변화 속에서 거듭 수정돼왔다. 어느 시기에는 제국 일본의 교양주의를 반영한 세계문학 관념이, 어느 시기에는 제3세계 민족주의에 동조한 세계문학 관념이 출현했고, 그러한 관념을 실천한 전집물이 출판됐다. 21세기 한국에 새로운 세계문학전집이 필요하다는 것은 명백하다. 우리의 지성과 감성의 기준에 부합하는 세계문학을 다시 구상할 때가 되었다.

문학동네 세계문학전집은 범세계적으로 통용되는 고전에 대한 상식을 존중하면서도 지난 반세기 동안 해외 주요 언어권에서 창작과 연구의 진전에 따라 일어난 정전의 변동을 고려하여 편성되었다. 그래서 불멸의 명작은 물론 동시대 세계의 중요한 정치·문화적 실천에 영감을 준 새로운 작품들을 두루 포함시켰다.

창립 이후 지금까지 한국문학 및 번역문학 출판에서 가장 전문적이고 생산적인 그룹을 대표해온 문학동네가 그간 축적한 문학 출판 경험을 바탕으로 새로운 세계문학전집을 펴낸다. 인류가 무지와 몽매의 어둠 속을 방황하면서도 끝내 길을 잃지 않은 것은 세계문학사의 하늘에 떠 있는 빛나는 별들이 길잡이가 되어주었기 때문이다. 우리가 자부심과 사명감 속에서 그리게 될 이 새로운 별자리가 독자들의 관심과 애정에 힘입어 우리 모두의 뿌듯한 자산이 되기를 소망한다.

문학동네 세계문학전집 편집위원
민은경, 박유하, 변현태, 송병선, 이재룡, 홍길표, 남진우, 황종연

지은이 **레프 톨스토이**

1828년 러시아 툴라 지방의 야스나야 폴랴나에서 태어났다. 1852년 「유년 시절」을 발표하면서 작가로서의 첫발을 내디뎠다. 1862년 결혼한 뒤, 『전쟁과 평화』 『안나 카레니나』 『부활』 등 대작을 집필하며 세계적인 작가로서 명성을 얻었다. 1910년 방랑길에 나섰다가 아스타포보역(현재 톨스토이역)에서 숨을 거두었다.

옮긴이 **박형규**

고려대학교 노어노문학과 교수, 한국러시아문학회 초대회장, 러시아연방 주도 국제러시아어문학교원협회(MAPRYAL) 상임위원을 역임하고, 현재 한국러시아문학회 고문, 러시아연방 국립톨스토이박물관 '벗들의 모임' 명예회원이다. 국제러시아어문학교원협회 푸시킨 메달을 수상했고, 러시아연방국가훈장 우호훈장(학술 부문)을 수훈했다. 지은 책으로 『러시아문학의 세계』 『러시아문학의 이해』(공저) 등이 있고, 옮긴 책으로 『전쟁과 평화』 『안나 카레니나』 『닥터 지바고』 『인생독본』 외 다수가 있다.

세계문학전집 106

부활 1

초판 인쇄 2022년 11월 18일
초판 발행 2022년 11월 30일

지은이 레프 톨스토이 | 옮긴이 박형규

책임편집 김혜정 | 편집 김미혜 이희연 손미선 이종현
디자인 신선아 최미영 | 저작권 박지영 형소진 이영은 김하림
마케팅 정민호 이숙재 박치우 한민아 이민경 안남영 왕지경 김수현 정경주
브랜딩 함유지 함근아 김희숙 고보미 박민재 박진희 정승민
제작 강신은 김동욱 임현식 | 제작처 영신사

펴낸곳 (주)문학동네 | 펴낸이 김소영
출판등록 1993년 10월 22일 제2003-000045호
주소 10881 경기도 파주시 회동길 210
전자우편 editor@munhak.com | 대표전화 031)955-8888 | 팩스 031)955-8855
문의전화 031)955-1927(마케팅), 031)955-1904(편집)
문학동네카페 http://cafe.naver.com/mhdn
인스타그램 @munhakdongne | 트위터 @munhakdongne
북클럽문학동네 http://bookclubmunhak.com

ISBN 978-89-546-9951-8 04890
          978-89-546-0901-2 (세트)

www.munhak.com

● 문학동네 세계문학전집은 계속 출간됩니다